有爱的青春陪伴者

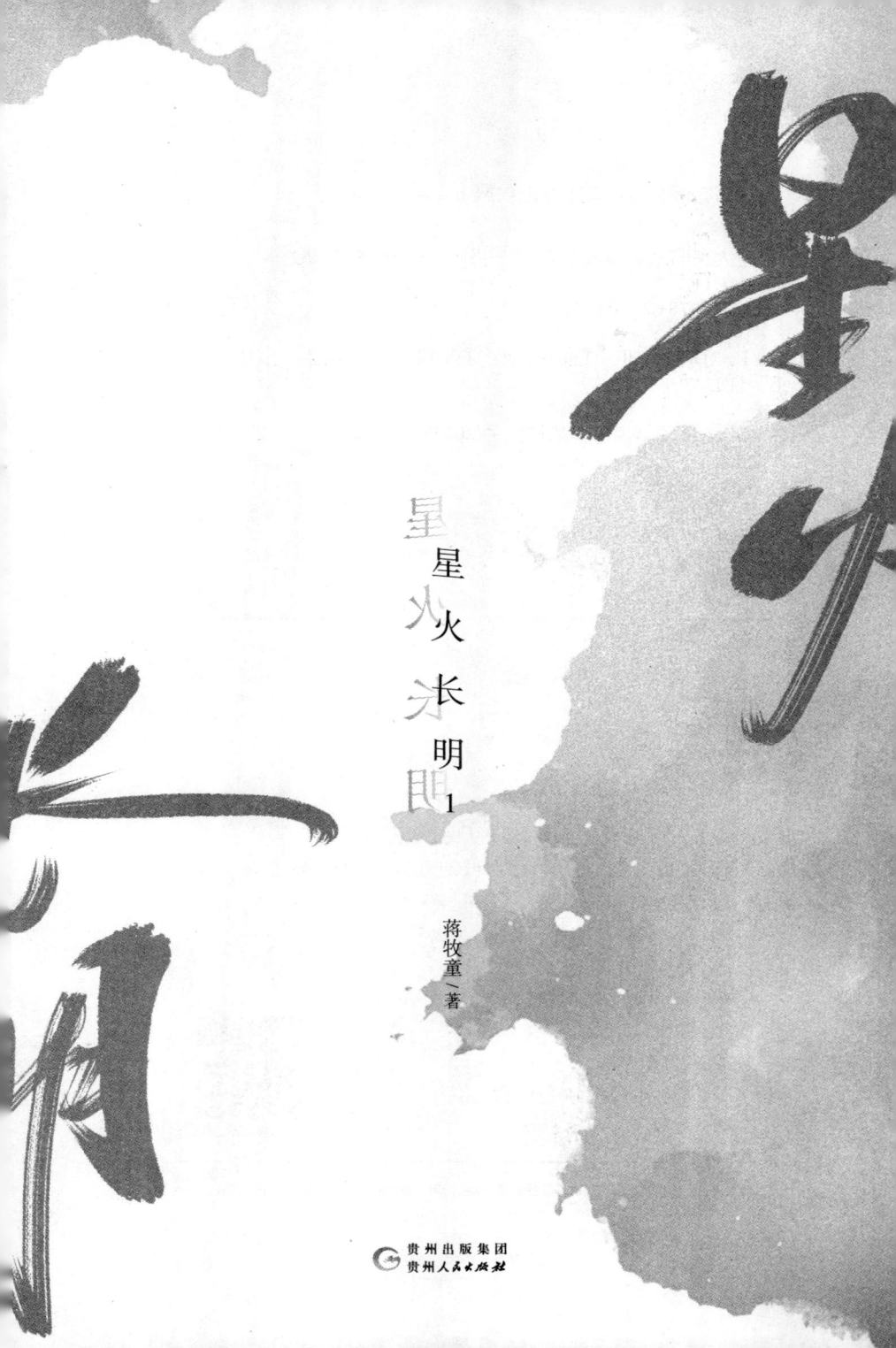

星星火长明 1

蒋牧童/著

贵州出版集团
贵州人民出版社

图书在版编目（ＣＩＰ）数据

星火长明.1 / 蒋牧童著. -- 贵阳：贵州人民出版社, 2023.11
　　ISBN 978-7-221-17736-0

Ⅰ. ①星… Ⅱ. ①蒋… Ⅲ. ①长篇小说-中国-当代 Ⅳ. ①I247.5

中国国家版本馆CIP数据核字(2023)第135920号

XINGHUOCHANGMING.YI
星火长明.1
蒋牧童 / 著

| 出 版 人：朱文迅
| 责 任 编 辑：左依祎
| 特 约 编 辑：年　年
| 装 帧 设 计：刘　艳　唐卉婷
| 封 面 绘 制：傅　泊

出版发行：贵州人民出版社集团　贵州人民出版社
地　　址：贵阳市观山湖区中天会展城会展东路SOHO公寓A座
印　　刷：长沙鸿发印务实业有限公司
版　　次：2023年11月第1版
印　　次：2023年11月第1次印刷
开　　本：880毫米×1230毫米　1/32
印　　张：10.5
字　　数：366千字
书　　号：ISBN 978-7-221-17736-0
定　　价：45.80元

贵州人民出版社微信

如发现图书印装质量问题，请与印刷厂联系调换；版权所有，翻版必究；未经许可，不得转载。

目 录
contents

第一章 /001
若这男人日后落到我手里，我必好好待他。

第二章 /033
那傅教授，就麻烦你对我负责到底了。

第三章 /062
做好事的小女孩，有糖吃。

第四章 /094
谢谢你的救命之恩，傅哥哥。

第五章 /126
我就是单纯地在追你。

目 录
contents

第六章 /153
她这样，可就是太有诚意了。

第七章 /187
这是一个，适合接吻的距离。

第八章 /217
就如这样的星火一样，永远长明。

第九章 /246
现在我落到你手里了。

第十章 /274
现在你该吻我了，男朋友。

第十一章 /304
在我心底，昭昭就是完美的。

第一章 /
若这男人日后落到我手里,我必好好待他。

日喀则。

三月过半,冷风呼啸,本就稀薄的空气有种独属于高原的凛冽。藏地日照漫长,下午两点不到,天际辽阔清透,未见一丝残冬未尽的沉暮之色。

阮昭从出租车下来时,扎什伦布寺门口,门可罗雀。

虽然离五点闭寺的时间还早,但寺门前蹲客的导游,比游客还要多。

前面两个大学生模样的背包客,正被团团围住。

她的出现,不仅吸引了想要揽客导游的注意,也引起了为数不多游客的张望。

藏地日照强,风吹日晒,本地男女皆是一张黝黑粗粝的脸。可阮昭顶着一身完全不同于本地人的莹白肌肤,脸颊更是白得堪比漫山白雪。

或许是她皮肤太白的缘故,未施粉黛之下,隐隐透出了几分病弱。

不同于其他游客,相机和背包的标配装备,她一身黑衣,双手空空,什么也没带,一下车就往寺里走。

以至于导游都没来得及上前向她推销。

"那个……"身后传来一个声音。

阮昭并未回头,也没顿足,直到对方追了上来。

是那两个背包客里个子更高挑的男生,大概在藏地玩了不短时间,脸颊被晒得有点儿红,好在依旧不失清秀。

男生似乎也意识到自己挺唐突,拦下阮昭之后,犹豫了下,才低声说:"那个导游说,讲解费用是全程两百,我们两个人是两百,三个人的话，也是两百。我看你好像是一个人，要不你跟我们凑个团吧？"

阮昭微微掀起眼皮，直白地看过去时，黑眸里透着一股与她精致羸弱长相截然不同的冷静与锐利。

一眼就看穿男生名为凑团，实则搭讪的小心思。

高原上冷风拂过，带着薄凉气息，陡然让对面的男生心生怯意。

男生小声为自己辩解："我不是坏人，真的，我可以给你看我的学生证。"

"不用，我比较喜欢一个人。"终于阮昭开口，她嗓音很清，像是藏地雪山之巅融化的雪水，干净之余透着微冷。

说完，阮昭转头看向不远处，对一个正准备抽烟的藏族导游问："接活吗？"

在这边旅游，不认识的人拼团凑一个导游，是常有的事情。

藏族导游一开始没抢到拉客的有利位置，本以为没自己什么事，正准备抽完这根烟，再等下一波游客。

阮昭这么一问，那导游顿时觉得手里的烟也不香了，将烟往兜里一揣，直奔过来："接，接。"

导游一扫刚才的懒散，精神抖擞了起来："美女，我叫扎西，您这么叫我就行。"

不过往寺里带之前，扎西提醒说："我们这个讲解费是全程两百。就是说你一人是两百，带上那俩小帅哥也是两百，要不……"

扎西这是怕说不清楚，回头再被投诉，现在国家对于导游管理越来越严格。

拼团是这边最常见的方式，省钱还热闹。

"两百，就我一人。"

阮昭神色淡然，轻抬下巴，示意他直接带路。

扎西在这里做导游三年，见过的游客形形色色，有人话多喜欢攀谈，有人则寡言不爱说话，有人抠门，还有人大方不差钱。

想来这位姑娘应该就是那种不差钱又喜欢安静的主儿。

于是他也不废话，直奔主题。

扎寺作为班禅的驻锡地，可讲的内容太多了。整个佛寺是依山而建，红白相间的佛舍，高低错落重楼叠宇，金顶红墙，在浓烈阳光的照射下，映入眼帘的,是一片光华璀璨。

伴随扎西的讲解,阮昭进了扎寺内部。

进寺之后,但凡遇到适合且可以拍照的地方,扎西都特别贴心,问她要不要拍照。

结果每次得来的全是阮昭的摇头。

扎西一边说着早已经烂熟于心的讲解词,一边心里纳罕,来这儿的游客不管是背包客还是文青,就没有不喜欢拍照的。

特别是那些女生,有些还会特意穿着藏式红裙,扎着满头彩绳的小辫子,赶过来拍照。

一张不拍的主儿,他还是头一次见。

"这个地方很适合拍照,您真不来一张?"扎西做了最后一次努力。

阮昭并不知道这个导游心里所想,也并未望向他指着的那条长而幽深曲折的红色走廊,而是扭头看着不远处的殿内,这样的佛殿内不仅有历经百年的佛像,还挂着唐卡和壁画。

此刻她一向淡漠的眼神,泛起涟漪,轻笑道:"人有什么好拍的。"

要看就该看老物件。

她就是为了藏地这些寺庙里的老物件,才会不远千里而来。

阮昭直接往殿内走过去,扎西赶紧跟上。

很快,扎西的讲解声在大殿内响起,但阮昭只抬头直勾勾地盯着殿内供奉着的鎏金青铜佛像,直白而饶有兴趣地打量。

扎西见状,忍不住道:"这样的佛像,可都是我们藏族寺庙里才有的无价之宝。"

他是藏族人,自然也信佛,提及这些文物瑰宝,不由得心生自豪。

"有价。"

这话自然是阮昭说的。

扎西错愕地转头望她,还以为自己听错了。

"2003 年,苏富比在中国香港的拍卖会上,一尊明代铜鎏金释迦牟尼佛像拍出了一千八百万港币的价格,不仅创下了当年佛像的拍卖纪录,也是历年最高。"

扎西听着她冷淡的声音,生出一股不服气:"那个佛像怎么能与我们扎寺的相比,我们扎寺的佛像都是有着悠久历史,从明代开始就供奉在此处。"

谁知他的话不仅没让阮昭难堪,反而引来她一声轻笑。

她扭头看着扎西,轻声说:"拍卖的那尊明代释迦牟尼佛像,最早可追溯到明洪熙年间。"

扎西满脸"那又怎么样"的不服。

"扎寺伦布寺始建于1447年,是明朝正统十二年。而洪熙皇帝正是正统皇帝的亲爷爷。"

扎西:"……"

哪怕他再笨,都听出了阮昭的言下之意,真要论起岁月长久,那尊拍卖一千八百万港币的佛像只怕还是殿内佛像的爷爷辈儿。

"那……那佛像的价值也不该单单只以价格来判定,我们这些佛像可都是上了国家文物保护名单的,是国宝……"扎西的声音在阮昭似笑非笑的表情下,越说越小。

他虽然是个导游,可平时这些历史知识都靠死记硬背,这会儿眼看要争辩起来,居然没了当导游时的利索嘴皮子,渐渐词穷起来。

倒是阮昭,无意与他再争执下去。

她安静仰头,朝佛殿内的铜像望去:"有哪一件文物在流落海外之前,不是无价之宝呢。所以,国宝亦有价,无非高低而已。"

扎西被她轻狂而又理所当然的口吻震慑,当下只余一个念头——这样漂亮脱俗一姑娘,怎么尽钻钱眼里了?

阮昭自然不知导游心中所想,不过哪怕知道导游这么想她,只怕也顶多呵笑一声,赞一句有眼光,居然跟业界那些老顽固对她的评价一样。

她接着往大殿旁连着的佛殿走去,却被扎西拦住,抱歉道:"这里不能进。"

"不对外开放?"阮昭淡声问。

扎西有些为难,小声说:"也不是不开放,这里是大师们点化贵客的地方,我们寻常人进不得。"

阮昭不由得嗤笑,如今社会物欲横流,就连看似身处世外的佛寺,都已沾染上了世俗气息。

瞧,这是一间寻常人进不得的佛殿。

阮昭倒也没被这个小插曲扫了兴致。

只是刚出大殿没多久,她正往旁边的连廊走时,手机响了起来。

她本没想接,寺庙向来游人如织,难得能遇上这么安静的寺庙,她自然不想让人打扰自己的这份清闲雅致。

奈何手机如同跟她过不去一样,一遍不通,又是第二遍。

电话是她店里小姑娘云霓打来的。

一接通就听对方火急火燎道:"昭姐姐,你什么时候回来啊?"

"怎么了?"

"你不在的这阵子,刘老板都上门三趟了。我看他这次是真着急,听说他刚收了两件好东西。不过其中一件残得太厉害,就等着你回来救命呢。"

阮昭之所以对文物来历了如指掌,就是因为她是个文物修复师。

只不过她是专做商业修复的。

作为修复师,阮昭确实太年轻,但架不住她名气大。

她师父是顾一顺,文物圈子里泰山北斗级别的人物,早年在故宫博物院里主持工作,后来年纪大了才退下来。

阮昭是他七十岁那年收的关门弟子。

当年收徒仪式弄得那叫一个隆重,文玩圈子里不少人至今都还记得。

师出名门,又有天赋,特别是在她出师的那一年,就修好一件宋朝破损的古画。

当年这幅画的主人找遍整个圈子,都没人敢轻易接手。

不少修复师都怕修不好,砸了自己的招牌。

偏偏阮昭人野胆大,别人不敢轻易接的,她敢。

最终让不少等着看她笑话的人失望,那幅画还真让她修出来了,因此她在文玩收藏圈里一举成名。

她名气来得太快,因此常有人说,她是命好,投在了顾一顺的师门下。要不然谁敢把这么贵重一幅画,交给一个初出茅庐的小修复师。

阮昭也不急着为自己辩解,因为在此之后,她一次又一次地成功修复,证明自己在书画修复上得天独厚的天赋。

"老刘这人不厚道,他手里旧物件确实有,但是新东西可也不少,这次未必就不是他故意放出的风。晾着他。"阮昭握着手机,语气冷淡。

在古玩圈里,不时兴说真假。

所以行话鉴定赝品,叫新家生,后来嫌麻烦,干脆只称新旧。

"新的"是假的,"旧的"自然就是真的。

云霓有些不信，振振有词道："你是没看见刘老板那个着急的样儿，我看不像是假的。况且，他不管蒙谁，也不敢骗你吧。"

"难说，"阮昭走到廊下，干脆停下靠着柱子，斜倚在上面，懒懒道，"这老头儿精得满身都是心眼儿，头发都不剩几根了。好在他在我这里一向还算老实，不过现在店里只有你们。反正我没回来之前，不许收他的任何东西。"

阮昭："谁知道他的那些货是从哪儿弄来的，扎不扎手。"

云霓虽然人小，却也不傻，听明白了，斩钉截铁道："姐姐，你放心吧，就算我傻，不是还有我哥呢。不过刘老板既然不地道，咱们干吗还跟他打交道。"

阮昭："他人不地道，但出价高，给钱痛快，我何必跟钱过不去。"

这也是阮昭被文玩圈诟病的地方——爱钱，不珍惜自己的羽毛。

云霓倒没觉得有什么，连她大字不识的阿妈都知道，不遭人妒是庸才。在云霓心底，阮昭这样的才是天才中的天才，这种事情丝毫不影响阮昭在她心底的光辉形象，她反问道："姐姐，你什么时候回来？"

"再过两……"唇舌间的"天"字还未脱口，阮昭的目光落进窗棂后的那间佛殿。

一个上了年纪的老喇嘛出现，他穿着红色僧衣，外罩着一层紫红色披单，脖子到胸口露出明黄色的刺绣，那是藏寺内高僧才能穿的。

当然，引起她兴趣的并不是这位喇嘛，而是跟在他身侧，那个穿着白衣黑裤的男人。

藏地寺庙内部大多很阴暗，窗户狭窄，总也不见阳光，佛殿内长年燃着酥油灯。

导游刚还跟她说，这间佛殿寻常人进不得。于是她饶有兴趣地看着这个应该"不寻常"的男人。

这男人是侧对着阮昭，殿内太暗，看不太清脸，只瞧见他安安静静地站着，微垂着头，听着身侧老喇嘛的低语。那样干净修长的身形，哪怕是最简单的白衬衫黑裤，都穿出了衣架子的范儿。

未见皮相，先见骨相。

哪怕挑剔如阮昭，都不得不承认，殿内这个"不寻常"的男人骨相太好。

这样清瘦却不单薄的身形，再加上天生的优越比例，确实吸引人。

阮昭站在窗边，饶有兴趣地望着对方。

旁边扎西见她电话不打了，忍不住出声提醒："阮小姐，我们继续往前……"

"嘘！"阮昭抬手，手指抵唇，做出噤声动作。

扎西吓得立即闭嘴。

不知是阮昭在窗棂外逗留太久，还是她的眼神太过直白露骨。终于殿内里的人似乎有所察觉，微微偏了头，恰好就将面孔浸到了酥油灯泛着的微暖光调里。

就这一瞬间，阮昭已将对方的模样纳入眼底。

男人是那种英挺的眉眼，利落的短发勾勒出深邃流畅的脸颊轮廓，这样一张清俊到近乎张扬的面孔，却因脸上没什么表情而显得过分冷淡。

此刻他黑眸染着微黄的酥油灯光，只是哪怕这样暖的色调，也没让他的眼神镀上温度。不透一丝情绪，疏冷至极。

阮昭站在原地，依旧直勾勾地盯着他。直到对方轻抬眼，淡淡地扫过来。

他眼睛微扬，暖色的光调蔓延至眼尾，那份冷漠，不仅未减一分，反而越发铺天盖地，向窗外的阮昭袭去。

在酥油灯芯微晃的那一瞬，两人的视线隔着窗棂交汇。

当阮昭眼底清晰地浮现男人模样时，她突然明白，什么叫作心魂振荡，一眼万年。胸腔里不断有情绪在积攒，那是她从未感受过的。

终于，在那股情绪即将喷涌时，有个声音在她脑海中响起。

这个人，她想要。

静谧的午后，层层叠叠的佛殿经堂，光影斑驳的回廊曲巷，墙壁和窗棂上，随处可见历经百年风霜雪雨的沧桑。红色，是扎寺伦布寺随处可见的耀目色彩，僧侣身上着鲜红色僧服，穿赤红色僧鞋。

但此刻阮昭的心神和目光，都被佛殿内那道清冷黑白身影牵扯。

大师指着墙壁上的唐卡在给男人讲述来历，虽然隔着窗，她听不见他们之间低声交谈的内容，却似乎能想象到——

藏地高僧用晦涩难懂的汉语，缓慢而认真地叙述过往。

男人微垂着头，神色冷淡，但眉眼带着显而易见的虔诚和恭谨。

殿内的长明灯烛火，摇曳在他们之间，颇有种薪火相传的密调。

阮昭精通文物历史，对于藏传佛寺里的传承亦有所了解，在古代时，高僧活佛教导弟子，所传之密法奥义，皆采用耳传口授的方式。

不言不语，阮昭在脑海里已经脑补了一出大戏。

她依旧那样直白而执拗地盯着殿内看，可这次男人再未转头。

刚才他扭头看过来时，两人之间的视线只交汇了一秒，对方立刻冷淡地转了回去，仿佛窗外的阮昭就如同佛寺里的一片叶、一丛草，无足轻重，压根儿不值得他浪费一丝眼神。

终于，阮昭看够了。

因为老喇嘛带着那个男人，离开了那间佛殿。她收回视线的时候，才察觉自己脖子都有些僵，旁边扎西见她从入定般的状态里出来，不由得松了一口气道："阮小姐，您看好了？"

一般来说，导游讲解时间是在四十分钟到一个小时。有些导游为了多接几单生意，会尽量加快节奏，压缩时间。

扎西觉得在这里太耽误时间，想尽快继续下去。

"看好了。"阮昭抬头看着扎西，眼神里透着兴味，淡声询问道，"你觉得怎么样？"

扎西有些反应迟钝："啊？"

阮昭手指抬起来，朝佛殿里轻点了两下。

"刚才那个男人。"

扎西这下才反应过来，合着这姑娘在这儿站了半天，是看里头的人。亏他还以为，她是因为刚才没能进这间佛殿，才对佛殿内部很感兴趣。

他就记得有个老喇嘛领着一个年轻男人，那个人长得很高、很瘦，于是扎西立刻捧场道："好看呀……"

话还没说完呢，姑娘已打断他。

"我和他般配吗？"阮昭语气淡定地问。

扎西："……"

这话问得，直接把扎西整不会了。

不过要说般配，阮昭的漂亮是显而易见的。她肌肤白而水灵，整个人就像是从水雾江南里走出来的。

书上有一种描绘，叫水做的女人。扎西这种常年生活在藏地高原，看惯了周围黝黑粗糙的面容，真正头回在一个人身上真真切切地体会了书里才会出现的描写。

纤细而羸弱，柔软而水润，阮昭活生生地具现了这种形容。唯独她那双眼睛，太通透，仿佛把什么都看穿，让人不敢靠近。

这样的姑娘，也需要来西藏玩偶遇爱情那套？

不过扎西可太懂这些来西藏的人了，在他们眼里，藏地是圣洁之地，是无数偶遇和美好故事的开始。

佛塔、经幡、大昭寺、格桑花，这些东西早已被各种文章歌曲传颂得熟烂。

既然客人喜欢听，他何乐而不为。

于是他声音低沉道："阮小姐，佛说，下一个转角，都可能会是一种偶遇。说不定刚才殿里的那个人，就是你此行的偶遇，你的有缘人。"

阮昭听罢笑了起来，扎西也赔笑。

然后在彼此的笑容中，阮昭淡声问："哪位佛说的？"

扎西："……"

扎西之后没敢再乱说话，因为他醒过神才想起来阮昭可不是那种随便能糊弄的不懂行的游客。

人家虽然话少，可是对历史典故信手拈来。

好在阮昭也没追究他的信口胡说，问："这里有可以求神拜佛的地方吗？"

扎西想把人往前带，说道："有、有，就在前面呢。"

他也没说谎，寺庙里除了和尚之外，当然是佛殿最多。

往前没走几步，就有一间佛殿，扎西正想领着阮昭进去，就听阮昭开口："我想一个人进去祈愿，你就留在外面等我吧。"

因是旅游淡季，扎什伦布寺又位处后藏，比不得大昭寺那样热闹。

她进入佛殿内时，四下只有她一人。

头顶是佛像，远处似有若无地传来人声，但这殿内却寂静得只能听见她一个人的呼吸声。

阮昭突然轻嗤一声，抬头望着眼前这尊慈眉善目的佛像。

只是阮昭并不知的是，在她轻嗤之后，佛像后侧有一扇矮门悄然打开。

佝偻着背的高僧，正领着年轻男人而来。

"佛祖，如果真有前世因果之说，我想我前世一定是个十恶不赦的大罪人吧，若不然现在怎么会落得这么一个孤绝独身的下场。"

"都说我佛慈悲，佛度众生，不如您也大发慈悲一次，度我一回。"

"保佑我此番所求之事，心想事成。"

听到这戏谑的声音，原本已经抬脚准备往前走的傅时浔站定。

女子的声音明明清冷又干净，可说话的口吻却透着一种说不出的玩世不恭，即便再凶神恶煞的人，进了佛殿，都会生起恭敬之心。偏偏她说是来祈愿，却仿佛在说着什么好笑的事情，还是那种说出来自己却并不太相信的。全然一种，她就是来讨个乐子的口吻。

傅时浔并非以貌取人的性格，况且两人之间隔着佛像，他也没看见对方的长相。再加上他一贯冷淡待人，对谁都一样，也绝不会第一次见面就对一个人有偏见。

可这一刻，他却轻易下了断言。

虽然她的声音很好听，但这样一个人——绝非善茬。

阮昭并不知道佛像后面有过道，更不知那里有人，她自顾自地望着佛像，她从来随心所欲惯了，这次终于双手合十，认真祈愿。

"第一愿，若是让我见到刚才那个男人第二面，我一定跟他要联系方式。"

殿内安静得除了她的声音之外，就只剩下旁边长台上摆着的满满一排长明灯在摇曳，明明无声，却似有声。

"第二愿，若这男人日后落到我手里，我必好好待他。"

原本已经准备从矮门出去的傅时浔，正巧将这两句话一字不落地听进耳里，他微弯着的背，缓缓一顿，随后毫不犹豫地大步离开。

阮昭出来的时候，直接问扎西："如果在寺内逗留到很晚，大概会从哪个门离开？"

扎西一怔："应该是走西南角那个门，那边直通停车场，方便。而且很安静，要真是逗留到关寺时，都会从那边离开。"

"那行，你带我过去吧。"

虽然不知道她想干吗，但是客人既然提出要求，扎西也没有不同意的。

到了地方，阮昭看见确实有一个门，通往外面的停车场。

于是阮昭直接拿出手机，说道："讲解费我直接转给你吧，我身上没有现金。"

"可讲解还没结束呢。"扎西有些瞠目。

阮昭一笑:"不需要了,我现在有更重要的事情要做。"

扎西挠了挠头,又不敢立即走,再次问道:"这后面还有好几个佛殿没去看过呢,您真不需要了?"

"不用。"阮昭再次肯定回答。

转账的时候,扎西发现阮昭手上一直戴着手套没摘掉。好在现在屏幕都很灵敏,钱很快到账。

扎西走后,这个地方只剩下阮昭一个人,好在附近有个长椅供人坐。

阮昭刚在上面坐了一会儿,结果不知道从哪儿窜出来一只大橘猫。虽然是长在佛寺里的猫,却一点都不瘦弱,相反它橘色的皮毛在阳光下金光灿灿,别提多惹眼。

大概也是因为养在佛寺,习惯了寺庙里游客如织的场景,这大橘猫一点都不怕人,居然一下趴在了阮昭旁边的椅子上。

一人一猫,倒也和谐。

直到好友顾筱宁的电话打了过来,铃声打破了这片祥和宁静。

大橘猫突然从趴着的状态有些警惕地盯着她手里拿着的手机。阮昭接通电话,铃声消失,于是它再次瘫软在椅子上,又成了毛茸茸的一坨。

顾筱宁问道:"还在西藏呢?"

阮昭懒洋洋地靠在椅背,"嗯"了一声。

"你干吗呢?"顾筱宁听着她这声音,觉得有点儿不对劲。

阮昭:"在跟一只大橘猫一起晒太阳,然后等人。"

"你怎么还跟猫混在一起了?你不是平生最讨厌麻烦的,说但凡要照顾的都是麻烦……"顾筱宁笑着打趣,突然声音好像被截断,陡然停住。

直到几秒后,她再次开口问道:"你等谁啊?你不是一个人去西藏的吗?"

"一个男人。"

阮昭言简意赅的四个字,不仅没打消顾筱宁的好奇,反而让她越发想要刨根问底。

顾筱宁大惊:"什么男人?该不会是你在西藏遇见的男人吧?什么情况,这可不像你,你不是从来不近男色的?你们认识多久了,在哪儿

认识的，对方靠谱吗？"

顷刻间，顾筱宁化身十万个为什么，隔着手机都能感觉到她排山倒海的疑问。

阮昭仔细想了下，很严谨地说："暂时应该还不算认识吧。"

顾筱宁："？？？"

"一见钟情知道吗？"阮昭余光瞄着旁边再次瘫成一团的大橘猫，戴着手套的手在它柔软而光滑的身上揉了揉，"我好像对他一见钟情了。"

顾筱宁："……"

要不是顾筱宁太熟悉她的声音，只怕都要怀疑对面换了个人，要不就是被人魂穿了。

静了一瞬后，顾筱宁郑重地问道："我先声明啊，我不是歧视单身。但是你确定你一个母胎单身，单身了二十六年的人，真的知道什么叫喜欢？"

一见钟情，顾名思义，就是第一眼看见就喜欢上了。

喜欢是什么，阮昭以前还真不知道。

她没喜欢过别人，也没尝试过。追她的人犹如过江之鲫，拿着钻石玫瑰，开着豪车，甚至直接往她面前放别墅的钥匙，可是阮昭对那些人从来没有哪怕一丝的旖念。

不管对方长相如何，身家背景如何，阮昭没兴趣就是没兴趣。

连顾筱宁都感慨过，阮昭这副长相，居然还有孤独终老的可能性。

可见这个世界也没什么不公平的，老天爷虽然给她上好的皮相，却也给她一颗对全世界都通透冷漠的心。她不想要靠近任何人，也不许别人靠近她。

现在，顾筱宁居然亲耳听到，阮昭说对一个男人一见钟情。

"还有，你刚说你们还不算认识。"顾筱宁依旧不敢置信，"你不会是连他的名字都不知道吧？"

闻言，阮昭笑了起来："我会知道的。"

顾筱宁要不是这会儿身处北安，离得太远，她恨不得马上打飞机过来看看，这男人到底长了个什么三头六臂。

"你该不会是直接去问吧？"

"为什么不？"阮昭反问。

顾筱宁被震惊之余，又觉得这确实是阮昭的行事风格，直接、不拐弯抹角。

她忍不住出谋划策道："你这样会不会太直接了？你知道的，有些男的他就喜欢那种害羞含蓄性格的，万一这个人就是呢。要不你写个小纸条，找个人给他送过去。当然你还千万要让他看见你的脸，没有男人会拒绝你的脸，姐妹信我。"

阮昭想了下，先前她站在廊下，那个男人转头过来时，他的眼神从她脸上滑过，冷淡而漠不关心。

只一瞬，对方就立即收回了视线。

"你觉得我这个主意怎么样？"顾筱宁微微得意。

阮昭："不怎么样。"

顾筱宁还有工作，没办法跟她继续聊下去，赶紧说："我的仙女昭，等你旗胜归来。"

搭讪这种事并不稀罕，顾筱宁刷各路社交软件的时候，总会看见，基本上只要女孩是美女，男生没女朋友，最后都会成就一段酸死无数单身狗的甜甜恋爱。

阮昭长什么样，顾筱宁比谁都清楚。

她要真的主动出击，没有男人舍得逃开吧。

等待的时间里，阮昭拿出了平时修复文物时的心静如水。

阮昭从不相信命运，更不会把自己的命运交在别人的手上。

在佛殿里她向佛祖祈求两个心愿，第一个心愿，便是如果她能见他第二面，就要他的联系方式。

所以她就在这里，等待他们的第二次见面。

不知过了多久，大概到了寺庙快关门的时候，有脚步声传来，将原本眼睛微眯着的大橘猫吵醒，它再次转头望过去。

阮昭顺着它转头的方向，同样抬起头。

就见两个背包客，出现在视线里。

挺巧，就是她之前进寺时遇到的两个大学生模样的男生，两人大概是赶着出寺。

在看见她时，两人俱是一惊。

就在两人越过她，往出口走时，那个高个儿男生突然折返回来。

"那个，我……"男生站在阮昭面前，犹豫几秒，心一横，开口问，"我能加你微信吗？"

阮昭没想到他返回就是为了跟自己说这句话。

虽然她在这里已经等了快三个小时，可心情还算不错，连开口拒绝时，语气都带着温和："抱歉，我的微信不加陌生人。"

或许是怕对方纠缠，阮昭干脆直接说完："其他联系方式也不行。"

"哦，对不起，"高个儿男生勉强露出一丝笑容，迅速说，"实在是打扰了。"说完转身就跑了。

在她转头准备继续撸身侧的大橘猫时，就这样和迎面走来的男人视线交汇了。

对方的眼神在她身上一掠而过，便收了回去。显然被阮昭赌中了，他在寺内一直逗留到了关寺时间，所以得从这个侧门离开。

于是她直接起身，挡住他的去路。

虽然唐突，阮昭还是开口："我们在佛殿那里见过。"

傅时浔站在原地没动，他只是微抬了眼睑，略薄的眼皮像两片锋利刀刃，直直划了过来。

阮昭直接问道："我能跟你要个微信吗？"

她一开口，傅时浔就认出了她的声音。自然也记起来，她在佛殿里许下的那两个心愿。

理所当然而又轻狂。

此刻男人眼尾低垂了下来，没什么情绪，冷淡得要命，终于在他慢慢收回视线时，跟阮昭想象中一样清冷好听的声音响起：

"抱歉，我的微信也不加陌生人。"

"其他联系方式也不行。"

阮昭这是第一次搭讪，也是第一次被拒绝。

对方压根儿没有再和她废话的意思，说完这话，直接绕开她从旁边走过，离开时，连袖口都没擦到阮昭的衣襟。

大概是被拒绝得太明明白白，她原地愣了许久，甚至头回对自己产生怀疑。

怎么回事？

是她美得不够明显？

还是好看得不够突出？

等她终于醒过神，追出去时，对方已经走到了不远处停着的一辆黑色轿车旁。

那辆车显然已经等了许久。

他开门上车后，几秒钟车子便启动离开。

阮昭："……"

呵，跑那么快，是后面有人要吃你呀。

"刚才那个好像是傅教授，没想到他居然也来西藏了。"

"哪个傅教授？"

"我去，这你都不知道？就是咱们学校那个最年轻的考古系教授啊。我前女友简直是他的死忠迷妹，我们没分手的时候，我帮前女友抢他的课，结果没想到考古系这么一个冷门专业，差点把系统搞崩掉。不过他本人确实是帅啊。"

阮昭慢悠悠地望着不远处正在攀谈的两人。

两人大概也是在等网约车，显然没意识到交谈的内容全被身后的阮昭听到了。

真巧。

居然就是刚才跟她搭讪的那个高个儿男生跟他的同伴。

傅教授？

想到刚才那个男人对自己避之如蛇蝎的模样，阮昭嘴角略弯。

可是怎么办呢，现在可是连老天爷都在帮她。

于是她慢悠悠朝那两个男生走过去，对方这会儿终于看见她了。

那个先前跟她要微信的高个子男孩在看见她的一瞬，脸颊微红，明显有些激动。

阮昭开口道："不好意思，无意中听到你们的交谈。"

高个儿男生怔了怔。

阮昭抬起手指着刚才那辆黑车离开的方向："那个傅教授是你们学校的教授？"

"对。"矮个儿男生见同伴跟傻了似的，开口道。

他就是帮前女友抢课的那个。

阮昭轻笑道："你们是哪个学校的？刚才傅教授走得太匆忙，有样

东西忘记带走了。"

"北安大学。"矮个儿男生显然对阮昭毫无戒备之心,一口答道。

这次轮到阮昭怔住。

虽然她觉得她跟那个男人在这里相遇已有些缘分注定,但是她万万没想到,他们居然来自同一座城市。

来西藏旅游的游客,皆是来自天南海北。

哪怕真的有人在西藏有过一段故事,多半也只是露水情缘。

但现在,连她都觉得老天爷这是要拿红线将他们两人绑起来。

"傅教授,有什么东西忘记带了?你要是不介意,我们可以帮忙带回去。"对方明显好心,甚至还伸手抵了抵身侧同伴的手臂。

他知道好友对阮昭的心思,故意给制造机会——帮忙带东西的话,不就可以趁机加个微信。

阮昭微仰头,黑漆漆的眼珠子里透着一种志在必得的笃定,淡然笑道:"非常重要的东西,得我亲手交给他。"

——她的微信。

回酒店的路上,阮昭已经用手机搜索了北安大学,直接点进考古系的网页。很快,她就找到了那个男人的名字。因为考古系确实是个冷门院系,全院只有一个姓傅的教授。

这也是第一次,阮昭看到他的名字——傅时浔。

她心满意足地细细品味着这三个字,拆文解字,不管怎么看,都是一个完全能配得上他这个人的名字。

直到顾筱宁的电话过来,这才打断她的欣赏。

"进展怎么样,我可一直等你呢,半天也没动静。"顾筱宁急不可耐道,"先不说别的,你把他照片发给我看看。"

阮昭:"没有。"

顾筱宁支招:"也是,很多男人都不爱发照片。那你先看看他的朋友圈。"

听完这话,阮昭慢悠悠道:"没有朋友圈,因为我没加上他微信。"

哪怕隔着电话,都能明显感觉到对面顾筱宁一怔。

反而是作为当事人的阮昭,语气淡然:"我被拒绝了。"

"这什么人啊,居然拒绝你了?"顾筱宁深吸一口气,"他到底有没有眼光啊,连你这样的都能拒绝?"

突然,电话里的声音戛然而止。

几秒后,顾筱宁语气古怪且迟疑地说:"该不会他是个盲人?"

这次阮昭彻底被顾筱宁的奇思妙想逗笑。

"他不是。"阮昭缓缓抬头,正好床头对面的梳妆台上摆着一面镜子,她的脸被清清楚楚地映在镜面上,一张任谁看了都会赞一声大美女的面孔。

随后镜子里的姑娘浅浅弯唇:"但应该也差不多吧。"

不管是在殿内的一瞥,还是后来侧面的正面相视,傅时浔的眼睛里都没有情绪,冷淡得要命。

她长相如何,他并不在意,也丝毫不关心。

"我的昭,你别生气,这种臭男人没眼光,咱们不搭理他。"顾筱宁虽然没在现场,但也能想象到那种搭讪当场被拒绝的尴尬。

阮昭:"我不生气。"

确实除了最初的震惊,阮昭对这件事并不恼火。

相反,她觉得这男人真有那么点意思。

阮昭握着手机,眼睫微微下垂,漫不经心道:"你不觉得我们之间是天赐的缘分,在这九百六十多万平方公里的土地上,有个人跨越三千里从北安来到这里,和我在扎什伦布寺相遇。

"这种程度的话,是老天爷要拿红线把我们绑在一起吧。"

顾筱宁:"……"

阮昭声音里染上了几分兴味:"所以我决定,再给他一次机会,重新认识我。"

啊哈?

顾筱宁这次是真被震惊得说不出话,这话要是从别人嘴里说出来,她大概真会嘲笑一番普且信。

可偏偏从阮昭嘴里说出来,她就莫名信服。

大概是跟阮昭认识太久,顾筱宁知道她有着一副跟长相完全不相符的性格。一般人初见她,光冲着她的脸,会错以为她性子温和易相处。殊不知阮昭性格冷酷强势,说话做事从来说一不二,甚至是有些拽到张扬。

她想要的,注定会得到,从无例外。

清晨，院子里响起鸟鸣声，如今在城市的市中心极少能见到鸟雀。这几声清脆鸣啭，还多亏了一楼偏房屋檐下的那窝燕子。

春天来了，燕子也跟着回来了。

这院子是清末民初建成的四合院，保存得还算完好，历经了时代变迁，终于成了一幢隐没在繁华闹市区的幽静小院落。

院子虽年代久，但胜在地段好，一抬头，就能看见不远处的高楼大厦。

闹中取静，最是宜居。

阮昭醒得早，下楼时，家里的保姆董姐早已经在炉子上炖了一锅汤。

云霓坐在旁边小凳子上，帮忙看火。董姐忙来忙去，显然是在准备一顿丰盛的早餐。

"妮妮，要不你去楼上看看，昭小姐起床了没。"

董姐自持是个老派人，哪怕在阮昭这里干了好几年，依旧客气地称呼阮昭一声"小姐"。

不过阮昭这里，随处都是老东西，对于这种老式称呼，她也没放在心上。

"起来了。"她站在门口应了声。

董姐转头瞧见，立即说："你昨晚回来怎么也不说一声，要不然我肯定等你回来，给你做夜宵。"

连雇主回来都不知道，董姐自觉有些失职。

所以一大清早起床，看见门厅那边阮昭的东西，她就立即去菜市场采购了新鲜食材，准备大展身手，犒劳旅途归来的阮昭。

"你有什么想吃的吗？我都给你做。"董姐问。

阮昭说："不用太复杂，我待会儿就要出门。"

"去店里吗？"云霓立即说，"我哥一大清早就去了，他说昭姐姐你昨天坐了一天车子和飞机，肯定很累，不用着急过去。"

离这小院不远的几条街，就是北安远近闻名的朝天街古玩市场。阮昭在那边有间叫"明堂斋"的铺子，专做的就是古玩生意、古玩鉴定、买卖、修复都有所涉猎。

不懂行的，可能瞧不出明堂斋的厉害之处。但是圈内人都知道，要想请动圈子里赫赫有名的"小圣手"，就必须得来这间铺子走一遭，久而久之，明堂斋在国内古玩圈子里颇有些名声。很多外地古玩藏家，都会远道而来。

云霓的哥哥云樘，如今就专管着这家铺子。

"不去店里，我得先去别的地方。"阮昭老神在在。

云霓有些好奇："可是刘老板也不知道从哪儿知道你回来了，一大清早就给我哥打了电话。"

"让他等着。"

云霓见她居然连赚钱的事情都不上心，不由得更加好奇："昭姐姐，你要去干吗啊？"

阮昭正接过董姐端过来的甜白瓷小碗，略一低头，吹了下还冒着热气的汤面，懒洋洋地说："去翻山越海。"

云霓瞪着眼睛，显然是没听懂。

不过阮昭也不需要她懂，傅时浔这种男人，真要撩到他，无异于翻山越海。

但没关系，她有的是耐心。

北安大学校园内，大概是周一的缘故，显得格外有生气。一大清早，浩浩荡荡的自行车队伍就占据着学校里的主干道。

因为北安大学占地太广，学校面积大，光是从食堂到教学楼都有一段距离，学生们基本是人手一辆自行车。

傅时浔走进教室时，却一反常态地没有听到太过吵闹的声音。

大学课堂秩序不如高中阶段，有时候哪怕上课铃声响起，教室里也依旧吵吵闹闹，甚至还有学生不断进出。

偏偏今天，有种异样的安静。

在他踏入教室那一刻，他一眼察觉到这种异样安静的缘由。

因为教室第一排，坐着一个身穿白色重工刺绣风衣外套的女人，明明身上的衣服繁复，却因为她过分纤细又板正的身姿，显得精致而非累赘。

相较于满教室穿着打扮普通的学生，这姑娘倒不像是来上学听课，更有那么点砸场子的味道。

于是第一排除了她之外，空荡荡的，无人敢坐。

傅时浔走进教室的瞬间，阮昭的目光就跟他对上，只是这一次也如之前一样，他的目光并未在她身上有所停留，就好像他全然不记得眼前的人正是那个拦下他要微信的姑娘。

很快,上课铃声响起,傅时浔拿出签到表,开始点名。

随着一声声应答,点名很快结束。

在此期间,阮昭单手托下巴,微侧着左脸面向傅时浔。

从来没什么美而不自知,阮昭不仅知道自己长得美,而且还知道哪个角度能让她看起来最是惊艳动人。所以早在傅时浔进教室那一刻,她就不动声色地摆好了表情。

近在咫尺的美人,只要他不是真的眼盲,总是能看得清清楚楚。

当傅时浔点完最后一个名字,视线从名单上微抬起,自然地落在了离他最近的阮昭身上。

此刻阮昭直白而露骨的打量眼神,就这么落进他眼底,她不仅没不好意思,反而冲着他眨了眨眼睛,眼眸里灵动的光彩如水银泻地般流出。似乎在传递着一个意思——看,又是我啊,惊不惊喜,意不意外?

只是在这个她自认为是心照不宣的眼神后,男人眼底有些晦暗不明。

下一秒,他不带一丝情绪的声音,清清楚楚地传遍整个教室。

"现在,请没点到名字的人。"

他似乎有意停顿了下。

"出去。"

这一刻,教室里安静到落针可闻的地步,就连周围的空气似乎都有些凝滞,但从四面八方学生眼中投射过来的探究视线,纷纷落在坐在教室最前面的阮昭和傅时浔身上。

虽然傅时浔没点名,但是全教室,包括阮昭本人,都知道他说的就是她。

阮昭哪怕背对着其他人,都能感觉到身后传来各种好奇的眼神。

其实坐在这个教室里的,也不尽然全是上这节课的正经学生,也不乏陪男女朋友来上课的别系学生。

况且傅时浔的课,在学校还是热门课。当初光是抢课,就直接把学校的教务系统搞到崩溃。

每次上课时,阶梯教室里乌泱泱全是人,按理说,一眼是看不出谁是这个班的,谁不是。

但美貌这种东西,就跟咳嗽一样,藏不住。阮昭往教室里一坐,整个人就跟自带光似的,漂亮惹眼到发亮。况且她还坐在第一排,想看不见都不行。

能在大学教室里坐第一排的人,不是学霸就是狠人。这位仙女,只怕就是个狠人。

果不其然,在众目睽睽之下,哪怕傅时浔脸上已经写满了"赶人"两个字,阮昭依旧从容淡然,只见她自然地撩了下披在肩头的长鬈发,缓缓地从位置上站起来。

她淡然望着眼前的傅时浔:"教授,你没点到我的名字。"

"我的课不接受旁听……"傅时浔视线轻轻落在阮昭的脸上,眼底依旧是那股不好糊弄的冷淡劲儿。

阮昭慢慢凑近他的讲台,双手搭在台面上,用小到只有他们两人才能听到的声音说:"我叫阮昭,耳元阮,大昭寺的昭。"

大昭寺,位于西藏。

阮昭故意提及这个,就是让他想起西藏,想到扎寺的那惊鸿一瞥。

她不信,他当真对自己一点儿印象都没有。

"这位小姐,这个教室里有八十九个学生,现在你已经耽误了他们两分钟的时间。"傅时浔说完后,薄唇微微紧抿着,那股子冷淡到要命的劲儿再次溢出。

不得不说,阮昭就是被他身上这股冷淡劲儿吸引了。

只是他这句话,让阮昭不由得想起自己的高中班主任,面对班级里调皮又不服管教的学生,最常说的就是——就因为你浪费了一分钟时间,全班六十个学生,那加起来就是六十分钟。

阮昭被这个莫名的念头逗得一笑。只是她一笑,傅时浔的眉心蹙得就更紧了。

于是在他再次开口赶人之前,她淡笑解释:"抱歉,我并不是在笑话你。不过傅教授你既然不接受旁听的话,我出去就好了。"

说完,她拎起桌子上的包,准备离开。

只是临走前,她转身冲着身后教室里的学生微微一鞠躬:"对不起,浪费大家的时间。"

明明是被赶出教室,偏偏她姿态淡然轻松,这一声道歉,更是惹得教室里的男生女生都心生怜爱,恨不得摇旗呐喊要求教授让她留下来。

直到蠢蠢欲动的人,看见讲台上面无表情的傅教授,顿时什么话都

咽了回去。

大学的课，一般都是两节连上，中间十分钟课间休息。除了倒水和上厕所之外，没人会楼上楼下乱窜。

所以阮昭安心等在一楼大厅，还抽空看了看大厅里悬挂着的院系简介。

说起来当年她还差点儿上了北安大学的考古系，只是后来阴错阳差，去了别的学校。

她看得津津有味，丝毫没有等待的不耐烦。

大概跟她所做的修复工作有关，她最不缺的就是耐心。有时候一幅残破的古画，光是揭画心都得花四五天的时间，用镊子轻轻揭开，重了怕揭坏，轻了会揭不干净。

所以在撩傅时浔这件事上，她还真有着与众不同的耐心。

又一次铃声响起，两节课都结束了。

因为教学楼有好几个出口，阮昭干脆站在外面先等着。

不一会儿，学生如潮水般一窝蜂地涌下楼。大学就是这样，不同的课在不同教室里上，有时候赶课的紧迫程度堪比明星赶场。

本以为这么多人，没那么容易能找到他。

阮昭盯着离那间教室最近的楼梯口，一道修长高大的身影出现在楼梯。跟上次单薄的衬衫黑裤不同，今天他穿了一件薄呢短外套，内搭一件黑色V领毛衣，领口露出一截打底的白色，跟周围青涩的大学生比起来，有种成熟男人的韵味。

他身侧有两个学生，似乎一直在追问他问题，他一边走着一边回答，依旧是那副疏淡模样，但并不敷衍。

一直到了教学楼的出口，学生才停止追问，跟他挥手道别。

大概是点名那事儿留下的深刻印象，不少上了这节课的学生在出教学楼时就一眼认出了站在路边的阮昭。大家哪怕是要赶着去上下节课，也不忘回头看她。

只是相较于学生的好奇，更淡然的反而是当事人。

阮昭率先弯起嘴角，其实她并不算爱笑，她这人大部分时候都挺冷淡的，骨子里透着尖锐张扬，特别是那双眼睛，一贯有种事不关己的通透冷静。

好在春日里阳光总有种莫名的温柔。三月春光渐暖,当她露出清浅笑容时,连耳畔那一缕未揽在耳后的长发都被镀上一层柔光,随着微风轻晃,轻轻拨勾着人的心弦。

站在校园的走道上,她就是比春光还要生动的存在,美得让人侧目。

但再美的人,也需要一双能发现她美的眼睛。

而对面走过来的傅时浔,仿佛压根儿没看见她一样,径直从她身边走过去。

很好,第三次了——这样直接无视她的存在。

"傅教授。"阮昭"眼疾脚快",抢先挡在他面前。

终于他微垂着眼皮,声音一如既往地好听兼冷漠:"有事?"

阮昭其实并不是那种身材娇小的姑娘,她身高超过一米七,身高腿长,占尽优势。只是到了他跟前,她居然还需要微仰着头望他。

这一抬头,她视线停留在他的脸上。

弥漫在春日里的阳光,在风里打了个旋儿,猝不及防落进他眼睛里,怎么会那么好看呢。

阮昭不由得轻声道:"你的眼睛真漂亮。"

"……"

有点儿糟。

她是不是暴露真实目的太快了。

对面的男人明显一愣,喜欢他的人向来不少。为了接近他,使出的那些层出不穷的手段,他也见过不少。但这么不按常理出牌的,就她一个。

"你等在这里,就是为了跟我说这种无聊的话?"傅时浔眼眸微缩,声音依旧凉薄。

说完这句话,傅时浔即将收回的视线里,眼前这个从来理直气壮的姑娘,一直上扬的嘴角肉眼可见地慢慢撇了下去。她眼瞳里的流光,似乎也跟着黯淡。

沉默了几秒,眼前的人主动让开,微仰头盯着他,声音极轻地解释道:"我只是想跟你解释一下,我不是故意要在你的课堂里捣乱,我是真的想听你上课。"

她这猝不及防的示软,一瞬间让傅时浔嗓子里仿佛有羽毛挠过,莫名痒了起来。

最终他安静地看了阮昭一眼，转身离开。

在他转身的瞬间，阮昭抬起头，嘴角一撇。

这男人心肠确实够硬，她刻意示弱都没能让他心软。

阮昭还站在原地看着他时，一辆正好从旁边拐过来的自行车车主正忙着打电话，一心二用，没注意拐弯口站着的人，于是自行车直冲冲地朝她撞了过去。

"小心。"

哪怕是旁边人惊呼着提醒，也依旧没让阮昭逃过一劫。

好在自行车主在最后一刻用力扭过车头，让她不至于受到最大的那波冲击力。但倒霉的是，车头虽然没撞到她，但凸起的车脚蹬还是刮到了她的小腿骨，剧痛瞬间直冲脑门。

饶是忍耐力超常的阮昭，都忍不住倒抽一口气，有种眼前一黑的感觉。

"对不起，对不起。"摔倒在地上的车主人迅速爬起来道歉。

阮昭疼得闭了闭眼睛。再次睁开眼睛后，她冷着脸，一言不发地看着对方。

"你伤得严不严重，要不我送你去医务室吧？对不起，都怪我。"男生小心翼翼地看着她，不停地道歉。纵然眼前的人长得漂亮，可她这眼神太冷，仿佛下一刻就会说出让他无地自容的话。

但让男生没想到的是，阮昭只是冷冷道："不用，下次骑车小心点。"

阮昭性子虽然冷，却并不刻薄。

她这样好说话，对方却没当真，还一个劲地劝说道："你真的没事吗？医务室离这儿不远，要不我送你过去吧。"

阮昭抬眼望对方，语气冷淡："同学，你是生怕我赖不上你是吧？"

男生："……"

在得到她的肯定回答后，男生终于离开了。

他一走，阮昭低头，试着挪了下脚。

真够疼的。

她突然有点儿后悔，那么轻易放对方走。

阮昭心底难得有些烦躁，不过不知是因为腿上的痛楚，还是傅时浔的漠视。她一向心高气傲，头一次这么受挫，还都是折载在同一个人身上。

流年不利，出门没看皇历，才让阮昭面对现在的这种情况。前一秒刚被人冷漠拒绝，下一秒就被车撞。

阮昭叹了口气，正要拿手机打电话，突然余光看见对面的身影。

片刻后。

她直勾勾望着对面的男人，本以为早就离开的人，居然去而复返，重新站在她面前。

于是在她眼含笑意时，傅时浔冷淡的声调响起："走吧。"

阮昭错愕地望着他，有些莫名："什么？"

"医务室。"

这时，阮昭才后知后觉明白他的意思。

——走吧。

——我送你去医务室。

哦吼！不用看皇历了，今天肯定是个好日子！有人回头自投罗网了哎！

傅时浔说完这句话，本来是往前走的。

身后的阮昭怎么可能放过如此天赐良机，否则她皮肉之苦岂不是白受了，摆明老天都在给她制造机会，让她上了。

"嘶……"阮昭轻吸一口气。

果然，前面的男人脚步一顿。

阮昭看见，心底轻笑，有戏。

于是，她轻声说："傅教授，我不是想占你便宜，但是你能不能借我一只手臂，让我扶一下。我的腿真的好痛，好痛。"

连阮昭都没想到，自己还挺有演戏天赋。原本如清泉般干净清透的声音，在颤音的余韵下，显得我见犹怜。

她都这么可怜了，他总不会拒绝自己吧。

谁知前面的男人只是转过头，声音一如既往的冷淡："站在这里等着。"

眼看着他大步流星离开，阮昭脸上的楚楚可怜登时烟消云散。

直到一辆黑色大众停在她的身侧。

车窗被降低，露出傅时浔的脸："上来吧。"

阮昭站在原地没动，反而弯腰，伸手挡住车窗玻璃，眼神坦荡荡地看着他:"傅教授,我能问你一个问题吗?这关系到我待会儿上车坐哪儿。"

傅时浔朝她看着,眉心是轻蹙着的,显然是知道她又要作妖。

阮昭只当没看见他的眼神,自顾自问道:"你有女朋友吗?副驾驶座可是女朋友专座。你要是有女朋友,我就不能坐副驾驶了。"

"你坐后排吧。"傅时浔面无表情地平静道。

阮昭本来是想用这个话题打探他的情感状况,虽然就她目前了解到的来看,他应该是没有女朋友,但是防患于未然嘛。

见他这样,阮昭也没再继续纠缠这个话题,免得得不偿失。

她走到副驾驶座的那侧车门,打开门上车。

面对男人投递过来的视线,她淡然道:"我觉得我还是坐副驾驶比较礼貌,毕竟你又不是我的司机。"

医务室确实离得很近。

车子拐了两个弯就到了,全程没超过五分钟。

进了医务室,穿白大褂的医生立即问明情况,让阮昭坐在旁边的床上,然后伸手掀开她的裤子。等看清楚她的腿,医生不由得惊讶道:"怎么这么严重?"

原本站在一旁的傅时浔,也扭头看过来。

不怪医生惊讶,因为阮昭的小腿上有一团明显的青紫瘀痕,周围还有一圈紫红色淤血。

大概是她皮肤太白皙,这么一看,很是触目惊心。

反而是阮昭自己没太奇怪,她打小就这样,伤痕体质,磕着碰着都看起来惨不忍睹。

这样也好,待会儿卖起惨显得"货真价实"。

医生摸了摸,确定她的骨头没什么事情,就是瘀青严重,给她开了活血化瘀的药,让她回去喷两天,就没什么大事了。

因为有别的学生过来,医生忙着招呼别人,就让阮昭自己喷一下药。

阮昭手上戴着手套,拧了两次瓶盖,居然没拧下来。

最后还是傅时浔看不下去,直接将瓶子拿过去,干脆拔掉瓶盖,对着她的小腿就猛喷了几下。带着药味的白色水雾在瓶口喷出,覆在她的小腿上。

见他这么快喷完，阮昭手掌抵着下巴，试探性地问："这种喷剂是不是也要揉开才会管用？"

就像那种跌打损伤的药油一样。

这话一出口，傅时浔眼皮轻掀，薄薄的眼睑跟刀片似的，直直刮在她心头，语气冷淡："你确定要我给你揉？"

明明不带一丝旖旎，阮昭却莫名心跳加速。

说来也奇怪，她也不是什么不谈恋爱就会死的人。相反她长这么大，还是头一回遇到让自个心动的，不来则已，一来就让她无法抑制这样的冲动。

阮昭仰头看着他，这才发现他个子虽高，但并没有高个子男生常有的驼背习惯，相反身姿挺拔，有点儿像雪后清冽的冷松，深沉而稳静。

听着他危险的口吻，阮昭想起电视里抹药油伴随着的鬼哭狼嚎声。她突然觉得，自己还是别太得寸进尺为好。于是她转移话题道："其实，我突然发现一件事。"

这话明显是下了钩子，就等着他上套呢。

只是，傅时浔果然没如阮昭的意，压根儿没想反问回来。好在阮昭也不恼，意味深长地看着他："我只是确定，你对我也不完全是表面这么冷漠和无动于衷吧。其实你还挺在意我的吧。"

说这话时，阮昭的眼睛坦荡而笔直地望着傅时浔。

反而是男人眼底恢复了平静，同样沉沉地看向她。

这是在等着她嘴里还能吐出什么象牙。

阮昭微微一笑："要不然你干吗非要将我赶出教室，是不是觉得我坐在那里，你就没有办法安心地上课。"

阮昭："我不信旁听的人就我一个。"

这话阮昭还真不是胡说，傅时浔的课在安大是出了名的难抢，所以有些没抢到课的学生都会过来旁听。

所以嘛，既然别人能旁听，就她不行，除了是怕被她影响，好像也没有别的理由了吧。

这自信的口吻，活脱脱就是那一日她对着佛像祈愿时的模样，那样理所当然又轻狂。

终于，傅时浔的耐心在这一刻耗尽。

他上前一步，将两人的距离拉近的同时，低头居高临下地看着她，他身上的压迫感扑面而来:"我将你赶出教室,不是因为我看见你无法安心上课,而是我的课堂不欢迎不速之客。"

阮昭带着明知故问的无辜口吻问道:"不速之客,我吗?"

傅时浔单手插兜,睨了她一眼,毫不客气道:"你不是在跟踪我吗?"

原来他是在恼火这个,以为她刻意跟踪他。

"跟踪真没有。"打听课程表倒是有,阮昭眼底透着漫不经心的笑意,不紧不慢地解释,"如果我说是缘分指引我找到你,你信不信?"

两人四目相对。

傅时浔眼睛里明晃晃写着两个字:不信。

"我知道你工作的地方,根本不需要靠跟踪。只要我们同在北安,我想我们早晚会遇上,毕竟我也是做……"阮昭扬头,她本来就是做什么事都理所当然的性格,压根儿不会解释。这也算是头一遭,她打算好好解释。

虽然傅时浔的身份,确实是那两个背包客学生告诉她的。但她是文物修复师,而傅时浔是大学考古系教授,她相信只要他们都在北安,早晚会相遇。

此时他手机响起,这已经是第二次,估计真有什么急事吧。

"阮小姐,我没兴趣知道你是做什么的。"傅时浔似乎真没什么耐心,不想再跟她继续纠缠这个问题下去,直截了当地开口说,"还有,请你以后,不要打扰我的正常工作。"

说完,他没再给阮昭说话的机会,直接离开了医务室。

阮昭望着他扭头就走的背影,嘴角的漫不经心渐渐收敛。

早晚让你还回来。

那天之后,阮昭确实没再出现在傅时浔面前,因为她也忙得不可开交。

本来古玩行业就是三年不开张,开张吃三年。自打阮昭修复好了那幅宋朝字画一举成名之后,不知道多少人捧着自家的画上门求助。

她回来第二天就被刘老板在店里逮了个正着。时间之巧合,让阮昭差点儿都怀疑他是不是派人在自己店门口蹲点了。

对方确实新得了一幅画,确实是宋朝真迹,但破得厉害,寻常修复师不敢接手,就等着阮昭回来救命。

阮昭本没打算接，可对方实在是给得太多了。于是她暂时收起风花雪月的心情，一连半个月都待在小院里修复这幅宋朝古画。她的工作室就设在自家院子的二楼，除了吃饭之外，她几乎连楼都不会下。

修复古书画一向是个精细活，没有捷径，哪怕是经验最丰富的老师傅都是靠着自己的双手，沉下心，一点点慢慢修复出来。

这天她依旧在楼上修画，小院里却来了两位客人。

人是云霓接待的，其中一人她还挺熟的，叫邱志鸣。说起来他还大阮昭几岁，但按辈分来说，却得喊阮昭"小师叔"。

"霓霓，小师叔在家吗？"邱志鸣开门见山道，显得十分熟络的模样。

云霓正要回答他的话，却先被站在他身侧的男人吸引。

对方手里拿着一个两尺见长的长条盒子，云霓在阮昭身边这么久，一眼就看出这锦盒里面肯定装的是画，说不定还是一幅价值连城的古画。

这种场面云霓可不陌生，这一看就又是来找昭姐姐修画的。

来修画不罕见，可是长成这样就罕见了。

云霓以为她成天跟在阮昭身边，早已经对长相这种东西免疫了，毕竟再好看也好看不过阮昭吧。可是小姑娘这才发现，是她太武断了。

这个人倒跟漂亮沾不上边，是那种眉骨如雕刻，轮廓深邃干净流畅到极致的清俊长相。大概是英俊到这种程度，哪怕他整个人冷淡地站在旁边，一言不发，也极具存在感。

邱志鸣见云霓发呆："霓霓，小师叔今天在家吗？我这位朋友有幅画，急等着要修呢。"

云霓："哦。"

"那能不能请你看在我的面子上，上去请小师叔一趟。"

你哪有什么面子。云霓有点儿不耐烦邱志鸣，因为他几次擅自带人找来家里，让昭姐姐帮忙修画，之前都被昭姐姐拒绝了。云霓瞧着昭姐姐也是有些烦他的，就是碍于他师父的情面，才没把话说重。

要是平常，云霓肯定就把他打发了，可是现在……她眼珠一转，轻声说："好吧，我上去问问，不过昭姐姐刚接了一个修复古画的活儿，未必有时间。"

一听这话，邱志鸣已经转头对身边的男人邀功道："傅教授，您只管放心吧。我这位小师叔那可是天才修复师，之前那幅展览出来的宋朝《采花仕女图》，就是我小师叔成功修复的。只要她出马，您这幅画肯

定能起死回生。"

云霓在心底猛地翻了个白眼。

要不是她见色起意,舍不得让这样的大帅哥失望而归,她才懒得搭理呢。她也是看在人家大帅哥的面子上。

"麻烦了。"云霓没想到,冷淡的男人居然冲自己颔首笑了下。

于是云霓再也没犹豫,红着小脸,出门左转,上了楼。

阮昭手头上修复的这幅画,已经进行到了补的这个部分。所谓修复,也有不同的派别方法,而阮昭从小到大学的,就是修旧如旧。

一幅画,到她手里,不是要变成一幅崭新的画,而是成为一眼看去就有着厚重沉淀感的古画。

"昭姐姐。"

云霓进来,阮昭手上的镊子依旧握得稳稳的,未受影响。

反倒是云霓被自己的莽撞吓了一跳,生怕打扰到阮昭。一直等到阮昭将手上的折条贴在了古画背面后,她这才重新说话。

听完来龙去脉,阮昭毫无兴趣道:"不接。"

云霓试探地劝了下:"要不你先下去看看?万一他们给很多钱呢。"

"邱志鸣贿赂你了?"

"怎么可能,我不是那种人。"云霓一脸清白。

阮昭这会儿才抬头看了她一眼:"那你为什么帮他说话?"

"我,我……"云霓支吾了两下,知道自己说不了谎,干脆实话实说,"他把那个要修画的客人带来了,长得可太帅了,比我见过的任何男生都帅。不是,应该是比男明星都好看。"

阮昭淡淡道:"你见过男明星?"

"没有。"云霓辩解说,"但是我在电视上看过啊,我觉得他就是帅,而且他人现在就在楼下呢,你要是不信,自己下去看嘛。"

阮昭修了大半日的字画,早已经到了下午,这会儿天际蒙上了一层浅金色,平添了几分午后慵懒。阮昭放下手里的画,站了起来:"那行,就去看看。"

她倒对什么帅哥没兴趣,再帅的人,难道还能比得上傅时浔?那可是能让她一眼万年的男人。

于是她下巴微抬,声音有些冷傲道:"你先下去招呼他们,我去换身衣裳。"

傅时浔被几声鸟鸣吸引了，并不是清脆的鸣啭，而是虚弱而微小的细鸣声。

邱志鸣去了洗手间，那个小姑娘去楼上请那位修复师，也还没下来。

本来傅时浔不想多管闲事，但是那一声声细鸣像是在呜咽地哀求着什么，最后傅时浔还是将画放在桌上，起身走出了正厅。

他循着声音来到偏房屋檐下，发现躺在地上的一只幼燕。

这只燕子实在是太小，还不会飞，显然是从房檐底下的燕子窝里掉出来的。这会儿两只大燕子站在窝的边缘，不停地鸣叫。

傅时浔有些头疼，这小燕子眼看着是刚睁开眼睛，要是直接送回燕子窝，也不知还能不能活。

"你这是要绑架我的燕子？"突然一道如雪山清泉般干净的声音在他前方响起。

循着这道熟悉的声音看过去，看清楚那道浅蓝色身影，傅时浔有一瞬间的恍惚。

小院子里栽种着一棵树，每到夏天时，枝繁叶茂，蝉鸣鸟叫，一棵树能盛满一整个盛夏。如今春日刚至，树枝上只是新发了嫩芽，还残留着残冬的萧条。

偏偏树下那人一身浅蓝色立体绣花盘扣外袍，长长绣袍内搭白色交领纱衣，透着古韵，却又并非那种正统汉服，她黑色的长发被一支木簪半绾在脑后。

都说人穿衣，衣衬人，但她站在那里，仿佛既焕发了小院的春意，又融于这个有着岁月沉淀的院落，周围的场景仿佛都是为了她而存在。

任谁都想不到，在这座现代化的城市，还有一处小院，一个人，能将古韵穿在身上。

阮昭缓缓走过来，低头看着他手掌心里的幼燕，低叹一句："真可怜。"

她扭头朝厨房的方向喊了一句："霓霓。"

本来正帮着董姐准备茶点的小姑娘立即跑了出来，问道："怎么了，昭姐姐。"

"小燕子掉下来了。"

云霓"啊"的一声惊呼，忙不迭地跑了过来，瞧着蜷缩在傅时浔手里的幼燕，登时心疼到不行。

"给她吧，她去年就照顾过一只。"阮昭说道。

傅时浔小心地将幼燕交给云霓。

云霓带着幼燕上楼之后，周围透着诡异的安静。

这样的状况，哪怕不用介绍，两人也明白了眼前的情况。

他就是来求修画的人。

而她是他要找的人。

午后懒散阳光，散发着岁月余韵的小院，阮昭直勾勾地望着傅时浔，似笑非笑，终于她扬起下巴："现在，你想知道我是做什么的吗？"

傅时浔这是发现了，不管什么时候，她永远都这样理直气壮。

他本想别开头，不搭理她，可下一刻却鬼使神差地看过去。

此时，阮昭那双干净通透的眼睛透露着能够藐视全世界的骄傲："我是文物修复师阮昭。"

第二章 /
那傅教授，就麻烦你对我负责到底了。

初春的阳光并不热烈，泛着暖融融的慵懒，无端让人身心放松，可是对面姑娘那双干净通透的眼睛里传递着的清傲和锋利，却似乎又给小院平添了盎然的生机。

傅时浔似乎被她眼里的光刺到，不动声色地转过头。

在柔软的风里，四周再次安静。

只是总有莫名其妙的人出现，打破这份宁静。

邱志鸣去了趟洗手间，回来见正厅没人，这不就找了出来。结果一看见阮昭和傅时浔站在一起，他赶紧上前，极其热情地说道："小师叔，我就知道您虽然贵人事忙，但总不至于不给自家人面子。"

相较于他的无比热情，阮昭的表情足可以称得上冷淡。

见她这般平淡，邱志鸣赶紧主动介绍说："小师叔，这位是傅时浔傅教授。您别看他年纪轻轻，如今已经是北安大学考古系的教授。"

他以为两人之间是第一次见面，相互不认识。

刚给阮昭介绍过傅时浔，他立即转头对傅时浔说："傅教授，这位就是我们今天来找的修复师，阮昭阮小姐。"

"很抱歉，今天这件事还是算了吧。"傅时浔在看见阮昭之后，心底就有了打算。他语气平淡地表达自己的想法。

傅时浔这人从来不是拖泥带水的性格，他太清楚怎么跟人保持距离，从而彻底断绝对方的小心思。这事儿他从小干到大。

如今在大学任教，最忌讳的就是师生恋，哪怕是似是而非的绯闻，都会让人怀疑这个老师的师德问题。特别是傅时浔这样的长相，说句不好听的,只要周围的人没瞎,他就不可能不招蜂引蝶。

可傅时浔就能万花丛中过,做到真正的片叶不沾身。

别说女学生,哪怕是学校里年龄相仿、样貌出众的单身女老师,都没能跟他传过任何一次暧昧绯闻。

他太懂得怎么拒绝别人。

如今阮昭的心思,昭然若揭,他不至于明知道还要送上门。

阮昭听到这话,差点儿给他鼓掌,还挺有骨气的嘛。

"傅教授,要不您再考虑考虑。"一旁的邱志鸣干着急道。

他见阮昭在场,也不好说别的,只能先说:"小师叔,我先跟傅教授聊聊。"

"你们聊。"阮昭也不在意,说完就径直离开。

傅时浔看着阮昭头也不回地离开,微眯了下。几次见面下来,他大概知道阮昭的性格,她绝不是轻易就撒手的人。

"这位阮小姐不可以。"他收回视线,直接对邱志鸣道。

邱志鸣被傅时浔这斩钉截铁的态度弄得有点儿摸不着头脑。半晌,他问道:"傅教授,您是不是觉得我小师叔看着太年轻了?你怕她没经验?"

"哎哟,那您可真不用担心这个,虽然说干我们修复师这行,确实需要经验积累,可这不是哪行哪业都得出几个天才人物。我这位小师叔就属于这种年少成名的。"

在来之前,邱志鸣一直神神秘秘的,并未对傅时浔透露过多。如今见傅时浔居然改了主意,他赶紧解释说:"况且我也不是胡乱帮您找的修复师,目前业内做商业修复的,大多不是真正的专家。"

顶级的文物修复师大多在故宫,或者是在国家级博物馆内。想请动这些名家大师出手,几乎是不可能的。况且这些机构,管理严格,这些人不可能为了钱去接外面的私活。

傅时浔主意已定,声音一如既往清冷淡漠:"难道除了她之外,就没有能够修复这幅画的?"

"您可知道她的师父是谁吗?"邱志鸣左右轻瞥了一眼,压低声音说,"是顾一顺大师。这位的名字想必您也耳熟吧,那可是古书画修复大师。"

文物圈和考古圈，不仅有着千丝万缕的联系，更可以说是一家。

对于这些业内泰山北斗级别大师的名字，傅时浔自然不可能孤陋寡闻到没听过。毕竟在一些考古项目里，一定会有文物修复师的参与。因为一般考古出土的文物都需要经过修复师的手，才能跟全世界正式见面。

"而且我之所以带您来找小师叔，就是因为您手里的这幅画跟她之前修复过的一幅画有异曲同工之处。所以您要是想要修复您手里的这幅画，除了这位之外，还真没有更好的人选。"邱志鸣低声说。

只是他一边说着，一边在心里后悔。

本以为这位只是看着性子冷，不难说话，没想到临门一脚了，对方直接撂挑子了。要不是这事儿是一位大人物交代下来的，他还真不想掺和。

如今这两边他都不好得罪，毕竟人都带来了，要是直接走了，岂不是打阮昭的脸。

"再说了，您如今最重要的，就是要修好这幅画，别的都可以先放到一边去。"

阮昭正在客厅喝茶，这里不仅小院有些历史感，就连家具摆件都透着古朴禅韵。

董姐特地准备了点心，还挺好吃的。

她正准备伸手捏第二块吃的时候，门口出现了两道身影。

看来是做了决定。

"怎么样？"阮昭坐在沙发上，往后轻轻靠了下，颇有些没心没肺地轻笑着问道。

傅时浔没开口。

旁边的邱志鸣说："小师叔，我们都知道，如今业内书画商业修复这一块，您是数一数二的。"

"不至于，有事说事。"阮昭说这话的时候，眼睛看着的是傅时浔。

他声音那么好听，哪怕是冷了点，但也应该多说说。

阮昭丝毫不介意他的冷淡。

邱志鸣："是这样，傅教授手里有一幅画，因为保存的时候没注意，一不小心长了霉斑，想要重新修补上色。"

"长了霉菌？"阮昭似笑非笑。

她在业内是什么收费标准,傅时浔不知道,这个邱志鸣不可能不知道。要真是这种小问题,不可能来找她。

这就好比有人得了小感冒,本来可以在家门口的社区医院看好,非要跑去三甲挂专家号。所以阮昭还没看见画,就猜到不可能这么简单。

这几年上门来找阮昭修画的,不是一个两个。没看见画时,一个个说得轻描淡写,什么只是被虫蛀了一点,结果拿出来整幅画布满了虫洞,还有什么稍微有些残破而已,结果拿到手,光是把画拼回去,就花了半个多月的时间。

"傅教授今天把画带过来了,要不您还是直接看看?"

阮昭没有立即说话,只是笑盈盈朝傅时浔看过去。两人眼神对视后,傅时浔伸手打开身侧的画盒,将里面的画拿了出来。

他伸手递过来的时候,阮昭也没故意多撩,利落地接过画。

随后她弯腰将画铺在了面前的茶几上。

这一看,差点儿把她气笑了。

这幅画原本色泽浓艳丰满,画风工整精细,但如今不仅存在霉斑、返铅、残缺等问题,最重要的是绢面上有明显的晕染痕迹,残损严重,每一个都不是小问题。

阮昭低头看着画,突然开口问:"你事先找过别人修复?"

不等傅时浔回答,她自顾自说道:"这幅画乃是工笔重彩绢本青绿山水画,一开始问题确实不大,霉斑、返铅,哪怕是破损,只要花点时间就能修复。最大的问题就在于,你找的上一个修复师是个蠢货。"

在自己擅长的领域,阮昭身上那种隐藏着的睥睨一切的轻狂再次浮现。这让傅时浔突然想起,那天她对着佛像的祈愿口吻。

"这样的重彩绢本,因为年久颜色容易失胶掉色,所以在潮水之前,要先保证色彩的稳固不晕染。你之前找的修复师,没有解决好固色的问题,所以造成了现在画的表面被晕染。"

中国的古书画不仅有色彩淡雅的写意山水画,也有这种利用石青、石绿等矿物染料绘制而成的重彩画。

古书画修复最重要一个步骤,就是洗。利用热水洗掉画表面的污渍和霉斑。但重彩书画的清洗就是一个大难点,因为要先稳固颜色才能清洗,所以这幅画的修复看似简单,实则极难,寻常修复师根本不敢接手。

这次轮到傅时浔微诧,虽然他一直听邱志鸣吹嘘阮昭的实力,但总要眼见为实。

如今阮昭轻描淡写的几句话，就点出了这幅画的问题。不得不说，在书画修复上，她确实是专家。

"古迹重装，如病延医"，"苟欲改装，如病笃延医。医善，则随手而起，医不善，则随剂而毙。所谓'不药当中医'，不遇良工，宁存故物。"

这句话出自明末装裱大师周嘉胄《装潢志》。

可见古人诚不欺我。

此刻她微微摇头，轻声道："好好的一幅画，可惜了。"

"小师叔您真是慧眼如炬，傅教授就是之前遇人不淑，才把好好的一幅画给弄成这样，只要现在您肯接手，傅教授这边的酬劳一定不是问题。"

阮昭白了邱志鸣一眼，邱志鸣这个掮客当得倒是称职，什么话都让他说了。

她不紧不慢地重新坐回沙发上，抬眸看向身侧的傅时浔，就那么明目张胆地望着："你是第一次来找我修画，可能不知道我的规矩。"

傅时浔同样望着她，这次终于开口："愿闻其详。"

阮昭轻掀嘴角，不紧不慢道："我修画有三个规矩。第一，我不接赝品。"

这个好理解，古玩圈的人都重名誉，谁要是敢跟赝品沾上边，只怕不仅名声尽毁，还可能一辈子都翻不了身。

"第二，我不接脏路子的货。"

虽然如今盗墓之风不再盛行，但很多古玩的来历依旧说不清道不明。所以阮昭是绝对不会碰。

"这第三嘛……"她轻轻托手抵着下巴，看着傅时浔眨了眨眼睛，慢悠悠地说，"第三就是，我不接陌生人的活儿。"

陌生人！

在看清楚傅时浔眼底一闪而过的错愕时，阮昭就明白，他听懂了自己的意思。这是她在大昭寺时，他明明白白拒绝过自己的话。

风水轮流转！

哼，男人，你也有今天！

在这个男人面前几次受挫，阮昭在这瞬间只觉得有种解气的痛快。

片刻沉默后，傅时浔直接拿出手机，一如既往冷淡的声音在客厅里响起。

"加了微信的话，还算是陌生人吗？"

见状，阮昭微张了张唇，故作诧异道："傅教授，这是要主动加我微信？"

明知她是在得寸进尺，可是傅时浔的手掌已经伸了过来。

一旁的邱志鸣再傻也看出来这两人之间绝不是第一次见面那么简单，说不定还有什么纠葛。于是他思虑之下，急中生智道："傅教授是男人，确实应该主动点。况且我们小师叔这样的大美人，能加上微信，可是求之不得的事情。"

阮昭瞥了邱志鸣一眼，压了压弯起的嘴角。

不错，这个邱志鸣是个能处的！有话他直说。

不过阮昭也知道过犹不及的道理，今天她占尽了上风，所以矜持了下，就跟傅时浔加上了微信。

等通过之后，她随意瞥了一眼他的头像。很奇怪，居然是一棵树。

对方就在自己的面前，阮昭也没火急火燎地点开他的朋友圈，反而不紧不慢把手机扣在自己的腿边。她抬头看着他，轻笑了下："抱歉，我不能接你的画。"

"……"

相较于旁边一张脸五颜六色变幻的邱志鸣，傅时浔的表情反而没什么波动。

他问："是因为这幅画是赝品吗？"

阮昭挑眉，他知道，他居然知道。

不可否认，这幅画确实是仿画里最高级的那种，能够欺骗无数人，轻易不可能被识破，不过阮昭还是通过画上的一处印章看了出来。

"这幅画的原画应该是明代仇英的作品，画几经易手之后，上面不仅有仇英的印章，还有乾隆皇帝的印章。"

阮昭看着乾隆皇帝印章，摇头道："可惜这印章的印泥却与原画主一致。"

明朝的印泥怎么可能跟清朝的一样。所以这幅画，必是赝品。

邱志鸣低头看着画，这幅画他当时也经手过，丝毫没察觉出问题。

就在此时，傅时浔转头看着他，沉沉道："邱先生，可以让我们单独说几句吗？"

"当然可以，当然。"邱志鸣一边起身一边道，"你们聊，你们单独聊。"

等他走出去，傅时浔这才重新将视线投向阮昭，淡声问："你有时间来听听这幅画的来龙去脉吗？"

那可太有了，阮昭心想。

她现在最缺的，就是跟傅时浔朝夕相处的机会。虽然最后她会无情地拒绝他修复画的请求，但她不介意听听他的故事。

于是两人各怀心思。

傅时浔说："其实这幅画，是当初我爷爷给我奶奶的聘礼。"

"啊？"阮昭有些诧异。

虽然知道对方是傅时浔的爷爷，还是忍不住在心底嘀咕了一句，那你爷爷可不太厚道，居然用假画当聘礼。

不过，阮昭却冤枉了老人家。

因为傅时浔接下来就说道："但我奶奶对这一切都知情。"

这是一个家道中落的落魄公子爱上书香门第千金的故事，傅时浔的爷爷当年也是豪门望族，只可惜到了他这一辈彻底落魄，家里连饭都快吃不起，更别说娶老婆。

但缘分就是这样巧妙，他爷爷认识了书香门第出身的奶奶。只是不管在哪个年代，"门当户对"四个字都是悬在未婚男女头上的一道紧箍咒。他祖母的家人自然不可能同意这门婚事。

直到他祖母的父亲无意中得知，他爷爷家里有一幅仇英的真迹，便要求只要他爷爷拿出这幅画当聘礼，便同意他们的婚事。

仇英与沈周、文徵明、唐寅被后世人共尊为明代四大家，他的真迹何等罕见。且在那样动荡的时局，傅家又几经风雨，落地凤凰连鸡都不如，怎么可能还守得住那样一幅画。

"当时那幅画已经不知所终，迫不得已之下，我爷爷和奶奶才会出此下策。"傅时浔语气诚恳。

阮昭这才明白傅时浔为什么非要让邱志鸣出去，单独跟自己说。毕竟这事情，非常隐私。

半晌，她突然问："你爷爷年轻时，一定也很英俊吧。"

一个落魄小子，能让书香门第千金爱得死去活来，宁愿搞一幅假画骗自家人，也要非君不嫁，说来说去，大概也只要一个原因了吧——

脸长得好！

阮昭说这话也不是没根据的，毕竟傅时浔这个活生生的例子摆在这里，这要是没点出众的遗传基因，他不至于长这么撩人。

傅时浔微微抬起眉梢，没想到听了这么多，她的重点居然是这个。

"你有你爷爷年轻时候的照片吗？"阮昭似乎为了证实自己的猜想，主动问道。

她这也是真够不见外的。

傅时浔瞥了她一眼，继续说道："所以这幅画也算是我爷爷奶奶的定情信物，我奶奶一直很珍重。"

啊，珍重还把画保存成这样？

谁知傅时浔似乎看懂她心底的想法，淡声说："我爷爷去世之后，这幅画便被带到老宅，我奶奶也因为伤心过度，一直在国外休养。"

阮昭这下算是听懂了，老太太接受不了丈夫的离世，离开北安这个伤心地。可是终究是年纪大了，想要回来，还特地提到了这幅画。等家人去老宅寻回画的时候，才发现这画成了如今的模样。

所以家人都想在老太太回国之前，将画重新修复好。

"如果你不接受修复赝品，是担心我会利用赝品得利，我可以跟你保证，我以及我的家人绝对不会做这样的事情。"

傅时浔紧紧盯着阮昭，那双深黑的眼睛，这样认真说话时，像是藏着无尽的宇宙，诱人想要进一步去探索里面的旖旎。

阮昭心脏忍不住颤了下。

什么最可怕。

没撩胜于撩，明明他什么都没做，阮昭就觉得他在引诱自己。

说来说去，禁欲二字，重要的不是禁，而是欲。这样表面冷淡得要人命的男人，总会让人莫名想要撬开他的那层冷漠。

本来阮昭一直觉得自己从不在乎所谓的爱情，别的女孩少女怀春的时候，她成天面对的不是古画就是古籍。相较于那些幼稚又自大的小男生，她确实更喜欢这些承载着厚重历史的老物件。

现在她对傅时浔，说爱情太早，但就是会忍不住为他心脏"怦怦"乱跳。

阮昭心情挺复杂的，却还是不得不说道："你知道规矩之所以是规矩，就是因为它不能被轻易打破。"

其实当初阮昭设这些规矩，本意是为了挡住心怀不轨的人。

毕竟赝品一本万利，特别是书画类古玩，不像金玉和瓷器这种，有着明确的鉴定标准，专家可以靠着各个朝代的特点，精准判定。但是书画不然，书画的鉴定充斥着主观，很可能某个专家一句话就让一幅画面临冰火两重天的局面。

傅时浔此时已经眉宇微蹙，他本就是个极重原则的人，自然不会做强人所难的事情，可是事关祖母的夙愿，他只得说："我知道我不该强人所难，但是自从我祖父走后，祖母一直无法走出悲痛。要是让她知道这幅画毁成如今的样子，只怕她身体无法承受。"

老人家年纪大了，本来就经历着丧夫之痛，一直未能走出来。这要是知道当年的定情信物成这模样，家里人是真怕老太太有个三长两短。

阮昭看着他，轻声说："我很想帮你，但是我曾经答应过我师父，规矩不能轻易破。"

云霓端着其他点心过来，看见邱志鸣一个人站在外面，不停地朝客厅里张望。

"邱老师，怎么不进去啊？"云霓笑眯眯问。

小姑娘虽然心里烦他，却也知道伸手不打笑脸人，邱志鸣虽然有些没分寸，但人家也挺会做人，过来还给云霓带了小礼物。

邱志鸣摇头，说道："傅教授想和小师叔单独聊聊，所以我在外面等着就好了。"

"这样啊。"云霓一听这话，便端着盘子也站在外面等着。

见里面没动静，她还好心问道："邱老师，你要不要尝尝这个点心？"

邱志鸣刚摇头，客厅里的两人一前一后走了出来。

走到门口时，傅时浔站定，回头看着阮昭，淡淡道："今天草率登门，打扰了。"

"不是，傅教授，你怎么还……"邱志鸣有点儿着急，忍不住转头向阮昭求道，"小师叔，您也看见了，这画已经被修坏了。您要是都不修，其他修复师更不敢接手了。"

"那你也不该带着一幅赝品上门让我修，这要是传出去，以后我的规矩还怎么立。"阮昭不笑时，整个人显得冷漠又锐利。一双眼睛蓦然望过来，愣是吓得邱志鸣不敢说话了。

傅时浔似乎早已经放弃了，抱着画直接说了再见，便离开小院。

他走后，云霓站在身后，叹了一口气。

"叹什么气呢。"阮昭伸手薅了一把她的头发。

"昭姐姐，这么帅的人你都要拒绝他啊。"云霓望着已经没了对方踪影的大门，长吁短叹道，"要不你看在他的脸的份上，就帮他把画修了吧。"

阮昭："……"

半晌，她扭头问："觉得他帅？"

"那当然了，只要有正常审美的，都会觉得他好看吧。"云霓趁机把手里的盘子往外面走廊上一放，双手比画了下，"而且你看他个子那么高，腿那么长。"

"当你的昭姐夫怎么样？"

"好啊。"云霓毫不犹豫地点头，只是下一刻她猛地看向阮昭。

阮昭伸手撩了下鬓边落下的碎发，脸上闪过一丝得意的笑容："他迟早是我的。"

当最后一抹残阳彻底消失在天际，夜色悄然降临。整座城市立即转向另外一种光亮，满城的霓虹将如被墨水浸染过的天幕重新染成绮丽幻景。

阮昭正在院子里给花浇水，直到院落大门响起清脆的敲门声。

正在客厅里的云霓耳朵最尖，脚刚迈过门槛，就听阮昭说："我来开门。"

不疑有他，云霓重新回了屋里，她正在给下午掉下来的幼燕加温。

阮昭放下水壶，一步步走到门口，打开大门。

傅时浔就站在门外。

两人四目相对，阮昭率先笑了起来，伸手说："给我吧。"

他手里依旧抱着那个画盒。

看来他确实听懂了下午自己的暗示，只要这件事不传出去，她是愿意帮他修这幅画的。所以他甩开了邱志鸣，重新回来找她了。

傅时浔没立即递过来，而是问道："这不会坏了你的规矩？"

呵，他还挺有原则。

阮昭抬脚迈出院子的门槛，站定在他面前，声音不紧不慢："你不用这幅画骗人，那它就不算赝品，顶多算是幅放在家里供人欣赏的仿画。

"我不修赝品，但是可以修仿画。"

说着，阮昭都被自己一套完整而无懈可击的逻辑逗笑。

她依旧还是下午那身古风打扮，但笑起来时，那双总是通透又直白的眼睛染上了几分慵懒狡黠，像是刚得逞成功的小狐狸。

看，她永远都坦荡，永远都这么理直气壮。

这次，傅时浔将手里的画匣递了过来，阮昭接住。而后他定定看向阮昭："我向你保证，这只会是我们两个人之间的秘密，我会负责保守到底。"

他这意思自然是，阮昭为他修画的事情，他会保守秘密。

——这是他们的秘密。

阮昭被这个说法取悦了。

于是本来还维持一本正经表情的阮昭轻笑了下，继而语气轻快柔和道："那傅教授，就麻烦你对我负责到底咯。"

虽然阮昭接了这幅画，但也明言过，她现在手头还有另外一幅画正在修，所以这幅画需要再等等。好在傅时浔的奶奶最起码也还有一个月才能回来，时间上总是来得及的。

周末的时候，阮昭头晚修画修到两点多，其实修画也没什么时间规定，只是她更喜欢晚上修画。

万籁俱寂，工作室里安静到只能听到她的呼吸声，还有手指在画纸上轻轻摩挲的"沙沙"声。

所以她睡到中午也没人上来打扰她。

直到房门被轻轻打开，然后一道身影冲着床上重重地砸了下来，直接伸手抱住裹在被子里的阮昭："我的昭。"

"在我把你从窗户扔下去之前，起来。"

一道冷漠的声音在有些漆黑的房间里幽幽响起。

顾筱宁可不敢不当真，赶紧爬起来，站在床边："我的昭，这都几

043

点了,你还睡觉?"

阮昭眼睛上还戴着眼罩,房间窗帘遮得严严实实。她睡眠有点浅,所以对遮光要求很高。

这会儿她慢慢从床上坐起来,伸手将眼罩从头顶扯了下去,随手拨弄披散着的长发。

"我就说你这张脸不上电视太可惜了,"顾筱宁随手将椅子拉了过来,坐在对面,一边欣赏一边感慨,"都说女人起床的时候最丑,那是他们没看见你,就你刚才随手撩头发的动作都那么完美无瑕!"

"不行,不考虑,别想了,放弃吧。"床上的阮昭都没抬头看她,就想也不想地冷漠说道。

"……"

顾筱宁委屈道:"我还没说呢,你怎么就一键三连拒绝啊。"

"你想说的,就是我要拒绝的。"

对于阮昭的冷漠,顾筱宁是真没办法了。

一切还要从阮昭去西藏之前说起,说来也巧,顾筱宁在朋友圈发了一张跟阮昭在一起的照片,跟往常一样,只要带上阮昭的朋友圈,必然是点赞无数,还有不少明里暗里来跟她打探阮昭消息的人。结果那天在电视台,就有个同事问她朋友圈的大美女是谁。

顾筱宁是电视台的节目策划,虽然同事都是看惯娱乐圈美女的,但漂亮成阮昭这样的素人,还是很罕见。

"我闺蜜,人家不仅长得漂亮,而且工作也特厉害,专业的文物修复师。"

就这句话,居然好巧不巧被制片人听到。

正巧台里最近开了会,说是今年的节目要往弘扬中国传统文化的方向做,制片正愁没好的题材呢,结果就瞎猫撞上死耗子。特别是阮昭长得还好看,这个制片人觉得,这简直是老天爷送给他的大爆题材。毕竟这年头,不管什么职业,只要跟美女沾上边,总容易爆红,况且阮昭的职业还是文物修复师。美女修复师、工匠精神、传承与坚守,这些词汇融合在一起,想不引起观众的兴趣都不行。

所以制片人死活让顾筱宁来找阮昭聊聊,想以她为切入点,拍一部纪录片。

"制片说了,他想要打造一部堪比《我在故宫修文物》的纪录片,只不过我们这个纪录片关注的是年轻修复师,以年轻修复师为切入点。做出来,肯定又是个爆款。"

阮昭伸手拿起床头柜上的遥控器,将窗帘打开。

"你这窗帘遮光度可真好。"顾筱宁感慨了一句。

原本昏暗的房间,因为窗帘的缓缓拉开,阳光争先恐后地闯入,瞬间天光大亮。

"这不叫爆款,这叫拾人牙慧。"

阮昭掀开被子起床,不紧不慢地走进主卧洗手间。

她刷牙时,顾筱宁趴在门边,惆怅道:"其实现在是社交媒体时代,你看看各大平台,不是有好多短视频博主用国风博眼球,你穿国风衣服可比她们美多了。"

阮昭刚刷完牙,伸手用冷水洗了洗脸。

顾筱宁艳羡地看着她的脸,感慨道:"妈呀,你怎么这么白。"

顾筱宁还没死心,说道:"我们制片人说了,现在年轻人都很浮躁,一切都以金钱为重,像你这样能沉下心来修复文物,只为了守住我们瑰丽的历史文化。"

阮昭双手搭在洗漱台上,"扑哧"一声,笑了,她说:"那你们制片应该打听打听我的收费标准。"

文物修复师这个职业要说多赚钱,根本谈不上,大概最好的就是稳定,一般人会进博物馆或者大机构,旱涝保收肯定是没问题。况且古玩这个圈子,明明处处跟钱沾边,但大家都不爱赤裸裸地谈钱。

阮昭就不一样,她就是个商业修复师。她之所以没进去博物馆那样的国家机构,就是为了赚钱,让自己过上想要的生活。这座小院、她开的明堂斋,都是这几年来她迅速积攒的原始财富。

"你值这个价嘛。"顾筱宁是阮昭的忠实拥趸。

阮昭洗完脸,从洗手间里直接又进了旁边的衣帽间。别看她这个小院外观充满历史感,但是里面该有的装修一点都不少。

她这个主卧打通了三个房间,衣帽间里挂满了各种国风衣服,只有里面的一小排是家居日常服。

但最后阮昭挑了一件最简单的毛衣和长裤,她看着镜子说:"人不会因为装得久了就能成为装的那个人,人设堆砌得再多,到最后也不过是一堆泡沫。"

别人喜欢国风或许出于真心,但对她而言,这都是求生的手段。

"所以,别再做无用功,劝我拍什么纪录片。"

阮昭换完衣服,两人下楼。一见她下来,董姐立即开始准备午餐。

等着吃饭时,阮昭随手点开微信,没想到朋友圈那里的小头像居然是傅时浔。于是她立即点开朋友圈,看见傅时浔在一分钟前转发了一条新闻。是关于北安大学考古系项目取得巨大突破的。

"对了,你跟上次说的那个帅哥怎么样了?"顾筱宁突然想到这个,好奇地问道。

阮昭:"这不正在看他朋友圈。"

"你什么时候有了他微信的?"顾筱宁震惊,随后乐道,"可以啊。"

她凑过来,看着手机屏幕问道:"哪个是他微信?"

阮昭:"头像是一棵树这个。"

"你怎么不点赞呀,这种时候哪怕不留言,也得点个赞吧。"顾筱宁开始出主意,"这样才能提升你在他心目中的存在感。"

阮昭慢悠悠将朋友圈往下划拉,顾筱宁急了:"怎么还划拉走了呢。"

"我是要撩他,不是要舔他。"

只有舔狗才会每条朋友圈都点赞吧,这种分寸感,阮昭还是能信手拿捏。

顾筱宁仔细琢磨了下,登时惊呼:"高手呀。"

"啧啧,"顾筱宁这会儿是真被折服了,由衷敬佩道,"要不是知道你确实是个'母单',我还真怀疑你是个'海王',这也太能钓了。"

这才哪儿到哪儿,等哪天傅时浔抱着她喊宝贝的时候,那才是她的真本事。只是一想这个画面,阮昭心底还真有那么点奇妙,就挺期待的。

春雨润如酥,兜头一场雨带着初春尚未褪去的寒气,将整个校园都清洗了个遍。花园里常青的植被,每片叶子都泛着青绿色光泽,只是空气里依旧残留着一股淡淡的泥土腥味。

男生宿舍楼下,一般来说不会有女生等着。真有事儿,那也是男生去女生的宿舍楼下。所以每个从这栋宿舍楼大门里走出来的男生,视线的第一落点,就是楼下那棵大树下站着的人。

"姐,姐!"一道身影从大门里蹿出。仔细一看,鞋子上的鞋带都还没来得及系上。

阮昭看着韩星越在自己面前站定,低头扫了眼,冷淡提醒:"鞋带。"

韩星越看着自己的白鞋带在地上拖了一圈,瞬间成了泥黑色,一边心疼一边蹲下系鞋带,还不忘抬头问道:"你怎么还亲自过来一趟了。"

"不想要了?"阮昭反问。

前阵子韩星越过生日,阮昭因为去西藏没在家,所以给他买的生日礼物一直没给他。这不刚寄过来,她就直接来了。当然也有点儿醉翁之意不在酒的意思。

"哇,这可是特别难抢的手办啊。"韩星越接过阮昭递过来的盒子,翻来覆去地看,要不是在外面,恨不得亲几口。

阮昭知道他是个二次元控,知道这是他心心念念的。

韩星越一边看一边好奇道:"姐,这手办特别难买,你怎么抢到的?"

发行的时候,韩星越发动了好几个室友都没抢到。

直到阮昭淡然说:"加钱。"

韩星越瞬间被这两个字的力道震慑。

他姐!有钱任性!

"姐,我请你吃饭吧。"虽然这会儿是月末,韩星越也跟每个大学生一样,面临着口袋空空,朝不保夕的窘况,但是这顿饭他得请。

他本打算带阮昭去外面的那条美食街吃饭,谁知阮昭却直接说:"就去你们学校食堂吧。"

"食堂有什么好吃的啊。"

韩星越觉得自己哪怕再穷,再抠,也不能委屈他姐。

阮昭却回道:"就去食堂。"

"那也行吧。"

"你们学校老师,一般吃哪个食堂?"阮昭突然问。

韩星越想了下:"有个北苑餐厅,老师基本都爱去那边,怎么了?"

现在正好是饭点,一般来说只要在学校,都会去吃饭。

阮昭看过傅时浔今天的课表,他有课,所以下课之后,应该会直接去吃饭吧。

"走吧,就去这个餐厅。"阮昭说。

"姐,你干吗想去教师餐厅?"只是刚走了两步,韩星越就觉得不对劲。

又想起之前的事情,他继续追问:"还有你之前让我替你找傅时浔教授的课程表？"

不得不说，能考上北安大学的人，还不至于真是个傻子。

阮昭："想听听他的课。"

"你还需要听他的课？"韩星越知道阮昭的职业，确实跟考古有些关系，但是他姐多牛啊。

两人到了北苑餐厅，因为这个餐厅是专门对教职工开放的，有教师补贴，价格比普通食堂稍微贵点，所以来吃的学生不是很多。

餐厅窗口挺多的，阮昭安静地望着菜单。直到旁边的韩星越震惊地说道："傅，傅教授。"

盯着菜单的阮昭如同被按了开关般转过头瞥了过来，果然就看见站在韩星越另一侧的傅时浔。

什么是缘分？

这就是！

哪怕阮昭这种从不迷信的人都觉得莫不是月老真给他们绑了红线。

傅时浔也是刚进餐厅，过来点菜，没想到就看见了阮昭，还有站在她身侧的男孩。

阮昭见他视线落在她和韩星越身上，立即解释："你别误会，这是我表弟韩星越。"

韩星越："什么情况？"

傅时浔淡然别开视线："我没误会。"

持续蒙的韩星越心底呐喊：到底有没有人告诉我，现在这是什么情况？

身为北安大学的学生，没有人比他更了解傅时浔在学校里到底有多受欢迎。

哪怕身为老师，傅时浔也依旧牢牢占据着学校表白墙，隔三差五就有女生上去表白，表达自己爱而不得的苦楚郁闷心情。

"你也来吃饭？"阮昭笑盈盈地看着傅时浔。

傅时浔点头。

这次阮昭倒是没再说什么，傅时浔也走到旁边窗口去点餐。只是他点完之后，就听到身后响起的无奈声。

"你怎么回事，吃饭怎么还能连饭卡都忘记带，打小就是这么丢三落四的性格，没想到到了大学还是这样，真是一点儿都不长进。"

· 048 ·

韩星越望着他姐,一脸蒙,这是什么情况?

他伸手就去翻口袋,谁说他没带饭卡的,不就在上衣外套口袋。

就在他要掏出饭卡时,阮昭牢牢压住他的手臂:"你说现在找不到饭卡,怎么办吧?"

能怎么办?

就在韩星越压根儿猜不透他姐演的哪一出时,站在窗口的傅时浔转过身,冷淡开口:"想要吃什么?可以刷我的卡。"

"那多不好呀。"

韩星越眼睁睁看着他姐一秒转身,然后微翘起嘴角,满脸笑意地望着对方,声音是他从未听过的轻软勾人。

"我第一次来,要不你给我推荐一下?"阮昭自然地走到傅时浔身侧,仿佛他们才是一对。

傅时浔没说话。

阮昭低头看着他餐盘上的菜肴,直接对打饭阿姨说:"麻烦给我来一份,要跟他一模一样的。"

最后傅时浔不仅替阮昭付了钱,还给韩星越也买了饭。

弄得韩星越受宠若惊道:"谢谢您,傅教授,我回头一定把钱给您。"

"给什么钱,我下次请傅教授吃饭好了。"阮昭笑盈盈看着傅时浔,懒懒一笑,"要不然,多生分。"

韩星越没敢问,她什么时候跟傅时浔不生分的。

不过这就是阮昭打的主意,这次傅时浔请客,下次不就轮到她了。一来二去,一次性成功获得两次吃饭机会。

他们三人打完饭,各自端着托盘,准备找位置坐下,就在此时,"啪"的一声轻响,韩星越的兜里掉出一张卡片,落在地上发出清脆的响声。

三人的目光,不约而同地看了过去。

这是一张校园卡。卡片有照片的那一面正好翻在正面,照片上的韩星越顶着一张刚参加完军训被晒到发亮的黑脸,笑得阳光灿烂。

就是这么巧!

就是这么好死不死的巧!

"……"

"……"

世纪大社死也莫过于此了吧。

·049·

周围的空气仿佛都跟着石化了,阮昭余光瞥了眼身侧已经完全石化的韩星越,深吸一口气,决定不在尴尬中社死,就在尴尬中爆发。

可她还没来得及开口,耳边传来一声清冷淡然的声音:"这不是找到了。"

阮昭:"……"

——你说现在找不到饭卡,怎么办吧?

——这不是找到了。

这个狗男人,是在阴阳怪气吧。

无数人生导师告诉我们,在面对困难和挫折的时候,要么顺势躺下,要么彻底爆发。同理,面对社死场面,也是这个道理。

只是这次爆发的不是阮昭,而是韩星越。

只见他一个箭步,弯腰将饭卡捡了起来,随后望着傅时浔毅然决然道:"傅教授,其实是我骗我姐的。"

阮昭微微挑了下眉。

"傅教授,您也知道我们学生每个月生活费就那么点,这又是月末。我实在是太穷了,吃饭都蹭同学的卡。"

"所以我姐来学校,我就想跟她卖惨,骗点零花钱。"

"我真不是故意想骗您这顿饭的。"

这一套行云流水的解释,阮昭不知道傅时浔信没信,反正她信了。

此刻她再看向韩星越,连眼神都温柔了许多。

那么贵的手办,没白买。关键时候,还是得亲姐弟。

待她收回视线,阮昭发现傅时浔居然在看着她,于是她无辜地眨了眨眼睛,语重心长道:"傅教授,你放心,我一定好好教育他,让他知道骗人是不好的。"

这次傅时浔是真没想搭理她,端着盘子就走了。

韩星越刻意走慢两步,凑在阮昭耳边,低声说:"姐,你说傅教授会不会觉得我们是骗子姐弟俩啊?"

而且是最低级的那种,骗吃骗喝。

毕竟刚才他好像在傅教授的眼睛里,看到了嘲讽。

"不会。"阮昭果断道。

韩星越好奇:"你为什么这么肯定?"

阮昭这才气定神闲道:"因为他只会觉得,我们是戏精姐弟俩。"

韩星越："……"

幸亏他从来没选过傅教授的课。

不过这会儿韩星越也敏锐地察觉到一件事，他问道："姐，你是不是……"

"嗯。"

韩星越："你知道我要问什么吗？"

无非就是她是不是对傅时浔有好感，又或者是她和傅时浔是什么关系。

在即将走到傅时浔已经坐下来的那张桌子时，阮昭淡淡提醒："待会儿给我机灵点。"

"啊？"

"吃完就走。"阮昭冷漠无情道。

阮昭直接将盘子放在傅时浔对面，韩星越低眉垂眼地在她旁边坐下，也不敢说话，埋头就是干饭。

"你下午有课吗？"阮昭下巴微抬，假装无意中闲聊。

傅时浔虽然没什么情绪，但这次居然给面子地开了口："有。"

"骗子。"阮昭毫不客气地拆穿，她可是手握着傅时浔所有的课表。

当然这要归功于北安大学的各路热情女生，因为她们的无私奉献，把傅时浔这一学期的所有课程都对了出来，然后贴在了校内论坛上，让所有喜欢傅时浔的学生都能随时蹭课。

只是她刚说完，就有点儿后悔了。

因为傅时浔抬头看向她，虽然没说话，但是眼神里透露着一句话：还敢说你没跟踪我？

"我是知道你的课程表。"阮昭口吻坦荡又自然，笔直地望向他，"那是因为韩星越是你的忠实粉丝，他说其实他一开始最想学的不是化学，而是考古。"

一旁正在塞饭塞到两腮鼓鼓的韩星越听到自己的名字被提及，茫然抬头。

片刻，他肯定点头："对，傅教授，我特别喜欢您的课。我姐也是做文物修复的，所以我一直以来对文物和考古都很感兴趣。我才会去论坛上找了您所有的课程表，想要去聆听一下您关于考古的研究。"

韩星越觉得，现在的自己完全能胜任一个面不红心不跳的完美工具人。

终于，傅时浔声音平静开口："如果你真的喜欢，我现在还可以接收你到我的课上，到时候你还可以跟其他人一样，参加我的期末考试。"

开什么玩笑！

这个学校，还有谁不知道考古系那位长得最帅的傅教授，同时也是手段最黑的。

大概是因为想选他课的人太多，其中不乏浑水摸鱼，想要借机接近他的人。所以傅时浔的期末考试，很难。而且他打分极其严格，在他手底下挂掉的一批又一批。

不过就算是这样，每年期末学校评选的时候，他都能成功当选最受欢迎的教授。

于是在韩星越成功闭嘴的两分钟后，他手机响了起来，一接通就立即火急火燎道："什么，你在学校外面被车撞了？等我等我，我马上就过来。"

韩星越："傅教授，姐，我室友在学校外面被车撞了，我得立即过去送他去医院。"

韩星越面色严肃且认真。

对于他的"无中生友"，阮昭满意而温和道："祝你室友早日康复。"

旁边的傅时浔则无话可说。

韩星越一离开，只剩下两个人，反而没了刚才的那种拘束。

阮昭见傅时浔也不说话，好在她不在意，主动问："你也不问问我，画修得怎么样了？"

"你不是说过，你现在正在修复另外一幅画。"傅时浔还挺淡然的。

阮昭微微一撇嘴角，这人还挺不好上钩的。

好在这会儿正好有个白发苍苍的老教授路过，傅时浔难得主动开口打招呼："刘教授。"

"时浔啊！"老教授大概眼神不太好，这才注意到他，还有他旁边的阮昭。

阮昭一改先前的冷淡表情，笑意盈盈："刘教授，您好。"

她长得漂亮，笑起来更是一扫身上那股清冷感，让人心生好感。

老教授见他们两人一块吃饭,就顺口说道:"带着女朋友一起吃饭呢?"

阮昭挑眉,哇哦。

其实也不怪老教授误会,傅时浔平日在院里就是洁身自好的楷模,从来不跟女孩单独相处,就怕引起误会。所以能跟他一块吃饭,想必关系足够亲近。

还有就是,这两人坐在一块,实在是太登对了。

倒是傅时浔不出她意料,立即否认说:"不是,只是朋友。"

"哦哦,那你们慢慢吃。"老教授没想到自己说错了,尴尬一笑,便离开了餐厅。

等傅时浔转头,见阮昭又用那种直勾勾的眼神看着他,直到她轻笑说:"原来在你心里,我们已经是朋友了。"

只是刚说完这句话,阮昭立即转移话题:"你当初为什么要选考古?"

"那你呢,"傅时浔正眼瞧她,"为什么会学文物修复?"

阮昭:"我是属于家学渊源,我爷爷就是文物修复师。据考证,我爷爷的爷爷以前还是清朝宫廷御用修复师呢。"

傅时浔握着筷子的手微微一顿,大概是真意外到了吧。

"难怪。"他低声道。

明明他只说了两个字,谁知阮昭却像听懂他未说出口的话:"难怪我可以拜入顾一顺大师的门下,是吧。"

如果说有什么圈子,如今还保留着以前的传统,文玩圈子,必然属于其中一个。

文物修复师这个职业,如今依旧保留着师徒传帮带的传统。哪怕是故宫那样的国家机构,也不例外。

以阮昭的年龄,她的师父人选应该够不上这样泰山北斗级别的人物。

可是下一刻,她脸上清浅的笑意褪去,那股子藏在骨子里的轻狂张扬,顺着那双好看的黑眸,渐渐溢了出来,她盯着傅时浔说:"可我也是最好的。"

不是因为她的祖辈是修复师,她才得以拜进师父的门下,而是她拥有最好的天赋。

傅时浔坐在对面,安静看着她,今天阮昭其实穿得很"软",雾粉色斜盘扣国风长大衣,扣子是珍珠的,这样粉嫩又少女的颜色衬得她整

个人都很精致唯美。可当她说这句话时，眼神里的锐利和直白冲散了她身上所有的柔和，只让人记住了她的张扬和骄傲。

她就是最好的，并且她深信不疑。

这次，傅时浔认真看了阮昭许久才收回视线。

"你呢？"阮昭没有刻意去问他为什么盯着自己看，有时候也不能一味地趁势追击，就像山水画一样，得懂得适当留白。

她继续说："你为什么会学考古？"

傅时浔眼神还是很冷淡，只不过这次他却开了口："我奶奶礼佛，经常在寺庙里一住就是大半个月。我爷爷不忙的时候会陪着她一起住，后来就是我陪着。有次我们在寺里礼佛，旁边村子里来了一个考古队，说是在村里发现了遗址。"

那天傅时浔正好下山拿补给品——他奶奶虽然住在山上，但是吃穿用度，他爷爷都会准备好，生怕她在山上遭了罪。结果就遇到考古队在跟村民对峙。原来遗址正好就在村民家的农田下面，所以他们就跟农民协商，在这块地上进行遗址考古发掘。

本来农民拿了钱，也没当回事，谁知考古队从地里起出了一只完整的西汉年间陶罐，也不知道是谁走漏了风声，被对方一家子围堵住。

村民不仅带着自家人，还喊了七大姑八大姨前来助阵，各个手里拿着农具，一副谁敢带走他家地里的宝贝，他们就要掀了对方天灵盖的架势。

倒是领头的考古队领队一直在跟对方据理力争，其中让傅时浔印象最深刻的一句话——

"考古是为了还原我们祖先的来路。"

"所以，你是觉得考古人很有理想，从而喜欢上了考古？"阮昭放下筷子，单手托腮，虽然脑子里都被他说的话占据，却还不忘微侧着左脸对着他。

会找角度的女人，永远最美！

傅时浔放下筷子，别看他吃相很斯文，但是吃得一点儿都不少，餐盘里除了食物残留的汤汁之外，是干干净净的。

他往椅背上微靠，姿势有点慵懒："他刚说完这句话，就被对面一铁锹开了瓢。"

阮昭身体不由得往前凑了下,这回是真好奇了,那双干净通透的眼睛直勾勾盯着他,眼底像是被扔进小石子的清澈湖面,水光流动,泛着浅浅涟漪。

"后来呢?"她忍不住问道。

"后来那个考古队的领队就死死抱着怀里的陶罐,甚至弓着脊背让陶罐不至于磕在地上。"

"铁锹就那么直接往他弓起的背上砸,他都没松手。"

她低声说:"人心贪婪。"

傅时浔望着阮昭,突然轻声说:"你会觉得是那个领队太固执吗?"

明明那个陶罐最后也不会成为领队的私人财物,但他为了保护好不容易出土的文物,冒着被打残废的风险,誓死不撒手。

"不会,"阮昭淡然道,"因为这就是他的信念。"

不可否认,阮昭做文物修复一心奔着钱。但这行也有像这个不知名领队一样的人,甘愿用一生去挖掘、发现那些被隐没在时间罅隙里的历史碎片。

文物就是承载着这些历史碎片的存在。

听到这个回答,傅时浔低头笑了下,嘴角明显上扬,因为这也是当初年少的傅时浔的想法——那是考古人的信仰和热诚。

这是她第一次看见傅时浔这么笑,看得阮昭心脏微跳。

于是阮昭趁势追问:"所以你是因为这个才学考古的?"

"自己猜。"谁知傅时浔扔下这句话,端着托盘站起身。

阮昭微微撇嘴,就知道他不会老实告诉自己。正好她也吃得差不多了,就起身追上他。

两人走出餐厅,阮昭本来还想问他下午什么安排。谁知刚走了没两步,傅时浔突然扭头看向她说:"做文物修复师,是不是也会有职业病?"

他这是在关心自己?

阮昭没想到,一顿饭吃下来,两人的关系居然跳跃式进步。

她倒也没受宠若惊,以后日子还长着呢,所以她微撩了下长发,淡淡一笑道:"确实会有。"

不过这句关心,确实让人浑身舒爽。

阮昭觉得,连今天的阳光都暖和得让人发麻。

"你看人的时候,脸总是会不自觉往左偏,"傅时浔平静的声音响起,甚至还透着那么几分真诚,"这可能是职业病引起的脊椎问题,你还是趁早看医生吧。"

趁——早——看——医——生——吧。

阮昭:"……"

她脸总是不自觉往左偏,是因为这个角度她看起来最美!

午后的市中心,车辆来回,川流不息,哪怕是各大写字楼里的人,都没有一丝一毫懈息。如今社会内卷到一定程度,总让人觉得歇息一秒钟都是对自己的不负责任。

正在电视台高大上办公楼里的顾筱宁,同样是这样的想法。虽然是午休时间,但她也没休息,正抓紧时间修改策划案。

制片人对他们最新的方案总是不够满意,当然其中还有对顾筱宁没有搞定阮昭的不满。

但顾筱宁知道阮昭的性格,她不喜欢的,绝对不会改变心意。

作为多年闺蜜,顾筱宁压根儿也不浪费这时间,只想劝制片人赶紧对阮昭死心,可是这话她也不敢直接说。她正聚精会神盯着电脑,手指在键盘上飞舞时,放在桌上的手机响了。

"喂。"她光盯着电脑,也没看手机,就直接接通。

"我现在在你们电视台楼下,下来吧,我请你喝东西。"是阮昭。

顾筱宁忍不住将手机屏幕拿到眼前看了又看,清清楚楚的三个字:仙女昭。

确实是她给阮昭的备注。

"你现在在电视台楼下?"顾筱宁不敢相信地反问一句。

阮昭:"楼下咖啡厅。"

说完这几个字,就是一阵"嘟嘟嘟"的忙音。

顾筱宁顾不上方案了,赶紧保存,立即关了电脑下楼。

到了咖啡厅,其实也不难找,因为阮昭不管在哪儿都是焦点,漂亮到哪怕藏在角落里都能瞬间看到。

她也确实选了个角落靠窗的位置。

顾筱宁走过去,阮昭眼皮微掀,冲着对面点了点下巴:"你的冰美式。"

——职场人流淌在血液里的冰美式。

她坐下后,看着阮昭面前的那杯水,感慨道:"我要是像你这么自律,我只怕早就当上制片人了。"

"现在也不晚。"阮昭端起杯子,喝了一口水。

顾筱宁知道阮昭从来不喝任何带咖啡因和酒精的东西,她说过,任何会破坏她手掌稳定感的东西,都不会出现在她生活中。

她的手掌只要在没修复的时候,始终戴着手套。

"看什么呢?"阮昭见顾筱宁不停地往外张望,忍不住问道。

顾筱宁:"我早上出门的时候,也看了啊,太阳没从西边出来。"

阮昭嘴角一扯,轻呵一声。

"开玩笑,开玩笑,"顾筱宁也就"皮"了那么一下,赶紧问,"你怎么破天荒到电视台来找我?"

还能是因为什么。

傅时浔那一番自以为出自好心的话,让没什么倾诉欲,一向面对什么都淡淡的阮昭,居然都有种想要吐槽的冲动。

等听完她的话,在一秒的震惊后,顾筱宁笑到整个咖啡厅都转头看向她们这桌。

阮昭再次端起杯子,挡住自己的脸,冷漠道:"闭嘴。"

"好好好,我不笑了。"顾筱宁举起手,可是她根本控制不住自己。

等她彻底笑完,就见阮昭冷眼问道:"就这么好笑?"

顾筱宁不敢如实说:"也不是很好笑,就一般,一般好笑。"

可说着,她又忍不住要笑起来了。

哪怕阮昭余威在侧,她也还是觉得这件事太好笑了。

"他居然觉得,你一直侧着左脸是因为搞文物修复弄出来的职业病。"顾筱宁说着又想笑,不过这次她憋住,因为她更好奇的是,"那你是怎么回答他的?"

这反而成了此刻顾筱宁更关心的事情。

阮昭手指搭在杯子上,虽然目光是看向顾筱宁,但思绪早已经飞远。

她当时是什么反应,或者是怎么说的来着。

最开始阮昭是愤怒到几乎震愕的程度,可是最后她居然能重新找回理智,维持住最后的体面,淡然跟他说:"我其实还好,职业病没那么严重。"

不然她能怎么办，难不成她要直接说"我脸总是往左偏，是因为我错以为你会有一双发现美的眼睛，但显然你没有，你是瞎的"。

对不起，这话她说不出口，虽然她确实是很想，但她还要脸。

在阮昭沉默后，顾筱宁终于捡起姐妹情深，安慰她："其实吧，你也不用太生气，这顶多就是直男了点。男人哪懂女人的这种心思，况且这么一想的话，这个傅教授肯定没什么感情经历。"

最后顾筱宁"扑哧"一笑："就还挺纯的，肯定不是'海王'。"

阮昭被她形容得背脊微微一凉，太硌硬了。

"他就不可能是'海王'。"

这点看人的自信，阮昭还是有的。

"那肯定的，要真是'海王'，哪还用你这么费尽心思。"

见阮昭这会儿脸色好看了点，顾筱宁端起咖啡喝了口，忍不住说道："其实我还挺想见见这个傅教授的，我感觉自从认识他之后，你就特别不一样。"

阮昭斜睨了过去："怎么不一样？"

"就现在特别……"顾筱宁一时还真找不到精准的形容词，说活泼吧，好像也不对劲，思来想去半响，"就显得特别有人气。"

"呵！"一声冷笑。

这熟悉的，属于阮昭式的轻笑，吓得顾筱宁一哆嗦。

阮昭毫不犹豫地戳穿她："你是想，有了人味吧。"

"没那么夸张。"顾筱宁虽然嘴上否认，但心虚的眼神却出卖了她。

其实顾筱宁也没说错，论长相，阮昭真是没得挑的，五官精致唯美又流畅，轮廓线条更是柔和干净到恰到好处。可大多数时候，她都是没什么情绪的，也不会轻易被影响。因为打从她决定学文物修复开始，她爷爷就告诉她，做修复最重要的就是要静得下心。时间久了，她不管做什么都是淡淡的。所以阮昭是美人，但也是没什么情绪的冰雕美人。

但现在不一样了，每次阮昭提及那个傅教授时，生气也罢，恼火也罢，开心也罢，她变得是那样鲜活而又灵动。不夸张地说，犹如被注入了灵魂。

初春白昼，依旧还不算长。夜幕如舞台上拉起的幕布，不知何时就悄然降临。悬挂在楼顶之上的半弦月，散发着清透如银丝的光亮，层层洒落在身上，仿佛比空气里拂过的夜风还要凉。

城市里高楼大厦的灯光，早已经齐刷刷铺满整座城市。

晚上时，北安大学不远处的附属医院，从远处遥遥看过来，就能看见挂在医院大楼顶端赤红色的灯牌。各个科室的诊室，基本只剩下值班人员。

骨科这边的诊室也还亮着灯，护士路过的时候，伸头看了眼，喊道："闵医生，你怎么还没下班呢。"

等小护士看清楚坐在里面病床上的男人，两人四目相对。她的脸如同被红漆浇了一遍，"唰"一下红透了。

"你先忙。"小护士扔下这话就跑了。

闵其延低头看着半赤着左边肩膀的傅时浔，不禁哂笑："这小姑娘，平时她看病人赤身都没这么不好意思，跑什么呢。"

傅时浔眉头微蹙，倒也没说话。

反倒是闵其延喋喋不休道："看着，待会儿这里热闹了。"

果不其然，之后的两三分钟里，门口有意无意路过了好几拨年轻漂亮的小护士。

大概这会儿是下班时候，大家都没什么事。一听说闵医生那个朋友又来了，一窝蜂全都跑了过来。

"就你之前来了几趟，算是在我们骨科出名了。"闵其延说道。

对于好友的打趣，傅时浔冷淡道："你是骨科医生，不是用嘴巴看病的。"

闵其延平时话也没那么多，只不过傅时浔话少，他们两人在一块，他要是不多说点，岂不是空气里只剩下了沉默。

"我说你也别仗着年轻就这么不爱护自己的身体，伤筋动骨一百天，之前让你复查，你还推三阻四的。"

闵其延伸手给他捏了捏，询问了几句情况。

"恢复得不错。"闵其延笑了下，顺势拳头在傅时浔胸口捶了下，"你天天考古，也没耽误锻炼身体，胸肌还是这么结实。"

"无聊。"傅时浔瞥了他一眼，慢条斯理地给自己系扣子。

他手指匀称而修长，一粒一粒系着扣子，直到系到最顶端那粒。

"阿姨这次也打电话给我，专门问了你手臂的恢复情况，你不介意我给阿姨回个电话吧？"虽然是多年好友，但闵其延还是尊重病人的隐私，即便是对方的母亲，闵其延也要事先询问对方的意见。"

　　傅时浔："随便。"

　　闵其延见傅时浔这么冷淡，劝道："你也别怪阿姨紧张，你考古工作虽然要紧，但是这种直接从山上摔下的情况，确实太吓人。这次幸亏你命大，只摔断了胳膊。"

　　原来是几个月前，傅时浔在进行田野考古，发掘遗址时，不慎从山上摔下，导致手臂骨折。本来他没告诉家里，甚至还带伤继续留在遗址原地，准备继续主持工作。谁知这事儿被傅母知道，一个电话打到系里，投诉系里不人道，居然让人带伤工作。所以系里和考古队那边共同决定，暂停傅时浔的工作。

　　傅时浔将扣子系好，不耐烦地看着闵其延，语气冷淡到不要命："你的崇拜者知道你这么婆妈吗？"

　　闵其延长得帅，性格也好，跟傅时浔不一样，他是那种绝对绅士的人，不会给女生冷脸，所以他算是安大附属医院远近闻名的青年才俊。

　　"哥们，我只关心你一个人。"闵其延无语。

　　傅时浔抬手揉了下鼻梁骨，极为冷淡道："不需要。"

　　闵其延知道他就是这么个面冷心更冷的性格，也不在意，两人可是穿开裆裤的友谊，到了大学还是连体婴。

　　此刻闵其延一边收拾东西一边说："也就我才会主动加班给你复检，待会儿请我吃饭。"

　　"嗯。"

　　只是这一声冷淡的回应后，身后的傅时浔突然又问："问你个事？"

　　"什么事？"闵其延把身上的白大褂脱了下来。

　　傅时浔垂眸："长期伏案工作会对脊椎造成影响吗？"

　　"那是肯定的啊，你看现在年轻人内卷得这么厉害，其实个个身体都是亚健康状态。我们骨科前两天还接待了一个年轻人，才三十岁就骨质疏松了，你说惨不惨。"

　　"如果有这方面的症状，是不是要尽快就医？"傅时浔微微蹙眉。

　　闵其延："那肯定的，早治疗早康复，越拖只会越严重。"

　　只是这会儿他发觉不对劲了。他盯着傅时浔，十分肯定地说："你不是帮自己问的吧？"

　　要是自己的事情，何必这么拐弯抹角。

傅时浔没搭理闵其延。

这反而更挑起了闵其延的好奇,他意味深长地望过来:"你是帮谁问的。"

"一个人。"

闵其延:"……"

他当然知道是一个人。

他仔细看了看傅时浔的表情,不由得道:"你既然帮人家问,怎么还摆出这种表情?难不成还有人能让你头疼?"

傅时浔脑子里不可避免地出现了阮昭的脸。

半晌,他冷淡的声音响起:"嗯,是有点头疼。"

第三章 /
做好事的小女孩，有糖吃。

明堂斋，位于北安市最大的古玩市场朝天街，这条街在十年前还不是这个模样，那时候街道两边琳琅满目的铺子全都是做古董文玩生意。每个月逢五的日子，还会有人出来练摊，人满为患到差点连脚都插不进来。

不过这样混乱而又生机勃勃的时候，阮昭没赶上。

等她来朝天街的时候，这一整条街的建筑全都在政府的统一规划设计下，全都重新进行了翻修和装饰，整体走的是仿古建筑风格。

她坐在店里二楼的一把圈椅上，这张椅子是清代的，时间嘛不算久远，但胜在做工好，最重要的是这是上好的黄花梨木。

"这椅子，不错。"阮昭轻笑了下。

本来店里的生意都是云橙帮忙打理的，阮昭的日常就是在家里修修画，浇浇花。不过这到了月末的时间，云橙非让她亲自到店里一趟。

"就是这把椅子？"阮昭躺在椅子上问道。

原来之前云橙接了一笔生意，有个客户托他买了这样一把黄花梨椅子。谁知交了定金，云橙现在居然联系不上买家。所以云橙特地找阮昭过来，商量这件事。

"对不起，这事是我弄砸了。"云橙有些懊悔。

他跟云霓虽然是兄妹，不过光从外形来看，还真没人会认为他们是兄妹。相较于云霓一米六出头的娇小可爱身形，身高一米八五的云橙，身形高大而健硕。

"垫资那边是说好了几天？"阮昭一点儿也没着急，慢悠悠地问道。

云樘说:"十天。"

他们这个古玩店的规模,说大不大,说小也不小。

别看就这么一把椅子,价格却不低,超过百万。

明清家具这两年的价格正在稳步上升,不管是紫檀木还是黄花梨木,都频刷新高。之前阮昭去参加的一场拍卖会,一把明代黄花梨木案桌成交价超过五千万。这把清末的椅子,可惜就可惜在是单椅。中国人喜双不喜单,因此单椅价格上会吃亏点。

这么贵的椅子,他们不会轻易买下,只有有买家让他们代为收购的时候,他们才会出手。一般来说,他们从收藏方拿下,再转手卖给买家。

云樘说:"其实这个收藏方,我已经跟了很久。最近他生意上出了点问题,着急出手里的一批古董。我怕夜长梦多,就先找垫资将这把椅子拿下。"

"这把椅子多少钱来着?"

阮昭依旧坐在椅子上,虽然木椅坐着很硬,但这样的圈椅线条流畅,坐着并不算硌人。

她对店里的生意是真不怎么上心,之前云樘跟她提过,只是当时她忙着修刘老板那幅画,就没太在意。

云樘:"一百五十万。"

这样的圈椅,明朝的话一把就能卖到三四百万。虽然这把是清代的,但能用这个价格拿下来,可见云樘确实是下了不少功夫。

阮昭慢悠悠起身,围着椅子转了两圈,手掌搭在椅背上头:"找人鉴定过了吗?"

"早就请黄老师鉴定过了。"云樘说。

这位黄老师是专门研究木器的专家,古董家具这块,他是行家。而且最重要的是,他算是阮昭的师兄。

阮昭的师父,跟对方的师父平辈相交,所以她遇见这些个年纪能做她父辈的人,都是喊师兄。

"黄师兄鉴定的,那就没得假。"

云樘:"要不是黄老师亲自开口,我也不敢这么鲁莽下手。"

他确实是收得着急了点,但也是这里面有赚头。买家给他的心理价位是一百八十万,这还没算佣金呢。云樘收购价是一百五十万,光是一个差价就能净赚三十万。这也是他宁愿找垫资,也要先买下这把椅子的原因。

在古玩收藏里，他们这种算是小店，成交量不大，流动资金也不多。所以会事先找人垫资，约定个时间还回去就行，而且他们的垫资方也是靠谱的。只是没想到，买家这会儿联系不上了。

阮昭见云橙满脸懊恼，笑道："担心什么，你能一百五十万拿下这把椅子，还怕卖不出去吗？"

随后她拿出手机，拨了个电话。

"稀客啊！"对面一个玩世不恭的声音响起。

阮昭："我手里有把清代黄花梨木圈椅，给我两百万，今天你就能让人拉走。"

对面的梅敬之还没从宿醉中醒来，可是作为拍卖人的本能让他开口道："一百九十万。"

"两百万。"

对面传来簌簌声，明显是他翻了个身，随后一个慵懒的声音响起："一百九十万。昭昭，清朝黄花梨椅，哪怕是拍卖，顶天也是两百多万。你得考虑我们拍卖公司的运营成本吧，你要得太多了。"

阮昭才不吃他这套："你们嘉实在去年秋拍会上成交的一把黄花梨春凳，这样的小件，都超过了三百五十万。"

阮昭低头看着手里的iPad，这是她刚在网上百度出来的消息。

梅敬之深吸气，但一开口，又是那副玩世不恭的腔调："昭昭，你承认吧，你这么关注我，其实就是在偷偷暗恋我吧。"

阮昭嗤笑："这句话，你可以当面跟我说。"

看她不捶烂他的头。

"不要对我这么狠心，相信我，这个价格，除了我，没人会答应你。"梅敬之从床上坐了起来，倚靠在床头，周围布置明显是酒店，还隐隐听到洗手间里传来的声音。

梅敬之伸手从床头柜拿了一支烟："待会儿我让人给你打钱。"

阮昭冷淡道："椅子自己派人来搬走。"

"我更想你亲自送过来。"

阮昭只当没听到这句话，冷冷道："挂了。"

"哎，别、别，我帮了你这么大的忙，你能不能帮我一个小小的忙呢。"

"说。"

梅敬之早习惯了她对自己的态度,丝毫不在意,直接说道:"这不是快要到春拍会了,我们准备预热,提前开个会员招待酒会。我没有女伴……"

"不行。"阮昭毫不犹豫拒绝。

梅敬之无奈:"昭昭,其实我一直觉得,你这样的人,藏在幕后太可惜了。"

"从一开始我就说过,我只做修复。"

"行行,那我邀请你参加这个活动行吧,酒会里有不少大佬级别的藏家,他们手里有很多收藏品,都想要找靠谱的修复师。"

虽然阮昭不喜欢应酬,但梅敬之说到这份上,她还是点头答应了。

挂了电话,阮昭冲着云樘一笑:"五十万到手,这个月给你发奖金。"

古玩店就是这样,三年不开张,开张吃三年。

云樘沉默不语。

"怎么不开心啊?"阮昭见他这表情,笑道,"你现在这也是要视金钱如粪土了?"

"我不想让你因为我欠这个梅先生的情,"云樘如实说,"而且我觉得你应该离他远点。"

阮昭知道云樘对梅敬之一直有些不热情,但没想到居然这么介意他。

"为什么?你应该知道要不是梅敬之,我不会有今天。"

阮昭初出茅庐时,实在是太年轻了,年轻到让人不敢轻易将任何贵重的古画交给她修复。也正是那时,她机缘巧合下认识了梅敬之,也正是由梅敬之牵线,她修复了那幅宋朝的《采花仕女图》。之后甚至安排阮昭上了几本杂志,宣传她为什么出身于文物修复世家,祖上乃是宫廷御用修复师,如今又拜在修复大师顾一顺的门下,是个不可多得且即将冉冉升起的文物修复天才。

她的名声乘风而起。因此她与梅敬之之间有个约定,她绝不可与任何一家与梅氏嘉实有竞争的拍卖公司有联系。

"不会,"云樘盯着她,"哪怕没有梅敬之,你也依旧会成为最好的修复师。"

阮昭:"谢谢你,云樘。"

但随后她看向窗外,这条古玩街哪怕是工作日也都热闹非凡。
"但如果不是这样,我们现在也不会有这样安逸的生活不是吗?"
她绝不会让自己再沦落回最初的模样。

周六,北安最高级的五星级酒店的宴会厅里,正在举办着一场宴会。
奢华而瑰丽的宴会厅里早已经站满了宾客,宴会厅中间那盏水晶吊灯散发着安静而明亮的光线,整个厅里亮如白昼。
受邀参加的人,都是嘉实拍卖的VIP客户。这样处处奢华的酒会才能彰显他们的身份,要不然每年巨额会费岂不是白交。
阮昭是在宴会快要开始时,才姗姗来迟。
不少人已经落座,这次虽然是酒会,但也是个私下品鉴会,据说会有好东西出现。
当她出现在门口时,梅敬之的助理立即迎了上来:"梅总让我在这里接您。"
阮昭轻轻颔首,跟着对方往里走。
一路上,不少坐在餐桌边的人都忍不住看她。
这种宴会自然不缺盛装打扮的美人,但是相较于穿着各种西式礼服的阔太太和千金,一身纯白色手工钉珠衣袍犹如皮肤般紧紧包裹着阮昭的身体,将她身体凹凸有致的曲线勾勒得淋漓尽致。
她的头发没有特别打理,一头乌发被一支流苏簪简简单单挽起,显得整个人清冷而又动人。这样的美人,不管出现在什么地方,都会吸引所有目光。
在走到主桌时,穿着一身丝绒西装的梅敬之身侧正好空着一个位置。
"来了。"梅敬之起身,将身侧的椅子给她拉开。
见梅敬之这么说,在座其他人纷纷看过来。能在主桌坐下的人,都是贵客,不是喜欢藏品的商界大佬,就是大藏家。
直到梅敬之说:"给各位介绍一下,这位是文物修复师,阮昭小姐。"
这名字一出,倒是有两个人露出微微诧异的表情。毕竟阮昭在业内的名声,确实不小。
很快,宴会开始,随着菜肴不断呈上,主舞台的活动也开始了。
虽说今晚有惊喜,但是谁都没想到,这次品鉴会的拍品居然如此诱人,一时间,整个宴会厅热闹如菜市场。

阮昭在这种地方一直没什么胃口，再加上梅敬之忙着招呼其他大佬，她就拿出手机随手打开了微信。

她的微信好友很少，以至于傅时浔的头像在那里很显眼。

阮昭：傅教授，你在学校吗？

果然对面没什么动静。

之前阮昭也试着给他发过信息，但是以他的性格，偶有回复，但很少。

舞台上的拍品正竞价到白热化的时候，她放在桌上的手机响了两下。

傅时浔：刚刚在做实验。

阮昭盯着这条回复，看了好久，他这是在解释为什么这么久才回自己微信？

阮昭：你猜我现在在干吗？

傅时浔：？

不算给面子，但也不是完全不给面子。

阮昭：我在看一群狗大户炫富。

傅时浔：？

要不是了解他的性格，光是他这连续两个问号都足以让阮昭把他删除拉黑一条龙。

阮昭：被迫参加一场无聊至极的品鉴会，现在正在拍卖的是清朝董邦达的画。

阮昭：已经竞价到了四百万。

阮昭：狗大户真是多。

傅时浔：仇富行为，并不可取。

阮昭：我不仇富，我的目标就是变成这样的狗大户。

这次傅时浔不说话了。

阮昭：可是真的好无聊，如坐针毡、如鲠在喉、如芒刺背，希望给我一个快点结束的理由。

本来正在实验室做成分分析的傅时浔听着手机不断传来"嗡嗡"的响声，等看清对方发的消息，脑海里竟然不自觉浮现她发这条消息时有点儿不耐烦的模样。

阮昭：傅教授，你吃过饭了吗？

傅时浔盯着这条信息，又看着她上面的那条信息，许久，他慢慢打出一行字。

· 067 ·

此刻宴会上，拍卖师手上的槌子落下，画正式成交。

阮昭也跟着垂眸，看着手机上收到的最新微信。

傅时浔：还没有。

她眨了眨眼，看了两遍，嘴角一点点上扬，险些轻笑出声。

此时傅时浔是在简单回复她上面那个问题吗？当然不是！这是来自傅时浔的邀请。

这一刻，"还没有"这三个字，在阮昭眼中被自动翻译成了另外三个字——来找我。

要是他不想自己去找他的话，大可一句吃过了，打发了事。

于是，她缓缓侧过头，跟梅敬之说道："我得走了。"

"现在？"梅敬之惊讶。

阮昭点头。

"什么事情这么着急？你就不能推迟吗？"梅敬之皱眉，"我还没有给你介绍几位北安有名的大藏家呢，待会儿我们这边还有更私密的小型酒会。"

刚才就有一位大藏家在询问阮昭的情况，他知道阮昭爱钱，绝不会拒绝这样的好机会。

"不行。"

下一秒，阮昭笑意灿烂道："因为有个人正在等我。"

阮昭拎着一盒打包精美的外卖盒出现在北安大学的考古系实验室，哪怕已是四月，但夜晚的冷风吹在她裸露的小腿上依旧刺骨。

——为了好看，她今晚没有穿丝袜。果然，美这种东西，有时候必须得付出代价。

本来按照阮昭的设想，她拎着一盒精致的美食突然出现在傅时浔的身边，夜晚，佳人在侧、美味在前，哪怕再心硬如铁，傅时浔总不会赶她走吧。

但她没想到，计划赶不上变化，她脑海里所有缠绵旖旎的画面，都被眼前这道玻璃门无情地阻挡。这道门有门禁，大概得考古系的人才能刷开。

夜幕深沉，这样倒春寒的季节，周围空气里的凉意肆无忌惮地侵袭而来，只站了一小会儿，阮昭就感觉自己手臂上起了一层薄薄的鸡皮疙瘩。

她微抖地拿出手机,准备给傅时浔打电话。

但就在她正要拨通微信语音通话时,一楼大厅的灯亮了起来,一个学生正好从里面推门出来。

阮昭乘坐电梯直接上了三楼。

本来她以为到了三楼还要再找找,但是没想到,一出了三楼就看见正对面的那间实验室亮着灯,里面似乎还有人声。

于是她走到门口,在门上轻敲了两下,里面两个男生纷纷转头。

阮昭客气而冷淡问道:"请问傅时浔在吗?"

"找傅教授的?"

两人对视了一眼,其中一个男生犹豫着说道:"傅教授,不……不在吧。"

大概对方太不擅长撒谎了,阮昭一眼就看穿他的心虚。

她毫不客气地拿出手机,在手里挥了挥,淡然道:"可是刚才他还给我发信息,说他还在实验室。"

两个男人看着她手里提着的食盒,这一下真心虚了。

刚才开口那个男生立即说:"我们一直在这边做实验,还以为傅教授先走了呢,我估计是在隔壁实验吧。"

阮昭不笑时,眼神实在太过直白而锋利,显得压迫感十足。不用她主动开口,男生已经站起来说:"我帮您去隔壁,叫一下傅教授。"

傅时浔正在里面的实验室里,对刚送过来的一箱碎片文物进行成分分析,这些碎片都是从他们之前发掘的那个汉墓遗址里迁移出来的。

他手臂摔伤之后,院里便停了他在原址的考古工作,让他参与后期的实验室考古。这些考古遗物的信息整理和采集工作,也是至关重要的。

"傅教授,"男生推开门,见傅时浔真的在这里,不仅没高兴反而心情越发沉重,他刚才该不会得罪的是正牌师母吧,"门口有人找您。"

"找我?"傅时浔先是蹙眉。

但很快,他眉头松了下,低声问:"是谁?"

男生见他这么问,也有些奇怪,但还是如实说:"我没来得及问。"

终于,傅时浔放下手里的东西,起身走了过来。

此时阮昭依旧还站在门口，倒是里面那个留下的男生有些客气地说道："要不您先进来等着吧。"

男生说完就垂下头，有些不敢看她。

阮昭往里面走了两步，饶有兴趣地打量着周围，问："你们这个实验室是做什么的？"

实验室顶部是专门镶嵌着的 LED 灯，一个一个长方形灯体将整个实验室照得亮如白昼。门的对面摆着两张巨大的试验台，上面正堆着各种仪器，还有碎片。旁边摆着巨大的立柜，一个个格子里摆满了东西，正前面的玻璃上，还贴着标签。

"我们这个实验室主要是做成分分析，还有……"

一串轻而坚定的脚步声打断了男生正要说下去的话，而阮昭也在听到这声音时，回头看了过去。

傅时浔身上还穿着白大褂，还是那种没什么版型的白大褂，却愣是被他修长挺拔的身材撑了起来。灯光落在他身上，将他的轮廓照得深邃而利落。

阮昭没想到，居然还能见到他穿白大褂的模样。一瞬间，在扎寺时的那种感觉再次出现。

他的白大褂就那样微敞着，露出身上穿的黑色条纹衬衫和长裤，衬衫的纽扣依旧规整地扣到最顶上的喉结处，严丝合缝，仿佛一寸都不愿多露。

傅时浔在离她两步之遥的地方，停了下来。

阮昭一见他停下，就立即抢在他开口之前将手里的食盒提了起来："知道你没吃饭，特地过来给你送晚餐。"

傅时浔："不用，我不饿。"

本以为在别人面前，他多少还能给点面子，阮昭果然是将这个男人想得太过温和了。

好在他说话的语气很轻，只限于他们两人之间，那两个男生离他们还有点儿距离，不至于听到。

他也不算完全无情。

阮昭："可你不是说，你还没吃呢。"

傅时浔垂眸看她，正要再开口，一截纤细的脚踝突兀地闯入他的视线。

阮昭穿着白色旗袍，可比这旗袍颜色更莹润的，是她露出的小腿皮肤，像是被上了一层上等釉，透着细瓷般的白皙。

只是这脚踝此刻，微不可见地动了下。

——冷的。

虽然阮昭旗袍外面还穿了一件外套，但外套的长度不足以遮住她露出的小腿。

傅时浔走过来，伸手接过她手里的食盒："走吧，先去我办公室。"

听到这话，阮昭眼眸微闪。最后她还是什么话都没说，跟了上去。

傅时浔的实验室并不在这一层楼，这栋楼应该是综合大楼，不仅有各种实验室，也有教师办公室。

等两人上了五楼，傅时浔打开其中一间办公室。

阮昭没想到，这居然是一间独立办公室。虽然是小了点，但里面只摆了一套桌椅，还有靠墙边的一个小书柜，里面分门别类摆着不少书。

她的目光快速地在房间里扫了一圈，而傅时浔已经走到办公桌旁，将她带来的精致外卖盒放在桌上。

"叮"的一声轻响，阮昭将视线收回，落在他手里握着的空调遥控器上。

阮昭眨了眨眼，明知故问："傅教授，为什么开空调，你冷吗？"

傅时浔看了她一眼："冷。"

阮昭："……"

不嘴硬你会死吗？说一句关心我会死吗？

不过空调打开之后，原本冷飕飕的屋子变得温暖，阮昭也在慢慢回暖。

见他打开外卖，阮昭走过去帮忙，她伸手去拿里面的盒子。谁知他也在拿，于是她手指擦着他的手背滑了过去，与想象中的并不一样，他的手很暖，指尖触碰到的那一瞬间，她的身体骤然紧绷。

她本就因为屋内温暖而回温的身体蓦然颤抖了下。

傅时浔转头看她。

一向理直气壮的阮昭讪讪开口："是因为屋子里太暖和了，我才忍不住抖了下，不是因为碰到你的手。"

她还不至于这么没出息。

"我没这么想。"傅时浔将手收回。

好吧,其实你也可以这么想。

等东西都拿出来,傅时浔才发现,不仅菜肴很多,就连餐具也有两份。哪怕阮昭什么话都没有,但她的心思昭然若揭。

这次阮昭没先开口说话,她不信傅时浔看不出来。她就要等着看,这男人会不会吃独食。

只见傅时浔微垂着头,慢条斯理地解开袖扣,然后将袖口半折上去两道。

阮昭盯着他如此优雅又从容的动作,直到他抬头问:"你吃了吗?"

"还没。"阮昭心满意足地等到这句话。

"嗯。"

阮昭以为自己听错了,这也太冷淡了。可下一秒,傅时浔拿起面前的筷子,又打开米饭盒的盖子,浓烈的米香味随着热气蒸腾而出。一向食量小的阮昭,居然都感觉到了饥饿。

"吃吧。"就在她以为傅时浔真能做出让她看着他吃的事情时,他却突然将打开的米饭放在她面前,甚至还把那双掰好的筷子放在了饭盒上。

阮昭眼尾上扬,盯着他看了好久,轻声说:"你刚才是在戏弄我?"

"想多了。"傅时浔毫不客气地吃了一口饭。

好吧,不承认也没事儿。嘴硬吧,早晚撬开你的嘴。

两人在办公室里吃饭,实在太过安静,只有空调发出"嗡嗡"的响声,直到阮昭打破沉默,开口问道:"我能问你个问题吗?只是聊天。"

"嗯,什么?"傅时浔语气依旧淡淡的。

阮昭说:"你有想过找同行当女朋友吗?"

不得不说,这个问题问得刁钻而又高明。

傅时浔淡着表情,抬眼睨着她:"没想过。"

"其实你现在可以想想了,"阮昭不以为意,"毕竟你这么喜欢考古,找一个志同道合的人当女朋友,不是正合适。"

见他不说话,阮昭再接再厉:"比如,你所做的一切,她不仅可以理解,还能帮你。"

"当然,漂亮也很重要。"

一个懂文物,能帮他,还漂亮的女朋友。阮昭就差把标签贴在她自

· 072 ·

己身上了。

傅时浔终于抬头，定睛看了她一会儿，开口说："我有一个认识的人，她喜欢买各种漂亮的衣服，衣服多到家里有三个衣帽间。"

这话题转得太快，听得阮昭一头雾水。

直到他淡淡说："她就应该嫁给裁缝吗？"

阮昭："……"

她算是彻底明白了，这男人的冷淡只是掩饰，毒舌才是他的本质吧。

吃完饭之后，傅时浔送阮昭回去。

一路上，出乎傅时浔的意料，阮昭一直安安静静没有说话，直到车子停在小院门口。

阮昭下车，在关上车门前，低声说："傅教授，谢谢送我回来。"

傅时浔颔首，算是应了这句谢。

阮昭转身，推开院门，走了进去之后，傅时浔的车子重新启动。

她一回来，云霓就听见动静，立即出来问道："昭姐姐，你怎么回来的？怎么没让我哥去接你。"

"傅时浔送我回来的。"她微抬下巴。

云霓知道她对傅时浔有意思，立即感兴趣地问："傅教授今天也去了？"

"不是。"说完，她上了楼。

云霓跟着她进了房间："那你们怎么遇见的？"

阮昭没回答，而是伸手去解脖子上的旗袍纽扣，随口说道："帮我把睡衣拿一下，我去洗个澡。"

她一直穿着高跟鞋，现在回家是一步都不想多走。

等云霓把睡衣拿过来时，她盯着阮昭的胸前，突然说："昭姐姐，你胸口的压襟呢？"

压襟是专门佩戴在旗袍上的坠饰，不仅能平顺衣服，最重要的是，走起路来时，压襟轻晃，摇曳生姿，充满韵味。

"这条压襟可是你最贵的一条了，"云霓心疼地说道，"不会丢了吧。"

不想，阮昭轻笑着安慰她："没事，会找回来的。"

云霓不解地看着她这副成竹在胸的模样。

说完她直接拿过睡衣，进了浴室。

城市一旦过了十点，就褪去了原本的喧嚣外壳，此刻道路畅通。

傅时浔开车回北安大学，他就住在学校附近。快到学校时，正好遇到一个红绿灯，车子缓缓停下。

他一手握着方向盘，一手抬起，慢慢揉了下眉骨。

街边的路灯隔着玻璃照进昏黄光线，原本漆黑一片的车内被染上温柔的余光，也是在这一刻，副驾驶车座下折射出一道光。

傅时浔垂眼仔细看了下，终于确定，那里确实有东西。然后他弯腰过去，将东西拿到手里。

居然是一个流苏坠饰。

片刻，他的脑海中就有个印象，坐在他对面的女人，身姿纤细，曲线玲珑，她微动时，起伏的胸口上，那串洁白圆润的流苏也跟着摇晃。

这是一串原本应该挂在阮昭胸口的坠饰。

这个念头腾起时，傅时浔的手掌心突然有种骤然发烫的感觉。

阮昭洗完澡出来时看了眼手机，十一点了。不过这个点，应该还没睡吧。

她穿着睡衣到二楼的客厅倒水，顺势也拨通了傅时浔的电话。

很快，对面接通了。

他没说话，只传来浅浅的呼吸声，于是阮昭先开口说："傅教授，不好意思，这么晚还打扰你。"

"嗯。"对面冷淡地应了声。

阮昭："我就是想问一下，你在车里看见一串压襟了吗？"

原来，那个叫压襟。

傅时浔心底的念头一闪而过。

"看见了。"傅时浔如实说道。

阮昭心底一喜。

她略清冷的声音带上了喜色："那可太好了，我明天可以去找你拿吗？或者你说个时间，也可以。"

故意落下东西在他车上，这不就有下次见面的正当理由了。上次饭卡事件的滑铁卢，让阮昭痛定思痛，这次总不能再翻车了吧。

她的话音刚落，二楼的木质楼梯传来"吱呀"的声音。一道身影出现在二楼小客厅的门口，然后在阮昭惊讶的表情下，韩星越将手里拿着的东西"唰"地挂在手指间，甚至还得意地微晃了几下。

"姐，你也太不小心了吧，这么贵重的东西能掉在傅教授的车上。你看我多好，宿舍都没回，连夜给你送过来。"

他的声音之大，大到手机那头的傅时浔也听得清清楚楚。

于是傅时浔那道冷淡至极的声音再次响起："还没来得及跟你说，刚才我在学校门口遇到韩星越，就将你的压襟交给他，让他带给你了。"

阮昭："……"

什么是报应来得这么快，大概这就是吧。

上次饭卡的事情，她坑了韩星越，现在他就坑了回来。

阮昭此刻已经完全说不出任何别的话，最后只干巴巴说道："谢谢。"

"不用，"傅时浔顿了下，平静道，"这么贵重的东西，下次别乱丢了。"

阮昭："……"

空气里的沉默，让对面原本还想要邀功的韩星越也不由得安静了下来。

"那就打扰了。"翻车到这个地步，阮昭的声音都没了平日里的那股劲儿。

算了，她今天先歇了吧。

但电话并没有立即挂断，几秒后，对面那道干净清冷的声音说："晚安，阮昭。"

这突如其来的几个字让阮昭一怔，在意识回笼时，她意识到另外一件事——这是他第一次主动叫她的名字。

——阮昭。

等阮昭挂了电话，韩星越这才敢说话。

他小声解释："姐，我刚才真没注意你打电话，不是要故意打扰你的。"

现在重要的是她在打电话吗？重要的是他打扰了她打电话吗？都不是！

韩星越打小就不太敢反抗阮昭，别人家姐弟还打打闹闹，他们家基本上就是只要阮昭一个眼神横过来，他立马腿软。

此刻阮昭冷着脸,那双乌黑的眼睛看过来时太过清冷锋利,吓得他连忙说:"我真不知道你在跟傅教授打电话。"

阮昭深吸一口气:"谁让你把东西拿回来的。"

"你的东西掉了,我还不能拿回来?"韩星越蒙了。

他解释道:"我就在学校门口遇到了傅教授,他还特地说这个坠饰挺贵重的,让我送回来给你。姐,你是不知道我们大学宿舍多乱,这么贵重的东西万一弄丢了怎么办,所以我肯定要连夜送回来给你。"

完全处于状况之外的韩星越这会儿还挺委屈的。

阮昭终于深吸一口气:"这件事最重要的不是东西拿不拿回来。"

韩星越顶着一张求知若渴的表情:"那什么最重要?"

"最重要的是,谁给我送回来。"

哪怕一向淡淡的阮昭,在说这句话时也忍不住微微咬了下牙。

韩星越愣了半晌,突然意识道:"姐,这个东西该不会是你故意留在傅教授车上的吧?"

还不算太笨。

"你故意把这个留在车上,这样傅教授就会给你送回来,制造下一次见面的机会。"

韩星越忍不住感慨:"姐,你好会。"

要不是他知道他姐没谈过恋爱,都要忍不住怀疑了他姐是不是渣女了。这也太能钓了。

阮昭:"我再会,也抵不过一个拖后腿的。"

拖后腿的韩星越:"……"

片刻后,他忍不住说道:"难怪我上高中的时候总是有女生借我的东西不还,之后还非要请我吃东西赔罪。"

阮昭:"……"

这种时候,是让你来"凡尔赛"的吗?

阮昭伸手将压襟从他手里拿了回来,语气冷淡:"好走,不送。"

"别别别,"韩星越急了,"宿舍这会儿早关门了,我回去还得求宿管阿姨开门,说不定还要扣分。你就收留我一晚上吧。"

"我家没有多余空房留给拖后腿的人。"阮昭毫不留情。

她端起茶杯,就要转身回房。

韩星越拦在她面前:"姐,姐,要不你再给我一次机会,我肯定当好你跟傅教授之间的桥梁。只要你一个眼神,我坚决为你冲锋陷阵。"

"你?"阮昭似笑非笑地看着他。

韩星越挺起胸脯,说道:"姐,你是不知道傅教授这人有多难搞,反正关于他拒绝他那些追求者的事迹都能写一本书了。不是有句话说得好,要想成功攻破堡垒,就得先打入敌人内部,我跟傅教授在同一所学校。

"我可以随时为你打探傅教授的情况。"

阮昭上下扫了两眼韩星越,片刻,她终于慢悠悠开口:"你一直住的房间,董姐刚换了被套。"

"好嘞。"

韩星越迫不及待转身去自己的房间,不过临走前他还是忍不住叫嚷:"姐,我觉得傅教授虽然长得帅又会考古,但在我心底你才是最好的。"

臭男人配不上我姐。这句话他没敢嚷出来。

阮昭总算露出一丝笑意,挥挥手:"滚去睡觉。"

四月下旬,大地回暖,草长莺飞。就连下起的雨都显得格外温柔,如同一团氤氲在整片天际的烟雾,朦朦胧胧,带着水汽,怎么都散不开。

阮昭撑着一把伞,旁边跟着云霓。

"昭姐姐,干吗不叫我哥一起来?"云霓问道。

阮昭见她糖葫芦咬得"嘎嘣"脆,自己明明没吃,却觉得牙齿酸得厉害:"不过是买个原料罢了,你哥还要照顾店里,他又不是三头六臂。"

"不过你怎么每次买颜料都亲自过来?"云霓好奇。

阮昭修复古画,用的不是现代的颜料,要不然根本做不到"修旧如旧"的效果。

"让你学文物修复,你又不喜欢。如果我现在告诉你,你能听懂吗?"

云霓傻了眼,咬着糖葫芦的一半,胡乱嚼了两下,摇摇头。

阮昭忍不住道:"酸吗?"

"不酸,"云霓以为她想吃,把底下干净没咬过的糖葫芦递过来,"昭姐姐,你也尝尝。"

阮昭拒绝:"不要。"

朝天街主要做古玩生意,周围基本都跟这个搭点边。

阮昭这次要去的这家店专门卖颜料,虽然油画、国画他们也卖,但这家店最神通广大的地方,还在于他们能够弄到天然矿物颜料。

谁知两人快到地方,阮昭的视线落在对面。就见一个西装笔挺戴眼镜的男人正跟旁边的人说着话,两人一边聊一边往停在街边的车走过去,云霓见阮昭站在原地不走,也顺着她视线看过来。

这一看,她立即惊呼:"昭姐姐,这不是那个骗子?"

云霓视力五点零,不掺一点假,所以隔着马路就认出了对方。

古玩行业本来就鱼龙混杂,有凭本事挣钱的,也有凭本事骗人的,就比如对面那人。

之前就被阮昭撞见过招摇撞骗,只是她没想到,对方被自己教训一顿还敢出现在这一片。

阮昭撑着伞,直接穿过马路,走到对面那辆车前。云霓亦步亦趋地跟在后面。

此时那两人好像已经聊得很投机,正准备上车,换个安静的地方。可谁知,西装男人刚坐进车里,他的车头就被敲了两下。

"咚咚!"

两人不约而同抬头,阮昭没看那个西装骗子,而是看着正打开副驾驶车门要上车的年轻男人,轻笑道:"我要是你,就绝对不会上一个骗子的车。"

对方茫然地看着她。

反倒是西装男听到这话立即推门下来,还没看清楚就大骂道:"你胡说八道什么呢?"

阮昭眸色微深,直直看对方,声音冷漠至极:"看来,上次的教训还没让你记住。"

这时西装男才看清楚伞面下那张清妍绝丽的面孔。

明明长得那么漂亮,可是那双乌黑的眼睛像藏着刀锋般锐利,只是看过来就带着铺天盖地的压迫感。

"是……是你。"西装男露出惊慌。

但等他看清楚阮昭身边只跟着小女孩,并没有上次那个高大健壮的男人,一颗心慢慢放下,怒道:"你别血口喷人。李总,这女人就是个骗子,专门在这一带坑蒙拐骗。"

阮昭:"他是不是跟你说,可以帮你把手里的古董送拍到大拍卖公司?"

年轻男人听到这句话，神色立马变了。

西装男还不死心："你胡说八道什么呢，你才是骗子。"

阮昭不以为意，冷淡看着年轻男人："你觉得我们两个谁更像骗子？"

她不救该死的鬼，要是这人真的因为贪婪上了西装男的当，那就是他自己活该了。

不得不说，脸这玩意儿，确实是重要。年轻男人只朝阮昭看了两眼，就立即改变主意说："我觉得我还是再考虑考虑，今天我们就先到这里吧。"

西装男还没来得及说话，就见对方抱着怀里的包一溜烟跑了。不过年轻男人路过阮昭时，还不忘低声说："谢谢你。"

阮昭挑眉，心情还不错，毕竟这也算是积善行德。

等对方消失不见，西装男彻底恼火，虽然男人一般对漂亮女人都很宽容，但前提是这个漂亮女人没有一而再再而三得罪他，他恶狠狠地看着阮昭："上次就是你坏了我的事，这次又多管闲事，别以为你是个女人我就不敢打你。"

"看来上次那顿打，你确实没记住。"阮昭淡笑道。

她越是这样轻描淡写，对方越生气。

不过阮昭知道他是个软脚虾，压根儿没把对方的威胁放在心上，管完闲事带着云霓就走了。

西装男盯着她们，一直到她们走进那个卖颜料店的小巷子。

一个小时后，阮昭心满意足结束选购。

出来时，虽然依旧两手空空，不过店家会帮忙把原料直接送到家里。因为也不是第一次在这里买东西，阮昭压根儿不怕他们调包。

谁知她带着云霓刚走出小巷，就见停在路边的两辆车，车门纷纷打开，从里面下来五六个人，直接挡住了她们的去路。

阮昭望着领头的两人，其中一个就是西装男。另外一个穿着一件黑色短夹克，头发剃得极短，从脖子处露出一截狂野的文身，就是那种一看就很"社会"的社会青年。

社会青年一看阮昭，当即眼前一亮："哟，长得这么漂亮。"

"漂亮有什么用，专坏我的好事。"西装男恨恨说道。

社会青年伸手摸了下嘴，自认为挺帅地说："小姑娘，看在你是个女的份上,而且长得这么漂亮,我不打你。这样吧,陪咱们哥几个喝几杯,特别是我这个兄弟,你可是坏了人家好事,怎么也得赔个罪吧。只要你好好认个错,这次我就做主放你一马。"

西装男急了:"张哥,我们可不是这么说的。"

"闭嘴。"

阮昭冷眼看着他们狗咬狗,特别是那个西装男:"看来找了几个打手,确实让你硬气起来,不是上次跟狗一样狼狈逃窜了。"

"你这个臭……"西装男被戳中痛点,当即恼羞成怒。

可是他还没骂完,一个响亮的耳光声响起。

所有人震惊地看着手里还拿着一串没吃完的糖葫芦的小姑娘,冲过来抬手就对着西装男扇了一个嘴巴子。

大约是他们的注意力都在阮昭身上,压根儿没把这个瘦瘦小小的小女孩放在眼里。

云霓回头将糖葫芦递给阮昭,叮嘱说:"昭姐姐,帮我拿好。"

阮昭伸手接下。

之前云霓因为吃了太多糖葫芦,补了两次牙,所以她哥就一直控制她吃,每次她买到都舍不得一口气吃完,这会儿见自己的宝贝糖葫芦被阮昭拿好了,她立即扭头看向对面找碴儿的一帮人。

云霓双手交叠,一边将手指掰得"咔咔"作响,一边轻笑:"我哥不在,你们是不是以为就能欺负我昭姐姐?"

"狗东西,还敢骂我昭姐姐。"

"我说你怎么买东西还跑这种地方来,停车都不好停。"闵其延停好车,还是忍不住抱怨。

傅时浔睨了他一眼:"没让你跟来。"

闵其延:"行行,是我非要死要活跟着你。不过你要买颜料的话,来这儿干吗呀,朝天街不是卖古玩的地方吗?"

傅时浔没搭理他,直接往前走。

就在两人走过拐弯口,看见路边站着不少人,似乎在围观什么。

"怎么这年头还有大白天打架的,好吓人。"

"就是,这里这么乱,亏我在网上看那些博主推荐,说这里适合打卡呢。"

"快点走吧。"

两个打扮时尚的女孩一边抱怨一边从他们身边走过。

闵其延抬头看着对面的小巷子,确实有打架的声音,最关键的是巷口站着一个女人,撑着一把巨大的黑伞,白衬衫配着一条绿色团花国风长裙,显得格外温柔写意。

"那姑娘胆子真够大,站那么近看热闹。"

闵其延刚说了一句,身侧的好友却已经拔腿走了过去。

说是走,但步履急切,几步就跨过马路,直接冲到对面巷口。

阮昭正看得精彩,突然感觉自己的手腕被人拉住,待她抬头望过去,整个人已经被拖着往旁边走。

"傅教授。"她有些吃惊地喊道。

傅时浔扭头看着她:"别人打架,不知道躲远点。"

他的掌心抓着她的手腕,那种温热触感从腕口处蔓延,如同小小的火焰,一路烧到她的胸口。还有他眼底,第一次在她面前流露出来的关心。

傅时浔见她不说话,还以为是自己口吻太重。

特别是她抬起眼睛时,那双永远锐利又直白的黑眸,此刻如同染上了这场刚下的烟雨,雾蒙蒙的一层,显得又亮又软。

头一次,傅时浔心底产生了一种无可奈何的感觉。

终于,他低声解释:"我没在凶你。"

阮昭一直没说话,是因为她在想,要怎么样才能解释目前这个情况。

她并不是无辜的旁观者,甚至还是主动参与打架的另一方。可当她发现傅时浔眼底的关心,还有他带着无奈口吻说出的这句话。她决定——不解释了!

这种时候解释还重要吗?当然不重要。重要的是她怎么利用这次机会,彻底拉近她跟傅时浔之间的距离。

阮昭从来都知道,自己不是什么纯粹的好人。目的性太强,而且是不达目的誓不罢休。就比如现在,她丝毫不介意利用傅时浔的关心和同情。

阮昭不着痕迹地反客为主,抓住他的手臂,这是两人第一次距离这么近。近到她闻到他身上淡淡的味道,清冽又干净,像极了他这个人。

只是,她刚贴近,傅时浔果然习惯性地拧眉。但阮昭微垂着眼睫,声音无比轻软地说:"我没怎么见过这种场面,有点儿腿软。"

她会怕?

傅时浔一听这话,就知道她八成是在演。

只是他明知自己应该甩开她的手,拉开两人之间的距离。可当他低头时,漫天飘落的雨丝轻轻落在她的发丝间,原先她打着的那把伞,因为刚才他猝不及防的动作,早掉落在了原地。

一颗极小的雨珠挂在她的眼睫上,随着她轻颤的睫毛轻轻晃荡。这一晃,好像他心底也有什么在跟着摇晃。晃到明知她是故意的,他却突然有些无法拒绝。

或许是这春日里的细雨太过温柔,柔到足够浇软一颗冷酷的心。

"时浔。"闵其延一过来,看着姿势如此亲密的两人,差点儿以为自己瞎了。

也不是他大惊小怪,他认识傅时浔这么多年,他见过跟傅时浔亲密的女性,就只有傅家的女性长辈。闵其延一度以为傅时浔有恐女症。

这会儿那种恍如隔世的氛围感,一下被打破。

傅时浔手掌松开,阮昭也知道适可而止的道理,低声说了句:"谢谢你。"

"这位是?"闵其延心底的好奇都快要炸开了。

傅时浔没有说话,倒是阮昭大大方方地打招呼:"你好,我是阮昭。"

"阮小姐,我叫闵其延。"闵其延一边打量着对方一边心底暗暗赞叹。

闵其延走近才看清楚阮昭的脸,刚才隔着一个路口,只从背影看,他觉得这姑娘有个大美人才有的背影,美到让他都舍不得她转身,生怕破坏了那种美感。谁知走近他觉得自己过于杞人忧天了,这姑娘可长得太好看了。

两人相互之间就自我介绍认识了,完全没用上傅时浔这个"媒介"。倒是他们打招呼的时候,一阵由远及近的警笛声响起。应该是有路人打电话报警,说这边有人打架。

巷子里面的人打得正热火朝天,丝毫没听到警笛声,倒是那个离战场最远的西装男突然喊了句:"警察来了。"说完,他自己扭头先跑了。

正好阮昭回头去捡自己的伞,当她看见西装男从巷子里跑出来时,她慢条斯理地将伞收了起来。

身后的闵其延终于憋不住燃烧的八卦之魂:"老傅,你在哪儿认识的这么一个大美女?"

他声音压到最低,只有他和傅时浔能听到,但傅时浔还是没搭理他。

"这姑娘可真是完美符合我心中对古典美女的幻想,真的,就是那种从江南烟雨里走出来的仙女,典雅、唯美,还透着一股弱不禁风的脆弱,真让人想保护。"

话音刚落,闵其延就看着阮昭拿着手里的伞朝那个巷子里跑出来的西装男狠狠地挥了过去。

巨大的长柄伞,里面的钢架骨砸到对方的小腿骨上。西装男惨呼一声的同时,直接摔倒在地上。

闵其延:"……"

"还符合吗?"此刻的傅时浔慢悠悠转过头看着他,以一种平静而不失嘲讽的口吻问,"你心中的古典美女。"

闵其延:"……"

下一刻,傅时浔望着阮昭,低声说:"她可不是你口里的弱不禁风。"

闵其延转头看他,许久,突然说:"我怎么听你这口吻,还有点儿自豪呢。"

西装男没想到自己跑出来还会遭到这种突袭,他抱着小腿,连骂人的戾气都快没了,连声说道:"我错了,我错了,姑奶奶,你饶了我吧。我以后真的再也不敢骗人了。"

阮昭低头端详着他,轻笑:"知道错了?"

"真的知道了,真的知道。"

"那好,待会儿警察到了,自己干了什么,老实交代,争取宽大处理。"

西装男没想到她会这么说,登时傻了眼。这种人平时就靠小坑小骗赚钱,真到了警察局,绝对是有进无出的主儿。

这会儿巷子里另外的人也开始往外跑,一个个早已经不是先前的样子,仓皇逃窜,狼狈不堪,反而是跟在最后面跑出来的小姑娘撑在他们身后:"狗东西,不是想要欺负我昭姐姐的,以为我们女孩子就这么好欺负吗?"

随着小姑娘的一声怒喝,她追上前头离她最近的那个小混混,她一脚蹬在旁边那堵墙上,借着墙壁的反作用力,整个人直接灵巧地翻过了小混混的身前。然后她极其娴熟地抓住对方的手肘,弯腰,发力,背摔。当小混混被她摔出去时,闵其延看得目瞪口呆的。

只是云霓完全错估了这个小混混的体重,她没想到出来当社会人,没有一身肌肉就算了,居然全都是脂肪。在她靠着技巧弥补力量上的不足时,对方也靠着一身脂肪,弥补了打架技术的不足,居然成功把她带摔在地上。帅不过三秒。

阮昭离得最近,立即上前将她扶起来,焦急地问:"没事吗?"

小姑娘靠在她肩膀上,委委屈屈地举起手:"昭姐姐,我的手好像扭到了。"

敬业的人民警察虽然在接到报警电话的第一时间就出警,但只赶上收拾残局,那个领头的张哥刚坐上车就被拦了下来。虽然警察人数不多,但是刚才嚣张不已的社会人这会儿面面相觑,谁也不敢说话。

年长警察问:"是你们在打架吗?"

对方不敢说话,阮昭却开口了,她说:"不是,是我们在正当防卫。"

警察朝她看过来,阮昭语气淡然:"我们从店里买东西出来,他们把我拦下来,说我长得漂亮,让我陪他们喝酒。"

"……"

空气在这一刻凝滞,不管是警察还是那些小混混都目瞪口呆,因为任谁都没想到,这姑娘能面无改色说出这样一番话。

中国人最讲究谦逊低调,就比如美貌这种东西,得留给别人夸奖和赞美,从自己嘴里说出来,总有种莫名的怪异。

闵其延看到现在,感觉自己作为一个堂堂顶级医科大学医学博士毕业的人,此时此刻的语言词汇居然贫瘠到只能想到"厉害"这两个字。

"你在哪儿认识的这姑娘啊?"闵其延觉得自己这辈子的八卦之魂都没燃烧得这么猛烈,要不是有警察在这里,他险些都想过去查一下阮昭的户口本。

阮昭就是那种让人原本以为是个清冷柔弱范儿,结果却能毫不客气地干翻一个大男人,并且还能面不红心不跳地说出这番话的古典妹妹。就让人觉得,这姑娘不简单啊。

此时警察轻咳了两声,转头问小混混们:"是这样吗?"

"……"

"谁先动的手？"警察询问。

这会儿小混混可有话说了，立即指着对面："她们先动的手。"

警察又问这边，这次他看向傅时浔和闵其延两人："是你们先动手的？"

他们先入为主地问了两个男人，毕竟警察处理这么多桩打架斗殴事件，特别是这种涉及女孩的，基本都是女孩的男朋友先动手的。

"别人戏弄你女朋友，你的心情我们都能理解，但是不能动手啊，这一动手性质就变了。"警察叔叔语重心长地看着傅时浔。

大概是因为傅时浔站得离阮昭最近，而闵其延则在后面。

警察再一次理所当然地认为了。

阮昭眨了眨眼，没想到居然还有这样的好事儿。

"不是，他们是刚赶到这里，没有跟这些人动手。"不过阮昭也知道，这会儿不是调戏傅时浔的时候，立即替他向警察解释。毕竟傅时浔是大学教授，真要背上打架斗殴的罪名，怎么也不好听。

警察有些疑惑了："他们刚赶到这里的话，这几个人跟谁打的架？"问话的这位警察大手一挥，指向那群小混混，明显不太相信。

两拨人打架，这两个男人刚赶到的话，难不成这群小混混是跟这两姑娘打的架？

"他们想强行拖我上车，结果被我身边的小姑娘拦住了，所以是他们先动的手。"阮昭不紧不慢地跟警察解释。

这会儿警察算听明白，这架还真的是一群小混混和两个姑娘打的。

一向处理这种社会案件干脆利索的民警都有些舌头磕绊："虽然是这样，但你们双方都说是对方动手的，也没什么证据。"

此刻一直站在旁边的傅时浔沉声开口："我可以帮她做证。"

阮昭眨了眨眼睛，没想到在她把傅时浔摘出去之后，他居然主动出声。

但逻辑在线的警察立即反驳道："她不是说你刚赶到这里，那肯定是没看见他们双方起矛盾的经过。所以你怎么能替她做证，证明是对方先对她动的手？"

还不等傅时浔开口，身侧的阮昭扭头直勾勾地看向他，轻笑起来。

"他可以为我的美貌做证。"

傅时浔："……"

085

阮昭的这句胡言乱语在震慑全场之后，被警察归结为无效证词，双方都得去警察局做个笔录。

谁知云霓却脸色有些发白，阮昭见状，立即问："要不要紧？"

"没事。"云霓这会儿完全没了刚才暴走萝莉的模样，变得无比乖巧。

闵其延开口说："我是骨科医生，让我先看看。"

他让云霓试着做了两个动作，摇头说："从外表看不出来什么问题，但她手腕这里发肿，还得拍片子看看。"

云霓不信："我哪有这么脆弱。"

"小丫头，有些时候人的身体比你想象中的还要脆弱。"

好在警察很是通情达理，见云霓确实有些不舒服，便让她先去医院。但偏偏她和阮昭都是事件当事人，阮昭没办法陪同，只能让闵其延陪着她先去。

傅时浔说："闵其延是北安大学附属医院的骨科大夫，由他陪着，你别担心。"

听到这句话，阮昭心底才安定，轻轻"嗯"了声。

"走吧。"旁边男人开口道。

阮昭抬头看着他，见他双手插兜站在那里，淡淡道："我陪你去做笔录。"

虽然阮昭抿了抿唇，却依旧压不住微微翘起的嘴角。

警察局做笔录还挺快的，因为错确实不在阮昭。况且西装男一被吓唬，进去就全交代了，阮昭甚至还能算个见义勇为。

只是临走时，警察叮嘱她说："虽然见义勇为确实是好事儿，但是你这样的小姑娘还是要以自身安全为第一位。幸亏今天没什么事情，要不然你男朋友得多心疼。"

这位民警五十来岁的样子，年纪上能做阮昭的爸爸，瞧着跟自己女儿差不多的姑娘，不免唠叨了几句。谁知一向不给陌生人面子，从来冷淡淡的阮昭，却头一次有种暖心的感觉。

她认真道："我会的。"

警察这会儿还不忘叮嘱傅时浔："好好保护你女朋友，这么漂亮的姑娘，确实是太招人羡慕了。"

先前警察也错认他们是男女朋友，还没机会解释。此刻傅时浔敛了敛眸，开口说："我们不……"

"我们就先走了,谢谢您。"

阮昭根本不给傅时浔这个机会,拉着他的手臂就往外走。

两人走到警局外的停车场,傅时浔开的是闵其延的车。

谁知两人走到车旁,傅时浔并没有立即上车,而是看着阮昭:"你不该让别人误会。"

"误会什么?"

傅时浔说:"误会我们是情侣关系。"

"反正之后也不会再见面,何必解释那么多。"阮昭找借口说。

谁知傅时浔瞥了她一眼,冷淡道:"该说清楚的,何必含糊不清,让人误会。"

阮昭撇嘴,呵,这男人还挺有原则。跟她是情侣,很丢他的脸吗?

好在傅时浔并不是那种一味纠缠的性格,他本意也是想说清楚,让阮昭知难而退。他并非傻子,也不可能愚钝到阮昭对他的心思他感受不到。只是她不直说,他无法直接拒绝。但是一旦超过这个底线,他就会清楚地划出分界线。

两人站在车子的两侧,阮昭已经伸手将副驾驶的门打开,直截了当问:"傅教授,你就这么怕跟我扯上关系?"

傅时浔微掀眼睑,说道:"阮小姐,我觉得你不该在我身上浪费时间。"

这算是他第一次挑明了说。

"你确定是浪费时间?"阮昭眨了下眼睛,反问道。

傅时浔正要回答,她却突然说:"我们快点去医院吧,云霓刚才给我发微信,说让我快点去陪她。"

傅时浔也知道现在不是讨论这个的好时机,他打开门:"上车吧,我送你过去。"

两人刚上车,傅时浔的手机就响了,是闵其延打来的,居然要找阮昭。

阮昭一脸疑惑地接过电话,就听闵其延有些无奈道:"阮小姐,云霓的片子出来了,手腕处有骨裂,需要打石膏。"

"这么严重?"

闵其延看着旁边眼泪已经在眼眶里挂着,随时能夺眶而出的小姑娘,有些无奈道:"其实只是听着严重而已,并不算特别严重。"

"好的,闵医生,您是专业医生,就按照您的意见来。"

闵其延轻咳了下:"但是云霓现在不太配合。"

阮昭:"为什么?"

"她有点儿怕,说要等你过来。"

阮昭想了下,低声问:"如果等我过来的话,不耽误吧?"

闵其延:"耽误倒是不耽误。"

"那行,等我过来吧。有我陪着,她应该就不怕了。"

这一通电话挂了,闵其延转头看着坐在自己身侧的小姑娘。他刚才带人过来的时候,科室里就有小护士打趣,问他从哪儿领来这么一个可爱的小妹妹。

云霓长相跟阮昭不一样,是可爱类型的。短短的头发,小圆脸,大约是年纪还小的原因,脸颊饱满而白皙。一眼看过来就是乖巧又听话的邻家妹妹。但谁都想不到,这么一个有着萝莉外表的妹妹,居然能一打五。

特别是她追出巷子,一脚蹬墙,直接翻身越过一个成年男人,然后将对方过肩摔撂倒的那一幕。哪怕是现在想起来,闵其延能评价的也就四个字:不错,厉害。

闵其延忍不住逗趣:"你一打五的时候,也没见你这样怕啊。"

云霓看着他,认真地说:"我一打五,是打别人,是他们疼。现在是我骨裂,是自己疼,我当然怕了。"

闵其延:"……"

好有道理,他已经快被说服了,但又总觉得哪里怪怪的。

阴雨连绵的日子里,交通总是拥堵不堪,而且满街的红灯,打眼望过去,一片红。雨不断滴在车玻璃上,雨刮器来回滑动,各种交织在一起的声音,平添了几分烦躁。

饶是身边开车的是傅时浔,但因为担心云霓的状况,阮昭莫名地烦躁起来。

又遇到一处红灯,前面排着长长的队伍,一个红绿灯的时间根本无法通过这么多辆车子。

阮昭低着头摆弄手机。

身侧驾驶座上的人低声道:"别担心,我们很快就能赶到医院。"一向清冷的男声,意外地打开了阮昭心底的防线。

她独立惯了,很少会有对人抱怨的时候,此刻她却窝在副驾驶上,语气难得后悔:"今天我不该去管那个闲事的。"

"是那个骗子吗?"傅时浔问道。

之前那个西装男被阮昭打的时候,傅时浔便留意到了两人的对话。后来警察过来,他出来说要做证,也是想要证明这件事。

阮昭低声道:"嗯,其实这不是我们第一次遇到他骗人,这个人自称是古董经纪人,能把藏品送拍到大公司的拍卖会。"

"嗯。"

傅时浔淡淡应了声,虽然只是简单地回应,却让阮昭知道他在认真听。

"很多缺钱或者走投无路的人会把家里的老物件拿出来卖,这种骗子就是抓住他们的心理,让他们交钱,就能把藏品送到拍卖会上卖出一个高价。很多人因此上当,甚至还丢了自己的藏品。"

"所以这次你又撞见他行骗?"傅时浔一手握着方向盘,一边问道。

阮昭点头:"他被我识破之后恼羞成怒,带着一帮人回来找我们算账。"

说起来,还是阮昭心太大了,觉得云霓一个人就能搞定这帮小混混。这些人说是小混混,可是打架的本事说不定还没有那些经常泡篮球场的高中生厉害呢,阮昭从一开始就没把他们放在眼里。

车子再次停下,又是一个红灯。

"所以你是在后悔管这件事?"

阮昭低低应了声:"嗯,要是不管的话,云霓就不会受伤。"

她少有如此模样,从傅时浔认识她开始,眼前的这个女孩好像永远都那样理直气壮、一往无前,拥有一套属于她自己的行事准则,丝毫不会顾及别人的感受。他以为这样的人或多或少会自私,会冷漠。

可哪怕看起来再清冷,她从来不是内心冷漠的人。路遇不平,她会出头。身边的人受伤,她会自责。

这次的红灯尤为漫长,前面的车子一直没有动,傅时浔手掌搭在方向盘上,他微侧着看了过来,依旧清淡的声音说:"我们的人生就像一条河流,所有人都在摸着石头过河,没人会知道自己下一颗摸到的是石头还是宝石。"

"我们唯一能做的,就是忘记刚才那块戳伤自己的石头,继续往前走。"

因为河流是不会停止的,时间也是。所以我们能做到的,就是扔掉不愉快,不要沉溺于后悔之中,要昂着头继续向前。

"傅时浔。"她轻声喊了句。

车子正好在此时缓缓启动,旁边的车辆也开始流动起来,但眼睛盯着前方的男人却还是很给面子地回应:"嗯。"

阮昭眼底含笑地看着他:"有没有人说过你像个哲学家。"

"没有。"他声音重新恢复那种冷淡。

阮昭没轻易放过他,笑着说:"要不我以后不叫你傅教授了,我叫你哲学家大人。"

傅时浔没搭理她。

阮昭笑了下,又低头给云霓发了条微信。至于云橙那边,她还没想好怎么说。

就在她手指一直在屏幕上划拉来划拉去的时候,傅时浔的声音再次响起。

"如果我是今天那个差点被骗的人,我一定会庆幸遇到你。"

阮昭手指顿住。随后几乎是错愕地转头望向他,男人依旧安静地开着车。

哪怕是从这个死亡角度看过去,他的轮廓线条依旧显得流畅而利落,眉骨成峰,鼻梁高挺,只怕是最好的整容医生都捏不出来这张脸。

阮昭心底的阴霾好像被一扫而空,此刻她甚至笑得有点儿张扬。

她问:"我能把你这句话理解成你在夸我吗?"

如她所料,傅时浔说完那话就压根儿不打算再开口。

虽然知道不能打扰开车的人,但阮昭依旧轻笑着说:"不过就只有口头夸奖吗?没有什么奖励吗?"

"傅教授,你好抠门呀。"

傅时浔面无表情,只提醒她适可而止。但他没想到,阮昭说完这两句,没再胡闹,而是望着他说:"谢谢你。"

到了医院，阮昭找到闵其延和云霓，这会儿云霓正在拿手机看电视剧。看见她的那一刻，云霓还不忘替闵其延邀功说："昭姐姐，闵医生可真是个好人，他居然分享他的热点给我看网剧。"她哥云橙都舍不得，甚至还会打爆她的头。

阮昭揉了下她的脑袋，转头问旁边的闵其延："闵医生，现在怎么样？"

"就是需要打石膏，东西我已经买来了，直接去石膏室就行了。"

阮昭："麻烦您带我们过去吧。"

"别这么客气，你是时浔的朋友，那就是我的朋友。"

闵其延这人不仅仅是因为职业的原因，他天生就有"社牛症"，是那种不管跟谁都能迅速混熟的性格，况且他觉得今天遇见的这两姑娘可都太特别了。

一个清冷高贵，看起来像是那种古画里走出来的江南古典美人，结果人狠话少。另外一个就更好玩了，明明是个邻家妹妹，却暴走得很，打架一挑五都不怕。

几人一块去了石膏室，果然再暴走的萝莉都逃不过害怕打石膏。最后还是阮昭强迫云霓坐下，云霓这才没逃走。

不过等打完，云霓发现除了碍事了点，好像也没什么问题。于是众人离开医院。

云霓路上突然问："昭姐姐，我的糖葫芦呢？"

阮昭："……"

她也不记得给扔哪儿去了。

瞬间云霓的脸垮了下来，看得旁边的闵其延一阵好笑，说道："你都能飞天遁地了，还这么爱吃糖葫芦。"

"我一个星期才能吃一次糖葫芦。"

闵其延说："要不这样吧，我给你买一串，不过等你手臂好了，你再给我示范一次你的那个轻功。"

虽然云霓一再强调她没有轻功，她只是巧妙借用了墙壁才从那人头顶翻过去。可是听到"糖葫芦"这三个字，云霓眼睛一亮："行，你给我买糖葫芦，我给你表演一个侧空翻吧。"

"行啊。"闵其延觉得这小丫头有意思，顺口答应。反正等她手臂养好，也还有一阵子呢。可他念头刚想过，眼前的小姑娘"噌"地从他面前完成了一个干净利落的侧空翻。

阮昭:"……"

傅时浔:"……"

半晌,阮昭微微咬牙:"云霓,你这是为了糖葫芦不要命了。"

"昭姐姐,我一点儿事都没有。"云霓毫不在意道。

傅时浔皱着眉头朝闵其延看过去,闵其延赶紧解释:"我不知道她真翻呀,我想着等她手臂养好再给我展示一下。"

傅时浔嘲讽:"她二十,你十八是吧。"

闵其延被讽刺得无言以对。

但最后,云霓的糖葫芦还是盼到了手。主要是阮昭一向纵容她,今天她又受伤,也就没刻意约束着她。

闵其延收起手机,说道:"我问我们科室的小护士了,附近步行街就有卖糖葫芦的。"

四人结伴前往步行街。

地方确实不难找,因为卖糖葫芦的店门口摆着一个一人高的糖葫芦模型。因为正下着雨,店门口没什么排队的人,他们直接过去。

这家店其实是卖百货的,不过是在门口摆了个玻璃柜子,里面摆满了各种糖葫芦,既有传统的山楂,也有草莓、猕猴桃。

云霓毫不犹豫地选了一串山楂的,闵其延问她还要不要别的口味。她也不贪心,就要了一串。

他们过去付钱时,阮昭站在门口,身侧站着傅时浔。两人并肩,站在廊檐下。

"你要吃吗?"突然傅时浔转过头,视线落在她身上。

阮昭轻嗤:"小女孩才吃的东西。"

半晌,傅时浔淡声说:"你不就是小女孩。"

在错愕之后,阮昭笑意盈盈地望着他,故意说道:"那你给我买。"

谁知她一说完,傅时浔已经转过身,看着身后玻璃柜里的糖葫芦,问道:"你要哪一串?"

阮昭也没再客气,直接选了一串草莓的。等选完了,她才问:"为什么突然给我买这个?"

"就当是奖励。"

阮昭微怔。

傅时浔微勾了勾嘴角:"你见义勇为的奖励。"

做好事的小女孩,有糖吃。

第四章 /

谢谢你的救命之恩，傅哥哥。

买完糖葫芦，出于客气，阮昭说道："今天麻烦你们了，要不我请你们吃个饭。"

"吃饭可以，但是哪能让你们请客。我正好知道附近有一家粤菜，不辛辣，口味清淡，正好适合我们这个小病号。"

闵其延再次发挥了自己社牛症的特长，三言两语间就安排妥当了。这次连傅时浔都没什么意见，于是闵其延回去把车开上，几人一起去了粤菜餐厅。

不得不说，闵其延的社牛症体现在方方面面，比如这家人气很是火爆的店，明明是需要提前打电话订位置的，但是他们到了店里，就有人直接迎出来将他们带了进去。还是个小型的包间，够几个人安静用餐。

一坐下来，闵其延就好奇地打听："你跟时浔是怎么认识的？"

阮昭微转头看向傅时浔，反问："他没跟你说过？"

"你又不是不知道他这个人，嘴巴严得跟什么似的。"闵其延无奈地摊了摊手，"比银行保险箱都靠谱。"

阮昭一声呵笑，一带而过。

关于她和傅时浔认识的经过，她不想告诉别人。也不是怕丢脸，她天生就有种独特的坦荡，做什么都不会觉得不好意思。她就是觉得，这就像是他们之间的一个小秘密，扎寺廊下的那惊鸿一瞥，她只想留给自己，谁也不想分享。

好在闵其延见她也不愿说，立即转移话题："阮小姐，你是做什么的？"

之前太混乱，双方除了知道彼此的名字，倒也没深入了解。阮昭对闵其延也挺有兴趣的，因为他是傅时浔的朋友。韩星越有句话确实说到了她的心坎上，要想瓦解一座堡垒，得从内部开始。

她淡然道："文物修复，我是文物修复师。"

闵其延一下来了兴趣："就是电视上那种可以把坏了的文物复原的修复师？"

"嗯，大概就是这种。"

"难怪呢，你认识这么厉害的人，也不给我介绍介绍。"闵其延看着傅时浔，有些不满道。

傅时浔睨了他一眼："为什么就要介绍给你认识？"

闵其延："前阵子我不是摔碎了我爷爷一个瓶子，老头儿气疯了，正到处找人修呢。"

"她不修瓷器。"

闵其延有些惊讶："你怎么这么确定？"

傅时浔淡然道："你一个骨科医生会给人看心脏病吗？"

闵其延沉默了半晌："那倒是不会。"

"确实很多人都对文物修复师有误解，觉得我们什么文物都能修复。其实文物修复师也有细分，比如专门修瓷器的，专门修青铜器的，也有专门修复古籍书画的。"

对于闵其延的误解，阮昭习以为常。不少人觉得文物修复师什么都能修，其实这都是外行人的看法。

"抱歉，是我坐井观天了。"闵其延十分诚恳道。

阮昭也不在意："没什么，毕竟我们是小众行业，很多人不了解也是正常。"

傅时浔扭头看她，今天的她倒是挺温和的。阮昭一向对他的眼神很敏感，第一时间回望了过去。

傅时浔正伸手去端面前的白瓷杯子，见她冲他眨了下眼睛，仿佛在说"看，因为他是你的朋友我才这么客气的"。

可她刚抛完眼神，傅时浔突然端起桌上的茶壶给阮昭面前的杯子添了点。

"想喝水就说，不用这么眼巴巴看着。"

阮昭："……"

她那是眼巴巴想要喝水吗？好在闵其延不愧是活跃饭局的高手，有他在，完全不用担心会冷场。

他好奇地问："阮昭，你主要是修复哪种文物？"

"主要是书画，"阮昭想了下，补充道，"其实跟书画类有关的都可以，比如屏风、折扇这类。"

随着交谈的进行，服务员不断推门进来给他们上菜。

云霓是个正宗小吃货，虽然一只手臂还打着石膏吊着，但丝毫不影响她大快朵颐。

"你们两个是亲姐妹吗？"闵其延问道。

这时，傅时浔开口："你查户口本呢。"

倒是云霓大大咧咧说："不是呀，昭姐姐是我老板，我和我哥都在昭姐姐的店里帮忙。"

"你也会修文物吗？"闵其延看着这个可爱的小姑娘。

"不会。昭姐姐说我心不静，学不了修复。不过我给昭姐姐当助手。"云霓摇头。

但是她刚说完，就懊恼地望向阮昭，说道："昭姐姐，你马上要修的那幅画怎么办？"

有时候修画需要搭把手的时候，阮昭就会让云霓帮忙。

云霓说："你不是说那幅画很重要，而且赶时间吗？为了这幅画，你都把刘老板那幅提前赶工完成了。"

她连连叹气，这阵子阮昭除了今天之外，都没出门。一直在赶刘老板那幅画，就是为了尽早交付，好修现在的这幅。虽然云霓也不知道这幅画是从哪儿来的，一般来说，阮昭接生意，她都清楚。就是这幅画，好像突然出现在阮昭手里。

"行了，我一个人也能修好，你就别忧国忧民了，好好吃你的东西吧。"

听阮昭这么说，云霓放心地"哦"了一声。

闵其延还想再问，但是突然他脚上传来一阵剧痛。他维持着平和的表情，转头看向傅时浔，低声问："时浔，今天的菜你还满意吧？"

"满意。"傅时浔面无表情地回答他。

闵其延几乎是贴着他用气音问："那你踩我的脚干吗？"

"废话太多。"

一顿饭吃完,本来阮昭打算请客,毕竟今天很麻烦他们。谁知想结账的时候,服务员说他们这桌早就买完单了。

一开始阮昭还以为是闵其延,正要转账给他,却听闵其延说:"可以呀,学会偷摸结账了。"这话他是对傅时浔说的。

阮昭立即开口:"说好了是我请客感谢你,我给你转账吧。"

她刚才正好看见了菜单上的价格,直接发了转账过去,但傅时浔并没有收。

上车之后,阮昭和云霓坐在后面。

快到家的时候,云霓突然丧着脸问:"昭姐姐,我回家该怎么跟我哥说啊?"

"有我在呢。"阮昭安慰她。

云霓这才松了一口气。

车子在院门口停下,阮昭客气地邀请他们到家里喝杯茶,但这次傅时浔开口说:"他待会儿还有点事,就不进去了。"

阮昭点点头,低声说:"今天谢谢你们。"

然后她站在门口,看着车子重新开出巷子,最后消失在巷口。

果然,一回家,董姐先看见云霓手臂上的伤势,大呼小叫,很是心疼。虽然他们都是在阮昭家里工作,但是云霓人小,平时也很勤快,总会帮董姐忙前忙后。所以相较于给她发工资,但为人冷淡的阮昭,董姐更喜欢云霓。

云橙这会儿也在家,立即问:"怎么回事?"

阮昭倒也没撒谎,如实说了下午的事情,还不忘替云霓说话:"其实都怪我,是我不该托大,没把那群小混混当回事,云霓也是为了保护我才受伤的。"

听罢,云橙这才没生气。他和云霓两人打小就学武,他一直管云霓管得很严,就怕她在外逞能。

"下次自己小心点。"云橙看着云霓的手臂,并未责怪,只是仔细叮嘱了几句。

云霓偷偷在阮昭耳边说:"昭姐姐,你看我哥就听你一个人的话,一听说我是为了保护你,他都不凶我了。"

"本来也不是你的错。"阮昭伸手捏了下她的脸颊。

云橙此时转头说:"刚才那个颜料店将你订的东西都送了回来。"

是今天阮昭买的天然矿物颜料。

她点头表示知道了,这才转身上楼。

阮昭回了自己的房间。

她去洗手间洗了个澡出来,已经快十点多钟。

等她躺上床,伸手去拿手机时,突然想到一件事,为什么傅时浔今天会出现在朝天街?而且正好是她要买颜料的那家店的附近?

她正思忖着,仿佛有了心灵感应般,握在手上的手机突然响了下。

阮昭低头看着屏幕,第一反应居然是:这不是在做梦吧?

傅时浔:现在方便给你打个电话吗?

她犹豫了片刻,甚至想发条微信先问问,是本人吗?但一想到这可能会导致对方后悔,阮昭迅速而决断地打了两个字:方便。

几秒钟后,微信语音通话响起,阮昭伸手按了接通按钮,对面傅时浔的声音清楚传来:"阮昭。"

"真的是你啊。"阮昭轻声说。

这话让对面的人一愣,下一秒阮昭却说:"你信不信我们就是很有缘分,因为在你发信息的前一秒,我还在想你。"

我还在想你。

或者更准确地表达意思是,我还在想关于你的事情。偏偏,阮昭就挑了一个更暧昧的表达方式。不得不赞美中文的博大精深。

傅时浔明显怔住,居然在最初的两个字之后没了声音。

好在阮昭立即找补说:"我在想你今天为什么会出现在朝天街附近?"

"我是去买蓝铜矿和孔雀石的。"

阮昭愣了下:"你为什么去买这个……"

疑惑转瞬即逝,因为她缩小他们的语音界面,重新回到聊天界面上,他们的聊天内容并不算多,因为阮昭没觉得线上聊两句就能把这男人拿下,倒不如现实中多努力。所以她一眼就看见了他们上次的聊天内容,是她告诉傅时浔她现在手头的这幅画已经结束了,可以马上修复他的那幅。

阮昭:不过还要再等两天,因为你这幅画是青绿重彩画,补色的话需要天然矿物颜料,我这边这种颜料不太多了,需要临时预订,所以可能会迟几天开始修复。

当时傅时浔只回复了一句：嗯，麻烦了。

阮昭都没把这件事情放在心上，当时她说这个只是为了让傅时浔了解修复的进度，没想到他居然自己去买了矿物颜料，还打听到了这么冷门的店铺。

"原来我说的每句话你都放在心上了啊。"阮昭的唇角勾起粲然的笑意。

傅时浔："所以你今天去那边，也是为了买颜料？"

"嗯，这家店是专门做颜料生意的，很多修复师需要的天然矿物颜料他们都有，而且天然矿物颜料和人工合成颜料的发色效果不同。"

傅时浔手里的这幅古画虽然是赝品，但也是那种足以假乱真的赝品，当初的制作者就是用的天然矿物颜料。

"所以你打电话过来只是想问画的事情？"阮昭的口吻不免有些失落。

对面的人沉默了几秒，再次开口："你这边还缺什么？"

阮昭靠在床头，念头几乎一瞬而至，她轻笑道："什么都不缺了，就还缺个助手。"

果然，傅时浔没有立即回复她。

阮昭在第一时间没有听到他的拒绝，仿佛抓住了那么一丝丝机会，说道："云霓手腕受伤，帮不了我，刚才你吃饭的时候也听到了。"

所以他该不会也是因为听到这话才给自己打电话的吧？毕竟他也知道，自己修这幅画绝不会让外人插手。这也是他们当初的约定，绝不对外透露这画是阮昭修复的。

"就只缺这个吗？"傅时浔沉声问。不知是不是太晚的缘故，他一向清冷的声音里带着微微暗哑。

哪怕最简单的一句话传到阮昭耳边，也撩起了心底的酥麻。

生怕傅时浔随便找个人塞给她，阮昭不免强调："我对助理要求很高的，要心细，还得嘴巴严。"

那边在听完她的要求后，沉默了许久。就在阮昭以为这通电话要在沉默中结束时，那边终于再次开口。

傅时浔冷冷淡淡的声音问："我怎么样？"

这一晚，春雨将歇，月明星疏，连半夜敲打在窗户玻璃的风都显得那样温柔。

阮昭当真是一夜好梦。

一大清早，阮昭就在家里那窝燕子的清啼声中醒了过来。

她彻底梳洗一番后，直接进了旁边的衣帽间。

她的衣服大多都是国风风格，当初确实不是她真心喜欢，是梅敬之的提议，说喜好收藏古董的人，不管是附庸风雅还是真心喜好，大多都偏爱中式风格。因此她作为修复师，要想在圈内立下名声，最好得有自己的特色。所谓立人设，大概就是这样。

所以从一开始，阮昭这一套成型的穿着打扮，大概就有人设在内，只不过后来她也渐渐喜欢上了这些。毕竟越是与古玩旧物打交道，就越能明白我们的历史长河中隐藏着多少瑰宝。

只是今天，阮昭想了下并没有用木簪别住自己的长发。她选了一条浅灰色绘山水图的发带，松松沿着头发绑下来，最后发尾温柔地搭在左肩上。

等她下楼吃饭时，董姐和云霓都还在家。

云霓一看见她，忍不住喊道："昭姐姐，你这个头发绑得好漂亮。"

"羡慕的话，就把头发留长。"

云霓叹气："不行啊，长头发的话，打架就不方便了。"

不远处厨房里的董姐一边把早餐往餐厅里端，一边念叨说："手都骨裂了，还不消停点，一天到晚还想着打架打架，回头我就要告诉你哥。"相较于对阮昭的恭敬，她对云霓更多的是长辈对晚辈的念叨。

阮昭在餐桌旁坐下，董姐正要回厨房，就听她突然说："董姐，今天中午多做几个菜吧。"

董姐赶紧问："是有客人要来吗？"

阮昭想了下，抿嘴微笑："是我有个助理要来。"

助理？

董姐不至于老古董到不知道助理是什么意思，只是阮小姐什么时候又招了个助理啊？但她一向深谙当住家阿姨的本分，不该她问的一句不多问。

董姐拿出兜里的小本子，说道："昭小姐，你想要做哪几个菜？"

"龙井虾仁、蟹粉狮子头、清蒸鲈鱼……"阮昭一口气说了七八个菜。

等董姐记完后，她看着纸上的菜，不由得咋舌。

她问道："就一个人吗？"

"嗯，就一个。"阮昭手指抵着下颌，轻笑，"男人。"

董姐忍不住心底嘀咕，这来的是个助理吗？要是搁她老家，女婿上门也就这个菜色配置了吧。

阮昭拿着筷子沉思了下："就先这些吧。"

董姐点头，看了眼自己记的东西，说道："家里没有新鲜鲈鱼，等你吃完早餐我再去街上买。"

快到十点时，阮昭看了眼手机。果然，没一会儿，院子门口传来敲门声。

阮昭走过去，打开院门。

傅时浔一身浅灰色风衣外套，黑色长裤，只站在那里，长身玉立，撩人心弦。

也真是纳罕了，她也不是没见过帅哥，怎么就单单他能时时刻刻轻易撩动自己呢。

"傅助理，你来了。"阮昭笑眯眯地看着他。

傅时浔看起来倒是对这个称呼并没有什么意见，反而直接说："现在就开始吗？"

阮昭笑了起来："你也太着急了吧，你连我家的院门都还没踏进来呢。"

对面的男人闻言，向前迈了一步，一脚跨进院门。

傅时浔："可以开始了吧。"

阮昭："……"

不过阮昭这回也没逗他，直接带着他上了二楼。

"我的工作室就在二楼，你要喝水吗？"阮昭问道。

傅时浔摇头。

两人到了二楼，靠近楼梯的是一个小客厅。阮昭站在小客厅里，转头看着傅时浔："你第一次上二楼，要不我先带你参观参观吧。这个客厅左手边呢，是我的工作室。"

她故意停顿了下，笑盈盈地望着眼前的人。

"右手边嘛，是我的起居室，你想先参观哪个？"

· 101 ·

对于这种误导性的选择题，傅时浔直接无视了右手的那个门，转头往左边走去。

阮昭撇嘴，她就知道。好在她也没打算调戏他太过分，而是带着他直接前往工作室。

出乎傅时浔意料的是，阮昭的工作室格外通透，大概是因为她将一整面墙壁全部换成了落地窗，正对着一楼院子的那棵树，还有满院子的花花草草。

正中间摆着两张巨大的装裱台，一张上面干净整洁，什么都没有，另外一张有一个巨大的架子，左边挂满了一整排毛笔，右边则是大小不一的排笔、软化刷，还有剃刀、剪刀、裁纸刀等各式各样的工具，整整齐齐摆着，多而不乱。

但引人注意的，是对面靠墙的地方摆放着的两个顶格架子。

一个架子上，从上至下堆满了各种各样的纸，宣纸、棉连纸、竹纸、白麻纸，远远看去，甚是壮观。明明都是纸，可堆在一起时，能够清楚地看清它们之间色泽和质地的差异。

另外一个架子，上头摆着一个又一个锦盒，不知里面装着什么。但最下面居然是用来装化学试剂的玻璃瓶，这几层还装了专门的玻璃板，大概是防止瓶子摔下来。

但奇怪的是，这间屋子里却连一张画都没有。

"这就是我平时做修复的工作室。"阮昭往前走了两步，两个工作台中间有张凳子。

傅时浔直截了当问："我需要帮你做什么？"

阮昭直接从装裱台下抽出一个盒子，傅时浔一眼就认出那是他拿过来的装画盒子。可是阮昭却没打开，反而是将盒子放在台子上就转身走到一旁。

她从角落里拎出一个袋子，问道："你会和面吗？"

傅时浔："……"

但确实就像阮昭说的那样，和面。她把早就准备好的盆还有水都找了出来。

傅时浔想了下，问道："我能把外套脱了吗？"

阮昭挑眉，求之不得啊。

大概是为了方便和面，傅时浔直接将外面的那件风衣脱掉，只剩下一件白色衬衫。他一脱下来，阮昭就眯着眼，直勾勾打量了半晌。

这件不是，不是他在扎寺穿的那件白衬衫。

傅时浔也没多话，袖口解开，挽至小臂处。倒水，和面。

他劲瘦的手臂用起力时，原本蛰伏着的青筋一条条汹涌而有力凸起。

阮昭一边欣赏一边说："你想知道我为什么让你和面吗？"

"如果是事关修复师的秘密，你可以不用告诉我。"傅时浔声音虽然还是淡淡的，却不冷。

阮昭轻笑："没什么秘密不秘密的，网上随手一搜就能查出来。

"就像我上次跟你说的，你这幅是青绿重彩山水，所以潮水之前要固色。但要是直接固色的话，也会将画上原有的污染物，比如霉菌、灰尘这些东西，一同固定到画上。所以呢，在固色之前，我们就用干洗的方法清除表面污渍。"

说完，阮昭又往面盆里加了点水。

傅时浔手里揉着面，说道："所以，你是打算用面团将表面的污渍粘走。"

"聪明。"阮昭夸赞。

其实阮昭修画之前都会先将画细细看一遍，将所有问题一一找出来，需要修复的地方都需要对症下药。因此当她正式开始修复，就会有条不紊。

很快，傅时浔将面团和好，阮昭将手上的手套摘下，伸手去拿盆里的面团。说起来，这还是傅时浔第一次看见她摘下手套。阮昭的手指很细，手指骨节并不明显，反而是延伸到手背上的筋骨，大约是太瘦的原因，一点点凸起。

大约长年戴着手套，不见阳光，她的手格外白皙。那样白的面团被她握在手里，却说不清楚哪个更白些。

傅时浔的眼睛低垂着，终于他开口问："做修复师需要一直这样戴着手套吗？"

阮昭正在用手测试面团的软硬程度，听到这话转头看他，笑了下才说："别的修复师没有，只有我。"

"是不是想知道为什么？"

这次阮昭等来了他的回应，傅时浔淡淡地"嗯"了一声。

"对于修复师来说，手当然很重要，但是对我来说，我的手尤其重要，因为我的手拥有天生触感。"阮昭说话的时候,手指还在面团上揉捏。

她说:"文物修复千年沉淀,早已经形成一套完整的系统理论。所以真正珍贵的,是手上技艺。"

就像阮昭说的那样,这些修复理论,网上一搜一大堆,根本就不是什么秘密。

故宫博物院的文物修复师们为什么各个技艺精湛,不是因为他们掌握了多少理论知识,拥有多少高级精密的器材,而是他们在日复一日的修复过程中修炼出的手上技法。

"书画修复,是文物修复里面最磨功夫的一类,因为书画比别的文物更加脆弱,一旦修复失败,就意味着这件文物将不复存在。"

傅时浔安静地听着她的话。这时候,两人之间,一个说一个听,连空气里都透着安宁。

阮昭将手里的面团扯了一段下来,在装裱台上搓成圆柱形。等基本工作完成,阮昭放下面团,从旁边扯起手套,戴上后,将画从盒子里拿出来,铺在了那张空无一物的装裱台上。

"你们考古挖掘出来的文物,会怎么修复?"阮昭突然饶有兴趣地问道。

傅时浔:"考古文物的修复,我们会保持最小的干预,只做最基础修复。"

"所以考古学,部分是从事创造性的想象,你们考古人需要将想象空间留给世人。"阮昭淡然说道。

在这句话说完后,她明显看见傅时浔的眉梢微挑,露出惊讶的表情,似乎在想,她为什么会知道这句话?

阮昭将手里的面团轻而稳地放在画上,轻轻滚动着面团。面团一侧很快就成了浅灰色,这是最表层的灰尘。

其实这并非一句完整的话,这是一位知名考古学者说过的话——考古学部分是寻宝,部分是缜密的探究,部分是从事创造性的想象。而阮昭之所以知道,是因为她花了两天时间将傅时浔所有能在网上找到的公开课视频都看了一遍,某节课上他说这句话的时候,神采奕奕,是完全不同于他冷淡模样的热烈。哪怕隔着视频,阮昭都能感觉到他眼神里的光彩。所以她猜测,这应该是傅时浔最喜欢,甚至奉为他考古生涯格言的一句话。

如果阮昭是个将军,她一定从不打不做准备的仗。撩人,她可是认真的。

过了会儿,阮昭猜测傅时浔内心平静得差不多,低声说:"你先去把手洗一下吧,可能待会儿还需要你帮我递递东西。"

"嗯。"傅时浔应了声,就要转身。

阮昭头也没抬地说:"你不用去楼下,我房间里的洗手台可以借给你用一下。"

女孩闺房的洗手间,多暧昧的一个地方。

她抿嘴一笑,很快就听到木质楼梯传来的声音。阮昭慢慢直起身体,她就知道这个男人不会乖乖听话。不过她也没着急,将手里这团已经脏污的面团揉了揉扔到旁边。

当她重新走到面盆旁,没伸手去扯面团,而是用手指在面盆的边缘轻轻一抹,手指上沾满了干面粉,往自己的脸颊轻轻一划,不用看,脸颊上肯定沾上了一道清楚而明显的面粉痕迹。

傅时浔洗完手重新上楼时,阮昭已经开始用第二团干净的面团滚粘画表面的污渍。

临近正午的阳光从淡色逐渐变成灿金色,因为那面落地窗的缘故,无数光线蜂拥般挤了进来,跳跃般落在她的发丝间、脸颊上。

哪怕是离这么近,她的肌肤细腻到看不出一丝瑕疵。

唯有……

他盯着阮昭脸上的那一道面粉痕迹,直到阮昭抬头,说道:"帮我把旁边那个马蹄刀拿过来一下。"

画上有些固定污渍,是面团粘不走的,所以需要用刀轻轻刮掉。

傅时浔是考古人,自然很清楚哪个是马蹄刀。等他把刀拿过来递到阮昭手上,他再次看了眼她的脸,终于忍不住提醒说:"你的脸上,有面粉。"

哇哦,终于来了。

阮昭眨了眨眼睛,然后冲着他微仰着脸,用一种坦然而淡定的口吻说:"嗯,傅助理,你帮我擦掉吧。"

果不其然,这句话成功地让傅时浔的眉头在她眼前一点点蹙起,大概他心底的那条底线又要悄然立了起来。

阮昭却故作没看见，语气平静地提醒说："你没忘记自己来这里的职责吧，你是我的助理，就是要协助我。你见过哪个医生手术做一半，自己把手套摘下来擦汗的。"

有理有据，不卑不亢。

这一刻，阮昭在心底忍不住为自己拍案叫绝。

阮昭，你可真是个讲道理的人。

傅时浔果然将视线微微落下，她的手上，一手捏着面团，一手拿着马蹄刀，确实没办法自己去擦脸颊上的面粉。

只是傅时浔并未动，依旧站在原地，淡淡道："你修画是用手修的吧。"

"当然啊。"阮昭心想，不用手，她用脸吗？

这个念头刚划过，果然傅时浔重新抬头望着她的脸颊："那就不用擦了。"

阮昭忍无可忍道："你让我顶着这么一张脸继续干活？"

傅时浔仔细看她的脸颊，光落在她脸上时如同上了一层釉色，发着莹润剔透的白，那道面粉痕迹不仅没显邋遢，相反还添了几分俏皮，甚至看起来显得有点儿可爱。

"就这样，也挺好的。"傅时浔淡然道。

阮昭深吸一口气，最后气急反笑。她直勾勾望着傅时浔，若有似无地笑道："所以，你的意思是，我哪怕是这样，也看起来很好看？"

傅时浔一时无语。他盯着阮昭看了会儿，她的神色那样坦然而平淡，丝毫不觉得自己说的话有多惊人。

她再次语出惊人，傅时浔似乎已经毫不惊讶。甚至，有种习惯了的感觉……

说实话，傅时浔不是没被人追过。从上学直到如今工作，不管是明里表白还是私底下暗示好感，他确实收到过无数次。他曾经以为自己可以做到淡然面对一切，他也能像拒绝别人那样，划清跟她之间的关系。可阮昭这样的姑娘，他也是头一回见。她有着跟她长相完全相反的性格，明明长着一张古典的脸，看起来纤细而清冷，性格却意外的强势和坦荡，行事说话，往往会超脱傅时浔想象的范围。哪怕如傅时浔这样冷淡的性子，偶尔听到她的话也会在内心泛起无奈，不该如何应对的无奈。这也就是直到目前为止，傅时浔拿她毫无办法的原因——她总是能占据上风。

但这次傅时浔淡淡睨了她一眼，居然顺势点头："嗯，这样就挺好看。"

这次轮到阮昭傻眼了。她直愣愣地看着这男人，以为她戏弄他，他要么冷冷警告她一眼，要么无可奈何，这次他居然反客为主了，可见不是所有的对手都会站在原地挨打。

阮昭纠结了半晌，忍不住拧眉说："可我是个姑娘。"

傅时浔也轻挑了下眉，仿佛是在回复她：这跟女孩有什么关系？

"女孩会希望自己不管什么时候都美美的，哪怕是工作的时候，也不能将就。"阮昭这回是真跟他较上劲了。

傅时浔见她较劲的模样，这次是真觉得好笑，她这会儿倒是想起自己是个姑娘了。

不过，在片刻后，傅时浔转身走到一旁放着纸巾的地方。他抽了一张纸，走了过来，低声说："仰头。"

其实阮昭也很少跟男人靠这么近，他低头给她擦脸，个子高，总是习惯性地俯视，两人的视线正好在半空中交织。

阮昭不自觉地往后，傅时浔低声道："别动，马上好。"

那道干面粉的痕迹很容易就被擦掉，但傅时浔发现她左脸有一点湿面粉干在脸上的痕迹："还有一点，等一下。"

阮昭乖乖配合地仰起头，他一靠近，她就闻到一股清淡而熟悉的木质清香味，清冽得像极了雪后的松叶林。以她对他的了解，他应该不会用香水。之前阮昭靠近他时，也闻到这股清淡气息，大概这是他用的沐浴露的味道。

"傅教授，你身上的味道好好闻。"阮昭忍不住低声说。

她的声音太软，软得似乎要化在空气中。

傅时浔的喉结忍不住滚动了下。

"好了，现在都弄干净了。"傅时浔扔下这话，转身将纸扔到垃圾桶。

他回来时，抬眸望过来，神色冷冽而严肃。傅时浔直接开口说："我不希望再听到你说这样的话。"

"我只是想问你，你用的什么香水。我正好有个朋友要过生日，我觉得你这个味道挺好闻，想送给他当生日礼物。"

阮昭微耸了耸肩："如果你不想说，就算了。"

傅时浔："……"

过了许久，阮昭已经低头重新用面团粘黏画，听身侧的男人用冷冷的声音说："我不用香水。"

果然，阮昭猜得没错。

"哦。"她回道。

这次轮到傅时浔怔住。他冷，她比他还冷。难道真的是他误会她了？

两人在工作室里待了两个小时，大部分时间都是阮昭在做事，偶尔她会让傅时浔帮忙拿个东西或者帮个忙。

转眼到了午饭时间，云霓在外面转了一圈，想喊又生怕打扰他们。最后还是阮昭放下手里的东西，说道："表面污渍清理得差不多了，我们先去吃午饭吧。"

她直起身时，不自觉地摇了摇头脖颈。一扭头就看见傅时浔递过来的眼神，阮昭突然停下转动的动作，声音平静道："我的脊椎挺好的，没什么问题。"

她又想起上次他突如其来的关心。

"嗯。"傅时浔低声应了句，倒也没说废话。

云霓松了一口气，说道："昭姐姐，董阿姨把午饭做好了。"

他们下楼之后，刚进餐厅就撞见过来的董姐。她手里端着的是一盘龙井虾仁，看见傅时浔，她明显一怔。阮昭介绍说："这是董姐，在家里面帮忙做饭和打扫卫生，我们平时一直是她照顾的。"

傅时浔极客气地打招呼："您好。"

董阿姨听着阮昭的话，心里不知多熨帖。虽然她只是个家政阿姨，但肯定也希望受到主顾的尊重，昭小姐能用这样的话向客人介绍她，说明平时在心底她就是这么想的。

"快进来吃饭吧，忙了一早上，肯定饿坏了吧。"董姐极热情地招呼。

阮昭倒是也不忘跟她介绍说："董姐，这位是傅时浔，北安大学的教授。"

"教授？"董姐将手里的盘子放在桌子上，不由得惊讶。

其实从刚才一照面，她就觉得这人长得可真够俊的，她觉得自己在这大城市也算见多识广了，但还真没见过比这个傅先生更好看的人了，居然还是个教授。不是说，是个助理的？

虽然董姐心底迷糊，却知道有些话该说，有些话不该说。她笑眯眯地说:"我这就去给你们盛饭。"

阮昭转头见云霓站在门口:"怎么不过来吃饭?"

"昭姐姐,你跟傅教授一起吃吧,我还得给我哥去送午饭呢,我正好过去跟他一起吃。"

傅时浔在她对面坐下,也听到这话。

阮昭解释说:"我在附近的朝天街有个古玩店,云霓的哥哥就负责打理这间店。"

这倒是傅时浔第一次听说。他抬头看着阮昭,过了会儿才说:"你很厉害。"

这句倒是真心实意的夸赞。以她这样的年纪,住在这样的小院,能养活身边这么多人,还开着一家店,怎么也说得上是事业有成。

"那也比不上你啊。"阮昭笑眯眯看着他,将手里的筷子递了过去,"北安大学有史以来最年轻的正教授。"

这是阮昭从一开始在北安大学官网上搜索他时,资料上写着的。虽然全世界不乏各种年轻教授,但是像考古学这种需要较多经验和资历的专业,傅时浔以三十岁的年纪当上教授确实是太年轻,不过这却并不妨碍他成为如今考古界一颗冉冉升起的新星。

"我相信以后我国的考古学界必会有傅时浔这个名字。"阮昭轻笑着冲他说这话。

倒是傅时浔安静端着碗,神色未改地问:"刚才不是你喊饿的?"

有戏弄他的工夫,早已经吃饱了。

阮昭夹了一颗虾仁放进嘴里,吃完后才慢悠悠说:"你该不会以为我是在故意戏弄你吧,我是真心的。"

"你呢,是要在文物修复史上留下自己的名字吗?"

两人吃饭仪态都很好,慢条斯理,倒也没完全不说话。相互这么闲聊着,倒是少了之前那种拉扯感。

阮昭说:"我不是跟你说过我的理想。"

傅时浔一怔,她什么时候说过?但他这人天生的好记性,有种过目不忘的本领,以至于她说这句话时犹如触碰了肌肉记忆般,脑海里关于他们之间的对话迅速往前翻,直到回到某个晚上她发来的微信那里。

他表情有些怪异又好笑地问:"狗大户?"

"很俗气吗?"阮昭微掀眼睑,淡定问道。

傅时浔摇头:"目标就是目标,无所谓俗气,每个人都可以成为自己想要成为的那个人。"

"还说你不是哲学家。"阮昭轻笑了起来。

随后,她对着他用口型无声地说道:"傅、大、哲、学、家。"

两人吃完饭之后并没有立即回工作室。

阮昭看着外面,突然问道:"你要去看那只小燕子吗?就是上次你救的那只。"

"它还没回窝里吗?"傅时浔问。

阮昭说:"太小了,掉下来有点儿伤,云霓这几天正养着,差不多快养好了。不过她养出了点感情,我看是有点儿舍不得还给人家爹妈了。

"弄得房檐下的那窝大燕子小燕子这几天一直在叫唤个不停。"

于是阮昭带着他去了云霓养燕子的地方,是个小杂物间,收拾得挺干净,平时放放东西。因为地方小,所以比别的房间要暖和。

一进门,就看见桌子上放着的窝——一个纸盒子里面垫着棉絮,但是上面居然是一层有点儿类似燕子窝的泥巴和稻草。

"前两天云霓弄泥巴的时候还被她哥骂了一顿,说她都二十岁了,还玩泥巴。"

阮昭走过去,看见小燕子乖巧地待在窝里,她伸手轻点了下它的脑袋:"来,看看你的大恩人吧,要不是这位哥哥,你那天小命可能就不保了。"

傅时浔微摇头,嘴角却勾了勾,被她的话逗的。

"现在很少能看见这样的燕子窝了。"傅时浔低声说。

他印象最深刻的就是以前陪奶奶去的那个寺庙,僧侣住的院子里也有这样的燕子窝,有一次他还正好赶上新燕子过来筑巢。每天他闲暇无聊时,就会过去看看燕子的新进展。

阮昭说:"我的小院,每年都会有小燕子。"

她转头看着窝里的小燕子,轻声说:"没出息的,平时那么爱叫唤,怎么现在看见救命恩人,反而不叫了。"

她轻轻伸手,将小燕子放在手掌上,转身对着傅时浔。小燕子还没学会飞,乖巧地窝在她掌心。

阮昭抬头，与傅时浔的视线在半空中相遇，她轻眨了眨眼，唇边泛起笑意的同时，开口说："谢谢你的救命之恩，傅哥哥。"

神奇的是，一直安静的小燕子在这一刻突然咧着嘴巴叫唤起来。嫩黄色的小尖嘴，仿佛真的在说话一样。

傅时浔看着她小心翼翼捧着小燕子的模样，突然又想起那天她在巷子口用伞柄一下将人打翻在地的样子。他从来都知道，阮昭在别人面前是完全不一样的，冷漠锐利甚至是强势。可这一刻，她捧着小燕子，那样温柔而小心。

此时阮昭正在低头看手里的小东西，心底还嘀咕，哟，还真挺给面子的。本来她就是故意调戏傅时浔，没想到这小家伙跳出来抢戏。难道小燕子也看会脸？也是在这时，她听到来自头顶的声音说："不用谢。"

阮昭错愕地抬头望向他。所以，他这是在主动回应她的调戏？

"什么，什么？"顾筱宁原本正在吃哈密瓜的嘴张得老大。

不是，她才几天没来，这个家居然有了她不知道的事情。

阮昭转头看她，冷眼提醒："别把哈密瓜汁溅在我的沙发上，你屁股底下坐着的是一把民国的椅子。"

这把椅子算是阮昭家里为数不多的古董，当初她一眼看见就很喜欢，因为这很像她爷爷当年很喜欢坐的一把椅子。

顾筱宁赶紧稳稳地端好碗，小心翼翼说："放心吧，我在你这儿从来不敢乱碰，我身上就只有两个肾。"

之前有一次她去工作室找阮昭，有点儿好奇去看阮昭正在修复的那幅画。那时候她正好端着一杯姜茶，因为她有点儿感冒，所以董姐给她煮了姜茶。她正喝得开心时，一旁的阮昭语气凉凉地提醒她："我劝你最好不要在我这里喝茶。"

"怎么了？"顾筱宁十分天真地反问。

阮昭下巴冲着装裱台上的画轻点了下："这幅画八百万。"

顾筱宁当时就觉得她捧杯子的手一软，但下一秒她又牢牢地稳住。从此，她再也不随便乱进阮昭的工作室。她就两颗肾，真弄坏了什么，赔不起。

今天她之所以这么震惊，是因为刚才董姐切了哈密瓜端来的时候，顺便问了一句，傅教授今天不来吗？

傅教授？出现在阮昭生活中的教授，姓傅的，还能有谁？所以在她逼问之下，阮昭淡然承认，傅时浔这阵子确实经常来这里。

顾筱宁："我的昭，之前我就说，要不是我太了解你，我真的会觉得你就是个钓神。"

虽然她没见过傅时浔，但是一个能在第一次见面就直接拒绝阮昭微信的男人，怎么看都是一座不可逾越的高山吧，她之前还以为阮昭真的要在这儿滑铁卢了，结果人家这进展，绝了啊。

"没那么夸张，他现在只不过有求于我。"阮昭轻哼了声。

阮昭知道，傅时浔这人没那么容易心软。只不过现在她帮忙修画，他对她是予取予求。要是真等画修好了，估计他又要一副跟她划清界限的模样。

"连你都有想要追的人了，我居然还是个单身狗。"顾筱宁叹气，不过她好奇地问，"怎么今天傅教授没来？"

"他今天课挺多的，好像还要开会，早给我发了信息。"

顾筱宁冲她挤眉弄眼："可以啊，现在都开始跟你报备行程了。"

阮昭没搭理顾筱宁。

两人说话的时候，顾筱宁手机响了几下。她打开一看，无语地说道："我说我们高中校友群怎么诈尸呢，原来是秦雅芊在群里作妖。我怎么觉得这姐出国一趟，长得还跟以前不太一样了。说真的，真不是我诋毁她，她以前好歹也算个清新小美女，现在也有点儿太网红脸了吧。"

顾筱宁把手机拿过来，凑到阮昭跟前。阮昭垂着眼睛，连看都懒得看。

秦雅芊是她们两人的高中校友，而且挺不幸的是，阮昭大学时也跟她在同一所学校，同一个系。当然这个不幸，是相对于秦雅芊来说。

秦雅芊长得确实不错，而且家世也好，按理说这样的人是妥妥的校园女神。奈何她身边永远有个阮昭，不管是长相还是身材，全方位吊打她。更别说，大学时阮昭的专业成绩还永远是第一。

不过秦雅芊也没轻易服输，阮昭性子高冷，她就走大众女神路线，平易近人，从高中开始就弄得不少男生像蜜蜂似的围着她转。而且最让人无语的是，她还仗着家里有钱，估计拿小恩小惠买通班里的女孩，集体孤立阮昭。其实漂亮女孩在学校里人缘都挺好的，还会受到优待，但阮昭性子太冷漠，跟谁都淡淡的。也就是那会儿，一向正直的顾筱宁站出来维护阮昭，两人这才一直亲密到如今。

"她回国了？"阮昭没什么兴趣。

虽然秦雅芊拿阮昭当假想敌，阮昭却从来没掺和这种女孩的钩心斗角，她从大学就已经开始做修复工作。古玩圈子挺闭塞的，没涉猎的人根本不会知道消息。后来她毕业了，基本跟以前的同学没了来往。

顾筱宁撇嘴："在群里召集同学聚会呢。我发现毕业之后混得好不好真能看出来，混得好的一天到晚在群里张罗着同学聚会，不就是想要在我们面前炫耀炫耀。呵，我就偏不给她这个机会，我才不去呢。"

"行了，眼不见为净，何必跟这种人生气。"阮昭淡淡说道。

这也是顾筱宁由衷佩服阮昭的地方，她说："我这辈子最快乐的事情，大概就是你当年逼着秦雅芊喝水那一次。"

阮昭跟秦雅芊的恩怨确实挺多。她性子冷，从来不主动招惹别人，但是不代表别人就不招惹她。

当年秦雅芊召集一帮小女孩在班级里孤立阮昭，结果发现这对她丝毫没作用，她压根儿不在乎别人跟不跟她说话，那些小女孩的小心思在她面前跟透明似的，以至于后来秦雅芊干了一件特别过分的事——她居然指使别人把粉笔灰倒进阮昭的水杯里。

阮昭对气味特别敏锐，大概是跟画打了太多年交道，当时一打开水杯就闻到不对劲。那次阮昭当着全班所有人的面，冷着脸让秦雅芊把水喝下去，要不然她就灌了。她知道粉笔灰不是秦雅芊亲手弄的，但这个幕后指使，秦雅芊跑不掉。阮昭不屑跟她们计较，但不代表她可以忍受对方的欺辱。

"算了，这种小人还是离她越远越好，哪怕她请的是国宴，我都不去吃。"

之后几天，阮昭依旧留在家里修画，傅时浔会过来帮忙。不过后来傅时浔要忙学校里的事情，她也就喊得少了。

这不，下午的时候，傅时浔发来微信：明天学校里有安排，没办法过来。

这段时间总是这样，他要是过不来，会在微信上告诉她。就看起来挺有那么点，男朋友报备行程的架势。

阮昭：嗯，我明天也有点儿事。

阮昭确实有事儿，这两天有个文物修复与保护交流会，本来她一直不喜欢参加这种公开场合。特别她是做商业修复的，说到底赚钱为主，不比那些在国家机构的修复师。人家修的是历史，她呢，修的是钱。阮昭自己倒不在乎，但是架不住别人背后闲言碎语。所以她懒得搭理那些人，极少出席这种公开场合。但这次不一样，这个交流会是她大师兄韩照牵头的，也就是邱志鸣的师父。当初她在师父家里学修复时，很受对方的照顾。如今他在文物局里工作，筹备这么一次交流会不容易，阮昭就当是支持他。不过收到发来的请柬时，她还挺奇怪，文物局这次经费这么充足吗？居然在五星级酒店举办这次交流会。上次嘉实拍卖的内部品鉴会也就在这种级别的酒店。

虽然交流会是在第二天正式开始，但是前一天晚上有个欢迎晚会，因为这次不仅邀请了北安本地的文物修复师，还有全国各地的文博人员。

"云霓受伤了，你真不用我陪你去？"

车子在酒店门口缓缓停下，云橙忍不住问出这句话。他在阮昭身边这么久，知道文玩圈子里不少人对阮昭成见很深，他是担心别人拿脸色给她瞧。

阮昭伸手推门："只是个交流会而已。"

她没有搭乘电梯，而是沿着酒店的旋转楼梯慢悠悠上了二楼。只是刚到二楼，居然就看见了让她意想不到的人。

傅时浔一身黑色西装站在不远处，对面是一个看起来挺漂亮的女人，一身红色连衣裙，看起来前凸后翘，极是诱惑。两人站得真近，那女人还一个劲地冲他笑。

呵，有人不是一直挺守男德的，怎么还让人离他这么近。

阮昭也没过去，悠然地靠着墙壁，她倒也不是故意偷听，只是这个距离就正好能听到他们说话的声音。

女人用娇媚又甜腻的声音说道："时浔哥，真没想到能在这里遇到你。"

时浔哥？

阮昭嗤笑，这称呼她都没叫过。

女人说完这话，抿嘴一笑，显得有点儿娇羞地说："我还可以这么叫你吧，我们也有好久没见了。"

"直接叫我傅时浔就好。"傅时浔不冷不淡看着对方，往后拉开了距离，沉吟了下，突然问，"抱歉，请问你是？"对方身上的香水味虽然不浓,但他并不喜欢。

这话让女人明显一愣。

靠在墙角的阮昭原本还挺不爽的,可这一下"扑哧"笑了出声。

看来这男人的冷漠是全方位无区别扫射。女人神色略白,连嘴角的笑意都褪去。她确实没想到自己会听到这个回答,可又一想,确实有段时间没见了。她立即解释道:"我是芊芊啊,秦雅芊,以前我们两家不是经常在归宁寺碰面,那时候我陪我妈妈去礼佛,你陪奶奶。"

傅时浔视线落在她身上,似是打量了下。

秦雅芊这次丝毫没因为他看自己而开心,反而险些被他打量得崩溃,因为他的眼神在传递着一个信息:你哪位?我不记得了。

虽然秦雅芊这几年在国外也没消停,也交往过男朋友,可是每个人心目中都有一个白月光,傅时浔大概就是她心目中的那个白月光。她爸爸是做古董生意的,家里都信佛,所以以前她没少跟父母去寺里烧香拜佛。他们家因为经常给寺里捐钱,所以总能得到住持格外的关照,因此就认识了傅家那位老太太。老人家偶尔过去,身边总会跟着一个高挑清瘦的少年。那个年纪的少年,哪有那个耐心陪长辈烧香拜佛,秦雅芊也是每次在她爸妈的利诱下才愿意去一趟。可他却不一样,安静地坐在蒲团上,一坐就是几个小时。明明那么疏离冷淡,却又想让人靠近。这种沉稳安静的少年,是每一个青春期少女的梦想。秦雅芊也不例外。

后来她在他们圈子里小心打探关于他的消息,关于他的事情也一直有所耳闻。后来连她妈妈都惊讶,她居然如此热衷去寺庙。

她一直将这份心心念念藏在心中,每每想起总会怀念不已,她以为这是属于他们两个人的美好回忆,毕竟那样的记忆不管什么时候总不会褪色。可他居然连她都不记得了?

傅时浔听到这里,才淡淡道:"抱歉,时间过去太久了。"

只是他嘴上说着抱歉,神色却丝毫没有歉意,甚至还透着一种漫不经心。

这次打击对秦雅芊来说,比上一个抱歉来得还要激烈。

反倒是阮昭,在最初的震惊之后,这会儿听得都有些不忍心了。

啧啧啧,自以为的美好回忆,对方压根儿就不记得。倒也不能怪傅时浔没心,毕竟他一向如此,从来不会给别人多余的眼神,更不会给别人一丝误解的空间和机会,铜墙铁壁也不过如此了。

这男人，心够狠，但她喜欢。

不过阮昭开心之余，也挺震惊的。她震惊是因为她也完全没认出对方就是秦雅芊。如今她再仔细看着这张脸，好像确实跟记忆中的那一张不太一样了。这让她想起前几天顾筱宁说的话，之前她还以为是顾筱宁说话夸张，现在看看还真不是夸张。

只是这次阮昭的轻嗤没再逃过傅时浔的耳朵。他抬眸望过来，两人的目光在半空中相遇。阮昭淡淡地挑眉，没什么表情。傅时浔皱眉，似乎没想到她会出现在这里。

"也是，我这几年都在国外读书，你不记得我也没关系。"秦雅芊面部扯出一个笑容，算是给自己找补了回来。

她抬头盈盈地望过来，轻声说："我听说你现在在北安大学考古系当教授，我回国之后会在我爸爸的拍卖公司工作。"

"其实我们以后也算是同行，我要是有不懂的地方，能不能请教你啊。"

秦雅芊倒是给自己找了个好理由。阮昭听着她这个拙劣的理由，心底一笑。

这理由没用。

"我是做考古的，跟你们的行业并不相关，你该请教的是那些鉴定古董的专家。"傅时浔虽然回答了，但眉心渐拢，看出来是没了耐心。

阮昭也一样。她虽然知道这男人挺受欢迎的，但是有人当着她的面勾搭他，还是挺不爽的。她懒得再听下去，准备直接开溜，反正待会儿再找这男人算账。

阮昭直接从另一侧绕了一大圈，才重新找到宴会厅的正门。门口有人正在登记，阮昭将自己的请柬递了过去。旁边正好也有个年轻男人正在签到，在他看见阮昭的瞬间，眼前一亮。

"你也是来参加这个交流会的？"对方热情说，"我也是，我叫秦源，是文物修复师。"

阮昭淡淡点头，俯身签了名，这就准备转身进会场。

那个叫秦源的人跟在她身侧，问道："你是做哪一类修复的？我是主要做青铜器的，但别的也会一点，学得挺杂的。"

阮昭今天穿得也不算隆重，一件雪纺汉制立领衬衫，款式简单大方，胸前的黑金字母扣乃是点睛之笔，让这样简单的衬衫都多了几分精致。

配着一条仿妆花马面裙,腰间系着一条极窄的珍珠腰带。但她就是足够漂亮到一出场就能吸引所有人的注意力,所以不少人都往门口这边看过来。

秦源挺健谈的,这会儿已经掏出手机说:"要不我们加个微信吧?大家都是同行,有什么关于修复上的心得也可以相互交流嘛。"

阮昭似笑非笑地看着对方,正要开口,不远处一道没有温度的声音突然响起来。

阮昭下意识转头过去,宴会厅过分明亮的灯光下,那个男人清冷高挑的身形站在那里,长身玉立,好看得独树一帜。

两人四目相对,他视线落在她的身上,随后不着痕迹地扫了一眼她身侧的陌生男人。

"阮昭,过来。"

刚才,他说的是这句话。

阮昭一开始没动,站在原地似笑非笑地看着他。这次,她没着急走过去。

反而是周围的人都听到一声不轻不重的喊声,目光好奇地落在他们两人身上,倒是身侧的秦源小声问:"他是不是在叫你?"

秦源确实一眼就被眼前这个姑娘吸引,实在是太漂亮了。哪怕人家到现在都没跟他说两句话,他连对方名字都不知道。他心底嘀咕,原来她叫阮昭,但这名字好像有点儿耳熟。

阮昭看了秦源一眼,黑眸微缩,突然轻笑了声。

秦源被她笑得有些莫名,忍不住问道:"怎么了?他不是在叫你吗?"

"是。"阮昭淡然道。

这个字说完,她就缓缓走了过去,嘴角噙着笑意,来到傅时浔身边。

不得不说,两人各自分开站,是两个不同的发光点,如今站在一起,仿佛自带两倍光源,哪怕是会议厅中央挂着的那盏巨大水晶灯都没他们惹眼。

阮昭打眼睨他,那双又亮又逼人的杏眼就这么直勾勾地看着他,脑海里的念头却不停地打转。

按他一贯的性格,平常恨不得在他们中间划一条楚河汉界,分得清清楚楚,刚才却主动开口叫她。想来想去也只有一个原因:他见不得别人要她的微信。为什么呢? 当然是因为他吃醋了!

·117·

阮昭面上尚且还能维持着淡然的表情，脑海里早已经得意了起来，早说嘛，果然有危机感才会使人警醒。

"为什么叫我过来？"阮昭笔直地看着他，不给他逃避这个问题的机会。

傅时浔看了她一眼："刚才跑什么？"

兴师问罪来的？

但转念一想，阮昭心底更开心了，她故意凑近他耳边，装作耳语般问道："所以刚才你是希望我过去救你？"

如果是这样，那刚才她确实没领会他的意思。

"没有。"

男人直接否认，又是那种冷淡到要命的语气。

"那你现在叫我就是为了兴师问罪？"阮昭扭头看他。

这会儿不远处的秦雅芊看了过来，她微微歪头，与对方的目光撞了个正着。秦雅芊又是一愣。相较于阮昭第一眼没认出秦雅芊，秦雅芊可是一眼就认出了阮昭。

其实出国几年，秦雅芊身边早换了好几茬人，对手也好，朋友也好，一波又一波，来了又走，走了又来的。但在看见阮昭的那一秒，她整个人就如夵了毛的斗鸡，浑身都激灵了下。特别是阮昭这会儿居然还站在傅时浔的身边。他们俩什么时候认识的？

阮昭突然抬手，轻扯了下傅时浔西装领口，伸手抚平上面小小的皱褶，却被傅时浔一把抓住。

"别动。"阮昭低声说。

傅时浔皱眉，以为她又要作妖，语气冷漠："不需要做给谁看，我跟她没关系。"

阮昭轻笑："我做给谁看了？"

在意识到傅时浔说的是秦雅芊，她突然轻嗤了声，声音冷而坚决。

"她也配？"

她仰头看着他的脸，那双直白又锐利的黑眸此刻盛满笑意。

"哎，有没有跟你说过，你穿西装很好看。"

傅时浔没想到，她在这种场合居然还不忘调戏自己。他当即冷冷道："没有。"

可对于他的冷脸和淡漠，阮昭早已经习以为常，完全没当回事。

她直白地望着傅时浔，一字一顿："傅时浔，你穿西装是人间一绝。"
比绝色还要绝。

说完，她嘴角含笑，叮嘱道："你现在可以记住了，我是第一个这么夸你的人。"

傅时浔："……"他是不是还得说声谢谢？

他彻底发现了，现在她吃定了自己对她的无可奈何，如今是越发有恃无恐。这会儿他一言不发，阮昭却又重新回到刚才那个问题。

"你刚才叫我过来，真不是吃醋？"

她也没再拐弯，直球就这么抛了过来。

傅时浔微侧着脸，那双薄薄的眼皮这会儿似锋利的刀片，来回在她的脸皮上刮，这要是真刀片，他大概会想量量她羞耻心的厚度。或者她压根儿就没有这种东西。

傅时浔："不叫你过来，你是想把微信真给他？"

阮昭这下笑了，他还挺贴心。

"哦，替我解围啊。"她了然地点头。

但是下一秒，她再次靠近他，声音魅惑而柔软："你放心吧，除了你之外，我从来不会主动加任何一个男人的微信。

"至于别人想加我的微信，"她眨了眨眼睛，又是一笑，"你知道的。"

傅时浔确实知道，当初在扎什伦布寺，那个男孩过去跟她要微信，她一句话把所有后路都堵住，所以他刚才哪怕什么都不做也行，但他也不知道为什么就是非要把她喊过来。

"对了，你今天怎么会来这里？"说了那么多，阮昭终于想起来问道。

傅时浔："这是系里安排的活动。"

考古也属于文博行业之内的，这种文物修复和保护的交流会，他们确实参加不少。

很快，有个中年男人找了过来，说道："时浔，你怎么在这儿呢，正到处找你。"

"主任。"傅时浔颔首。

中年男人这下也注意到了站在他身边的阮昭，不由得惊讶道："这是你朋友？"

可真够漂亮的。

"这位是北安大学考古系的于洪于主任。"傅时浔介绍说。

阮昭立即明白，只怕这位是傅时浔的上司，估计他就是跟对方一起来的。所以她立即主动说："您好，于主任，我叫阮昭，是一名文物修复师。"

中年男人伸手："你好，阮小姐看着可真年轻。文物修复行业能有你这样的后起之秀，确实是值得欣慰。"

这位于主任大概是当惯了系主任，说话有点儿上纲上线。但说的也是夸赞的话，阮昭也只是含笑应下。

"对了，时浔，我刚才正和海川的秦总聊到你那个考古项目的事情，他还挺感兴趣的，你待会儿一定要好好跟他说说。"

傅时浔淡淡应了声，于洪知道他性格就是这样清清冷冷的，正好又遇到两个朋友，于洪就又过去了。

阮昭饶有兴趣地问："什么考古项目？"

傅时浔看着她，沉默了许久，说道："我手头的考古项目经费有些不足，所以正在找投资人。"

这是很多考古项目都要面临的问题。政府部门的经费有限，但是考古队的人要吃饭要生活，还有各种费用支出，所以每年有不少考古项目要面临夭折的危险。

阮昭安静了下来。许久，她问："需要多少钱？"

傅时浔没想到她会这么问，当即有些好笑："难道你还要投资？"

"求别人也是求，说不定我真的能帮上你呢，而且我不用你求。"

这下轮到傅时浔沉默了。

明明周围那样喧嚣，但两人之间仿佛被某种暗流牢牢锁住，连呼吸都不由自主地放轻了下来，直到他抬头，眸色极深地盯着她："为什么？"

"没什么，就是见不得你求人吧。"

阮昭想起扎寺里，他站在那个老喇嘛的身侧，长身玉立，身上有种不染红尘的骄矜清冷，大概就是那种遗世独立的干净，让她一头扎了进去。后来知道他是个考古教授，说实话，阮昭心底是开心的。她自己是个俗人，偏偏就喜欢这样干干净净的人。他这样的人，就该安心地做学术，不被名和利污染，多好。

一想到他也要因为钱这种东西跟别人低头，甚至要卑躬屈膝地拉投资，她就觉得很不舒服，也很不痛快。傅时浔这样的男人，就该永远骄傲清冷，永远风骨凛然，不该给任何人低头。

"所以说，钱是王八蛋，但钱有时候又是最好的。"阮昭望着他，淡淡说道。

傅时浔又想起她那个狗大户理论，这次他好笑地反问："所以这就是你一直想要当狗大户的原因？"

"当然，如果我是个狗大户，我就当你一辈子的投资人。你想去哪个地方考古都可以，祖国大好山河，九百六十多万平方公里，任你踏遍。"

她说完后，两人不约而同地笑了起来。

哪怕傅时浔知道，她话里的一辈子充满了暗示，这次却没有冷漠以对，反而只留下淡淡的无奈和好笑。

她好像永远都那样理直气壮。

很快，交流会差不多开始了，桌子上摆着与会者的名字，方便大家落座。

阮昭找了一圈，最后在一个最角落的地方找到了自己的名字。

傅时浔自然被安排跟于洪坐在一起，而于洪坐在最前面，离舞台也是最近的。她远远地看着对方，离得太远，也没看清楚。

"时浔，怎么了？"

傅时浔扭头，看着独自坐在最后面的人。他最终还是站起来，去找了主办方的人。

没一会儿，一直在前头招待人的韩照找了过来："昭昭，你怎么坐这儿呢，我还到处找你呢。"

"您不是忙着呢，我就没去给您添乱。"阮昭笑眯眯的。

今天韩照是牵头的主办方，确实是特别忙，来的业界大拿挺多，他一个个招呼，难免没顾上阮昭。

"谁给你安排的位置？"韩照瞧着她面前摆着的名牌，这才发现不是阮昭躲清静坐这儿，而是她就是被安排坐在了这里。

"没事，我坐这里挺好的。"阮昭挺不在意的。

韩照："胡闹，我让人给你换个位置，回头再领你见见人，你就是成天窝在你那个小院子里修画。"

最后，韩照还是让人给她换了个位置。而此时刚回来的傅时浔身边也跟着一个人，对方问："傅教授，你朋友坐在哪边呢？"

傅时浔看着重新换了位置的阮昭，低声说："算了，不用了。"

工作人员还以为他改了主意，心底也松了一口气。毕竟这位置都是事先安排好的，这位傅教授突然找来，想要给他朋友换个位置，虽然他们不好拒绝，但总会引起麻烦。

交流会顺利开始，接连上去的两位文物修复师都是业界的顶级大拿，有一位甚至还是国家级非遗继承人，虽然他们并不是很善言辞，但是分享起自己的心得还是能说得头头是道，在场众人也都听得极其认真。

不知不觉到了第三位，他一上来，众人讶异。

"这个雷大炮怎么来了？"

"主办方胆子可真大，居然敢请他，这会儿又不知道要骂什么了。"

"没办法，谁让人家名气大，上节目都照骂不误。"

原来这次上来的这位白发老者，名叫雷益斋，不仅是一位文物修复师，同时也是一位鉴宝专家，多次上过电视节目，特别是鉴宝类的节目，因为其火爆的脾气，屡屡引起非议和话题，倒也给节目带来了不少流量。因此这老头儿也不知是真性情还是顺势而来，每每出现，必要炮轰。

这次他上来，倒还算平和，一开始说了说自己这两年鉴宝的心得，谁知快要结束的时候，他话锋一转，说道："我知道现在时代变化了，很多年轻人入了咱们这一行，说起来以前的老规矩，就觉得都是老古董，老掉牙。但我觉得，咱们这行是跟文物打交道，有些该守的规矩，是不是还得守着。

"《周记》有云，知者创物，巧者述之守之，世谓之工。既然当了这匠人，就该守住匠心，有些年轻人倒是好，仗着自己有几分本事，肆意妄为，简直是钻进了钱眼里，什么脏钱臭钱都敢赚。

"别的不说，就好比这球场上哪有人既当裁判又当球员的，既然学的是文物修复，怎么还能搅和到古玩生意里头去呢。要说单单做生意也就罢了，居然还敢为了钱给外国人修咱们中国的文物。那些外国人手里的文物，有几个是正经来历，不都是过去从咱们中国偷去抢去的。

"要我说，这样的人，要是往前搁三十年，那就是国贼。

"不折不扣的国贼。

"所以我劝诸位一句，要是真为了钱，不要做文物修复这一行，倒不如趁着自个年轻，尚有几分姿色，找个有钱人赶紧嫁了。"

哗，现场渐渐起了声音，本来大家还安静地听着他骂人，可是这会儿骂得好像越来越明显。特别是最后这句嫁人,这不是指名道姓,他骂的是个女修复师。年轻又漂亮的女修复师,在场好像还真有这么一位。

这里面也不乏有认识阮昭的,毕竟年轻的大美女修复师,在场里面符合条件的就没几个,看长相和穿着,哪个是阮昭,还是很好认的。

大家这会儿不住地往这边看过来。

这骂得也忒狠了,简直是要撕了一层脸皮,还要在地上再踩上两脚。

可让人没想到的是,风暴的中心,阮昭,就那么安静地坐在椅子上,淡然地望着台上耀武扬威的老头儿,唾沫横飞,仗着自己的老资历,肆无忌惮说着这些羞辱她的话。

坐在前面的韩照这下都快忍不住,腾地就要站起来,却被旁边的徒弟邱志鸣一把压住。

"师父,您这时候千万要忍住啊。"邱志鸣小声说,"您要是这会儿跟他吵起来,岂不是大家都知道他骂的是小师叔。"

韩照气得胸口直起伏,压着声音怒道:"现在大家就不知道了吗?他这是在骂小昭吗?他是在打我老恩师的脸。"

原来雷益斋与阮昭的师父顾一顺一向不太和。但这么多年下来了,也没什么事,谁知道他这会儿发什么疯呢。

"要不我让主持人赶紧结束?"邱志鸣低声说。

韩照催促:"还不赶紧的。"

邱志鸣正要给女主持人打眼色,让她赶紧把这位雷大炮送走。

阮昭坐在椅子上,微眯着眼睛,原本正要说话,但不想前方突然有个极高瘦的身影站了起来,比她还要快。

"抱歉,打扰一下。"傅时浔站了起来,声音虽沉,却让在场所有人都听到了,"请问我这是走错地方了吗?今天这开的不是交流会,而是批斗大会?"

雷益斋这会儿骂得痛快了,反而笑眯眯地说:"倒也不是,只是有感于如今文博行业里的一些乱象,以及看到有些年轻人误入歧途,我这个老头子有感而发。大家不要见怪,不要见怪啊。当然,我的出发点也都是为了他们好。"

这老头儿当真是狡猾,这会儿骂完了,他痛快了,居然让大家不要见怪。多可笑,一句为了他好,就可以掩饰一切。

傅时浔望着他,淡然说:"所以您的意思是,您不惜当众将您口中这样的年轻人羞辱了一遍，甚至以国贼这样极端的称呼，只是为了她好？"

"你……"雷益斋没想到，这个年轻人居然丝毫不给自家面子，他一怒之下问，"你是什么人，有资格教训我吗？"

"北安大学考古系教授，傅时浔。"

阮昭在他说出这句话时，后背靠着椅子，安静地望了过去。她坐在那里，傅时浔的身体正好挡在她的前方。就好像，在这一场风波里，他就是这么挡在她前面的。明明不关他的事情，他却毫不犹豫地站了出来。

傅时浔："虽然我教书育人的资历尚浅，但在我的教学生涯里，还从未听说过，有哪一位老师是出于为学生好的目的，而当众以这样极端羞辱性的言语攻击对方的。"

这下周围算是彻底炸开了，本来大家只是来参加一个交流会，何曾想还有这样的大戏。

"这个教授，干吗突然出来说话？雷大炮骂的也不是他吧"

"这次雷大炮算是踩着硬茬子了吧，真的是。"

"怎么，就许这雷老头骂人，还不允许别人反驳了，我倒是觉得这位傅教授说得挺对的，要真有劝诫之心，何至于这么当众羞辱人。"

傅时浔这人从来都坦荡，他要说的话，虽冷淡却让人信服。

雷益斋怒道："你这是在说我故意刁难她？"

"对。"傅时浔毫不犹豫。

"轰！"

这一个字犹如彻底点燃了整个会议厅，所有人都紧紧地盯着双方。

傅时浔冷漠地望着对方："首先，年代确实是不同了，谁说做文物修复工作的人就非得过着清贫的生活，赚钱有罪之论，早已经不适用。我想如果一个人的职业连他基本的物质需求都无法满足的话，那么这个职业最终必然会走向消亡。"

"请问在座每一位，有谁是希望文物修复这个行业彻底消失的呢。"

"况且君子爱财，取之有道，只要赚钱的途径正规，又何必纠结对方是如何赚钱。连您这样德高望重的前辈，不也频繁登陆各大综艺节目，可有人说过您沽名钓誉呢。"

"至于说替外国人做修复，您是有真凭实据，还是道听途说。如果是真凭实据，不妨拿出来。但如果是道听途说，那么请您下次说话之前，再仔细考据一下。毕竟一件古董的真假都要说出一二三点依据来，您要是评判一个人的话，怎么能光凭'听说'二字，就轻易下定论呢。"

阮昭这会儿心头的怒火早已经随着傅时浔的话消散，她早就知道，虽然傅时浔性子冷淡，但他一直隐藏着毒舌属性，如今他真是一点情面也不给雷老头留，简直是里子面子都给对方扯了下来。

雷益斋给阮昭的羞辱，他原封不动地还了回去。

阮昭横冲直撞了这么多年，她不是没受过非议，也不是第一次被人指着鼻子骂。她并非天生冷淡，只是受了太多冷眼和难堪，才变得这样尖锐冷漠。后来她学会保护自己，别人对她狠，她就对别人更狠。她靠着这股狠撑到现在，她要成为比所有人都成功的修复师。

可这是第一次，有个人毫不犹豫地站出来，挡在她面前。不仅替她分担这份羞辱，甚至连问都不问一句就替她还击回去。

这会儿傅时浔似乎已经说完要说的话，居然直接离开了自己的位置，往回走。直到他走到阮昭的座位旁，他站定，转头，眼神清冷而平和："有些不值得听的话，不需要听。"

阮昭正要笑，却看见他缓缓伸出一只手到她身前。

"走吧。"

这一刻，阮昭看着眼前这只清瘦而有力的手掌，手指修长，骨节分明，就那么平静地摊在她面前。哪怕他刚才帮她回怼了所有的羞辱，似乎却不及这一刻他伸手的有力。因为这是明明白白地告诉所有人：他是站在她这一边的。

第五章 /
我就是单纯地在追你。

五月的夜晚,风里虽然还带着凉气,却并不冷,拂面而来反而舒服又清爽。五星级酒店犹如一个巨大的宝石盒子,哪怕在城市的最中心,依旧亮堂逼人。

两人就像叛逆少年那样,在这样的场合,丝毫不顾所有人的目光。

阮昭握着傅时浔的手,跟着他的脚步走出宴会厅。

到了酒店外面,傅时浔松开握住她的手,但阮昭却没松手。两人站在安静的街道上,这会儿天色已晚,连行人都少了许多。

"已经出来了。"傅时浔提醒说。

他这意思,是让阮昭松手。阮昭此刻握着他的手,虽然隔着手套,但他的手掌透着干燥的温暖,就像冬日里点燃的柴火堆,散发着暖人的余韵。

阮昭抬头,神色楚楚:"我现在还有点儿腿软,可以把你的手再借给我一会儿吗?"

腿软?傅时浔挑眉,似乎没懂。

见他这表情,阮昭淡淡解释:"被人当面这么折辱痛骂,我气到腿软。"

这次傅时浔倒没再继续说话,她贪心地握着他的手掌。握在手里的温暖,没人会舍得轻易放开。

"所以,你为什么帮我?"阮昭笔直地看着他。

对于她毫不掩饰的情绪,傅时浔终于开口说:"因为我知道你不是那样的人。"

傅时浔没动，同样直勾勾看着她，那双乌黑的眼睛里，平静无波，看起来就像风平浪静下的海面，泛着幽幽的光，可越往里看，却隐隐藏着叫人看不清的情绪。

谁知阮昭看了他一眼，轻笑说："你怎么就能确定，万一你弄错了，今天你说的话岂不是在打自己的脸。"

对于他的嘴硬，阮昭也不松口，步步紧逼，就是要他承认，在他心中，最起码她是不一样的。哪怕他对她时时冷漠，有意无意中就会划清两人之间的界限，甚至总是摆出一副不容靠近的模样。可她知道，他对她有着对别人没有的包容。

"是单纯的见义勇为？"见他不说话，阮昭干脆更主动地问，"还是因为舍不得？"

舍不得她被人这么羞辱。就如同，她也同样舍不得他为了钱跟别人低头一样。

这样的想法瞬间让她心头盈满了喜悦，就连眼底的开心都渐渐溢出来。

傅时浔看着阮昭脸上毫不掩饰的得意和开心。果然，就连她都看出来了，哪怕他再清楚地划分界限，她也可以肆无忌惮地在这条底线上一犯再犯。

这次他强行松开阮昭的手，但阮昭也没再纠缠。

"都不是。"傅时浔突然说道。

他回望着不远处的酒店，淡淡道："我怕你亲自动手的话，那位只怕今晚就得住进医院。"

毕竟，那天她拿着雨伞直接将人干翻在地上的模样，历历在目。

阮昭哑口失笑。

"所以，我该说，谢谢你这么了解我？"

她望着傅时浔，扬起一个轻笑："不过你就确定我一定会报复回去？"

傅时浔斜睨了她一眼："你不会吗？"

两人仿佛进入了一个套娃环节。

最终阮昭轻撩了下自己的长发，毫不在意道："我会。"

而且她会让对方后悔，今天惹到了她。只是，傅时浔站出来，替她反驳了回去。

她望着他，仔细地瞧了好久，才说："但我更开心的是，你为我站了出来。"

为我站了出来。是为了我。

傅时浔转过头，清俊的眉眼依旧裹挟着冷淡，声音一如既往的淡然："今天如果是别人被诬陷，我也会站出来。"

阮昭不客气地嗤笑出声。

她不信。

"你也会替她说这么多话？"要不是阮昭亲眼所见，亲耳所闻，她都不知道，原来这么冷淡的一个男人，也如此能言善道。

傅时浔不冷不淡道："我只是将我了解到的说了出来而已。"

阮昭忍着笑意，说道："所以你了解我什么？"

"最起码，你没他说的那么爱钱，要不然你也不会帮我修画到现在都没提过一次钱的问题。"

"万一我准备修好画之后要挟你，狮子大开口呢？"阮昭憋着笑意，好奇地看着他问道。

原本已经准备往前走的男人突然停下脚步，他低垂着眼，很认真地看着她，那双好看的眉眼被夜色染上一层幽深，显得更高冷禁欲。许久，他将视线重新挪开，望着前面。那道清冷的声音，再次在阮昭耳畔响起。

"如果真的是你想要的，我会尽我所能满足你。"

因为前一天晚上回来，阮昭又熬了大半宿修画，以至于第二天睡到日上三竿，直到被电话吵醒。

"阮昭，你昨晚去参加文物局的那个活动了？"顾筱宁问道。

阮昭带着睡意嗯了一声。

"所以，那个雷大炮骂的人真的是你？"

听到这话，阮昭的睡意褪去，她从床上坐了起来，伸手拿起床头的遥控器打开窗帘，问道："你怎么知道的？"

顾筱宁真是气不打一处来："我们台里昨天也有人去采访了，本来是想发在今天的新闻里面，谁知道我听说出事了，回来台里就传遍了。"

这事儿确实闹得挺大的，因为这算是官方组织的一场活动。今个台里领导还在商量，这则新闻要不要放到今天的新闻节目里面，当然不可能放争议性的画面。

正好昨天去采访的人里有个跟顾筱宁认识，因为见过顾筱宁的朋友圈发过阮昭的照片,就干脆把这事儿告诉她了。顾筱宁什么脾气,一听就炸了。

她怒道:"我看了一点那个片段,我真快要气死了。那么大个年纪了,居然还为老不尊为难后辈,一点儿也不知道修身养性,他真当自己是什么德高望重的大人物了啊。"

阮昭揉了下眼睛,这会儿她是真一点儿困意都没有了。但她有点儿渴,于是她将手机开成免提模式,拎着手机去了洗手间。

顾筱宁说到一半,突然听到"哗啦啦"的水声,好奇道:"你干吗呢?"

"刷牙洗脸,你继续。"阮昭淡然道。

顾筱宁知道她总是喜欢晚上修画,大概是夜深人静不容易被打扰,修起来更得心应手吧,所以一想到这个就更心疼她了。

顾筱宁说:"商业修复师怎么了,修复的就不是我们国家的瑰宝吗?那些名画要是没有你修复,不就要毁了。还有修复师难道就不该赚钱吗?他要是真那么清高,何必一天到晚上电视台的节目。"

这一大串,骂得简直是痛快淋漓。

阮昭洗漱完毕之后,到外面的小客厅给自己倒了一杯茶,安心听她继续骂。

阮昭不是那种喜欢一言不合就开骂的性格,但是这不妨碍她欣赏别人骂雷益斋。

顾筱宁有些不解地问道:"你什么时候得罪了这个雷老头?他干吗要骂你啊?"

"他一直跟我师父有些不和。"

听到这个,顾筱宁更生气了:"居然还搞迁怒这一套,真的是无语。而且这人果然是一如既往的欺软怕硬啊。他不敢直接骂你师父,就拿你撒气。"

这会儿顾筱宁又想起台里之前的传闻,她说:"难怪我们电视台的人提到他都一脸无语的表情。之前我们台里有个制片人请他做节目,好像是后台休息室给安排得稍微差了点,他不敢挑制片人的错,把当时负责接待他的一个小策划骂得号啕大哭,什么难听话都说的那种。"

阮昭慢悠悠地喝了一口茶,轻笑了下:"狗改不了吃屎。"

顾筱宁:"……"

这位姐,你骂得比我狠。

"不过我听说现场有个教授帮你说话了,说明大家的眼睛还是雪亮的嘛。"顾筱宁想想都憋屈,她是那种死忠颜控,从高中她认识阮昭开始就被阮昭的颜值控得死死的。这就是她心目中的仙女,她怎么能容忍自家的仙女被这么诋毁辱骂。要不是看那个雷老大七十多岁,她恨不得找上门去。

阮昭慢悠悠道:"帮我说话的人,是傅时浔。"

对面沉默了大概了两秒钟,然后猛地传来一声尖叫:"傅时浔?"

阮昭忍不住将手机放在桌子上,离自己远点。

"是你最近一直提到的那个傅教授?他也在现场?"顾筱宁深吸一口气,然后说,"所以当时是他站出来替你说话,维护你的?"

阮昭轻"嗯"了一声。

要不是考虑自己还在电视台里,顾筱宁真的要发出鸡叫,虽然现在也差不多。她发出灵魂拷问:"阮昭,你怎么还能保持这么冷静的?"

冷静吗?

阮昭撩起嘴角,她昨晚为什么一直修画到大半夜,就是因为一旦闭上眼睛就会想起会场上的那一幕,心脏便不受控制地突突乱跳,最后干脆放弃睡觉,起床修了大半夜的画。只有修画的时候,她才能真正静下心来。

顾筱宁激动道:"不行,不行,我得把民政局给你们搬过来,现在就给我锁死。"

"你说了不算。"这会儿阮昭反而变成了人间冷静。

"他都这么帮你了,不可能对你一点心思都没有吧?"顾筱宁有些不信。

阮昭又喝了一口水:"那倒不至于。"

听着她的口吻,顾筱宁坏笑:"我怎么感觉你一副成竹在胸的模样?"

"是有一点。"

这话确实不是阮昭夸张。

顾筱宁突然叹了口气,她说:"说实话,一开始的时候我还觉得哪怕这位傅教授长得再帅,你也不至于要主动去追他吧,我真的挺不理解,所以我还私底下偷偷分析了下你对他的心态。"

这绝对是出自她的真心话。

"我什么心态?"阮昭淡声问。

顾筱宁这下算是彻底打开话匣子，她说："就是我觉得你长得这么漂亮，还有才华，不客气地说，世界对你而言都唾手可得吧。但是这位傅教授就不一样了，他是你人生当中遇到的第一个直接拒绝你的人吧。"

阮昭："所以呢？"

"所以啊，我以为从一开始让你欲罢不能的，是他对你的这种冷淡和拒绝，就显得他格外特别。"

小客厅里聊得正热闹，而缓缓走到楼梯口的男人却因为里面传来的声音在门口站定。

小院放肆的阳光里，男人的眸色如同看不见底的深渊。

"我有病吗？"阮昭淡淡反问。

电话里的顾筱宁嘟囔了两句。

直到阮昭说："只是因为，他是傅时浔。"

原本已经转身的男人停下脚步，她的声音就那样回荡在他耳边。

只是因为，他是傅时浔。

过了会儿，顾筱宁因为要上班，不得不挂断电话。阮昭这才回了房间，重新换了件衣服。

云霓从楼下上来，进了她房间："昭姐姐，你快点呀，傅教授都在楼下等你了。"

"他已经来了？"阮昭将衣服上的纽扣轻轻扣起，"这样啊，你把他请上楼来吧。"

工作室里，阮昭将画平铺在装裱台上，傅时浔走进来时，一眼就看见了那幅画。

之前他一直陪在阮昭身边，看着她清理画的污渍，后来因为学校工作忙碌，已经有好几天没过来，他没想到，这幅画的修复进展居然如此之迅速。

"你把它修好了？"傅时浔走到装裱台旁，低头看着画。

画表面原本的污渍已经彻底消失，哪怕是被晕染的那些痕迹也都已经不见了。如今这幅画依旧泛着古旧之意，但更多的是来自岁月的沉淀，仿佛连周围都萦绕着淡淡的墨香。

阮昭："嗯，今天你就可以把它拿走。"

她昨晚连夜将这幅画修复完成。看着傅时浔认真盯着画看的模样，她突然觉得自己熬的这一夜也算没白费。

"几乎和照片上的一样。"他低声说道。

从一开始,傅时浔就给过阮昭这张画最初的原照——当时还未毁坏的模样。

现在,她真的将画完全修复好了。

他望着她,认真问道:"你想要什么报酬?"

他们之前一直没有谈到钱的问题,此刻,傅时浔主动开口。

阮昭突然笑了,她问:"你带钱包了吗?"

傅时浔点头,直接将自己的钱包拿了出来,是一款极薄的钱包,一看里面就没放什么东西的那种。

阮昭伸手过来,冲着他扬了扬:"我可以打开看看吗?"

傅时浔并没有反对,于是阮昭将里面的东西一一拿了出来。确实没什么,除了几张银行卡之外,只有一枚形制古朴的古钱币。

"这个对你重要吗?"阮昭问道。

傅时浔如实说:"我少年时曾逢坎坷,我祖母为了安心,特地为我求来这枚古钱币。当时是一个在归宁寺里的流浪僧人给她的,说我若带在身上三年,可保平安。"

阮昭轻声说:"所以你一直贴身带着?"

"只是为了让老人家心安,其实这并不能保什么平安。"傅时浔冷淡说道。

"可以送给我吗?"阮昭突然问道。

此时,傅时浔神色并无不悦,只是认真说:"这枚古钱币并不值什么钱,如果你对古钱币感兴趣,我可以给你更有收藏价值的。"

阮昭将古钱币捏在手里:"我就要它好了。"

傅时浔想了下,还是说道:"我知道这枚钱币跟你修复书画的费用相比起来相差太远,所以你无须顾忌,如实报价就好。"

他是觉得,阮昭因为昨晚之事才会如此。

"这既然是你祖母为你求的,我当然不会占为己有。这样吧,我就以这枚古钱币为信物,以后你要答应我一个心愿。"

阮昭这次直勾勾看着他,唇角含笑。傅时浔一怔。

见他没有立即回答,阮昭笑着说:"放心吧,一定是你力所能及的事情,我肯定不会强人所难的。"

比如，拿着这枚钱币，让他答应跟她在一起。这种要求太掉价，也太俗气，她才不会做。

傅时浔似乎听懂了她的言下之意。很快，他点头说："好。"

阮昭将钱币握在手里，用如山泉般清而冷的声音说："傅时浔，现在我们两清了。"

傅时浔看着她，这一刻，陷入了沉默。原来，这就两清了。

春日正浓，不仅日光被拉长了时间，就连整个大地都绽放出鲜嫩的色彩。枯了一整个冬天的树枝，早光明正大地抽出鲜嫩的绿芽。脱去沉冗的冬装，学校里有种焕然一新的鲜亮。

闵其延伸了个懒腰，看着主干道上来来往往的学生，感慨说："我现在是有点儿能明白你为什么要在学校里教书了。"

傅时浔握着方向盘，因为正值放学，人流量车流量都很大，车子行驶的速度并不算很快。

"看看这些充满活力的面孔，跟这些年轻人在一起，哪怕再苍老的心都会跟着变得年轻吧。"闵其延将车窗降了下来。

因为北安大学太大了，而且有好几个校区，所以学生基本人手一辆自行车。

傅时浔："这么羡慕的话，你也可以来。"

闵其延轻呵了两声："那还是算了吧，我在骨科上班都有点儿烦了。这教书育人的事儿，还是留给您傅大教授吧。"

傅时浔单手搭在方向盘上，神色一如既往地沉静如水。只是这次，闵其延明显有种不太一样的感觉。他随口问道："对了，你和那位，你们两个现在怎么样了？"

"谁？"傅时浔愣了下，淡然反问。

"别跟哥们装啊，你知道我问的是谁。"闵其延直接在他肩膀上来了一下。

傅时浔不悦道："开车呢。"

闵其延举手："好、好，你好好开车。不过说真的，我在现实生活中，除了你那位弟媳妇之外，可再没见过能跟她比的姑娘。而且这两人还美得各有风格，你弟媳妇那种的，属于是人间富贵花，明艳又张扬。

"阮昭就不一样，美得就像古典画上走出来的那种江南美人。"

闵其延停顿了下，补充道："我说的是长相，单纯从长相来看。"

他可是亲眼见过阮昭是怎么教训人的，可不敢真把这位姑娘当成那种柔软无助的小白花。

傅时浔似乎有些不耐烦，眉头紧蹙着，低斥道："闭嘴，有你这么讨论别人的么。"

"哥们也没说别的啊，这不是羡慕嘛。"闵其延笑了起来。

相较于至今还单身的傅时浔，傅家那位二少算是"英年早婚"的典范。

闵其延笑着说："别的不说，你以后要是找媳妇，最起码长相就不能差弟媳妇太多吧，要不然这妯娌之间都不好相处了。"

"滚。"傅时浔终于忍不住。

闵其延嘴是损了点，不过说的话也不是没道理。

两人终于到了学校食堂，一路上遇到不少认识的老师，终于找到一个相对安静的位置，闵其延叹了一口气："这就是我为什么不喜欢来食堂吃饭的原因，太引人关注了。"

傅时浔听着这不要脸的话，冷不丁嗤笑一声。

"我说的是你太引人关注了。"闵其延从兜里拿出湿纸巾将筷子擦了擦。

闵其延："你跟阮昭最近没见面吗？"

终于傅时浔忍无可忍："你有完没完了？"

"看来是没见面。"闵其延点头，但是下一秒他表情特别得意地说，"其实我前两天还在医院见过她。"

傅时浔握着筷子的手微微捏紧。许久，他听到自己冷淡地问："她怎么了？"

闵其延慢悠悠擦完筷子，终于憋不住地笑了出声："她当然是陪云霓去医院拆石膏，要不然你以为她去医院干吗。"

那天闵其延上班，她们正好过来。云霓的手本来就是骨裂，没那么严重，所以打了一个多月的石膏差不多也就养好了。当时闵其延正好换班，就陪着她们一块去拆了石膏，还顺便聊了几句。

他有些同情地望着傅时浔，问道："想知道我们聊了什么吗？"

"不想。"

闵其延盯着傅时浔，半响，突地一笑："真不想啊，那算了。"

傅时浔横了他一眼："你真是一如既往的婆妈。"

"我婆妈？"闵其延觉得自己可真是冤枉得厉害，"那还不是兄弟我替你着急，你也老大不小了，身边好不容易出现一个姑娘，还不得好好抓住。"

其实他能看得出来，傅时浔对阮昭的态度还真不一样。就说那天在朝天街，傅时浔多紧张人家啊。嘴巴再否认也没用，得看实际行动啊。

"时浔，我觉得你真没必要纠结过去的事情，都过去多少年了，难不成你真的要为那件事一辈子不谈恋爱不结婚？"闵其延苦口婆心地劝说道。

他知道傅时浔的症结在哪儿，但过去太久了，有时候事情就该让它过去。

最后闵其延说道："我问阮昭了，人家说最近没空，好久没看见你了。"

傅时浔斜睨了闵其延一眼，却没再说话。自从修画结束后，他跟阮昭确实再没见过面。就像她说的那样，他们两清了。

傅时浔下午三点之后有两节课，所以他在实验室里待到两点多才回到办公室。

拿上教案，前往教室。

这节课依旧是节大课，在阶梯教室里，两个班一起上。一进教室，依旧如往常一样，一眼望过去，乌泱泱的全都是人头。可就是这么神奇，傅时浔只是随意一扫，就看见了坐在左侧靠窗的那姑娘，这次她明明也没坐在最显眼的第一排，周围还都坐着人，但他一眼就看见了阮昭。

阮昭单手托腮，笑眯眯盯着讲台上正在打开电脑的男人。

"妈呀，傅教授怎么还是这么帅，好帅好帅。"

"行了吧，每次上课我都要听你感慨一遍。"

"没办法，每次我看着他，再看看自己周围的男生，都会觉得人与人之间的差距比人与狗之间的还要大。"

阮昭："……"

很快上课铃声响起，傅时浔拿出点名册，一个一个名字开始读，冷淡的声音回荡在整个教室。

不得不说，北安大学这样的学校出勤率还是挺高的，基本上没有不到的。

等所有名字读完之后,阮昭慢悠悠直起后背,等着。但傅时浔将面前的名单往旁边一放,直接说道:"点名超过三次不在的同学,直接取消本学期的期末考试成绩。"

底下一片哗然,闹哄哄的,不得安静。

傅时浔的视线扫视了一圈,沉声道:"安静,上课。"

阮昭托着腮,看着讲台上清冷至极的男人,唇角轻掀。看来,这次不赶她了。

虽然考古算不上是什么有趣的课程,但是傅时浔的课却并不无趣,两节课居然就在不知不觉的时间里度过。

临下课的时候,他低声说:"待会儿有课后答疑的时间,如果有不懂的地方,可以留下来问我。"

阮昭此时正在把玩手里的小纸条,这是第四张了,全都是跟她要微信,想要跟她交个朋友的。

今天阮昭特意没有像往常那样穿,一身白衬衫牛仔裤,简单低调得确实像是个还没出校园的女大学生,但是她的长相不管放哪儿都低调不了。

随着这句话说完,下课铃声响起。

不少人立即收拾东西往外冲,但也有女生拿着自己的课堂笔记去讲台上问问题。

阮昭坐在原地,没有动弹。她安心等着,谁知之前有两个写小纸条的男生没得到回应,似乎不太死心,直接过来要微信。

阮昭抬头看着对方,那双乌黑锐利的眸子此时并不算太冷淡,反而笑盈盈地说道:"抱歉,我有要追的人了。"

男生:"???"

要不是亲耳听到,这男生怎么都想不到,这样的姑娘还需要主动追别人。但人家既然这么说了,男孩也没多纠缠。

讲台上同样也热闹,好几个女生拿着笔记,正在等着答疑。大家还挺友好,排着队等着。

于是阮昭一边打发来要微信的人,一边安心看着傅时浔。

他跟每个人的距离都不算近,又因为个子太高的缘故,单手搭在讲台边缘,整个人斜斜地靠着,很贴心地拉低与对方身高上的差距。

等所有人心满意足地问完问题,已经离下课时间过去二十分钟。整栋楼都变得静悄悄,最后两个女孩问完问题,说道:"傅教授,那我们就先去吃饭了。"

"嗯,再见。"傅时浔低声回应。

那两个女孩走出了教室,这一刻,台上台下只剩下两个人。

傅时浔安静收拾东西,阮昭就坐在椅子上,也不起身,也不走过来。直到他弯腰将电脑上的U盘拔了出来,所有东西都收拾妥当,他直接拿起,转身走向教室门口。

一、二、三——

……

阮昭在心底默默数着,眼看着他一步步走到门口,教室里静得仿佛只剩下他的脚步声。

七——

阮昭在心头默默数出最后一个数字,直到走到门口的男人脚步停住。

傅时浔站在门口,回头看过来:"你还不走吗?待会儿教室要锁门了。"

阮昭倏地露出了笑意,她缓缓从椅子上站了起来。

这是傅时浔第一次见她穿的不是裙子,那么简单的牛仔裤贴身裹着,修长的双腿一步步向他迈过来。

阮昭走到他面前,仰头看着这张清俊的脸,轻笑道:"我在等你叫我。"

傅时浔面无表情地看着她,嘴角不自觉地紧抿成一条薄线,他每次冷着脸教训阮昭的时候,都会是这样。

恰在此刻,外面走廊传来一阵打闹的声音。

阮昭伸手抓住他的手,居然趁他不备之际,直接将人拉回了教室里,并且顺势关上了门。

阮昭将傅时浔压在教室门板上,两人身体紧紧贴着,她穿着的白衬衫其实布料并不单薄,可是这也挡不住他能感受到阮昭柔软的身体。一时间,傅时浔的喉咙好像钻进了无数的毛絮。

终于他低头看着她,压着声音斥道:"松开。"

阮昭丝毫不怕,仰头望着他:"好呀,那我们现在出去。"

外面有一对正在接吻的"小鸳鸯"。

终于,外面女孩不满的声音响起:"行了,行了,我快饿死了,咱们去吃饭吧。"

"好,先吃饭。"

小情侣肆无忌惮打情骂俏的声音,隔着一道门传了进来。

直到他们的声音彻底消失,阮昭才乖觉地在傅时浔推开自己之前,先松开了他。

傅时浔冷眼望着她,忍不住问道:"阮昭,你这是在干吗?"

"救你啊,"阮昭淡然道,"要是被别人看见我们在这里,说不定会误以为你跟女学生在教室里约会。"

傅时浔哑口无言。

许久,他低声说:"你不是说过,我们两清了。"

"对,我是说过。"阮昭直勾勾地看着他,她顿了下,认真道,"但我说的是我们修画的事情,两清了。至于别的,可没有。"

沉默了许久,他再次问:"所以你现在又在玩什么?"

她好像总是这样,花招百出,让人防不胜防。

这次轮到阮昭笑了,是气的。

她抬眸,直勾勾地看过来,与他对视,口吻极认真地说:"我什么都不想玩。

"我就是单纯地在追你。"

"轰!"

这句话犹如点燃了傅时浔脑海中被拉得最紧的那根弦。

"之前我不直接说,是因为我在帮你修画,我不希望这件事影响到修画,也不希望你有种被挟持的感觉。"

傅时浔:"……"他是不是还要谢谢她这么公私分明。

阮昭直言道:"所以我给我们两个十天冷静的时间。"

十天。

从修完画到现在,正好是十天。

傅时浔沉默地望着她,而眼前的姑娘那样清冷的眉眼尽数染上笑意,轻声说:"现在我冷静完了。"

所以——

"傅时浔,我来追你了。"

教室的一扇窗没关,外面正好起风,呼啸的风声刮在耳膜里,刺激着彼此。

除了风声，周围安静极了，连彼此的呼吸都在这一刻不由自主地放轻了。

傅时浔一言不发，阮昭就安静等着。

很快，他抬眸，盯着阮昭："我说过，别在我身上浪费时间。"

"我也说过，你怎么就知道是浪费时间呢。"阮昭没有一丝被拒绝的屈辱，反而她微仰着头，没有半分羞涩地说，"不试试，怎么就知道不行呢。"

她的性格一向执拗，别人是不撞南墙不回头，依照她的个性，撞到了南墙，哪怕头破血流也会把南墙撞坏，然后踏着南墙往前。

阮昭直截了当道："你可以拒绝，但我也可以追我的。"

傅时浔："……"

所以她就只是来通知自己一声的。

况且阮昭也觉得自己并非毫无把握，她望着傅时浔说："你不会是想用你现在工作还忙，不想谈恋爱这种借口吧？"

"不是借口，是事实。"傅时浔额头突突直跳。

他有种说不清楚的感觉，就好像哪怕他有一千个一万个正当理由，她也能理所当然地堵住自己的嘴。

阮昭突然笑了起来，清冷的脸上泛起一丝狡黠，她往前凑近，轻声说："傅教授，你应该知道我是做什么的吧？"

他当然知道，只是他没懂她为什么突然这么问。

"文物修复师，我的职业也可以称为自由职业。"阮昭满脸笑意，"自由职业的意思就是，我可以自由地安排自己的时间。所以你不用担心时间，我来负责。"

"……"

傅时浔彻底沉默了下来。

两人僵持着，傅时浔的手机正好响起。阮昭很贴心地往后退了一步，让他有足够的空间接电话。

这通电话打完，傅时浔转身拉开教室的门走了出去，阮昭从身后跟上。

两人走到楼下的时候，阮昭说："傅教授，我肚子也饿了，要不我们先去吃饭吧。"

· 139 ·

也饿了。

这个"也"字,成功让傅时浔想起之前门口那对肉麻的小情侣。

傅时浔:"你要是饿了,可以自己去食堂。"

呵,还挺倔强的。

阮昭转头提醒说:"这是你的学校,你是地主,是不是应该请我吃饭啊?"

毕竟他每次来家里的时候,董姐可都是满满一桌丰盛的菜肴招待他的。

"你刚才不是说,不希望我有被挟持的感觉,所以我觉得今天你更适合一个人去吃饭。"傅时浔淡淡说道。

阮昭:"……"

傅时浔继续往前走,只是这次他感觉到原本在身侧的人并没有继续跟上来。他又往前走了几步,身后依旧没有动静。终于,傅时浔在走出几米后停下脚步。

他转过头,语气冷淡得要命:"想吃什么?"

站在原地的阮昭几乎是小跑着过来,笑道:"好吃的,我想吃你推荐的好吃的。"

不知是不是全国每一所大学附近都会有这么一条美食街,哪怕不是周末,也依旧会热闹得人满为患。北安大学附近的这条街,就是这样。平时不仅大学生喜欢过来吃东西,很多工作党也会专门开车过来。特别是街上有几家店,是那种上了美食推荐的级别,基本上排队都要一个小时。阮昭之前知道这条街也是因为跟韩星越来吃过两次。

两人走到这条美食街上,一路上的店铺都很热闹,特别是奶茶店和火锅店。

"想吃什么?"傅时浔问道。

阮昭说:"我不是说了,想吃你推荐的,你没在这条街上吃过?"

"很少。"

傅时浔确实没怎么来过,一般来这里不是聚餐就是约会。考古系的教授普遍年纪都比较大,很少会频繁举行聚餐,所以基本上他不太过来这边。

阮昭仔细看了店铺,突然指了指不远处的一家火锅店,说道:"那家看起来最好吃。"

"你怎么知道?"傅时浔看了一眼,淡淡道。

这还不简单啊,阮昭说:"当然是好吃的店才会排队,你见过有人会花一个小时的时间去排一家很难吃的店吗?"

有理有据,不容反驳。

其实阮昭选这家店也是有私心的,排队的嘛,时间排得越长,她跟傅时浔单独待在一起的时间不就越久。阮昭真被自己折服了,她长这么大,所有的心机大概是一次性全都用在傅时浔身上了。

"走吧,就吃这家。"她斩钉截铁道。

两人走过去领了一个号,开始在门口排队。店家为了方便大家等位,还特地在门口摆了不少凳子。不过两人都没坐下,安静站在一旁。

火锅店隔壁就是一家奶茶店,门口牌子上挂着花花绿绿的新品,看起来甚是诱人。阮昭盯着看了一会儿,就听旁边男人用冷淡的声音问:"想喝?"

"你给我买。"她本来就是看看,毕竟这种东西糖分太高,她平常基本上不会摄入任何带咖啡因的东西。这种奶茶里面,多少有点儿茶,她也不太会喝。

傅时浔没有吱声,而是直接走过去排队。谁知前面两个女生居然正好认识他,看见他过来立马打招呼:"傅教授,你好。"

"你们好。"傅时浔颔首。

等那两个女孩买完奶茶从这边走过,嘀嘀咕咕说道:"傅教授居然也会喝奶茶?"

"给女朋友买的吧,男人都不爱喝这种。"

"不是吧,不是说他没女朋友的,咱们学校多少女生得失恋啊。"

她们捧着奶茶走了过去,靠在墙边的阮昭看着不远处的男人,心满意足地等着。

等傅时浔拎着奶茶回来的时候,阮昭接过来,吸管刚插进去,突然问:"你就买了一杯?"

"我不喝。"他双手插兜,语气淡得跟什么似的。

她也没继续客气,安静喝了一口,突然说:"你刚才碰见了你学生?"

"应该是吧。"

傅时浔确实叫不上具体的名字,只觉得有点儿脸熟,毕竟他每年带的学生不少,不仅要带专业课的学生,还带了两门选修课的。

阮昭捧着奶茶,挑眉轻笑:"她们说,你这个奶茶是给女朋友买的。"

傅时浔:"……"

阮昭知道自己今天已经占足了便宜,不该再得寸进尺,但她就是有点儿忍不住想要撩拨他一下。

不过这次,傅时浔在沉默之后将视线落在她脸上,挺淡定地说:"哦,她们弄错了,谢谢你提醒。等下次上课,我会纠正的。"

怎么会有这么小气的男人。

阮昭发现,傅时浔现在已经不再单方面地被她穷追猛打,这男人开始反抗了。

两人就这么各怀心思地再次安静下来,本来以为真的要等一个小时,可没想到又过了几分钟,他们居然在这家火锅店门口遇见了一个熟人。

闵其延是跟医院的同事过来聚餐的,难得今天单身的同事都不用值班,大家一合计,就过来吃饭。本来北附院就离这条街不算远,开车二十分钟就过来了。没想到,他们到了这边,闵其延就看见了傅时浔和阮昭。其实还不是他最先看见的,是他们科的一个姓许的小护士,眼睛特别尖,抵着他的手臂就说:"闵医生,那是不是你那个朋友啊?"

傅时浔之前因为受伤去过他们骨科,科室里不少人都认识他了。

"旁边那个该不会是他女朋友吧?"许护士倒吸一口气。

大家集体看过去,两人站在墙角的位置,那地方灯光还挺暗的,偏偏两人个子都特别高挑,身高腿长,比例出众,有种特别炸街的感觉。

"两人好配啊。"也不知谁小声嘀咕了一句。

闵其延心底的惊讶不比别人少。不过千言万语,他还是先过去跟两人打招呼,他倒要看看傅时浔怎么跟他交代。

"两位,过来吃饭呢。"闵其延走过去,冷不丁地道。

只是让他失望的是,这两人简直是稳如老狗,谁也没被吓着,甚至连阮昭都是慢悠悠地从手机屏幕上抬起脸,清淡一笑:"闵医生。"

傅时浔看了一眼他,又朝他身后看了看:"跟同事来吃饭?"

不是,闵其延望着傅时浔,觉得这人怎么能这么淡定呢。他们中午在一块吃饭,自己提起阮昭的时候,这人还是一副与我无关的冷淡模样,结果晚上就被他逮到跟人家姑娘一块吃饭呢。

这会儿有阮昭在，闵其延也不好问得太清楚。他们人多，而且有同事早早在网上订了大桌，正好加他们两个也足够，所以闵其延就邀他们一起。阮昭看了眼自己手里的号，小桌排队时间最长，还要等半个小时呢。于是他们跟着一块上了二楼，居然还是个包厢，跟外面嘈杂的大厅间隔开来。

刚进包厢，闵其延就急不可耐地拉着傅时浔一块出去了。谁知刚一出去，傅时浔先转头问："有烟吗？"

闵其延眼珠子险些要瞪出来，傅时浔倒也不是不抽，就是抽得特别少，少到闵其延跟他好成这样，也就看过那么一两次。上次他见傅时浔抽烟的时候，还是在傅家老爷子的葬礼上。

两人找了个安静的地方，闵其延把自己的烟拿出来，傅时浔直接抽出一根夹在手上，还没抽。

"你怎么回事啊？"

傅时浔冲他伸了伸手，闵其延从兜里掏出打火机，直接扔过来，接到之后，咔嚓一声，火苗窜了起来。

"什么？"傅时浔低头凑近打火机。

火光将他面无表情的脸染成浅橘色，有种特别的艳丽。

闵其延："不是中午还说跟人家没联系了，怎么晚上就凑一块了。我说你现在怎么跟我也不说实话啊，你要真跟她在一块，做兄弟的除了替你高兴之外，难道还能笑话你不成。"

傅时浔松开打火机，火苗熄灭，而他嘴里的烟一闪一灭。

"没在一起，下午她来学校，我请她吃饭。"

"她主动来学校找你的？"闵其延"啧啧"两声，"我不信你看不出来她对你的心思。"

不用他看，她下午已经直接说了，傅时浔心想。

闵其延说："所以你到底是什么意思，拒绝还是在一起，无非就这两样。说真的，你不觉得你对阮昭太纵容了吗？"

何止是纵容，简直是允许她肆无忌惮。闵其延又不是没看过他以前怎么对待追求者的样子，严防死守，不给一丝机会。谁要是表露出一丝喜欢他的意思，连朋友都没得当，立马拉开距离，划清界限，动作干脆利落，让闵其延都怀疑，他上辈子真是什么高僧大德转世吧，要不然怎么能守身如玉到这种程度呢。

"我不是纵容她。"傅时浔轻吐了一口烟,半张脸隐没在烟雾后面。许久,他低声说:"我就是有点儿没办法。"

对她没办法。

闵其延奇怪了:"什么叫没办法?"

这次,傅时浔没再说话,他本来就不是那种事事都要说出口的性子,他这样清冷内敛的人,能跟闵其延说到这份上,已经算是掏心窝的程度了。

他们重新回包厢时,众人已经开始点菜。因为他们人多,点菜的时候是轮流着来。到阮昭手里的时候,她就什么都没点。傅时浔看了一眼,本想开口,但想了想,还是什么都没说。

桌上的其他人显然对他们两个都挺好奇的,一开始气氛还没热络的时候,大家都不好意思开口问,只是表面上寒暄两句。等火锅底料一上桌,食材上来,开始涮起来,氛围一到,话也跟着到了。

"阮昭,你是做什么的?"许护士好奇地问道。

"文物修复师。"

阮昭这话一说,桌上其他人登时都来了兴趣。

有个男医生问道:"是专门修复文物的?"

阮昭点头。

大家登时七嘴八舌起来,说是没想到居然还能在现实生活中见到文物修复师。所以各种问题纷纷砸过来,都是问一些外行人才会关心的问题。

直到有个人问道:"难怪你跟傅教授在一起呢,一个是考古教授,一个是文物修复师,确实是好搭呀。"

这话一说,阮昭抬眼冲着傅时浔看过去,他就在自己旁边。哪怕这么热闹的火锅局,屋子里热气蒸腾,可他安静坐在那里,手里没拿筷子,就那么单手搭在桌子上,自带一种孤寂清冷。不得不说,大概就是他身上这股子要命的氛围感将阮昭吸引得死死的。

阮昭主动说:"你们别误会,我和傅教授不是男女朋友。"

最起码,暂时还不是。

她说这话时,傅时浔忍不住朝她睨了一眼,估计是没想到,时时刻刻要占他便宜的人,怎么这会儿反而主动澄清。

大家也没想到两人居然不是情侣，一时也觉得尴尬，于是赶紧转移话题，聊起了别的。

也是这时，阮昭趁机靠近傅时浔，低声说："你不是不喜欢别人误会我们。"

傅时浔沉默不语。

直到阮昭轻笑说："你不喜欢的，我都不做了。"

这一刻，傅时浔彻底认清，他对她确实没办法，因为她真的太会了。

"真是没想到啊，这位一直在综艺节目上以大师身份自居的雷老师，居然人老心不老，这么大年纪，还闹出了私生子的丑闻。目前他九岁私生子的母亲已经正式向法院起诉，要求他支付三百万元的抚养费。雷益斋正在担任嘉宾的一档鉴宝节目昨天也紧急宣布了新的嘉宾人选，看来这位雷大炮的'炮轰生涯'要走到尽头了。"

这是一段网上营销号做出来的视频，重点是在说这几天闹得沸沸扬扬的雷益斋私生子事件。

本来阮昭对网上的事情都不太关注，她连社交账号都没几个，以至于雷益斋的事情还是顾筱宁转发给她，她才知道。

顾筱宁似乎觉得光转发还不够，直接一个电话打了过来："你看见了吗？我给你发的视频，这老头儿居然这么快翻车了。一天到晚装作正义之士，结果这么大年纪搞出私生子也就算了，居然连钱都不给人家。真是又抠又恶心人啊。"

"看起来他最近一段时间都不会出来了。"阮昭淡淡说。

顾筱宁嘲讽道："何止是最近一段时间，现在综艺节目对嘉宾的要求都很严格，他这种已经属于劣迹艺人，以后根本不可能有任何节目邀请他了。这位老人家还是安心在家含饴弄孙吧。"

"哦，不对，他不仅有孙子还有小儿子得养呢。"

虽说中国传统是尊老爱幼，但并非所有的老人都是好人。雷益斋这种人，为了吸引眼球，几次在节目中当众将人骂哭，再加上他对阮昭的侮辱，顾筱宁可实在提不起对他的尊敬和同情。现在这种好为人师的人翻车，她恨不得替所有观众鼓掌。

"不过说来也挺巧，他刚喷完你，就翻了这么大的车，可见我们小仙女不仅有傅教授护着，还有老天爷护着。"

阮昭停下手中的东西，她正在调颜料。不修画的时候，她会试着做颜料，还会用一些古法试着造纸。这不，现在小院里还摆着她刚制作的一批纸。

要论纸张的质量，现代机械工艺确实要远胜过古法造纸，但是在修复古籍字画的时候，就必须要用古代工艺复原，所以现在很多地方依旧还保留着古法造纸术。

同样，颜料也是一样。之前她就是用天然矿石颜料修补了傅时浔的那幅画。

她心底想着顾筱宁的话，低声说："也未必是老天爷。"

电话挂了之后，阮昭本来已经拿起研钵，但最终还是放下。阮昭走到落地窗边，拨了一通电话。

"昭昭。"男人慵懒而漫不经心的声音响起。

阮昭伸手拨弄了下头发，低声问："雷益斋的事情，是你做的吗？"

"真想知道，来山庄找我。"梅敬之笑着说道。

阮昭当然知道他说的山庄是什么地方。几年前梅敬之在郊区买了一块地皮，建了一个山庄，嘉实拍卖的很多内部小型鉴赏会，都是在山庄里举行。这个山庄乃是会员制，私密性极好，因此很多名流都会出入其中。

阮昭本来不想去的，但是梅敬之说："正好还有一样好东西要给你看。"

于是，阮昭说："一个小时后见。"

因为是去见梅敬之，她压根儿没有费心思打扮，直接拉上云霓就去了。云霓一路开车，不到一个小时就到了山庄门口。她的车子早在山庄门卫处登记过，所以什么都没检查就直接被放行。

两人到了的时候，梅敬之刚从楼上下来，一看见云霓，笑着说："霓霓也来了，跟小段去吃好吃的，我跟你昭姐姐有事要谈。"

小段是他的助理，成天跟在身边。

云霓有些不开心："不要用哄小孩的口吻跟我说话。"

因为云霓也天天跟在阮昭身边，所以她跟梅敬之的关系也极热络，梅敬之总是拿她当小孩子哄，每次过来都要好吃好喝招待着。

"好。"梅敬之收起脸上的笑意，极郑重的口吻说，"云霓女士，本山庄刚换了一批新点心，您要不要帮我们品鉴品鉴？"

云霓一听，原本绷着的小脸露出笑意："那行吧。"

旁边的小段笑着，将人招呼走了。

他们两人一走，梅敬之就把阮昭带回了自己的办公室。

阮昭开门见山："好了，你现在可以说，雷益斋的事儿，是你做的吗？"

对面的梅敬之短促一笑："昭昭，你是不是也太看得起我了，我再神通广大，还能逼着雷老头跟人家发生婚外情，弄出私生子吗？"

是啊，这事他确实插手不了。

"这件事的曝光呢，也跟你没关系吗？"阮昭问道。

梅敬之这次又是懒散一笑，说："我可没逼迫任何人，只是那位女士知道该怎么做选择罢了。我给她一笔钱，还出钱给她打官司，到时候官司赢了，还能再得到一笔抚养费。这种稳赚不赔的生意，我想谁都无法拒绝吧。"

他说得天经地义，好像自己正在做一件助人为乐的好事儿。

一开始阮昭也没怀疑，但这个时间点太敏感，雷益斋刚炮轰了自己，就出了这样的事情，所以她才会给梅敬之打电话。梅敬之这人做事，从来不遮掩。他直接承认，也是在阮昭的意料之中。

阮昭沉默了会："你没必要为我做到这种程度。"

梅敬之登时气笑了，说："昭昭，你这话说得我可真的要伤心了，我们两个都要分得这么清了吗？"

"我们本来就分得很清楚。"阮昭直截了当道。

梅敬之："你仔细看看我现在的表情，伤心欲绝，痛不欲生。"

对于他强烈的表演欲，阮昭压根儿不想搭理。如果梅敬之这样没心没肺的人都有一天会伤心的话，那么她真的相信那天的太阳是从西边出来的。

"你以为这件事真的就是雷益斋在交流会上骂你两句那么简单吗？"

阮昭："还有其他的事情？"

梅敬之慢慢走到落地窗旁，望着外面的大好春光，声音却没了刚才的懒散，冷漠道："你是我的人，雷益斋却当众辱骂你，甚至无端指责你为了钱给外国人修复文物。你以为他仅仅是在骂你吗？他这是在指责我们嘉实将文物偷卖到国外。"

阮昭一开始并没有想到这么多,甚至还一度以为雷益斋是因为跟师父关系不佳。现在想想也是,他跟师父那点陈年旧怨,何至于让他这么发疯。说到底,无非是为了利益。

阮昭突然有点儿厌恶,声音冷漠道:"提醒你一句,我不是你的人。"

梅敬之笑着说:"好,好,不是,我们是合作关系。说真的,这个圈子里谁不知道你我的关系,冲我下不了手,自然就想要拿你开刀。"

此时,阮昭想起了傅时浔。他在大学里安安静静地教书、做项目,应该用不着这种利益上的钩心斗角吧。

幸好,他不用承受这一切。

"不过海川拍卖的秦雅芊,你认识?"梅敬之突然问道。

阮昭皱眉:"认识。"

"难怪呢。"

他这话说得阮昭越发迷惑,问:"她怎么了?"

梅敬之嗤笑:"其实我一开始也没打算对这位德高望重的雷老师做什么,只是他实在是有点儿敬酒不吃,还挺嘴硬的。结果这事儿一出之后,他什么都说了,原来海川的秦总早就盯上你了,只不过暂时还没打算下手。但是那晚交流会上,不知道为什么,他女儿就非让雷益斋当众给你难堪。"

原来这件事,秦雅芊也掺和了。

不过阮昭大概也猜到了,无非是那天晚上秦雅芊看见她跟傅时浔在一起。两人本来就新仇旧恨,再加上秦家想通过诋毁她拉梅敬之下水,这才闹了这么一场。

"你们嘉实是拍卖业界的龙头,还怕他们?"阮昭淡然道。

梅敬之摇头:"昭昭,你是一心只修画的人,压根儿不懂商界险恶。嘉实如今确实是行业龙头,可也正是因为我们是龙头企业,才会引来无数人的觊觎。"

他顿了下,转头盯着阮昭:"况且,我还有你。"

阮昭刚要皱眉,但是梅敬之却已经走到身后,他也不避讳阮昭,直接打开房间里的保险柜,原来早在这个山庄设计之初,他的办公室里就有一副步入式的保险柜。构造之机密,堪比银行。

他从里面捧出一个巨大的盒子,说道:"过来看看。"

阮昭走过去，见他已经打开盒子，将里面的卷轴拿了出来，极慢而小心地铺在那张巨大的长条桌上。

当阮昭看清楚这幅画时，失声道："徐渭的《墨竹图》。"

不怪连一向淡定的阮昭都如此震惊，明朝徐渭乃是一代艺术巨擘，不仅在书画上造诣了得，更是开创了大写意花鸟画风，影响了后世无数擅长画花鸟的绘画大家。而且最重要的是，徐渭虽然生前郁郁不得志，但是他的作品足足有十二幅被收录在《石渠宝笈》当中。

《石渠宝笈》就更有来头了，这本乃是乾隆年间初编，收录了皇宫内收藏的历代书画藏品。可以说，但凡上了这本书的书画作品，都是中国数千年书画历史里的瑰宝，是明珠之中的明珠。

"《石渠宝笈》里收录了徐渭十二件作品，除了收藏在北京和台北故宫博物院的作品之外，还未曾有画流通于世。"阮昭的眼睛一直盯着眼前的画。

梅敬之见连她都如此失态，不禁有些得意道："所以我说，此画要是出现在嘉实的拍卖会上，必会引起国内收藏界的大震动。"

"可惜我找到这幅画的时候，它已经成了现在的模样。"

阮昭同样也发现了眼前画作的问题。作为修复师，看到这样的传世经典名作被收藏得如此粗糙，其实她的内心比谁都心痛。

"昭昭，让这幅画重新焕发生机，就靠你了。"

阮昭皱着眉头，这样一幅巨作，哪怕是她也不敢轻易说出肯定的话。

梅敬之垂眸："不管付出什么代价，你都帮我把它修好。"

许久，阮昭说："我可以帮你修它，但是你也要帮我做一件事。"

北安大学考古系的系主任办公室，傅时浔接到电话就赶了过来。系主任于洪一脸喜悦地说："时浔，我这边呢有个好消息，就是文物局那边已经帮咱们找到了这次考古项目新的合作方。"

每年都有大量的考古项目，国家经费总共就那么多，所以很多项目都会找赞助人。考古出来的成果基本上不会产生太大的利益和回报，因此赞助人就是纯粹地砸钱，基本上是带不回什么收益的，因此这样的人或者企业很难找到。除非是有些企业家真心喜欢考古，不考虑利益，就要赞助这个。

"人家说了，就是为了支持我们国家考古事业的发展，绝不干涉我们任何的工作，而且所有的资金前期一次性到账，都不分期，这么优越的条件，简直是天上掉馅饼。"

于洪虽然五十多了，这会儿也开心得像个孩子。

傅时浔皱眉："靠谱吗？"

天上可从来不会掉无缘无故的馅饼。

"有什么不靠谱的，文物局的韩主任让咱们下午就去签约呢，这都是板上钉钉的事情了，你是这次项目的负责人，你跟我一起去。"

虽然心底有疑惑，但傅时浔还是决定跟于主任一块前往。

下午他们依照约定时间，在两点之前到达了文物局。接待人员直接将他们领进了办公室，很快文物局的那位韩主任出现，他跟于洪很熟悉，两人热络地打了招呼。

"韩主任，这是我们北安大学考古系最年轻的教授，傅时浔，上次交流会的时候，你应该也见过一次。"

韩照主动伸出手："你好，傅教授。"

傅时浔颔首，回握他的手掌，只是他明显感觉到这位韩主任一直在打量他。

于洪问道："韩主任，不知这个赞助商什么时候能来？"

"别急，他们已经到了楼下，马上就上来，咱们先坐吧。"

韩照招呼他们坐下，并让人给他们泡了两杯茶。

傅时浔手指抵着茶杯的边缘，轻轻摩挲，微垂着眼眸，看不出在想什么。直到门口传来几声敲门声，会议室里的所有人齐齐抬头望了过去。为首进来的是文物局的工作人员，跟在他身侧的，是一个穿黑色西装的男人。

一道纤细的身影出现在傅时浔的视线里。她今天依旧披散着长发，只是鬓边别着精致的珍珠发卡，乌发雪肤，美得就像是画中人，娉婷而至，整个会议室似乎一下就亮堂了起来。

"来，我给两位介绍一下，这位是嘉实集团的吴律师。"韩照指着那个黑衣男人说道，随后他望着那姑娘，声音明显不再是公事公办的口吻，"这位是阮昭。"

于洪虽然年纪大了，记性却极好，一眼就认出了阮昭。况且那天在交流会上发生的事情，他还历历在目呢。他作为傅时浔的领导，认识他也有好些年，一直觉得傅时浔是他见过的年轻人里最为沉稳内敛的。他从没见过傅时浔发火,更别提这样当众驳斥得人下不来台。但那天在雷益斋炮轰他人之后,他认为最不可能站出来的人居然就站出来了。虽然事后有些人跟他旁敲侧击,于洪还是十分维护自己这位年轻的后辈。

"这不是你那位朋友吗?"于洪趁着对面坐下的工夫,低声说道。

傅时浔手指轻轻捏住茶杯的杯把,低低应了声。

对面的阮昭在坐下后冲着这边轻笑了下,态度不算疏离,但也有种公事公办的味道。

这位吴律师负责此次签约,坐下后他直接拿出合同说道:"这是我们这边拟定的合同,还请两位过目。"

傅时浔将合同拿到手里,条款确实很简单,而且给出的条件很是丰厚。

但当他看到条款里的某一项时,盯着看了许久,最后反而是他身侧的于洪问道:"这个技术顾问是怎么回事?"

吴律师轻笑:"是这样的,我们梅总并非要干预你们的工作,而是想在我们力所能及的范围内提供一些帮助。我身边的阮小姐是一位专业的文物修复师,所以我们希望她能够作为技术顾问,跟随考古队工作。"

于洪确实记得上次傅时浔就说过,这位阮小姐是个文物修复师,自己还夸了几句。

"我们考古确实是有文物保护和修复的部分。"于洪点头。只是他有些担心地看了一眼对方,他之前夸归夸,可是这要是没有真才实学,就是过来刷个履历的话……

谁知一旁的韩照突然开口说:"于教授,如果您担心阮昭的修复水平,那么我可以跟你保证,她如果跟随考古队工作,绝对可以胜任。"

于洪一愣。

韩照说:"说来不怕您笑话,其实阮昭是我的小师妹,我以前未做行政工作时,跟过顾一顺老师学习文物修复。只是后来开始做行政,这手上的功夫都生疏了。"

"原来是顾一顺顾大师的高徒。"于洪身为文博行业的人,不可能没听过顾一顺的名字。这一下,他所有的顾虑都消散了。

就在于洪准备签字时,身侧的傅时浔突然站了起来:"我可以和阮小姐单独聊聊吗?"

众人当然不敢阻拦,阮昭似乎也早就猜到了。她施施然站起身,跟着他走了出去。两人一直走到楼梯口,傅时浔这才停下来。

阮昭盯着他线条流畅而深邃的脸颊,此刻他下颌线收紧,一张脸明明面无表情,却好像有种要隐隐发作的模样。

于是她决定抢在他开口之前说道:"我之所以想进考古队……"

"你跟梅敬之是什么关系?"

但她没想到傅时浔也在此刻问出了口,两人几乎是同时出声。

啊哈?阮昭怔怔地望着他,半天才醒过神。本来还以为他会质问自己,为什么要进入他的考古队。原来,他关心的重点是这个?

第六章 /

她这样，可就是太有诚意了。

走廊里的风，如同顽皮的孩子，带着呼呼的声音，扑面而来。阮昭浓密乌黑的长发，被这个顽皮的孩子轻轻拂起到耳畔，嘴角的笑意温柔得能融化坚冰。

她就那么笑盈盈地盯着傅时浔，故意问道："梅敬之？你认识他？"

其实梅敬之这几年风头正劲，国内龙头拍卖企业的年轻掌门人，他连续两年带领嘉实力压苏富比和佳士得这两家全球顶级拍卖行。

梅敬之的知名度不低，傅时浔要是真认识也不奇怪。奇怪就奇怪在，他居然问她跟梅敬之的关系。

阮昭见他不说话，往前一步，贴得离他更近："所以，你为什么这么关心我和梅敬之的关系啊？"

傅时浔："这次嘉实为什么会赞助我们的考古队？"

这个答案，其实从阮昭出现时傅时浔就猜到了。

之前在交流会上，阮昭知道他的考古项目正在寻找赞助者，她当时就对这件事很有兴趣。

阮昭却没回答这个问题，反而说："那你先回答我的问题，你为什么关心我和梅敬之。"

她的黑眸直勾勾地看过来，眼底并没有寻常的那种锐利，相反有种雾蒙蒙的水润。

傅时浔微撇开头，低声说："我无意想要诋毁，但是梅敬之的风评并不算好。"

阮昭一怔。因为以她对傅时浔的了解，他绝对不是轻易说出这种话的人。虽然他看起来很冷淡，但骨子里却教养十足。

"梅敬之的名声到底是有多差，居然连你都听说了。"阮昭不由得感慨。

傅时浔："……"

阮昭突然意识到一个问题，梅敬之虽说这几年在商界风生水起，但他真正名声大噪，还是因为他跟女明星的几次绯闻。

等一下……

阮昭看向傅时浔，低声说："你该不会是怀疑我和梅敬之是那种关系吧？"

结果她刚说完，傅时浔居然直接抬手，对着她脑门来了一个指弹。不重，就是轻轻地一下，算是教训。

阮昭被这一下打蒙了，就听男人低声道："把我想成什么人了。"

"商人重利益，他不会无缘无故地答应你的条件，你有所求必然会有所交换。你在书画修复上的天赋，足以让任何一个文物商人垂涎。"

阮昭这才明白他非要把自己喊出来的原因。原来，他是怕自己因为求梅敬之办事，上了对方的贼船，下不来。这种关心，登时让阮昭开心。

这样的开心，一开始就像是小石子投进湖里，荡起一圈涟漪，接着就是一圈又一圈，她感觉到自己的脸颊耳朵根都开始微微发烫。额头被他轻轻敲打过的地方，好像也热了起来。

这男人！饶是淡然如阮昭，心底也小鹿乱撞得厉害。

傅时浔眼睁睁看着眼前的姑娘，一言不发。几乎是一刹那，从她的脸颊开始，一路红到脖颈，就连软乎乎的耳垂也如滴血般地红。这样肉眼可见的变化，让傅时浔也不由得沉默了下来。只是，他又不由自主地侧头，多看了一眼。见惯她一贯张扬又理所当然的模样，如今这样乍然的羞怯，好像也挺可爱。

但阮昭很快抬眸望着他，主动问："所以你也是在关心我吧。"

傅时浔这次没有沉默，低声说道："我只是不希望你为了我，有所牺牲。"

"这怎么会是牺牲。"阮昭手掌轻轻背在身后，再次往前一小步。

她说："我说过，我希望你的脚步能踏遍祖国的河山。"

但很快，阮昭冲他轻笑，慢悠悠道："傅教授，你知道我们这种相互关心的关系，叫什么吗？"

傅时浔沉默不语。

阮昭顿了下，语气中带着得意："我们这样的，就叫双向奔赴。"

哪怕傅时浔再不懂这种网络热词，也从字面上理解了这个词的意思。他突然后悔把她叫出来了。

"你放心吧，我跟梅敬之合作也不是一年的事情，再说了，这种资本家的钱，我们都不需要替他心疼。就当是他为了祖国的考古事业，做一份贡献。"

傅时浔垂眸看了她一眼，却还是说道："谢谢你的好意，但是我并不打算签约。"

"为什么？"阮昭忍不住问道。

傅时浔："任何带有目的性的签约，我都会拒绝。"

阮昭一时愣住，没想到他刚才还关心自己，这会儿就摆出公事公办的态度。这男人，未免也太冷漠了吧。

但是她没想到，傅时浔当真说到做到，他直接回到会议室，言辞诚恳而委婉地拒绝了这次签约。

坐着的韩照当时就急了，说道："傅教授，你这个决定会不会太过草率了。当初说经费不足的是你们，这个考古项目我们文物局也考虑到确实是考古周期长，所以特地找了有责任感的企业来资助你们。你这又要拒绝，简直是在胡闹嘛。"

一旁的于洪，也是欲言又止。

"韩师兄，"阮昭站在门口，喊道，"算了。"

她望着傅时浔："我尊重傅教授的意见。"

从文物局出来后，吴律师一脸无奈道："阮小姐，现在这个合同怎么办？"

"你先回去吧，合同的事情，我会亲自跟你们梅总说的。"阮昭知道这件事跟吴律师没关系，所以直接说道。

吴律师点头，他问："阮小姐，需要我送你回去吗？"

"不用。"

阮昭并没有立即回家，而是沿着街道漫无目的地往前走，连她自己都不知道怎么了，她做事一向得心应手。就连追傅时浔这件事上，她也觉得自己步步为营，这人迟早会是她的。

或许是她太自信了，又或许是过犹不及吧。她好像过分地介入了傅时浔的工作，或许他确实是需要帮助，但她的帮助却是有条件的。哪怕她是好意，这看起来也像是在要挟他，难怪他会拒绝。

之前修画时，阮昭之所以没有挑明自己对他的心思，不就是不希望他觉得欠了她，从而将他们之间的关系更加复杂化。

她走了许久，突然拿起手机，打了个电话。

"要不要泡温泉？"

正在上班的顾筱宁："啊？"

"晚上你下班之后。"

顾筱宁压低声音："等一下。"

电话被挂断，大概三四分钟后，顾筱宁的电话打来："你在哪儿呢？"

阮昭左右看了一眼，直到看见街边的路牌，如实报给了她。

"等姐姐来接你。"顾筱宁再次挂断电话。

六月一过，空气里的燥热渐渐蔓延，倒是街边的景观树越发茂密，渐渐有了初夏的感觉。阮昭在路边站着，一开始还不算热，等她额头被晒出一层薄汗时，顾筱宁的车出现在了街边。

"美女，去哪儿，捎你一程啊？"她缓缓降下车窗，嬉笑问道。

阮昭直接打开副驾驶的门，坐了上去。

顾筱宁见她晒得脸颊都有些发红，不由得心疼道："你怎么也不找个地方先坐坐，今天这气温还挺高的呢。"

"没事，晒晒挺好，顺便晒晒我脑子里进的水。"阮昭语气冷淡。

顾筱宁："啊，什么情况？"

阮昭靠在椅背上，望着前方："我今天好像办了一件蠢事。"

"具体说说。"顾筱宁好奇道。

阮昭没有搭理她，安静坐在车里，这次顾筱宁倒是没再接着问。

她开车直奔郊区的一家温泉酒店，这地方两人经常过来，以至于还有换洗衣服留在这里，所以到了地方，两人直奔温泉区。阮昭一向不爱与人挤，所以从来都是使用单独的私密温泉。

两人下水之后，顾筱宁旧话重提："好了，现在你能告诉我你今天究竟干吗了吗？"

阮昭将今天她去文物局签约的事情大概说了一遍。说完，顾筱宁摇了摇头，而后震惊道："我的昭，你知不知道你这行为叫什么？"

"什么？"阮昭虚心请教。

"霸道总裁行为。"

阮昭："……"

顾筱宁见她扭过头，不想搭理自己，立即伸手攀住她的肩膀，认真道："我不跟你开玩笑了，你这行为真的太帅了，要是有个人愿意这么对我，我肯定是死心塌地。"

阮昭狐疑地看向她："你是觉得我没做错？"

"倒也不是。"顾筱宁还是如实说道，"因为每个人的想法都不一样，有人确实会感动于这种行为，但是也有人会觉得你过度干预他的工作。"

"傅时浔，大概就是后者。"

阮昭趴在池边，她雪白的肌肤隐没在水面下，如一朵缓缓绽放的雪莲。只是声音闷闷的，有些不开心。

顾筱宁一副过来人的架势，说道："男人嘛，你得理解他的自尊心。你的傅教授虽然是个教授，但是考古嘛，毕竟是冷门专业，没什么钱，要不然他也不至于要亲自找赞助商。"

阮昭理解地点了点头。

"而且最重要的是，"顾筱宁故意卖关子地顿了下，这才说，"你不是说他问了你和梅敬之的关系，你想想他为什么问？担心你欠梅敬之的人情是一方面，那肯定多多少少也有些吃味吧，毕竟哪个男人能忍受被自己的情敌砸钱啊。"

情敌这个词，成功取悦到阮昭。

她下巴垫在手臂上，轻轻点头："是我考虑得不够周全。"

"对了，都过去这么久了，我还没见过这位傅教授呢，你什么时候安排我见见。"

阮昭也想起什么，伸手将放在不远处的手机拿了过来。她小心翼翼地握着手机，防止直接掉进温泉池里面。等打开后，她将屏幕递到顾筱宁面前。

顾筱宁定睛看了看屏幕，是一小段视频，而且还是那种在课堂上的。讲台上的男人穿着简单的白色条纹衬衫，一开始是微垂着脸，只看了个大概。直到视频的第十秒，男人突然抬起头，望了过来。

一瞬，那张过分清俊的面孔出现在屏幕里，男人眉眼英挺，轮廓线条利落又流畅，就连露出的额头都有种干净的饱满。饶是顾筱宁这种在电视台上班,看惯了各路明星的人,在这一刻都被深深惊艳。

"我终于明白为什么你在西藏的时候非要等着跟他要微信了。"顾筱宁深深地点着头。

"他值得。"

阮昭看着视频里的男人,这是那天他上课时她偷偷录的。也不长,就二十多秒,但是她之后反反复复看了好多次。

长久的沉默后,阮昭问道:"你说我现在怎么办?要跟他道歉吗?"

顾筱宁见她这副没精打采的模样,安慰说:"你也别想得太严重,我觉得傅教授肯定明白你是好意的,要不然他也不会把你单独拉出去说话。"

虽然有顾筱宁安慰,但阮昭心底还是有些后悔。她淡淡说道:"如果有人干预我修画,我肯定也会很生气。"

"要是实在不行,你就跟他道歉呗。"顾筱宁大大咧咧地说。

阮昭嗤笑:"如果道歉有用的话,还要警察干吗。"

顾筱宁:"……"

不过跟顾筱宁聊完之后,阮昭心底显然不如之前那么不痛快了。她做事一向只重结果,但在傅时浔的事情上,却没了从前的理所当然,反而会担心他对自己的看法,这大概就是越在意越担心。

之后几天,阮昭好像再次从傅时浔的生活中消失,哪怕是微信上的消息,也一并跟着消失。之前,一到中午,她就会发信息过来,问他吃饭的情况。晚上也会发信息,哪怕只说一句晚安。

傅时浔一如既往地上课,做实验——从遗址现场运回来的文物都要进行研究。只是闲下来时,他总会不自觉地看向手机。偶尔手机响动,去解锁才发现并不是她。

阮昭一如既往地忙修画的事情,这几天正好有一把折扇还有一本古籍都是需要修复的,她每次一工作都会全身心地投入。

一阵子没动静的韩星越,突然打了电话过来。

韩星越:"姐,明天要不要来我们学校看篮球比赛?"

阮昭毫无兴趣:"不要。"

韩星越打小就特别喜欢篮球,高中的时候,为了打篮球还摔断过腿,足足在家躺了一个月,结果刚好没几天,又立马去打球了。

那边的人也不着急,慢悠悠地说道:"不是我的球赛,是北安各高校教职工篮球联赛。"

教!职!工!

这三个字顺利地引起了阮昭的兴趣。

"你是说……"她顿了下。

韩星越得意道:"对,今年傅教授也上场哦,而且我跟你说,我已经给你拿到了场边第一排的票,毕竟篮球队里我有人啊。"

阮昭心情一下愉悦了起来:"什么时间?"

第二天,几乎一大清早阮昭就醒了。

她昨天特地早睡,而且还用了一整夜的睡眠面膜,洗漱的时候摸了摸自己的脸颊,本就毫无瑕疵的肌肤这下更加光滑粉嫩。

等阮昭下楼的时候,刚从厨房出来的云霓喊道:"啊。"

"怎么了?"听到她的尖叫,董姐从厨房里钻了出来。然后两人就站在那里目瞪口呆地看着阮昭。

阮昭见她们都是这副见了鬼的神情,不由得低头看了一眼,轻笑道:"不好看?"

"昭姐姐,你今天要去干吗呀?"云霓忍不住问道。

不怪云霓反应这么大,因为今天阮昭的穿着是她从未见过的风格。平时阮昭为了符合自己文物修复师的身份,都是以国风为主,古典、素雅,美得高贵又骄矜。可此刻她穿着一件挂脖款的削肩背心,配上一条到大腿处的小短裙,她本就身材修长纤细,以前总是包裹得紧紧的,这次彻底释放好身材。

辣,太辣了。简直是辣到流鼻血的程度。

云霓:"太好看了,我得跟着你,免得你被人骚扰。"

原本阮昭没打算带云霓的,但小丫头非要跟着,阮昭只能将她带上。她自己开车过去,比赛的地点在北安大学的篮球馆里。据说这个篮球馆是国家级的场馆,之前多次举办全国级别的联赛。因为票还在韩星越手里,所以他们约好在篮球馆门口见面。

阮昭将车子停好,带着云霓往球馆走,这会儿路上不少人都往这个方向来,看起来都是来看球赛的人。因为比赛是在星期六举行,大家都没有课。

韩星越正在球馆门口等着他姐和云霓,因为云霓也要来,他还特地跟兄弟又多要了一张门票。

他正等着,就看见两个身影。一开始他还没在意,直到对方慢慢走近。

"我的天!"韩星越惊呼一声。

阮昭已经走到他面前,抬手就冲着他脑袋上一巴掌:"没大没小。"

韩星越上下打量着他姐的穿着,总算找回点声音:"姐,你这,你这什么呀。"

"大惊小怪。"阮昭直接从他手里抽出门票。

韩星越低头看了一眼,突然后悔自己今天怎么就穿了一件短袖,早上嫌热,外面的衬衫被他扔在宿舍了。

这会儿场馆门口不少过来看球赛的男生都不停回头,韩星越低声骂道:"看什么看。"

阮昭直接进了场馆,看台上面已经坐着不少人,男生不少,但更多的是女孩。

"今天是跟哪个学校的打?"阮昭好奇地问道。

韩星越一脸不爽:"隔壁北安科技大学。"

此时比赛还没正式开始,现场格外嘈杂,啦啦队正在篮球场馆中央跳舞,整个场馆里回荡着巨大的音乐声,热闹而喧嚣。

阮昭站在场边,朝四周看了一圈,问道:"怎么没看见他?"

"球员还没出场呢。"韩星越刚说完,从对面的通道里,一行穿着蓝白色球衣的高大男人走了出来。

人群中,阮昭一眼看见了走在里面的傅时浔。也是在此刻,场馆内瞬间爆发了尖叫声和欢呼声。

傅时浔这会儿正垂着头,旁边一个人在跟他说话,他微微点头,回了一句,这才缓缓抬起头。哪怕是走在最后面,他依旧是最显眼的那个。平常见惯了他沉稳内敛的穿着,此时他一身篮球服,手臂上戴着长长的黑色护腕,看起来那种疏离感少了,倒是有种别样的活力。

对方球员也出场了,双方都先走到场边,等待球赛开始。

因为韩星越的关系,阮昭的位置就在教练席旁边,简直是占据了得天独厚的优势。

傅时浔走过来时,听身侧对方球队里有人说:"北安大学女生这么漂亮的吗?这也太绝了呀。"

"咱们科技大的也不差吧。"

傅时浔抬头,终于意识到他们说的绝了的女生是谁。

傅时浔抬头的那一瞬,阮昭的视线就看了过来,她知道他看见自己了。待男人慢悠悠走过来,她站在原地,先开口说道:"傅教授,今天加油啊。"

"你怎么会在这儿?"他眼睑半垂,有些面无表情。

阮昭上前两步,来到他身侧,低声说:"来给你加油,顺便跟你道歉跟求和。"

道歉?

他低声说:"道歉什么?"

"就是上次合同的事情,我不该自作主张地介入你的工作。"阮昭看着他,认真说道。

两人离得太近,傅时浔还能闻到她身上冷而清的淡香味,是一点儿都不黏腻的冷香。

傅时浔没想到她说的是这件事,他微微皱眉。许久后,他低声说:"你不需要道歉。"

因为他根本也没有生气。

阮昭抬眸,两人无声地对视了几秒,她问道:"你是嫌我今天这样不够有诚意?"

诚意?

傅时浔的视线冷不丁瞥见了她的长腿。也不怪他,相较于她的身高,这条裙子实在是短得有些过分,两条长腿就那么俏生生地露在空气中,白到几乎在发光的程度。

傅时浔挪开视线,望向一旁,低声道:"没有,你很有诚意。"

她这样,可就是太有诚意了。

六月的天气本不至于这么炎热,但是篮球馆里的声浪滔天,让整个场馆里的气氛一下升温起来。

"傅教授。"那边有人喊了一声,大概是喊他过去准备。

阮昭见状,立即抬手:"快去吧,别耽误了你打球。"

傅时浔扭头要走,但在转身时又停下脚步,回头看了过来。

"我会给你加油的,最诚意满满的加油。"阮昭见他回头,又补充了一句。

傅时浔听到这话,有些无奈。诚意这两个字,他快要不认识了。

本来傅时浔一向对周围的目光没什么感觉,甚至能做到哪怕四面八方都看向他,他也能彻底不在意。但这一次,他却明白这些目光并非冲着自己,而是看向他对面的阮昭。

"怎么了?"阮昭见他还是盯着自己,不由得问道。

终于傅时浔低声说:"你不冷吗?"

冷?阮昭低头看了一眼自己,确实是穿得挺清凉的。其实她也很少穿这样的衣服,往年哪怕是夏天,她也都是在工作室里修画,也就是长裙打扮。

不得不说,傅时浔这么一提醒,阮昭这才发现周围好像很多人都看向她这边。

其实今天不少女生都精心打扮了一番,但阮昭天生身材优越,本来就美得显眼,如今又是这样极显露身材的穿着,几乎是将全场一大半的眼光都吸引了过来,甚至还有人拿着手机对着她和傅时浔拍了起来。

但事已至此,她微抬下巴,淡然道:"还行吧。"

这次傅时浔没再说话,他走回了自己的队友旁边。没一会儿裁判将两队人喊到一起,似乎在交代待会儿开赛的情况。

比赛即将开始,阮昭到第一排的位置坐下。本来这是篮球队员待的地方,但是韩星越跟大家说了下,众人怎么可能拒绝这么漂亮的姐姐待在自己的旁边,自然是全部赞同。

"姐姐,你先坐。"一个男生从旁边搬来一张椅子。

阮昭点头:"谢谢。"

韩星越瞥了对方一眼,直接伸手过去,勾住他脖子:"警告你小子,别动歪心思。"

"说什么呢,"对方义正词严道,"哥们的姐姐来看球赛,我搬张椅子怎么了。"

韩星越冷笑。不过他也没多说,反正这帮狗东西一个都没希望。至于有希望的那个,韩星越朝不远处看了一眼,谁知就看见傅时浔折返了回来。

阮昭正在低头看手机,余光瞥见自己面前站着一个人,鞋子是专业的篮球鞋,她顺着鞋子抬头,视线刚要往上,"砰!"然后眼前一片白。

阮昭的脑袋被毛巾盖得严严实实，她还没来得及伸手去扯掉毛巾，就听到那道清冷的声音隔着毛巾传了过来："今天场馆开了空调，还是挺冷的，毛巾先借你。"

这会儿阮昭终于将毛巾从头上扯了下来，她仰头望着站在面前的男人："我不需……"

"毛巾是干净的，"傅时浔垂眸，淡然道，"我的。"

阮昭瞬间握住手里的毛巾，现在她需要了。

还没等她说谢谢，傅时浔已经转身，再次离开。

阮昭低头看了一眼手里的毛巾，是一条挺大的毛巾，柔软干净，最重要的是毛巾上隐隐传来那种清冽的冷木香，是傅时浔身上独有的味道。

这会儿她的心跳才后知后觉地加速。还有刚才他特意说，他的……所以这男人压根儿就是在利用自己，迷惑她吧。他就是知道，这么说的话，她才不会拒绝吧。

一旁的韩星越赶紧伸手将毛巾扯了扯，将阮昭露出来的腿全都挡得严严实实："姐，傅教授考虑得就是周全，我也觉得这场馆挺冷的，你赶紧盖上，盖上。"

韩星越这会儿在心底简直给傅时浔点了十万个赞。

虽然他也欣赏身材辣又穿得漂亮的女生，但当这个女生是自家的亲姐姐的时候，他只会恨不得把看她的那些男生的眼珠子都抠出来。

阮昭嗤笑一声，不过还是把毛巾搭在了腿上。

这一幕自然也被全场都看了去，特别是那些冲着傅时浔而来的女生，当即后面看台上的讨论声就大了起来。

"哎，你看见了没，傅教授居然给那个女生毛巾。"

"我没看见，没看见，啊啊啊啊，我不相信。"

"算了吧，你接受现实吧。我看那个女生好辣啊，身材简直绝了，怎么会有人腰那么细，腿那么长的啊。跟傅教授站在一起，也太配了吧。"

"可能她就是身材好而已呢，说不定还是个背影杀手。"

看台上的女生们交头接耳，喋喋不休。

虽然傅时浔对所有女生都不假辞色，从来都是公事公办的模样，但在大家心底，反而觉得这样更好。反正也没人能得到他，就让他安静地当一个大众男神好了。但是突然间出现这么一个女生，傅教授还主动把毛巾递给她,这不就完全是女朋友待遇嘛。

身后的讨论声自然传不到阮昭的耳边,她安静坐在椅子上,看着场上。此时裁判和双方球员都走到场地正中央,裁判手里举着篮球,随着一声清脆的哨响声,篮球被抛在半空中。两边抢球的球员,同样向空中跃起。

篮球被穿着蓝白球衣的人抢到,是北安大学队,抢到了第一球的控制权。这人直接往前一抛,一路运球往对方篮筐前带。阮昭的眼睛一直盯着场边的傅时浔,此时他一边小跑,在左侧方向做策应。宽大的篮球服随着他的跃动,衣摆晃荡,仿佛带起了一阵风。

篮筐下的争抢越发激烈,直到站在篮下的队友突然回身,将球抛了过来,傅时浔跃起,接下球,对方的防守球员立即上前。傅时浔一个背身运球,就在所有人以为他是要带球过人,他突然往后撤了一步,拉开与对方防守球员的距离,同时也站在了三分线外。起跳、抛球,在所有人的注视下,那颗球在半空中划出了一道完美的抛物线,应声进入了篮筐。

三分!

随着这一记三分球,全场的热情彻底被点燃。

拿着应援棒的同学这会儿都疯狂了,鼓掌声、喝彩声,交织在一起。哪怕是阮昭这种对对抗性运动完全不感兴趣的人,此时也忍不住抬手鼓掌。

接下来的时间里,在傅时浔的带领下,北安大学队打得格外强势,快攻、抢断、篮板,他们纷纷领先于对手。特别是傅时浔,居然还是个三分球投手。

"我去,傅教授猛啊,我说怎么今年咱们领队非要求着傅教授加入球队呢。"旁边一个男生亢奋地说道。

韩星越呵呵一笑:"这你就不知道了吧,据说傅教授在大学时候就是著名的三分球神射手。"

"难怪呢,又一个三分。"

韩星越继续说:"而且你别看傅教授是搞考古的,但是人家体能可一点都不差。去年北安市的马拉松比赛,他就是我们学校的代表,据说全马跑下来根本不是问题。"

旁边同学惊讶地看着他:"你怎么对傅教授的事情这么了解,你该不会是他的小迷弟吧。"

韩星越忍不住往旁边瞥了一眼,他为什么对傅时浔的事情这么了解,还不都是为了他姐。

但阮昭好像没听到一样,安静地看着场上。

随着一声哨响,第一节结束,双方暂时下场休息。

阮昭握着手里的毛巾,犹豫着要不要给他送过去,但就在此时,不知从哪里出来的女生上前递给他一瓶水。阮昭慢悠悠地靠在椅背上,望着男人垂眸,看了一眼那瓶水。

随后他伸手拿过旁边队友手里还没打开的一瓶水,女生失望地收回手里的水,分给了其他人。

傅时浔拧开瓶盖,仰头大口喝了起来,他做事从来都是沉稳淡然,阮昭从未见过他这样喝水的姿态,脖颈微仰着,汗水顺着滚动的喉结一点点滑下。

似乎是感受到这边的视线,傅时浔在喝完水拧瓶盖时,抬头往这边看了一眼,阮昭微抬下巴,冲着他竖起了大拇指。傅时浔原本毫无表情的脸,突然勾了下唇角,露出一丝笑意。

阮昭抬手,指了指自己腿上的毛巾。傅时浔似乎看懂了她的意思,轻轻摇头。两人隔着老远,什么话都没说,却仿佛交谈了一个来回。惹得旁边的韩星越十分吃味地说:"姐,你这是跟傅教授演默剧呢。"

"闭嘴。"

韩星越:"……"

他才是亲弟弟,亲弟弟啊!

很快,第二节的比赛开始。这次科技大学仿佛重新调整了策略,采用了两人包夹的办法,对傅时浔严守死防,让他没有在外线轻易出手三分球的机会。傅时浔他们也迅速改变了策略,开始强攻内线。但这样一来,随着双方身体对抗的频繁,双方犯规的次数更是频繁增加。特别是傅时浔身材瘦长,看起来是最好下手的人,他之前频繁拉外线,也是依靠强大的投球基本功。

"科技大的怎么回事啊,逮着傅教授一个人犯规了啊。"

就在前一秒,傅时浔正要跃起接球时,对方直接往前一个猛顶,凶狠地撞在了他的肩膀上,傅时浔直接在空中被撞翻。

"啊!"身后传来此起彼伏的尖叫声。

身体砸在地板上的巨大声音,刺激着每个人的耳膜。登时,不管是场上的球员,还是场下的观众,纷纷鼓噪了起来。特别是那些女生,不断站起来,冲着场上大喊。一时间,看台上的嘘声此起彼伏。

但阮昭的眼睛却紧紧盯着傅时浔,因为他倒下的那一瞬,并没有第一时间站起来,他伸手捂住了自己左侧的手臂,神色看起来很痛苦。

北安大学队的教练赶紧叫了暂停,很快,傅时浔被队友扶了起来,往场边走了过去。这一变故,是所有人都始料未及的,包括对方球员。

傅时浔站起来,从球员通道往回走,居然退场了。

"傅教授怎么走了?"

"肯定是受伤了啊,对面也太阴险了吧,居然撞人,好气啊。"

"傅老师伤得重不重啊,好心疼。"

阮昭拎着毛巾,直接站了起来。一旁的韩星越见状,赶紧跟了上来。他们到球员通道时,本来还有人想拦着,但是韩星越赶紧说:"我们去找傅教授。"

对方一看是阮昭——刚才傅时浔给她毛巾时,所有人都看见了。这才放他们去往后面的休息室。

到了休息室门口,门是敞开的,阮昭看见傅时浔坐在长条凳上,旁边的校医正低声跟他说话。很快,一个冰袋被按在他的手臂上。阮昭安静站在原地,并没有上前打扰。直到傅时浔按着冰袋转头看见门口的人,两人四目相对。

"阮昭。"这次,他主动喊道。

阮昭上前,走到他身侧,垂眸看着他的手臂。因为有冰袋遮着,所以她也看不见他的伤势究竟怎么样。

前面的比赛还未结束,休息室里除了队医,就剩下他们两人。很快,连队医都安静地走了出去。

阮昭抿了下唇,伸手摸了下冰袋,低声问:"你疼吗?"

傅时浔低声道:"还行。"

她并不是那种喜欢哭天抢地的性格,很少有比她更冷静淡漠的女生。但此刻她紧紧盯着傅时浔的手臂,微蹙着眉头。

傅时浔见状,淡然道:"其实不关对方的事情,我这是旧伤。"

"什么旧伤?"阮昭问。

傅时浔将压着的冰袋拿了下来,就见手臂上有一条极长的伤疤,斜在手臂上,看着狰狞而吓人。这疤痕并不是陈年旧疤。

他垂眸,神色极淡然地看了一眼伤疤,这才重新抬头望着阮昭:"这是之前我在田野考察时,不慎从山上摔下来落下的旧伤。"

阮昭紧紧地盯着这道伤疤,难以想象当时他的伤势得多严重。

傅时浔说:"上次我之所以不同意你的条件,不是因为我介意你插手我的工作,而是考古也有风险,我不希望你出意外。"

阮昭错愕地望着他,这才明白他真正的心意。这次她轻轻抬手,直接将手上的手套摘下,用她的手指抚上他手臂上的那道疤。因为刚敷过冰袋,他的皮肤透着冰凉的触感,疤痕微微凸起的表面,其实并不刺手,反而很光滑。

或许是她的抚摸太过温柔,柔得像羽毛,在他心尖挠过,傅时浔忍不住伸手握住她的手指。

阮昭垂眸看着他:"如果说,我一定要去呢?不是因为别的,傅时浔,我也想看看你热爱的世界。"

是什么样的世界,让他这样赤诚且义无反顾热爱着。

傅时浔没想到她会这么说,在微微错愕之后,反而有种理所当然的感觉。如果轻易就被说服,阮昭就不是这个阮昭。他并没有立即说话,没有答应,也没有立即拒绝。

阮昭安静地等着。就在时间长久到她以为不会等到自己想要的那个答案时,傅时浔的视线落在她脸上,依旧是那样淡然的神色,他低声道:"那你要听话。"

他的声线一向冷淡而低沉,但这一次,这偏冷的声音里却裹着不一样的感觉。淡淡的无奈之下,透着莫名的宠溺。

"昭姐姐,你就让我陪你去吧。"云霓蹲在阮昭的行李箱旁边,一脸哀求道。

阮昭伸手揉了揉她的短发,少女的小圆脸都快皱成包子了,看着云霓煞是可怜的模样,她沉吟了下,似乎在思考可行性。云霓一脸期待地望着她。

"不行。"最终阮昭态度坚决地说道。

云霓顺势往地板上一躺,一副准备撒泼打滚的模样:"不行,不行,我要跟你去。"

阮昭已经重新站在衣柜前面,一边伸手拿出里面的衣服,一边打量,很快又放了回去,这么挑挑选选,还不忘说道:"我是去工作,哪有工作还带着小跟班的。"

"我可以保护你,还能帮你们干活。"云霓从地上翻身坐了起来,信誓旦旦道。

阮昭轻笑:"我是去考古,又不是去打架,用不着你保护我。"

这话说完之后,身后许久没动静。

等她拿出一条阔脚长裤——她的衣服多以裙子为主,轻便又舒服的裤子实在是有点儿少。但是去考古的话,一定要穿适合野外的衣服吧。她正思考,突然发现衣帽间安静得有点可怕。

她一转头,就看见身后的云霓盘坐在地上,泪眼婆娑。

不……不是吧。

"这又是怎么了?"她把手里的衣服放在一旁,干脆坐到云霓身边。

云霓转头,委屈巴巴地说:"昭姐姐,你现在是不是不需要我了?"

阮昭没想到这小姑娘思维能发散到这种程度,她微抬下巴:"说说看,我哪儿不需要你了。"

"你刚才就说用不着我保护你。"

对于小姑娘的"指控",阮昭确实没想到。一向冷淡的她,这会儿也有点儿无奈。犹豫了下,她声音极温和道:"我的意思是,我这次去考古,暂时不需要你保护。况且你哪怕留在家里,也可以做别的事情,帮你哥一起看店。最近店里不是也挺忙的。"

"我哥一天到晚就嫌我拖后腿。"云霓嘟囔。

阮昭叹了一口气,突然认真问道:"妮妮,你想过读书吗?"

"啊?"云霓一愣。

读书?

她犹豫地咬着唇,低声说:"我不行的,我那么笨。"

阮昭抬手拍了下她的脑袋:"你哪里笨了。你看看你,学东西那么厉害,平时我让你做什么,你不是很快就上手了。"

"可那个不一样。"云霓犹犹豫豫地说道。

阮昭:"这有什么不一样的,况且你年纪还这么小,多读书总没坏处。"

这会儿哪怕周围没有人，云霓好像还是觉得有些丢脸一样，小声说："昭姐姐，可我连高中都没有毕业呢。"

云霓打小就开始学武，后来又因为家里太穷，中途就辍学了。

"所以，趁我去考古的这段时间，你在家里好好想想，你要是想上学呢，我们就上学。你要是想做别的事情，我们也可以做别的。不管你做什么，我都会支持你。"

阮昭伸手抚了抚她的脑袋，小姑娘的短发如今光泽而柔顺，完全不像她们第一次见面时，枯黄又毛糙，一副小难民模样。

很快，阮昭继续收拾衣服，云霓去了楼下。

董姐正在择菜，见她下来，喊她过去坐，谁知云霓一直魂不守舍的模样，把好好的菜叶扔进垃圾桶里，菜根留在盆里面，弄得董姐赶紧让她停手，在一旁歇着。

"妮妮这是怎么了？"董姐问道。

云霓双手托腮，说："董阿姨，你说我能去读书吗？"

董姐不明所以："读书？读什么书？"

"昭姐姐刚才问我，想不想重新读书。"云霓小声说。

董姐赶紧用身上的围裙擦了擦手，惊讶道："昭小姐要送你去读书啊？你哥知道吗？"

云霓摇头："我哥还不知道，不过昭姐姐说的，他肯定不会反对。"

"读书也好，你年纪还小，才二十岁，正是该读书的年纪。"董姐重新将菜拿到手上，一边择一边说，"我儿子二十四岁了，不也还准备读研究生呢。他当时高考没考好，复读了一年。"

不过董姐说完，又有些感叹道："说起来，昭小姐对你们兄妹真是没话说。那么大一家店就交给你哥打理，养你呢，又跟养闺女一样。"

这话，董姐是真没夸张。在她看来，云橙每天忙进忙出的，云霓呢，虽然不至于说是游手好闲，但也顶多是在阮昭修画时帮点忙，要不就是在店里做点事情。董姐刚来那阵子，还在想着小丫头一天到晚也不做什么事，会不会回头被老板开除了。结果阮昭对谁都挺冷淡的，但唯独对云霓，那是纵容到底。

关于云霓读书这件事，阮昭并不是心血来潮。

其实这件事，她确实想了挺多，云霓年纪还小，早早辍学，之前阮昭是有意想让她跟着自己学修复，但云霓并不是那种能坐得住的性子，况且学修复的时间太久。

阮昭虽然是年少成名，但她自幼就浸淫其中，对古典书籍字画的知识信手拈来，更是打小就看着她爷爷修复各种书画。云霓这样的，半路出家都算不上。

晚上，她试着给傅时浔发了条微信：傅教授，我想问一些事情，方便打电话吗？

大概几分钟，那边有了回应。

傅时浔：嗯。

很快，傅时浔的手机响动起来。一接通，电话那边的阮昭先说了句："傅教授，谢谢你愿意为我解惑。"

明明没看见她的人，大概是夜色太过温柔，光是听着她的声音就有种说不出的轻软，就像此刻拂在窗外的夜风。

"你还没说什么呢，说不定我也未必知道。"

明知她这是糖衣炮弹，傅时浔还是应了下来。

阮昭："如果高中没毕业，现在想要读书的话，有什么办法吗？"

傅时浔想了下，淡淡问道："是云霓吗？"

在听到他的反问时，阮昭瞬间笑了出声。

她有些好笑地说："小丫头看起来就很像辍学的人吗？"

傅时浔声音冷淡地解释："不是，只是我觉得能让你这么关心的人，应该只有你身边的人。"

阮昭不说冷漠，但也绝不是什么心济天下的性格，她一直活得挺肆意，只在乎自己和身边的人。外界对她的那些评价，她不是不知道，只是不在意罢了。但她这人挺护短的，对身边的人是极致地保护。

傅时浔不是没跟云霓接触过，二十岁的小丫头，虽然打人很凶，但一派天真无邪的模样，一看就是平时被宠惯了。

"原来……"阮昭故意拉长尾音，"你对我这么了解啊。"

傅时浔没出声。

很快，阮昭也察觉不对劲，她明明是来替云霓问学校的事情，怎么又没忍住去撩他。于是她轻咳一声，语气变得正经而认真："云霓小时候家里条件挺不好的，所以她很小就去武校了，后来家里又出了大变故，她不得不辍学。"

"所以你是想让她重返校园？"傅时浔替她把下面的话说了出来。

阮昭："嗯，我只是觉得她还小，应该有更广阔的未来，而不是一直待在这个小院里面。"

傅时浔："这个我也不太了解，但是我可以帮你咨询一下，过两天我再给你回复。"

"麻烦你了。"阮昭乖顺地说道。

这个话题结束时，阮昭沉默了下，问道："考古队什么时候出发？"

"目前正在跟文物局报备，应该快了。"傅时浔低声说。

阮昭："那好，我等你哦。"

在挂断电话之前，阮昭低声说："傅教授，晚安。"

傅时浔低声笑了下："嗯，晚安。"

"要梦见我啊。"

对面扔下这一句，匆匆挂了电话。只余下傅时浔握着手机，脑海里回荡着这句话，最后无奈勾唇一笑。

阮昭将这件事托付给傅时浔，之后又跟云樘提了一次，毕竟云樘才是云霓的亲哥哥。不过跟云霓想的一样，云樘完全没有意见，他只是转头看着云霓说："如果真的想上学，就要好好读书。"

云霓："……"

又过了两天，大概是周六下午。

阮昭正在工作室，将手上这幅清代的画修完。好在这幅画没什么大问题，就是蒙了尘，又有霉斑，这种处理算得上轻松。是她手上的一个老客户送过来的，这位老客户也是个书画大藏家，他家里的书画基本上都是送到阮昭这里做修复。

修完这幅画之后，她手头暂时没有别的事情。至于梅敬之那边的那幅画，阮昭是打算等考古回来再着手去修复。虽然合同没有签下来，但她既然答应了梅敬之，就不会再反悔。

她正将画收好，放在旁边工作台上的手机响了起来。等阮昭看见屏幕上闪烁着的名字，心头一喜——傅时浔居然主动给她打电话。

"傅教授。"她接通电话，主动开口。

傅时浔轻轻"嗯"了声，低声问道："你在家吗？"

"在呀，你要来找我吗？"阮昭漫不经心地问道。

"之前你问我的事情，我找了一些资料，电话里不太方便说，我直接送过来给你吧，你现在方便吗？"

阮昭本来手里正在把玩刻刀，此刻早已停了下来。

"方便，我在家等你。"她斩钉截铁说。

大概半个小时后，传来敲门的声音。阮昭亲自过去开门，傅时浔站在门口，手里还拿着一个透明文件袋，装了满满的资料。

他抬眸看了眼："云霓呢？"

阮昭："……"

"我觉得上学的事情还是应该和当事人说才更妥当。"

于是三人齐刷刷坐在了一楼的客厅里。

云霓诚惶诚恐地看着傅时浔，之前傅时浔多次来家里，她对傅时浔一直有种仰望的感觉，长得帅不说，还是个大学的教授。现在这位堂堂的大学教授居然亲自来给她参考上学的事情，云霓觉得她不配，但她不敢说……她只是小声说："傅教授，这太麻烦你了。"

傅时浔正在开电脑，他侧头看了一眼小姑娘，认真道："不麻烦，你也不要有心理负担。每个想要努力的人，都值得被好好鼓励。"

这也是他对这件事如此上心的原因，每个人都该有属于自己的广阔世界，而不是被生活轻易地折断翅膀。

阮昭和傅时浔两人，一左一右，坐在云霓的身侧。

傅时浔不愧是大学教授，做事认真，甚至还带了电脑过来，他一边拿出文件袋里的资料，一边说："我咨询了专门做招生的朋友，云霓的这种情况，目前来说，最适合她的，就是走专升本的路线。她可以先上全日制大专，然后通过考试，拿到本科学历。"

云霓诚惶诚恐地点头。

阮昭则是低头看着手里的资料，这些是北安市几家大专的招生简介。

"这家是目前北安最好的一家，师资最好不说，而且他们的硬件设施也足够媲美一些民办大学。"傅时浔低声道。他说话不紧不慢，娓娓道来，有种莫名的说服感。

等几家学校都看完了，傅时浔说："就目前综合来说，我还是推荐第一家。"

阮昭有些头疼："但第一家离我们家太远，她是不是还得住校，那不行啊。而且我觉得这个第三家也不错,综合实力不差。"

"住校也是大学生活的一部分,你要是不放手的话,她怎么会得到成长呢。"傅时浔微微蹙眉,有些不太赞同地说道。

阮昭:"难道住校就一定能成长吗?"

"问题不在于住校,而在于你愿不愿意让她一个人出去试试。"

他们你来我往,阮昭第一次没有完全顺从傅时浔的意思。两人倒也没有吵架,只是在这个问题上彼此都无法说服对方。

正好董姐切了水果端进来,听着他们不断劝说对方,突然,她"扑哧"一笑。傅时浔和阮昭同时停下来,朝她望过去。

董姐被这么一看,尴尬地摆手,解释说:"我不是笑话你们,我就是觉得你们对云霓真好,就跟养女儿一样。你们刚才的样子,还挺像为小孩上学吵架的爸爸妈妈。"

此刻托腮看着电脑的云霓重重一点头:"我也觉得好像。"

傅时浔:"……"

阮昭:"……"

一场大雨的来临,好像预示着初夏的到来。郁郁葱葱了一整个春天的花草树木,好像在这场雨之后彻底绽放,点缀着整座城市。前几日灰蒙蒙的天际也彻底被冲刷一遍,瓦蓝一片,干净澄澈得直抵人心。

云橙将早就收拾好的箱子拎到了楼下。

阮昭下楼的时候,董姐和云霓两人眼巴巴地瞅着她。

"别都这副表情啊,我又不是没出过门,正好趁着我不在家,该去看孩子的看孩子,该干吗的干吗。"阮昭挥挥手,实在是见不得她们都这副表情。

之前董姐就说想趁着她不在家去看看她儿子。董姐的丈夫早早去世,她就一个儿子,如今还在外地读书。所以趁着阮昭这次出门工作,她就请了一个星期的假。

因为约定了时间,所以阮昭让云橙直接将箱子放到了院门口。又过了几分钟,巷子口一辆黑色越野车驶了进来。车门打开后,傅时浔从上面下来。

阮昭有些奇怪地看着这辆越野车:"你换车了?"

"这次去的地方在农村,那边的路都不太好,所以开越野车比较方便。"傅时浔解释说。

云橙跟他打了声招呼,将箱子放在了后备箱。

"傅教授,就拜托您多照顾照顾小昭了。"云橙过来,十分客气地说道。

傅时浔颔首,低声说:"人是我带出去的,肯定会完好无损地带回来。"

阮昭瞥了他一眼,眼底露出轻笑。

她跟云霓说完话,正要往副驾驶走,见傅时浔和云橙两人几乎同时走到车子旁边,要伸手去拉开车门。

云橙笑了下,往后退了一步。傅时浔伸手拉开车门,极冷淡道:"上车吧,路上还要一段时间。"

阮昭弯腰上车,傅时浔从车头绕到驾驶座的那侧。很快,车子传来"嗡嗡"的声音,越野车启动。

这次目的地是北安市最北边下属县城慈县,一个叫鸣鹿山的地方。鸣鹿山周围崇山峻岭,乃是整个省里最高的一座山,同样也是地貌被保护得最好的一个自然景区。这座山因为十分陡峭,之前有很多驴友夜游还失踪过。因此在去之前,傅时浔就将当地的情况详细跟阮昭说了一遍,这次在车上,他还是不免强调道:"我们考古遗址就位于鸣鹿山的山脚下,一个叫三溪乡的自然村。目前已经发掘到三号和四号坑,我这次就是要负责四号器物坑。"

一般考古遗址都会分不同的坑,不同的工作组负责不同的区域,这样既便于管理,也方便更深地发掘。

阮昭问:"我的工作就是文物保护吗?"

"对,因为之前在四号坑边缘发现了一些竹简碎片,所以我们怀疑四号坑里面可能会有大量的竹简。"

阮昭擅长的是古书画修复,但是不代表她对其他修复一无所知。

竹简虽是竹制品,但也属于古籍类的一种,她之前还帮人修复过,只是竹简在拍卖会上的起拍价并不算高,特别是相较于字画来说。但是竹简对于考古来说,却是不可多得的宝物。因为上面记载着的文字,能够帮助考古人员更深入地了解历史,还原历史的真相。

阮昭突然又想起另外一件事,她问道:"对了,之前我们的合同没签,你们赞助找到了吗?"

"嗯，找到了。"傅时浔目视着前面，双手搭在方向盘上。

阮昭盯着他的手看了许久，说起来也是奇怪，连她自己都觉得不可思议，怎么会有人完全长得符合她的审美呢。

她顺着他的手一路往上看，直到盯着他的侧脸。这男人大概真的是得到了老天爷的眷顾，那样流畅又利落的侧脸线条，阳光从车窗玻璃照射进来，笼在他的侧脸上，从鼻翼到嘴唇的弧度，都那样完美无瑕。

傅时浔似乎察觉到她直勾勾的目光，淡然道："怎么了？"

"什么？"阮昭调整了下安全带。

他不紧不慢地问："为什么一直盯着我？"

"因为你好看啊。"

傅时浔明显一哽，半晌，从唇角轻嗤了一声。

阮昭手指抵着下颌，依旧转头盯着他，这次目光更加直白，她慢悠悠道："该不会你这么小气，不让我看吧。"

"我说不让，你就不看了吗？"傅时浔平静地反问。

当然……不会。

阮昭轻笑了声，说道："你知道我有个朋友叫顾筱宁，她说过如果美貌可以收费，我一定早就发财了。我现在觉得，这句话比较适合你。"

傅时浔："……"

许久，他低声说："我不卖脸。"

"我知道，你的才华与美貌并重。"

这次傅时浔是彻底说不出话了，有种哭笑不得的无奈。

他有些警告道："好好坐好，不许胡闹。"

阮昭理直气壮道："傅教授，我可没胡闹，我只是实话实说而已。"

傅时浔原本以为这三个小时的车程或许会很枯燥，还想让她在车上先睡一会，可这会儿他才发现完全是自己想多了。有她在的地方，他怎么可能会觉得无聊呢。

从北安市区开到慈县县城就已经用了两个小时，他们到的时候正好是中午十二点，傅时浔没有继续开下去，而是转头问道："想吃什么？"

"随便都可以。"阮昭无所谓道。

虽然她这么说，但傅时浔还是找了一家看起来干净又有档次的餐厅。两人进去后，被服务员领到位置上坐下。菜单拿过来时，傅时浔直接递给阮昭，让她来决定。

阮昭之前也跟傅时浔吃过几次饭，知道他这人口味比较清淡，所以菜单上比较辛辣的她都过滤掉了。等点完之后，她又询问了傅时浔的意见，得到肯定之后，就让服务员下了单。

阮昭不想玩手机，好不容易两人有单独相处的时间，她肯定想要跟他多说说话。于是她想了想，问道："傅教授，我觉得我们俩好像还没有对彼此深入了解。"

傅时浔一手随意懒散地搭在桌子上，听到这话，抬头朝她睨了一眼，似笑非笑道："你想问什么？"

"你是独生子吗？"阮昭随口问道，她就是想要多了解了解傅时浔这个人。

傅时浔摇头："不是，我还有个弟弟。"

"啊？"阮昭有些惊讶，还有些开心，因为这好像是她又一次成功踏入边界，她再接再厉道："你弟弟像你吗？"

傅时浔皱眉，这是什么问题？但他想了下说："有点儿像。"

这下阮昭更有兴致了，她单手托腮，轻笑着说："那他应该也长得很帅。"

"他已经结婚了。"傅时浔淡淡开口。

阮昭饶有兴趣地问道："那你，你是哥哥，家里人有催你结婚吗？"

"没有。"

这次傅时浔撒谎了，他的婚事其实家里一直很担忧。不过阮昭也不太在意，反正不管以前他家人催没催过他结婚，现在都不重要了。

她眨了眨眼睛，轻声说："你怎么不问问我的事情啊？"

傅时浔沉默了会，开口问道："你是独生女吗？"

"嗯，对啊，我爸爸只有我一个女儿，韩星越你不是见过，他是我姑姑的儿子，我们从小就在一起长大。"

傅时浔很敏锐地察觉到她说的是——我爸爸只有我一个女儿。

她的母亲呢？

但是以他的涵养不会对这个问题刨根问底。他想了下，问道："你跟云霓他们呢？你们是怎么认识的？"

他这么问，阮昭越发笑得开心，因为这说明不是她单方面地想要去了解他，傅时浔不也正在慢慢地、一点点地想要知道更多关于她的事情。

"我是大学还没毕业的时候就认识了云霓和云橙,那时候云橙带着云霓来北安,谁知云橙打工的地方老板突然失去了联系,他不仅没拿到工资,还将身上仅有的钱都弄没了,所以他只能带着妮妮住在天桥下面。"

阮昭说到这里时,似乎也陷入了回忆之中。那时候她每天都会去师父家里,因为要学修复,又要上学,因此总是骑着自行车来回。也是那天晚上,她刚从师父家里出来,准备回学校。路过天桥的时候,就看见一个小女孩蹲在那里。一开始,她也没在意,骑着车就过去了。谁知她刚过去,小姑娘"啪嗒"一下,从蹲着的姿势变成了歪倒在地上,把她吓得够呛。她赶紧从车上下来,去扶小姑娘。

"你怎么样?"她皱着眉头问道。

小姑娘嘴唇发白,动了动,发出一丁点声音。

最后,她凑到小姑娘嘴边,才听到小姑娘说:"饿,饿。"

这是她第一次见到有人饿倒在街头。她将小姑娘扶在天桥下面的柱子旁坐下,自己赶紧去不远处的饺子馆打包了一份热腾腾的饺子。阮昭至今还清楚记得小姑娘狼吞虎咽的样子,二十个饺子,一会儿就被小姑娘风卷残云地吃掉了。

吃完了,阮昭看着这个瘦弱的小姑娘,把自己身上能掏出来的钱都给了小姑娘,让对方给自己买好吃的。

本来以为,这是她们第一次见面,也会是最后一次。谁知几天后,阮昭刚从师父家里出来,就被一群小混混拦住了去路。那帮人整天在那个街区附近晃荡,领头的混混见过阮昭很多次,这样精致又漂亮的小姑娘实在是招人喜欢,所以他就逮着机会,将人拦了下来,非要拉着阮昭一起去吃烧烤。

阮昭本来已经准备叫人,谁知从旁边冲出来一个小姑娘,居然三下五除二打跑了那些骚扰她的混混。这个小姑娘,就是云霓。

"我跟妮妮还有云橙,不是简单的老板和员工的关系。"阮昭认真说道,"我们更像是家人,一家人。"

傅时浔也没想到他们之间还有这样的故事。他眼神极复杂地朝阮昭看去,低声说:"并不是只有血缘关系才能被称为家人,有时候能陪伴在身边的,也是家人。"

阮昭挑眉,没想到他会说出这样的话,可是转念一想,又觉得好正常,毕竟他是傅大哲学家。

不过傅时浔也能理解为什么阮昭想要让云霓重返学校,或许是为了弥补云霓的遗憾吧。不得不说,跟阮昭认识越久,好像越能打破最初的那个印象。在扎寺的时候,隔着佛像,他听到她的声音,就在想,这样的姑娘绝非善茬。如今这个姑娘就坐在他的面前,哪怕她表面看起来再冷漠,却也掩不住那颗柔软的心。有时候比起强硬,温柔的力量更能打动人心。

吃完饭,傅时浔去前台结账,阮昭去了一趟洗手间。原本傅时浔已经打算出去等她,谁知他一扭头就看见从洗手间方向出来的阮昭被一个男人挡住了去路。

阮昭被人拦下,对方是一个年轻男人,笑嘻嘻地问:"美女,能不能借你手机打个电话,我手机没电了。"对方将手机在手掌心扬了扬,屏幕确实是黑的。

阮昭冷嗤一声,这老掉牙的搭讪手法。就在她刚要开口拒绝时,一只手掌紧紧地抓住她的手腕,然后一道冷淡至极的声音说:"不行。"

她转过头,傅时浔不知何时来到她身边。

下午两点,两人赶到了三溪村,这地方靠近鸣鹿山,车子刚开进来就看见远处郁郁葱葱的崇山峻岭。或许是周围植被覆盖,即便是初夏,也不觉一丝燥热,反而随着山风拂过,格外清爽。

阮昭将副驾驶旁的车玻璃降了下来,遥望着远处的山脉,饶有兴趣地问:"这就是鸣鹿山吗?"

"对。"傅时浔并未转头,依旧盯着前方。

乡间的主干道其实并不算太过狭窄,一路开过来其实还挺舒服的。这几年农家乐盛行,特别是家长喜欢带着小朋友到乡间采摘。往来有不少北安市牌照的车子。不过越往鸣鹿山的方向开,道路变得越狭窄,直到进入泥土地。

三溪村已经近在咫尺,阮昭随意望着外面,直到看见一个巨大的棚子在田地里立了起来,她好奇地指着那边问道:"那里是什么?"

"那就是考古现场。"傅时浔随意一瞥。

阮昭还从未踏足过考古现场,之前云霓很喜欢看时下很流行的寻宝探险剧,都是跟古墓宝藏有关的。主角团上天入地,寻找古代帝王墓穴,不仅特效十分酷炫,就连主角团的战斗力都格外强悍。以至于那阵子云霓特别认真,每天早上起床都要练功,美其名曰:等哪天阮昭要去探墓了,带上她的话,她就是团队里的武力担当。

阮昭说着云霓说过的傻话,傅时浔轻笑了声,淡淡道:"那恐怕要让你失望了,考古现场从来不是电视上演的那样。"

"我知道呀,是云霓会失望。"

阮昭看着他,下巴微抬,骄傲而直白地说:"我就不一样了,只要是跟你一起工作,我就会很开心。"

傅时浔被她的口吻逗笑,忍不住扬眉。只是这却像被阮昭逮住了一样,她转头望过来,笑盈盈说:"傅教授,你就该多笑笑,如果你愿意笑的话,世界都愿意为你和平。"

"阮昭。"傅时浔这次再也没忍了,口吻略带威胁地喊了一声。

阮昭眨了眨眼,乖乖闭嘴。

车子很快到达三溪村,这里离镇上最近的宾馆都有半个小时车程,因此为了方便工作,考古队在这里租住了民房——很多村民都外出打工,自家的房子空着。所以由村委会牵头,替考古队租下了村里的不少空房,这样一来,村民因闲置的房子有了收入,考古队的工作开展得也更为便利。至于吃饭,则是在镇上的饭店里订餐,每天固定送过来。

他们车子到的时候,阮昭看见前面停着好几辆车子,有货车,也有一辆小型大巴车。

"这次我们考古队的人基本都是北安大学的师生,有我带的学生。"傅时浔在临下车前转头看着阮昭,语气略无奈道,"你还记得你答应过我什么。"

"我当然记得。"阮昭轻撩了下搭在肩上的长鬈发,慢条斯理地抬头。

她那双向来直白而锐利的眼睛紧紧地盯着傅时浔,微拖着长调:"我会听话的。"说完,她推开门下了车。

傅时浔也打开车门,走了下来。只是他刚站定,不远处就有几个人喊道:"傅教授。"

阮昭扭头一看,是好几个年轻人,都是戴着帽子穿着长袖长裤的打扮,他们纷纷走了过来。

"傅教授,您可算来了,我正要给您打电话呢。"说话的,是一个年轻男人，戴着眼镜，文质彬彬的。

傅时浔说："我们在慈县吃了午饭才赶过来的。"

年轻男人说："那就好，这里吃饭都是订的盒饭，过了饭点要想再吃东西，就得自己弄或者煮泡面吃了。反正挺麻烦的。"

这几个人之前都是认识的，所以大家说话时不停地悄悄打量着阮昭。相较于他们这种朴素简便的打扮，阮昭虽然已经尽量贴合简便，但是她一身白色雪纺衫和阔腿裤的打扮，被乡间的风一吹，显得飘逸又仙气，美得有些过分。

"这位是阮昭，也是这次我特地请来的文物修复师。"

众人一听，立即打招呼。

为首的那个年轻男人说："你好，我叫庄维，是北安大学考古系的博士生。"

他说完，就指着身侧一个戴眼镜的女生说："这是田希，我们系里的大才女，跟你一样，也是做的文物保护和修复。"

那个叫田希的女孩很瘦弱，看起来很是不善言辞，但她此时朝庄维横了一眼，慢悠悠说："我自己会说。阮老师你好，我叫田希，也是北安大学文博院的博士生。"

阮昭被她这个称呼逗得笑了下，淡然道："我不是什么老师，直接叫我阮昭就好了。"

其他几人也跟阮昭相互认识了下，不过他们也并非全都是北安大学的，还有北安市文物局以及其他单位的。

"你们住的地方安排好了吗？"傅时浔问道。

庄维说："都安排好了，村委会又帮我们租了一间新的民房，而且这家是刚盖不久的房子，除了主卧之外，都可以出租给我们。我去看了一下，热水什么的都有，比其他组的条件好多了。"

田希看了他一眼，语调极慢地说："占了这么大便宜，你就偷着乐吧，居然还这么大张旗鼓地说出来。回头别的组要是不满，你就把自己的房间让出去。"

庄维："……"

虽然时间还短，阮昭却看出来，这个叫田希的女生，外表看着文静，内里却极有主意。

傅时浔似乎早就习惯了他们的斗嘴，直接说："你们先带我去住的地方，我们把行李放下来，待会儿就去现场看一下。"

傅时浔从后备箱直接将阮昭的行李箱拎了下来。

"你自己的呢？"阮昭见他只拎自己的箱子，问道。

傅时浔抬头，阮昭看见旁边一个小型的行李箱，跟她这个一比，小得有点儿离谱，她小声问："我是不是行李箱太大了？"

"没事，女孩的东西本来就很多。"傅时浔倒是挺淡然。

阮昭横了他一眼，有些不满，低声嘀咕："你懂得还挺多的。"明显是吃味了。

傅时浔垂眸，望着她撇头看向另一侧，嘴角微奔着，低声笑了下，淡淡道："嗯，我陪我妈妈出门时，她都这样。"

啊？原来他说的是他妈妈。

阮昭突然想起来了，问道："那你上次说有三个衣帽间的，也是你妈妈？"

"那倒不是。"

什么呀，他怎么认识这么多女人的。阮昭原本已经勾起的嘴角再次落了下去。

傅时浔虽然没有盯着她，但是余光却察觉到她表情的变化，一会儿撇嘴，一会儿勾唇，短短几秒之中，好像在她心底独自上演了一场戏。他拎着行李箱，没忍住，轻轻地笑了下。

半晌，傅时浔才慢条斯理说："是我弟媳妇。"

哦，难怪呢。阮昭的一颗心又重新放了下来。但很快，她察觉出不对劲，转头问："傅时浔，你在故意捉弄我吗？"

"有吗？"傅时浔不甚在意地反问。

阮昭微眯着双眸，打量着他的表情，企图从他脸上看出一丝破绽，但是这男人大概天生修炼过，表情从容而淡定，根本看不出问题。

其他几人走在前面，跟他们拉开了不短的距离。

有个人好奇地问道："你们之前见过这个美女吗？"

庄维感慨："怎么可能，以前我一直觉得，考古现场有美女的概率，不亚于我挖出了史前生物化石的可能性。"

"那你现在可以去挖了，这不是已经有了。"田希淡定地吐槽。

庄维："希妹，你这是嫉妒吗？"

田希反问:"你会嫉妒傅教授吗?"

"当然不会,"庄维是傅时浔的忠实拥护者,摇旗呐喊的那种,"那可是我的偶像。"

田希:"一般来说,对于差距太大的存在,人类都不会产生嫉妒心理,更多的是仰望,就好像你对傅教授这样的。我虽然不至于仰望阮老师,但是我也不会傻到去嫉妒。"

庄维:"……"

这会儿刚走近的阮昭听到这话,突然对眼前的小姑娘产生了好感。冷静而又理智的人,总能引起人的好感。

到了住的地方,是一个农家小院,砌得方方正正的小院,里面是一幢三层小楼,确实很新,白墙红瓦,干净又开阔。

"我们房间也还没分配呢,想问你们女生是要住二楼还是三楼啊?"

"让她们住三楼。"傅时浔直截了当道。

他从来不是这种武断的人,但这次却没问过阮昭的意见,直接决定。不过阮昭什么都没问就猜到了他的心思,他住在楼下,不管谁想要去三楼,他都能听到动静。这也是在保护她们女孩。

阮昭和田希对这个安排都没有意见。其他人是住在隔壁的那个院子,两间房子离得很近。

傅时浔将阮昭的箱子拎上去,阮昭问:"你睡楼下哪个房间?"

这种农家小楼没什么设计,就是方方正正的大三间,中间是客厅,放东西的,两边是卧室,一左一右。

傅时浔:"我还没下去看。"

"我选左边,你也选左边好不好。"阮昭轻声说道。

傅时浔:"这有什么区别吗?"

"当然有。"阮昭眉眼微弯,黑眸如同蒙着一层水雾,湿漉漉地望过来,"一想到你就睡在我楼下,我就觉得很安心。"

生怕他不答应,阮昭又追问道:"好不好嘛。"

这一声更近似撒娇,虽然她一直在撩自己,但从来都是理所当然的,几乎从没用过这样的口吻。终于,傅时浔低应了一声:"嗯。"

等傅时浔下楼,阮昭在房间里收拾东西。房间里有一张床,还有柜子,她将自己带来的衣服全都挂了起来。她收拾得差不多时,才发现自己房间外面有个小阳台。于是她从阳台走出去,这才发现楼下也有阳台。她试着站在楼上喊了一声:"傅教授。"

楼下一开始没动静,她又悄悄喊了一声,毕竟另一侧还住着别人。很快,下面传来脚步声,她低头看下去,就见傅时浔单手插兜,站在楼下的阳台。

"怎么了?"傅时浔仰头看着她。

阮昭得意一笑:"没事,就是想跟你打个招呼。"

她回到房间,正好听到手机响动,是有新微信发来。

顾筱宁:我的仙女,你在那边怎么样?

阮昭:非常好,傅时浔就住在我楼下的房间。

顾筱宁:我去,这么近的吗?

阮昭得意一笑,手指搭在屏幕上,正要打字,但对面已经显示"对方正在输入中",然后一条新的微信再次传来。

顾筱宁:四舍五入,你们现在就是同居了!!!

阮昭挑眉,轻笑出声。

因为后面又有器材搬运过来,所以他们忙着整理东西,下午并未前往考古现场。

翌日。一大清早,阮昭就起床换了一身轻便的衣服,直接下楼。

过了一会儿傅时浔才起床,他明显是没想到阮昭已经在楼下等着了,他看着她一身白衣黑裤的穿着,低声问:"这里条件简陋,你昨晚睡得怎么样?"

"傅教授,你该不会真的以为我是吃不了苦的千金大小姐吧。"阮昭淡然看着他,声音挺自然地说,"其实我从小就是在村里长大的。"

傅时浔一怔,这确实是他没想到的。

阮昭眺望着远处,神色轻松:"说不定我比你还要适应这里的环境呢。"

她这句话并未夸张。之后他们前往考古现场,因为刚下了一场雨的关系,周围的泥地有些泥泞,很多人走过鞋子都沾上了泥土。要是第一次来的人,肯定受不了这样的状况,毕竟在城市里,哪怕是下雨天,道路上依旧是干净的。阮昭面不改色地踩了过去,丝毫没在意自己的鞋子。

早在一年前发现这处秦汉古墓遗址时,考虑到这里临近山脉,地势低洼,每到雨季来临时,都会对古墓造成冲击。因此当初北安市文物局就组建了专门的考古队,对这里进行考古勘测,保护这里尚未被发掘的古墓。当时这个考古队的负责人,就是傅时浔。只是后来他受伤,因伤暂时退出了一段时间。

当然,这些都是身旁的庄维告诉她的,他算是学考古的人里挺善谈的,一上来噼里啪啦就差把家底都告诉阮昭了。

阮昭一路上笑眯眯地听着他说这些,她忍不住问:"所以傅教授之前受伤严重吗?"

"当然严重了,我听说本来傅教授不想离开,准备带伤继续留在现场呢,但是他家人气得打电话到院长办公室投诉,咱们院里这才强制让他回去。"

阮昭皱眉,这种程度的话,可见他当时的伤势有多严重。

等阮昭进入考古大棚,就看见面前这个极大的开阔场地。此时,供人行走的地方铺着不同颜色的帆布,而旁边是一个巨大的坑,有点儿像那种露天的煤矿,而且整个坑呈现出倒梯形。她看见傅时浔站在那个坑口旁边,手里拿着一个东西,低头跟身侧的男人说话。

整个考古现场是那样空阔而巨大,但是身处其中的人,却有条不紊地忙着自己手里的事情。

阮昭也并未光顾着看傅时浔,虽然她确实私心很重,但也如她所说的那样,她更想要看的,是他所喜欢的世界。

这个被掩埋在时间空隙里,只等着后人来挖掘的历史时空,它是安静的,缓慢的,甚至是一成不变的,直到后世人打开这里的盖子,将尘封的历史再次发掘而出。

阮昭来到了文物修复室,这里专门开辟了一个房间,就是为了贮存发掘出来的器物。从不同器物坑里发掘出来的东西,都会被送到不同的地方。

本以为第一天过来会没那么忙碌,谁知隔壁组的人手不足,只能先请她们过去帮忙,虽然对方很不好意思,阮昭却丝毫不在意,主动帮忙。

他们从地里发掘出了青铜器,但已经碎成了很多片,所以他们的任务就是先将青铜器拼凑完整。

"阮老师,你是负责修复哪类文物的?"知道她是修复师,有个女生主动问道。

不同于外界误以为的那样——考古人员年纪都很大,其实现在很多考古队都是以年轻人为主。

阮昭低头,用小刷子轻轻刷掉青铜器上的尘土,低声说:"书画,我主要修复的是书画。"

"哇,那好厉害,我听说书画可难修了。"

"可不就是,我之前看《清明上河图》修复的纪录片,觉得真的太厉害了。"

大家一边工作,一边低声说话。

这是阮昭从未有过的体验,一直以来,她都安静地待在那个小院里,不管外面的风雨,只安静修她的画。

不知不觉就到了中午,其他人都停下手头的工作。

田希过来喊阮昭:"阮老师,我们还是先去吃饭吧。"

"你先去吧,我手上这个弄好就去。"阮昭头也不抬,低声说。

田希很是明白这种感觉,手上的事情没完成的话,根本不想去吃饭。所以她就叮嘱道:"那你快点过去,要是错过饭点,这里就很难吃到午饭了。"

"嗯,你先去吧。"阮昭依旧低头修补手里的青铜器。

没一会儿,整个修复室变得安静起来,就连外面都没了声音。阮昭沉浸其中,根本没察觉时间的流逝。直到修复室的门被推开,傅时浔走进来时,看见那道纤细的身影安静地伏在那里,手掌握着小镊子,一点点将早已经碎裂的青铜器一点点往回拼凑。她神色专注而认真,丝毫没有察觉到门口来了人。

傅时浔站在那里,也不知看了多久,这才上前低声说:"到了吃饭的时间,怎么也不去。"

"你怎么来了?"阮昭抬头,惊讶地问道。

还他怎么来了,要不是他吃饭时四处找了一圈,问了田希才知道她根本没来。他将手里的透明饭盒放在旁边,低声说:"这里有小馄饨,我给你带来了,先吃饭。"

"等一下,我马上就修好了。"阮昭低声说。她又低头继续去修复。

傅时浔不由得蹙眉,低声道:"先吃饭。"

阮昭低着头,轻声哀求:"我先修完,就差一下,很快。"

傅时浔这次倒没说话,安静地等着。直到阮昭终于将手头的东西弄

185

完,她走到远离修复台的地方,此时傅时浔也跟了过来。

"阮昭。"站在面前的男人低声喊了一句。

阮昭下意识地抬头,然后她就看见傅时浔手里拿着的筷子伸了过来。他略弯腰,眼睛直勾勾看着她,低声道:"张嘴。"

她几乎是下意识地张嘴,等她开始嚼时,才后知后觉地意识到一件事,她嘴里的这颗馄饨……是傅时浔喂她吃的!

第七章 /
这是一个，适合接吻的距离。

他这是在喂自己？

阮昭都不知道傅时浔能把这件事做得这么自然。在她的记忆里，她长这么大还没被人喂过吃的。她脸颊逐渐开始发烫，更是忍不住别向另一边。

一直以来，都是阮昭从容不迫地撩他，坦然地说着让人面红耳赤的话。说她是厚脸皮也好，坦荡也好，她做着其他人想做却不敢做的事情。本以为她骨子里就没有羞涩这种东西，但几次下来，好像并不是。傅时浔发现，她也会脸红，也会羞怯到不敢看他。

"什么馅儿的？"他盯着阮昭的侧脸问。

阮昭将馄饨嚼下去，这才尝出来，居然是虾仁馅儿的。

"虾仁。"她吃完后，小声说。

傅时浔又问道："喜欢吗？"

阮昭乖乖点头，这可是她最喜欢的口味。在家时，董姐经常给她包，家里的冰箱冷冻格里，经常塞得满满一格子。

"那你现在放下手里的东西，乖乖吃饭。"

傅时浔将饭盒放到她面前，慢条斯理地直起身体。

阮昭应了一声，伸手将饭盒推得远远的，生怕沾到桌子上的青铜碎片，倒是傅时浔淡然道："没事，一点汤汁都没有。"

她低头看了眼，果然盒子里干干净净。这馄饨是干的。她不由得惋惜道："可惜没有芝麻酱。"

说来也怪，阮昭确实喜欢吃馄饨，而且是那种干拌馄饨，一小勺芝麻酱加在里面，那滋味别提多好了。

"谁说没有了。"傅时浔淡然道。

阮昭忍不住朝他手上看去："在哪儿？"

"走吧。"傅时浔直接将饭盒拿了起来。

阮昭跟着站了起来，两人从修复室离开之后，走出考古大棚，来到不远处的露天停车场，傅时浔的那辆黑色越野车在里面格外显眼。

上车之后，阮昭就看着他从后座里拿出一个袋子，随后拿出一个罐子。一打开，芝麻酱扑鼻的香味就传了出来。

"你怎么连这个都有？"阮昭这次是真的震惊了。

傅时浔将芝麻酱倒进装馄饨的饭盒里，这才递给她："快点吃吧，再不吃就冷了。"

"好香。"阮昭原本还不觉得饿，这会儿因为空气中的香味，只觉得胃都在翻涌。她刚伸手去接，一阵"咕噜咕噜"声传了出来。

巨大且明显的声音震惊得阮昭捧着手里的饭盒不知所措，她眨了眨眼睛，半响才开口说："我以前不这样的。"

傅时浔忍着笑意，低声说："下次不许再不吃饭了。"

阮昭修画一向专注，身边也没有长辈约束着，修起画来十来个小时不吃不喝，都是正常的事情，所以她挺习惯于这样的工作方式。这还是第一次，她修复做到一半，被强行拉出来吃饭。但她不仅没觉得反感，反而开心。有人关心的滋味，真的很好。

"我也没有不吃饭，就是想做完了再吃。"阮昭用筷子将芝麻酱和馄饨拌在一起，低声说道。

傅时浔垂眸，睨了她一眼，说道："你知道我们这个考古遗址到目前为止发掘出了多少件文物吗？"

"多少？"阮昭问完，吃了一口馄饨。

傅时浔："目前已有一千多件编号文物，铜器、石器、玉器、陶器，完整器物已经超过三百件，破碎的更是占据大多数。所以你要是修，不吃不喝也修不完。考古不是一时的事情，像这样一个大型墓葬遗址，光是发掘，前前后后就需要好几年。

"之前网上极火的三星堆，你应该知道吧，前前后后已经发掘了几十年。"

阮昭点头，不由得感慨："原来，考古是这么漫长又辛苦的一件事。

· 188 ·

我觉得做考古的比我们做修复的，还要沉得住气。"

以前爷爷总教她，要想做一个好的修复师，就要耐得住寂寞，守住匠心。只可惜，她到底还是辜负了爷爷的期待。

"要喝水吗？"傅时浔问道。

阮昭点头，他推门下车，在后备箱拿了一瓶矿泉水过来。他重新坐回驾驶座，将瓶盖拧开递过来，阮昭伸手接过，喝了两口，傅时浔极其自然地接了过去。

等她又低头吃了一口馄饨，傅时浔的目光落在她的嘴角。她的唇色其实很浅，又因为皮肤是那种偏冷调的白，所以不化妆的时候会有一种病弱感。这会儿，她嘴角沾着一点点芝麻酱。浅褐色的酱汁，并不易察觉。阮昭原本正专心吃馄饨，她确实是饿了，这馄饨又包得大小正好，她一口一个。

"怎么了？"她察觉到傅时浔正盯着自己。

见他的目光落在自己嘴角，阮昭问道："我脸上沾了东西吗？"

傅时浔伸手抽了张车里放着的纸巾，递过来说："嘴角有一点儿芝麻酱，擦一下。"

这次阮昭没去接，她微仰着头，黑眸直勾勾望着傅时浔："你帮我擦一下吧。"

傅时浔："……"

"我没手擦啊，傅教授，你就再帮我一下？"阮昭狡黠地看向他，或许是刚才他喂的那颗馄饨给了阮昭再次得寸进尺的底气。

傅时浔垂眸，视线落在她的嘴角。见他没动，阮昭想了下，好像自己确实太过分了，这确实不像是傅时浔会做的事情。

"算了，我自己来吧。"阮昭刚要把饭盒放到旁边，傅时浔的手臂就跟着伸了过来，他拿着纸巾直接将她嘴角的那抹芝麻酱擦掉。

隔着薄薄的一张纸，她的嘴角还能感觉到他手指的温热。

擦完，傅时浔将纸巾揉成一团，低声道："现在可以乖乖吃饭了吧。"

可以了。她实在是太可以了。

阮昭埋头，闷声吃饭，只是一边吃着，嘴角总是忍不住弯起弧度，连带着眼尾都一直上翘。

考古队来了一个大美人的事情，不到一天基本就传遍了。本来大家都以为，这么一个漂亮姑娘吃不了什么苦。谁知几天过去，她不仅迅速上手修复各种器物，更是一声苦和累都没叫过。

因为考古工作都是白天作业，所以从来不会有晚上加班这种事情。

乡村的夜晚总是宁静而又枯燥的，大家在房间里基本都是各自干着自己的事情。

阮昭一向不喜欢看剧，待在房间里难免会无聊。她正准备给楼下的傅时浔发微信，小小骚扰他一下的时候，外面传来了喊声："傅教授，阮老师，下来吃烧烤。"

她起身走到阳台，看见庄维和田希两人拎着一个大袋子。他们刚才借了傅时浔的车，去了一趟镇上，说是要买生活用品，没想到这么快就回来了。

阮昭穿着拖鞋下楼，到二楼时正好遇到傅时浔，他头发还湿漉漉的，站在二楼的白炽灯下，五官清俊而英挺，轮廓深邃又利落，光线从他的眼睫穿过，那浓密的长睫让人忍不住想要问问他，是不是用了什么专门长睫毛的秘方。

阮昭知道他没特意收拾，可她也不明白自己整天对着镜子，光看自己这张脸，应该不至于再轻易对别人生出什么倾慕之心。可有时候，只是看着傅时浔的脸就会让她觉得心跳加速。

傅时浔正要下楼，看见她穿着一身长裙从三楼下来。为了方便工作，阮昭从来这里后就再也没穿过裙子。

"是不是觉得我还是穿裙子好看？"阮昭走过来，见他看自己，笑盈盈问道。

傅时浔别开目光，淡声说："下楼吃东西吧。"

庄维他们已经搬了一张桌子在院子中间，买来的烧烤和啤酒也都放在上面。

"傅教授，阮……"庄维一扭头，看着下来的两人，这一下就把他看愣住了。

一个美女好看与不好看，确实主要是看脸，但要是这个美人再盛装打扮一下的话，那种惊艳指数只会成倍增加。从阮昭来的第一天，他们就觉得这姑娘长得可真好看。当这会儿她穿着重工蕾丝长裙，明明那么繁复的花纹却被她穿出轻盈纤细的视觉效果，整个农家小院真的有种蓬荜生辉的感觉。就连一向对穿着打扮没什么兴趣的田希都有些愣，半响夸赞道:"阮老师,你这身衣服真好看。"

"你喜欢吗?我可以给你店铺地址。"

田希摆手:"算了,我不适合。"

庄维将啤酒递过来,他买的是冷藏过的,这会儿整个罐子表面覆着一层浅浅的水汽,现在天气还是有些炎热的。

"幸亏现在天气热,我让老板用锡纸裹起来,这烧烤肯定没冷。"

庄维招呼他们吃东西,阮昭将面前的啤酒递到傅时浔面前。傅时浔单手拉开啤酒的拉环,一声极轻的"砰",带着气泡不断翻腾的"刺啦"声,打开后,他又将啤酒罐放回阮昭面前。

这么自然又亲密的动作,看得庄维和田希一愣一愣的。他们不是第一天认识傅时浔,谁不知道他们傅教授是油盐不进的主,追求他的女生真不少,但不管是谁,从最开始的时候就会被他彻底断了念想。以至于一度有离谱的传闻,说傅时浔可能是喜欢男生。

但这会儿,两人觉得自己好像窥见了什么了不得的秘密。位列北安大学十大未解之谜,其中之一——傅时浔教授究竟喜欢什么样的女生。他们觉得,自己好像看见了这个问题的答案。

阮昭低头看了眼,只得小声说:"我不喝的。"

"阮老师,你是不喜欢喝啤酒吗?"庄维小声说道,正要去拿别的饮料。

阮昭淡声说:"不用麻烦,我不喝酒,也不喝饮料的。"

这是闲暇打发时间的小聚会,自然没人会劝酒,庄维笑着说:"女生确实不太喜欢喝啤酒。"

阮昭随意挑了点吃的,解释说:"我不是不喜欢,而是我从来没喝过酒。"

"从来没喝过?"庄维觉得这就夸张了。

虽说做修复师的不需要应酬,但是像什么同学聚会,难免会遇到要喝酒的场合,居然都能一次不喝的吗?庄维有些好奇地问:"为什么?"

阮昭想了下:"为了保护我的手。"

这下,不仅庄维感兴趣,田希也看了过来。倒是傅时浔,坐在椅子上,姿态是极少见的懒散模样,手掌搭在面前的啤酒罐上面,偶尔端起来喝一口。

阮昭淡然欣赏着他这份姿态,一边说道:"在我们古画修复的过程中，有一项最重要的工序，叫揭命纸。中国书画重装裱，一般会在原画上覆上一层托纸，这层托纸可以保护画，延长书画的寿命。

"正所谓绢保八百，纸寿千年。一旦超过年限，就要对书画重新进行修复装裱，而修复的过程，就需要将这层托纸揭开。所以这层托纸也被叫作命纸，是关系到书画命运的一层纸。"

哪怕是最熟练的修复师，都无法保障揭命纸的成功率能达到百分百。

田希立即说："所以你是为了保护手指的稳定，才滴酒不沾的。"

阮昭一直都很欣赏田希，这个女生虽然长相不出众，但是聪明又沉稳。

"对，修复书画时，手掌的稳定比什么都重要。"

田希说："所以你才一直戴着手套。"

阮昭从来这里开始，哪怕是这么热的天，手上也戴着一双薄薄的手套。如今也不难猜测，她为什么会戴着。

庄维感慨说："那你岂不是一辈子都不能喝酒？"

"大概吧。"阮昭不甚在意道。

"这也挺难的吧。"

虽然酒精不是什么好东西，但人总有不痛快，或者特别快乐的时候，不管是借酒消愁也好，还是借酒助兴也罢，阮昭都体会不到。况且持之以恒地坚持一件事，其实是很难的。

阮昭："如果是为了成为一名出色的修复师，那么我会选择舍弃这样的体验。"

"阮老师，你当初为什么会想当文物修复师啊？这个职业还挺冷门的。"庄维随口问道，大概是坐在一起闲聊，难免会多打探两句。

阮昭沉吟了许久，低声说："大概是想继承我爷爷的衣钵吧。"

"你爷爷也是修复师？"庄维惊讶道。

"嗯。"

庄维说："那他应该挺有名的吧，说不定咱们都还听说过呢。上次我们去开会，我还见到了一位之前参与过修复五牛图的老师。"

"他没什么名气。"阮昭淡然一笑，"而且他去世得挺早，应该没什么人听说过他的名字。"

这下庄维尴尬得说不出话，深深惭愧于自己哪壶不开提哪壶的本事。好在他还挺善谈的，很快就转移了话题，不过之后多数都是他在说，其他人应和几句。傅时浔一向话少,这会儿更是冷淡得要命。

虽然明天是他们的休息日,但是聊到九点多的时候,阮昭也有些困意了,随着她眼皮微眨了几下,傅时浔推开面前的啤酒:"早点回去休息吧。"

阮昭立即帮忙收拾,毕竟东西是另外两个人买的,而且他们因为去镇上买东西,也还没洗澡呢。于是,她和傅时浔留下来收拾桌子,其他两人回去洗澡。

很快东西收拾好,阮昭去洗手,傅时浔过来站在她旁边。

乡村的夜晚,是宁静而又嘈杂的。今晚的夜色那样美,如同幕布般漆黑的天际上,悬挂着的无数恒星,犹如一条镶嵌在星空中的一条丝带,蜿蜒而美丽。这里没有城市汽车的鸣笛和各种人声鼎沸,只有空气中吹拂过的夜风声,远处传来的虫鸣蛙叫。

傅时浔看着她摘下手套,一点点认真地洗手。她本来就白,这双手却更加白得过分,看起来有种脆弱感。

"你当修复师,真的只是为了继承你爷爷的衣钵吗?"突然,傅时浔问道。

她说这句话的时候,傅时浔好像听出了她声音里无尽的悲凉。如果真的如她所说的,是为了继承她爷爷的衣钵,那她应该是骄傲的。

阮昭慢悠悠从旁边抽出纸巾,细细将自己的手擦了一遍,这才转头看向傅时浔。

她上前靠近他,一双黑眸藏着笑意,笔直地望过来,低声说:"傅教授,你知不知道,当一个男人主动向一个女人提问的时候,意味着什么?"

傅时浔沉默地看着她,阮昭本来也没打算从他嘴里得到回答。

她又往前踏了一步,这次他的下巴就在她目光所及之处,近得连他冷淡的呼吸都听得一清二楚。

"这意味着……"

他问:"意味什么?"

但事情却在下一秒挣脱了她的预想范围,因为傅时浔站直了身体,两人的距离再次被拉近了。

"这个男人开始对这个女人有了兴趣。"

阮昭说完这句话,恍惚地抬头,看着他干净利落的下颌线,心头突

193

然升起一个念头——这是一个，适合接吻的距离。

只要踮一下脚，她就能亲到他近在咫尺的薄唇，这种诱惑力太大了。但阮昭不打算占这个便宜，名不正言不顺的，说不定还会彻底激恼傅时浔，虽然他现在对自己一再纵容，但底线还是不容轻易踏足。

不过，他要是想亲她的话，阮昭倒是不介意。所以她不躲不闪，眼睫盈盈地看着他，那双总是直白又锐利的眼眸，褪去了所有的冷淡，像是被潮上一层水雾，又湿又亮，眨眼间仿佛都透着引诱。这么明目张胆地勾引，她不信傅时浔看不出来。

但下一秒，傅时浔往后拉开了距离，低声道："想多了。"

是她想多了吗？说真的，阮昭心里还真没什么挫败感，她微挑眉，语气淡然道："真是我想多了？还是说你关心我还不敢承认？"

对于她的直白，傅时浔微蹙了下眉头。

一看到他皱眉，阮昭立即投降："好了，傅教授，你一皱眉，我就心疼了。"

说着，她神不知鬼不觉地伸出手，去抚他的眉宇，手指在眉毛的中间轻压了下来，好像是想将他微皱的眉头按下去。她还不忘微微一笑，说道："笑一下嘛，我不是说过你笑起来最好看。"

傅时浔真的被她气笑了。对她，他确实是无可奈何了，哪怕言语再冷漠，好像丝毫不会打击到她。她永远都坦荡，永远淡然。

"别闹了，早点回去休息。"傅时浔低声叮嘱。

这会儿阮昭又一副乖巧听话的模样："那你也早点休息。"

说完，两人一起上楼，准备回自己的房间。谁知刚走到一楼和二楼的转角口，头顶的灯泡突然闪了两下，下一秒，他们的眼前同时陷入一片黑暗。

停电了。

周围彻底陷入黑暗，他们正好处在转角，旁边连窗子都没有，黑得犹如见不到底。

阮昭无奈，却并不意外。农村不比城市里电压稳定，偶尔会出现这种毫无预警的停电。

虽然黑暗会放大人的恐惧，但是阮昭完全没什么不适。只是她脑海中有个念头转瞬即逝，黑暗中她轻软的声音响起："傅时浔，你在哪儿？"

她伸手想去摸身侧的男人，这会儿这么黑的话，她害怕也是应该的吧。如此想着,她故意示弱道:"这太黑了,我有点儿害怕。"

如此天赐良机,她肯定要抓住机会。很快,她就摸到身侧男人的手臂,她嘴角的笑意刚勾起,却又在下一秒僵住了。因为当她顺着他手臂轻轻往下摸,触碰到他手掌时,阮昭发现他的手指在颤抖。一直干燥而温热的手心,此刻潮湿得厉害,几乎满手都是汗。

"傅时浔。"阮昭低声喊了一句,这才发现,从停电开始,他就一直没有开口。

她立即伸手去拿兜里的手机,很快,手机屏幕亮了起来。借着这束明亮的光,周围的黑暗瞬间被驱散。

阮昭这才看清楚傅时浔的情况,他站在她下面的那层台阶上,正抵靠着墙壁,微闭着双眼,平日那张帅气的脸在手机银白的灯光照射下,显得格外惨白。

这种情况,阮昭从来没见过,心底却隐隐有所猜测。她声音微紧,低声道:"傅时浔,你没事吧?"

她的手掌忍不住握住他的手,似乎想要通过这种方式缓解他的紧张和痛苦,但哪怕此刻光明再现,那种顷刻间陷入无边黑暗的恐惧,依旧还在牢牢控制着他。

刚才那一刻,傅时浔感觉到自己仿佛被人一下拉入了某个尘封已久的场景。

黑。

无边无际的黑暗。

好像再也看不到尽头的黑。

哪怕他再挣扎,依旧无法摆脱那种被控制,被禁锢的命运,他甚至能清楚地感觉到自己的生命正在一点点流逝,那种清晰的认知反而更加让人绝望。

这一刻,连呼吸都渐渐离他远去。他微靠墙壁,感觉到眼前的光束后,费力睁开眼睛,却在下一秒再次闭上。

"我没事,别怕。"

阮昭心头再次被揪住,他这样怎么会是没事呢,明明都已经难受成这样,却还是死撑着安慰她,她心头既难过又心疼。

这时,她大概也猜测到傅时浔可能是有什么幽闭恐惧症,或者是怕黑的心理状况。但不管是哪种,她暂时都没再去细想,现在最重要的是,她想帮他,让他从这种痛苦的状况中抽离出来。

阮昭的手指轻轻插入他的手指间,从最初的握住,变成了十指相扣,她坚定而用力地握紧他的手,手指间的力量源源不断地传递出来。如山顶清泉般澄澈的声音在傅时浔耳畔轻轻响起:"别怕,没事的,别害怕。"

她的声音此时并不软,反而有种清冷的力道。这样的清冷,反而一点点驱散了他脑海中的混沌,原本他已经沉浸于可怕的记忆中,可这样冷静的声音,让他的思考一点点重新清晰。他似抓住了浮木,手掌回握,掌心交叠,手指紧紧扣着对方。

"你慢慢睁开眼睛。"她的声音依旧还在,一点点诱导着他走出来。

这次,傅时浔再次掀开眼皮,果然有一束光在他眼前亮起,是她打开了手机上的灯,这束光并未直接对准他,而是投向了他身侧的墙壁上。墙壁上,两人的影子亲密而温柔地交叠在一起。

傅时浔看着眼前出现的这张清丽的脸,那双总是直白而锐利的黑眸,此时正定定地望着他,眼底好像倒映着他的身影。

"你看,这里有光,还有我。"她清冷而坚定的声音再次在他的耳畔响起。

顷刻间,黑暗退散,他脑海深处的记忆被击退,那种无力的沉溺感也从心口处慢慢消失。

他,得救了。

"我去,怎么还停电了,是不是跳闸了?"外面传来庄维的声音。

原来刚才庄维在房间里洗澡,停电的时候他还满头泡沫,所以他只能先洗完澡,这才从房间里出来。

田希也从三楼下来,问道:"估计吧,可能是保险丝烧断了。"

他们出现时,阮昭已经将傅时浔拉回了他的房间。现在他这个样子,她不希望被任何除了她之外的人看见。

"咦,傅教授和阮老师呢?"庄维好奇地问道。

田希说:"估计回房间睡了吧,你声音小点,别吵醒人家。"

庄维:"这么快就睡了吗?"

"别废话,赶紧下去查查,是哪儿没电了。"田希似乎不想多讨论这个问题,催促他下楼去检查保险丝。

阮昭用手机灯在他房间里找到了瓶水,打开后递给他。

傅时浔接过后,沉默着喝了两口,此刻他看起来依旧还有些狼狈,却已经比刚才好了很多。

"我……"傅时浔嗓音极嘶哑。

阮昭却抢先一步打断:"先休息好不好,今晚什么都不要想。"

她虽然想知道他接下来要说的话,但是每个人都有属于自己的秘密,她无意在这种时候对傅时浔的秘密刨根问底。她更希望,有朝一日他会主动告诉自己。

"我就在楼上,有事你可以随时给我打电话。"阮昭轻声说。

突然,眼前一白,头顶的灯光瞬间将整个房间照亮。应该只是跳闸了,这会儿重新来电了。很快,外面再次传来声音。

"咦,傅教授的房间有灯啊,他是不是还没睡?"庄维有些好奇地问。

田希忍不住将他推回房间:"赶紧回去睡觉,虽然明天是休息,但你不是说想去山上转转的。"

等外面再次没了动静,阮昭低声说:"那我就先上去了。"

傅时浔沉默地点了点头。

她刚转身,手腕突然被身后的人抓住。阮昭不明所以地转头,神色略显担忧:"怎么了?"

傅时浔因为坐在椅子上,这次轮到他仰头看着眼前的姑娘。日光灯笼在她头顶,她微垂眸时,那双眼睛沉而坚定,明明她什么都没做,可傅时浔有种要被这双眼睛吸进去的错觉。

许久,他微抿唇:"谢谢。"

面对这句话,阮昭不仅没开心,反而轻皱了下鼻尖。于是她重新转过身,半弯腰站在傅时浔面前,视线在与他平行的地方,盯着他的眼睛,眉眼轻弯,露出笑意说:"你知道我现在更想听到什么?"

傅时浔安静地看着她。

阮昭用故作严肃的声音说:"阮昭,快回去睡觉。"

这是他惯常会跟她用的口吻,冷淡得要命。

这下,哪怕是刚经历那种情绪的傅时浔,也不禁被她逗笑。他望着她,认真地说:"阮昭,快回去睡觉。"

可这声音里的冷淡,却消失殆尽,只剩下宠溺。

原本阮昭还担心这个变故会对傅时浔造成什么影响，可是第二天起床见到他时，他淡然地招呼自己去吃早餐。虽然看他无事，阮昭确实是放下心来，但是也忍不住有些猜想。

之后她回房间上网搜索过，但又觉得这并不是幽闭空间恐惧症，因为幽闭空间恐惧症的第一要素就是，封闭的空间让人出现焦虑、恐惧和呼吸急促的症状。当时他们虽然位于楼梯上，但是通道只是黑，阮昭还是能感觉到有风吹过。他看起来更像是因为突如其来的黑暗，让他陷入了某种情绪中。

阮昭并不是专业的心理医生，也无法轻易判断他这种情况属于哪种问题。在查看幽闭空间恐惧症时，阮昭看到一句话——幼年时期的创伤性经历也是引发这种心理问题的一大因素。

或许，他的情况跟他曾经的经历有关系，不过繁忙又紧张的工作让阮昭无暇顾及这么多。

这天大家依旧在考古大棚里，各司其职。阮昭正在修复室里对新发掘出来的文物做简单处理，他们这里并不是修复的终点站。很多时候，他们负责将发掘出来的文物做简单的处理，之后再贴上标签，最后运回实验室，这些文物还需要在实验室进行下一步的修复和研究。

"四号坑好像有重大发现。"也不知是谁在门口喊了一句。

这下可引起了大家的好奇。一般来说，要只是普通的文物，不至于这么激动。

"阮老师，我们也去看看吧。"饶是田希这会儿也忍不住想去看，不由得鼓动阮昭。

阮昭笑了下，点头："好啊。"

于是两人前往四号坑，等到了的时候，就看见在场的几位负责人这会儿都集中到了四号坑，显然正在商讨。

此时四号坑的作业已经暂停，都在等几个负责人商量出具体办法。

田希把庄维喊出来，问道："怎么回事？"

"傅教授在坑里发现了好多竹简，所以几位老师这会儿正在商量怎么发掘这些竹简呢。"

阮昭望向站在坑边的傅时浔，此时他垂眸，并未说话，反而是旁边的几个人争执得有些厉害。

其中一位专家说:"这些竹简说不定可能追溯到秦朝,上面不知道记录多少东西,咱们可不能轻举妄动,这要是发掘不成,毁了它们,我们这些人就都是千古罪人。"

"你这说得也太严重了,不发掘的话,难不成任由它们还这样埋在地里吗?"

显然双方争执不断。

直到有个人说:"四号坑是傅教授负责的,要不傅教授你说说?"

傅时浔个子极高,又最年轻,站在几位教授中间,帅得有些太过显眼。此时他站在那个巨大的考古坑旁,眉眼沉肃又清俊,脊背板正得犹如一把拉紧的弓。

此刻所有人都看向他,等待他的决定。

"这里的环境湿度这么大,竹简又被埋在地里超过两千年,肯定吸收了大量水分。要是我们贸然取出来,竹简很可能折断损毁,所以我的意见是——"

傅时浔微顿了下,声音再次坚定道:"将竹简整体提取。"

这个整体提取,是考古中的一种发掘手段。

一般来说,考古人员发掘文物,是将文物从里面一点点挖出来,但是这种整体提取,就是将文物和直接接触文物的东西,同时提取和转移。也就是说这些竹简是被包裹在土里的,那就把竹简连带着土壤一起提取出来。转移到实验室之后,再进行清理和保护。

其他几个专家也不是没想过这个办法,但毕竟四号坑是傅时浔负责,采用什么办法,还是需要他拍板。如今他做出决定,众人一致同意。

大家再次有条不紊地准备整取的工具和方案。

傅时浔带着几个专家在旁边的电脑上进行现场模拟,毕竟他们只有一次机会。这些竹简宝贵而娇气,没有给他们试错的机会。

阮昭盯着他忙碌的身影,突然旁边的田希感慨:"傅教授工作起来的样子真的好帅。"

阮昭"扑哧"笑了声,转头说:"我还以为你不会这样呢。"

这些天以来,田希一直很冷静的模样,从来没对傅时浔有过什么过分的称赞,她还以为田希天生对这些不感兴趣呢。

田希无奈道:"我只是有自知之明,而不是没有欣赏的眼睛。"

阮昭:"……"

"傅教授这样的男人，可不是一般女人能驾驭的。"田希笑着摇头。

阮昭淡然一笑。

田希定定地看着她，诚恳道："阮老师，加油。"

阮昭不禁挑眉："对我这么有信心？"

"如果不是你的话，我想不到还有别人。"

阮昭倒是没想到田希会这么说，于是她淡然一点头说："我们已经这么明显了吗？"

田希有些傻眼，这怎么跟别人的套路不一样啊。这时候，一般女生不是应该娇羞地说，哪有，怎么会，没有啦。

因为竹简的出现，整个考古队都很亢奋，跟打了鸡血一样。要不是太阳固定时间"下班"，他们都恨不得二十四小时留在现场。

只是阮昭没想到，随着竹简出现的，还有另外一个人。

这天早上，阮昭刚起床，正下楼，就听到楼下客厅里很热闹。等她刚踏下楼梯，就见有个人冲过来，一把将她抱住。

"昭姐姐，我好想你。"云霓个子小，埋在她的胸口，使劲蹭了好几下。

饶是阮昭这么清冷的性子，此时看见云霓，也不禁喜上眉梢："你怎么来了？"

"是闵医生带我来的。"

阮昭抬头，正要谢过闵其延，却发现客厅里不仅站着他和傅时浔，还有一个极漂亮的女人。对方披着长发，安静站在傅时浔旁边。看得出来，在阮昭出现之前，她一直都在和傅时浔说话。而让阮昭脸色为之一沉的是，傅时浔此刻嘴角勾起的笑意。阮昭一直以为，他只会对自己这么笑。

她冷眼看着这一幕，而此时那女人也抬眸望了过来。只是在看清阮昭的样貌时，对方的惊讶显然也不比阮昭少。

反倒是闵其延笑着开口说："阮昭，好久不见，我以为你被时浔拐来考古肯定会变得不一样，结果大美人就是大美人，还是这么漂亮。"

"那当然，我昭姐姐不管什么时候都是仙女。"云霓臭屁地抬头。

阮昭淡然道："闵医生，谢谢你带云霓过来。"

相较于阮昭的一瞥而过，那个漂亮女人终于打破安静，轻声说："其延,这位是?"

"阮昭,文物修复师。"阮昭看着对方,直勾勾地说道。

女人没想到阮昭如此直接干脆,毕竟阮昭的脸一直很有迷惑性,所有第一次见她的人,都以为她是那种柔婉而又安静的性子。

见阮昭主动开口,对方也主动说道:"我叫华晚薷,北安市考古研究院文保中心的研究员。"

"你们两个也太客气了吧。"闵其延丝毫没察觉到两个女人之间的微妙气氛,反而笑呵呵道,"阮昭,晚薷跟时浔还有我,从高中开始就是同学。后来他们两个学考古,我当了医生,我们三个可是铁三角。"

哦。

阮昭冷眼望着傅时浔,她都不知道他还有个这么漂亮的女同学呢。

之后,他们三人继续聊天,云霓抱着阮昭的手臂,叽叽喳喳说个不停。她说家里的小燕子,整天乱叫,说董姐去看完儿子回来了,说店里的生意特别好,她哥一直让她在店里帮忙,还盯着她看书。全都是家里的琐事,阮昭安静听着,心思却全被旁边吸引了。

华晚薷是为了这次新出土的竹简来的,她说:"本来主任想亲自来的,但是他要去西安开会,就只能让我过来一趟。"

"你来一样。"傅时浔淡然点头,虽然不算热络,却算得上温和。

华晚薷笑了起来:"我会努力不给你拖后腿的。"

等公事聊完,华晚薷突然问:"你今年生日,是不是就得留在这里了?"

"嗯。"

生日?

傅时浔的生日?

她都不知道。

她不是没见过别人追傅时浔,之前秦雅芊在交流会上试图跟他重续旧缘,结果被他直接冷淡打发,不熟两个字,就差写在了脸上。

虽然华晚薷什么都没做,但是女人最懂女人,她几乎是第一眼就看出了华晚薷藏在心底最深的心思。

这一刻,傅时浔表现出的对华晚薷的热络,让她不爽到了极致。阮昭本来还安静听着云霓的话,突然站了起来,隔壁三人不由得转头看过来。

阮昭侧头看着云霓："走吧,我带你出去逛逛。"

"咱们也一起去吧。"闵其延一听这话,立即附和说。

于是几人一起出来。

鸣鹿山本来就是远近闻名的景区,风景更是出了名的好。不远处的崇山被青葱植被密密覆盖着。因为附近有个湖泊,所以他们就到湖边去逛逛。

这次阮昭没像往常那样走在傅时浔的身边,而是拉着云霓走在前面。身后不时传来说话的声音,不过大多数是闵其延在说,华晚薇附和,极少听到那个熟悉的声音。

一到湖边,云霓就发现不远处居然有卖葡萄的,立即跑过去。阮昭没什么兴致地站在原地,一张脸淡若寒霜,眺望着眼前波光粼粼的湖面。浅绿色的湖面如同被洒满了金粉,风一吹,带着微咸的潮气。

"怎么不开心?"突然,身后传来一道清冷的声音。

她转头,就看见闵其延和华晚薇站在不远处,而傅时浔已经站到她身边。她难得没搭理他,继续望着眼前的湖面。

"谁惹你了?"

本来他主动过来询问,阮昭以为自己会开心,但她心底的不爽,却在这一刻达到了顶峰。明明华晚薇的那句生日提问,并不是针对她。但那种被排斥在他世界之外的失落感,是阮昭第一次体会到。原来他有好多她不了解的事情,关于华晚薇这个人,关于他的生日。

阮昭扭头,直白道:"你啊。"

傅时浔显然觉得这是个突如其来的指控,他双手插在兜里,淡淡道:"说说看,我哪儿惹到你了?"

"我都不知道你的生日。"她的声音越说越小,甚至尾音都带着极明显的委屈。或许也是觉得这样有些跌份,阮昭说完就转头看着对面的湖面。

傅时浔大概也没想到,她在意的居然是这个。

两人之间不禁沉默了许久。

阮昭这会儿实在不想跟他站在一起,心口好像被堵住了一样,于是她直接往前,准备去找云霓。谁知她刚迈了一步,就听身侧的男人再次开口说:"8月26日。"

他的生日。

阮昭脚步顿住，心头一时五味杂陈，最重要的是，刚才那股强烈的失落感此刻好像被迎面吹来的这阵风缓缓吹散。

可她转念，又想到这个人对华晚薇的温和，冷笑一声。她缓缓回头，看着傅时浔说："你是处女座的？"

傅时浔对于星座并不懂，但也听别人说过，于是淡然点头。下一秒，他就听到阮昭冷嗤一声："听说处女座的人，狗都不谈。"

傅时浔："……"

"你们两个聊什么呢，阮昭笑这么开心。"一旁的闵其延带着华晚薇过来，两人都挺奇怪地看着他们。

特别是华晚薇，一直盯着阮昭，因为从她出现开始，阮昭一直是冷淡的模样。一开始，她还觉得或许这种大美人总是高冷得厉害。但当阮昭独自一人站在湖边，华晚薇就看见傅时浔从他们身边离开，居然走了过去。这种事情，在华晚薇认识傅时浔的这么多年里，从来没有发生过，她第一次看见他主动关心一个女孩，甚至，好像还是在哄对方。

这个想法登时让华晚薇的心底一揪，她一直习惯傅时浔这么多年来始终如一地专注工作，专注考古，以至于她出于私心地觉得，这样也好，最起码他不属于任何人，只要自己这么默默陪在他身边，早晚有一天，他抬起头就会看见近在咫尺的她。

就在她心底忐忑，拼命给他们两人的关系开脱时，傅时浔淡淡开口说："有人想要人身攻击。"

"人参公鸡？"闵其延望向阮昭，"我听说鸣鹿山这边的农家乐弄得挺好，阮昭是想吃这个？要不咱们中午就去吃。"

傅时浔："……"

阮昭："……"

饶是傅时浔这会儿也被闵其延的神回复所折服，勾唇嗤笑了一声。阮昭更是不客气地放声笑了起来。连一旁本来情绪不佳的华晚薇，都忍不住抿嘴一笑。

"不是一道菜？"闵其延一怔，这才反应过来，是那个人身攻击。

闵其延无语道："谁会人身攻击你啊？你不要说话这么带歧义。"

傅时浔依旧双手插兜，难得露出一副冷淡懒散的模样，瞥向站在身边的阮昭，声音挺淡地说："不是歧义，是事实。"

这话,说得还挺委屈。阮昭心底嗤笑,之前的不爽一扫而空。

云霓终于回来了,拎着一篮子葡萄,跑到阮昭身边:"昭姐姐,这个葡萄好甜,你快吃一下。"

阮昭摆摆手:"算了,我没带纸巾,回去再吃吧。"

虽然葡萄直接剥皮吃就好,但是剥皮的时候难免会把手上弄得都是汁水。

这会儿她才来得及问云霓:"你怎么会跟着闵医生一起过来?还不提前跟我说。"

闵其延主动说:"是我提议的,我知道晚薷要过来出差,所以就想跟她一起来看看我们傅教授。我又想到你也在这里,就问云霓要不要一起。"

云霓点头:"昭姐姐,你都不知道我憋得有多难受。"

阮昭这倒是一点都不怀疑,云霓是那种不太憋得住话的性格。这次她过来,居然一点都没提前泄露,可见她确实憋得挺狠。

"真是长进了。"阮昭伸手揉了揉她的短发。云霓得意地往她肩膀上一靠。

要到吃饭的时候,闵其延提议就到附近的农家乐去吃,开车过去不到半个小时。于是他们回去接上田希和庄维,就一块过去了。

到了地方,因为今天不是周末,整个农家乐都没什么人。

这个农家乐不仅面积大,而且还自带了一个极大的池塘,据说可以在里面钓鱼,按小时收费,钓出多少鱼都可以自己带回去。他们对钓鱼都不太感兴趣,倒是老板瞧着云霓带了葡萄,顺嘴提了句:"我们这边还可以摘葡萄。"

"我想摘葡萄。"小姑娘完全忘记了之前信誓旦旦说是因为想阮昭才过来玩的,这会儿全然把这次行程当成了一次短途旅游。

云霓眼巴巴地看着阮昭,但阮昭不为所动:"太晒了。"

如今已经八月,又正值中午,是太阳最烈的时候,刚才出去溜达一圈,她额头上已经出了一层薄汗,这会儿无论如何都不想再动了。

"昭姐姐,你就陪我去吧,只有我一个人的话,太无聊了吧。"云霓撒娇。

阮昭看了她一眼,无奈道:"就非要去摘?"

云霓瞪着大眼睛望着她,再次眼巴巴点头。云霓这副模样,阮昭最是见不得，大概是一直以来她都极纵容云霓的缘故。这会儿她微不可闻地叹了口气，正要起身。

"走吧，我陪你去。"突然，身侧的傅时浔起身。

在场所有人齐刷刷转头看向他，包括云霓本人。

"听说这边的葡萄不错，我正好摘两筐。"傅时浔淡然道，他转头看向闵其延，"回去的时候，你顺便送去我家里。"

闵其延："……"

"不是，你家难道还缺你这两筐葡萄？"

云霓求救般地看向阮昭，救命啊。她不是不喜欢傅时浔，而是自从上次傅时浔帮她选学校，云霓就不再单纯欣赏眼前这个大帅哥了。在她心里，傅时浔就跟她的老师一样。云霓上学的时候，就是个学渣，她对老师，有天然的畏惧，长得再帅的都不行。

阮昭也没想到傅时浔会这么说，她虽然也觉得奇怪，但还是起身说："还是我们一起去吧。"

三人出了门，其他几人依旧留在餐厅。

从这里到葡萄园的距离，不是很远，大概要走个四五分钟。虽然阮昭戴着帽子，却依旧感觉炎热得厉害。

让阮昭疑惑的是，傅时浔刚才为什么要提出陪云霓摘葡萄？要说他对云霓有什么，或者云霓对他有什么，那都是不可能的事情。

到了葡萄园，看守园子的人给他们一人分发了一把剪刀，还有一个手拎篮子。云霓一进园子就往前窜，留下阮昭和傅时浔。

傅时浔仗着自己个高，很快选了一串卖相极佳的葡萄。他直接剪了下来，转身放进阮昭的篮子里。

阮昭低头看了眼，嘴角不禁扬起，这才慢悠悠问道："刚才你干吗要陪云霓过来？"这事儿，她怎么想都不对劲。

傅时浔斜睨了她一眼，神色极冷淡地捏着另外一串葡萄，问道："这串怎么样？"

"还行。"阮昭点了点头。

等他剪下来，再次放进她篮子里，依旧是一副清冷淡然的模样，在这么炎热的天气里，他光是站在旁边，好像就能让人沉下来，不至于那么浮躁。

"你不是不想来。"

突然他说了这么一句,阮昭怔住。等仔细一琢磨,才意识到他是在回答自己上一个问题。

——刚才你干吗要陪云霓过来?

——你不是不想来。

所以,他这是在帮自己带孩子呢?

阮昭这才算彻底明白过来,可是转念又一想,这要没点脑回路,还真的get不到他的点。她忍不住看着傅时浔,问道:"傅教授,你对人好,都是这么拐弯抹角的吗?"

傅时浔淡淡瞥她一眼,没说话。但眼底那意思,阮昭倒是看得挺明白,仿佛是在反问——这就是对你好了?

"你别不承认。"阮昭得意。刚说完,她突然想起那天董姐说的那句话——说他们像云霓的父母。

虽然他们都不至于有云霓这么大的孩子,但是阮昭一向宠她,带她真的跟带孩子没什么区别,如今竟有个人愿意主动分担。

面前的男人冷淡垂着眼皮,依旧有条不紊地挑着葡萄,阮昭手里提着两人的篮子。她若有所思道:"你有没有觉得,我们这算是提前练手了。"

傅时浔轻掀眼睑,微斜过来,"练手什么?"

这话说一半,留一半,凭空让人多想。

阮昭当然不可能说完,因为她想说的是,就当提前练手带孩子。只是要真说出来,就没什么意思了,就留给他自行体会。

如今就剩下他们两人,阮昭慢悠悠问道:"那个华小姐,跟你从高中开始就是同学?你们认识很久了吧。"

"咔嚓"一声脆响,是傅时浔又将一串葡萄剪下来的声音。他将这串放在篮子里,伸手把篮子接过来,才这么一会儿,里面就有点儿满了。

阮昭无语道:"你怎么光剪外面的这些葡萄了,应该去里面多看看。"

"只要是对的,一眼就能选中。不对的,看再多都没有用。"

阮昭:"……"

只是选串葡萄而已,怎么还让他拽上了。

可仔细一琢磨,阮昭差点儿给他鼓掌,真不愧是傅大哲学家。这说话的风格,可太有内涵了,他这是在意有所指吧。

她故意挡在他面前,乌黑的瞳孔直勾勾地盯着他,眼底藏不住笑意,轻声问:"所以,谁是对的那个?谁是看再多也没用的那个?"

傅时浔垂眸,意味深长地看着阮昭。两人之间,仿佛有什么在无形地拉扯着。

"昭姐姐,快来,这里好多大葡萄,我都够不着。"里面云霓突然传来的喊声,打断了两人之间无声的氛围。

傅时浔转身,直接走了过去。阮昭看着他的背影,笑了起来。她倒是要看看,他还能跑多久呢。

午饭结束之后,大家驱车回住处。

一路上,路边别说行人了,连车子都没几辆,直到靠近村庄,才看见村口那棵枝繁叶茂的大树下面,坐着好几个正在纳凉的老人家,人手一把蒲扇,不紧不慢地摇着,看着宁静而美好。

"你们快看那边。"突然,坐在后排的云霓喊了一声。

原本低头的阮昭抬头看过去,皱眉道:"有人在打架?"

开车的闵其延慢慢停了下来,傅时浔坐在副驾驶上,后面坐着的是三个姑娘。坐在中间的云霓眼神却是最好的,这会儿她喊了起来:"不是,好像是一个男人在打一个小女孩,好不要脸。"

小姑娘最好打抱不平,撸起袖子就准备冲下去。显然,有人比她还要快。

在车子停下的那一秒,车门已经被打开。

"阮昭。"闵其延坐在驾驶座上,喊了一声,但她头也不回地,直奔而去。他刚准备跟旁边的人说话,却发现傅时浔也已经下车跟了上去。

阮昭赶到的时候,看见一个十几岁的小姑娘被一个中年男人打翻在地,小姑娘的身上滚得满身都是土,披头散发,看着狼狈而卑微。此时女孩已经躺在地上,只能勉强抱住自己的头,可男人还一脚一脚踹在她的身上。

有不少人在围观,可那些人仅仅只是站在一旁看着,甚至还有人指手画脚地悄悄议论。

"我让你犟嘴,让你不听话,老子养你这么大,就是让你来花老子的钱吗?现在居然还敢冲我大喊大叫,我打死你这个小贱……"

男人正发狂地怒吼着,突然被人从背后敲了一棍子,他整个人直接摔倒在地。他趴在地上,回头骂道:"谁打老子。"

结果他一转身，看见身后一个漂亮到不像话的女人拎着一根从路边捡的棍子，冷漠而厌恶地看着他。

"你是谁，干吗管我家的闲事。"男人质问的声音，突然没了之前的底气。

阮昭走过去，将躺在地上的小姑娘扶了起来。

小姑娘不停地啜泣，仅有的勇气早在拳打脚踢中消失殆尽，被这样羞辱挨打，还要承受着众人的围观，她甚至恨不得死掉。在她绝望达到顶峰，只躺在地上默默挨打时，一双温柔的手将她轻轻扶了起来。

"别怕，没事了。"一道清冷如山泉水般的悦耳声音，在耳畔响起。

小姑娘缓缓放下抱着头的手臂，睁开眼睛，看着眼前的人。

她是仙女吗？

众人赶到时，见小女孩傻乎乎地望着面前的阮昭，眼泪扑簌簌地往下落，像是要把全部的委屈都流出来。

"你要不要脸啊，打这么小的小孩，还是不是个男人。"

云霓见小女孩的脸肿得特别厉害，一看就是被扇了很多巴掌，气得怒骂已经站起来的男人。

那男人见他们人多，虽然心底惧怕，却还是强撑着说："关你们屁事，她是我闺女，我打她是天经地义。"

这话恶臭的程度，让在场所有人都忍不住皱起眉头。

"放屁！"云霓气得跳脚，当即骂了回去。

男人见她年纪也不大，又是个小姑娘，凶狠道："你管得着嘛，我想打就打，你能拿我怎么样。"

对方干脆耍起无赖，云霓可受不了这气，当即掰着手指。她手指发出"咔咔"脆响，听得人心惊胆战。

"妮妮。"阮昭喊她。这是云霓的小名。

云霓转头，就听阮昭说："你过来，帮忙抱一下她。"

云霓虽然恨不得立即冲上去揍这个无赖一顿，但她一向听阮昭的话，阮昭一叫，哪怕心里再不情愿，她还是走了过去。

等将怀里的小姑娘交给云霓扶着，阮昭这才站起来。

男人见她又起身，当即吓得往后退了一步，威胁说："你要是敢动手，就别怪我对你不客气。"

"那你试试。"阮昭冷漠地望着他。

· 208 ·

男人见他们人多,似乎也不想惹事,冲着地上的小姑娘喊道:"曲婷,你快跟老子回家。我告诉你,上学的事情你是别想了,趁早给老子出去打工。你要是再闹腾,我就给你找个婆家,让你嫁人。"

"你是人吗?她才多大呀。"云霓没想到这居然是亲爹说的话。怀里的小姑娘,看着比她都小。

小姑娘这会儿似乎也缓过劲了,狠狠一抹眼泪,吼道:"我不去,我不去打工。王老师说了,可以给我助学金,以后我就是住校也不用你的钱了。我要上学,我就是要上学。"

少女倔强而凄楚的喊声回荡在燥热的空气中,振聋发聩。

"你找打是吧,让你不听老子的话。"男人似乎也没想到,被打了这一顿,小姑娘居然还不屈服,甚至当着这么多人让他下不来台。

这个姓曲的无赖,这会儿想要冲过来,直接将人拖回家。但他刚往前一步,那个始终没说话的挺拔男人突然挡在他面前,神色冷漠地望着他:"哪怕你是她爸爸,你也没有任意打骂她的资格。"

傅时浔的声音清冷而淡漠,却有种莫名的震慑力,让对方不敢再轻易上前。

就在双方对峙时,村支书似乎得到了消息,也赶了过来。他一瞧见那个无赖就骂道:"你这个曲老二怎么又开始犯浑了,这些可是市里来的考古专家,你怎么还跟人家闹上了。"

曲老二气呼呼道:"谁跟他们闹上了,是他们管我家的闲事。"

村支书一扭头,就看见还坐在地上的曲婷,"哎哟"了一声,气急败坏道:"说了多少次了,打孩子也不能打这么狠。你看看你把这好好的孩子给打成什么样了。"

村支书问:"婷婷,你又怎么跟你爸闹起来了?"

曲婷低头说:"我爸不让我上学,说我住校要花钱,让我出去打工。我不想去,想偷偷跑回学校,他就追上我把我打了一顿。"

村支书也无语到极点:"你说孩子想要上学是好事,你这又闹什么呢。"

"一家子连饭都吃不上了,还上学,上个屁。"这个曲老二显然也是日常犯浑的,丝毫不顾忌村支书。

"几位专家老师,实在不好意思,让你们见笑了。要不这事儿,交给我来调解,你们看行吗?"村支书好声好气地说道。

209

"不行。"阮昭想也不想地拒绝。

村支书望着她不退让的态度，一时有些求救般地看着另外几个人。

倒是一旁的华晚蕖看了看，小声跟傅时浔说道："时浔，我觉得我们还是别和村民的关系搞得太僵硬，要不然可能会给之后的考古工作带来不太好的影响。"

他们做考古的，很多时候都要跟当地的村民打交道。

"我们毕竟是外人，就让村支书来调解，你说是不是。"

华晚蕖的声音虽小，却不轻不重地传到了阮昭的耳朵里。阮昭转头看着傅时浔，此刻他依旧一言不发。她眼眸微微一缩，垂在腿侧的手掌忍不住紧紧蜷起，握紧。

"不是。"

傅时浔清冷的声音响起，这两个字让华晚蕖当即脸色一白。他径直往前走了两步，走到小姑娘的面前，半蹲了下来，将自己的后背对着小姑娘，微侧着头，低声说："我先带你去上药。"

从始至终，他的脸上都没什么表情。可这一刻，在场的所有人都感受到他身上漫无边际的温柔，这温柔足可直抵人心。

这个叫曲婷的小姑娘，看着眼前宽阔的后背，还有这个英俊男人清冷的声音，明明那样冷，却听得她忍不住落下泪。她伸出双手，攀住他的肩膀，轻轻靠了上去。

傅时浔轻松地将人背了起来，小姑娘实在太过瘦弱，趴在后背上有种轻飘飘的感觉。

"你走，你要是走了，就他妈再也别回来了。老子倒要看看，你能跑到哪里去，这些考古的，难不成还能在这里考一辈子古。"

这个曲老二不知是不是被周围围观的人刺激了，当即发飙。这种人明明什么本事都没有，却偏偏要在自己的子女面前摆出一副上帝的模样，好像仗着自己父亲的身份，就能肆意地掌控和支配一切。

这会儿，饶是想要息事宁人的华晚蕖都不禁皱起眉头，露出厌恶的表情。

倒是一直冷漠以对的阮昭突然嗤笑了声，她走到对方面前，那个男人想起刚才被阮昭打的那一下，吓得往后退了一步，可是阮昭只淡漠盯着他，声音冰冷道："我虽然不会一辈子待在这里，但是我可以向你保证,你只要再动她一根手指头,我就有一万种办法让你跪在地上哭着让我求饶。"

"只要你不怕,你尽管试试。"

曲老二看着眼前的人,那双过分漂亮的黑眸,锐利而直白,看过来时,带着无尽的压迫。

她真的说到做到。

他们将曲婷带回了住处。田希去楼上拿了药箱下来,幸亏考古队这边的装备都很齐全,当初就是怕队友万一有个意外,所以药箱里基础的药都有。

田希将箱子打开,从里面找出药膏,低声说:"先涂在脸上吧,这个是消肿止痛的。"

阮昭伸手接过,拧开药膏,挤了点在手指上:"可能会有点儿疼,忍一下。"此刻她的声音其实并不算温柔,清清冷冷,犹如雪山顶上融化而下的清泉,却意外地让人感到安心。

"谢谢姐姐。"曲婷小声说道。

她习惯了被辱骂,习惯了一言不合就被拳打脚踢,她没有一刻不期盼着长大,渴望长大之后摆脱这一切,因为她知道没有人会救她。可是今天,突然出现这样一群人,他们挡在她面前,背她回家,替她上药。

阮昭将药膏抹在小姑娘脸颊上时,她的眼泪扑簌簌往下落,一刻不停,眼泪不停地将药膏冲掉,弄得阮昭都不得不问:"很疼?"

"不是。"曲婷摇头,伸手想去擦眼泪,却被阮昭一把握住手臂,她抽出了张纸巾,替曲婷擦了擦眼泪。

阮昭又挤了药膏在手上,轻声道:"那就先忍一下。"

曲婷点头,这次她拼命憋着眼泪,直到阮昭顺利给她上完药。

此时,村支书找了过来,站在外面的院子里,正在与傅时浔说话。"傅教授,这个真是不好意思,让你们见笑了。"村支书一脸讪讪。

傅时浔摇头:"这并不是您的问题。"

村支书解释说:"这个曲老二是我们村里出了名的无赖,又重男轻女得要命,家里光是孩子就生了五个。他老婆也是个不管事儿的,成天挨打,我们村委会也不是没上门劝诫过,但是我们前头劝完,后头他就又继续这样。"

"他这种家暴行为,你们没报过警吗?"傅时浔微蹙着眉头。

村支书有些尴尬:"这毕竟是人家的家务事,他老婆不报警,我们也不好随便报警。毕竟他家里还有两个更小的,等着他赚钱养家呢。我知道他们作为父母,确实是不太合格,但毕竟也把孩子养了这么大。"

都是家务事,我们也不好管。仿佛只说一句家务事,就能掩盖一切。

"生而不养,也敢称之为人父母?"突然,阮昭冷嗤了声,极讥讽地说,"真可笑。"

其他人都是大气不敢出。其实闵其延倒不太奇怪阮昭这个状态,这姑娘看着冷,可太有一颗路见不平的侠义心肠了,况且她还真敢出手。至于庄维、田希,甚至是华晚蕴,都不禁对阮昭有种超乎意外的震惊。一直以来他们都只见过阮昭清冷的一面,就觉得她是个长得超好看的高冷范儿女神,还是带着点古典感的那种。哪怕平时阮昭对除了傅时浔之外的所有人都是淡淡的,可大家都能理解。这样的姑娘,就是有资格高冷,不随波逐流。

今天这一幕,让庄维和田希心底都挺感动。毕竟相较于自私的人,所有人都希望自己身边能出现这种不顾一切挺身而出的人,哪怕今天不是为了他们,但不妨碍他们喜欢这样的人,仰望这样的人。

至于华晚蕴的心情,就越发复杂了。说真的,阮昭冲过去的时候,她就觉得对方不识大体,不顾全大局,哪有考古队的人在当地跟村民这样发生冲突的。他们上大学的时候,但凡带队进行田野考古的导师,都会跟他们叮嘱——切记,一定要在当地跟村民处好关系。所以她才会开口那样劝说傅时浔。一直以来,她在傅时浔面前都是知性又理智的代表,她一直都认为,他不会喜欢一个单纯的花瓶,哪怕对方长得再漂亮也不行。她以为阮昭的行为会招致傅时浔反感,毕竟她这样的做法不仅无法解决问题,甚至还会激化双方的矛盾。可她没想到,真正被驳斥的是自己。傅时浔的那个回答,短短两个字,犹如狠狠扇在她脸上的巴掌。

曲婷低着头,小声说:"我就是想上学而已,可我爸说,还不如出去打工,我两个姐姐早已经不读书去打工了。他天天就知道喝酒打牌,根本不管我们的死活。"

"这什么爹啊,不要也罢。"云霓义愤填膺。

"之前他就说不会再给我生活费了,学校里已经免除了我的学杂费,我也不知道该怎么办了。"

小姑娘毕竟才十几岁，父母就是他们的天。好像不管怎么抗争，都没办法抵挡住父母的反对。

阮昭慢慢蹲在曲婷的面前，伸手将小姑娘的手拉了过来。她拿着湿纸巾，轻轻翻过对方的手掌，手心早已经一片血肉模糊，上面还黏着尘土。

"在你这个年纪，或许会觉得这是压在你身上的最后一根稻草；可是无论如何，"阮昭仰头，看着眼前的少女，低声说，"只要咬紧牙关，你也能走出眼前的这片荒漠。"

曲婷愣愣地看着眼前这个大姐姐，她这样清冷，这样淡然，可是却又这样温柔。

"到时候你的世界不再是三溪村，不再是鸣鹿山，不再是这方小小的天地，你将踏遍脚下的这片土地，你会看见未来无限的风光。"

她说这句话的声音明明并不大，却犹如擂鼓般激荡着每个人的耳膜，心头那方早已经熄灭的火把，在这一刻再次被点燃。

傅时浔站在门口，看着半蹲着的姑娘。她，好像总是能一次又一次给他带来震撼。只是这样的话，他总是觉得阮昭不仅仅是说给曲婷听的。就好像，她也曾这么对自己说过。

当天晚上，曲婷还是留在了他们的小院里。因为这件事，云霓和闵其延都没回去，虽然人是阮昭救回来的，但是这件事不解决，他们都无法安心离开。

云霓非要挤在阮昭的房间里，谁知又多了一个曲婷。阮昭八辈子都没跟人一起睡过一张床，哪怕心底再忍耐她们两个，也还是一脚将两人踢到床下打地铺。

曲婷在小院待了几个小时，没了之前的唯唯诺诺，什么话都敢跟她们说了。她正在读初三，明年就读高中了。十几岁的小姑娘对未来充满了无限畅想，虽然原生家庭在她的身上加了一道枷锁，但是现在她又有了冲破这道枷锁的勇气。

"昭姐姐，我听他们说你是文物修复师。"曲婷好奇道。

云霓在旁不满地说："昭姐姐，只有我才能喊，你可以喊阮昭姐姐，或者阮姐姐，不许喊昭姐姐。"

阮昭躺在床上，轻轻"嗯"了一声。

曲婷说:"文物修复师是不是就是专门修复文物的?"

"对啊,我昭姐姐可厉害了,她会修古画。你知道古画吧,什么清朝的画,明朝的画,甚至是宋朝的,她都能修复。"

曲婷深吸一口气:"那些画岂不是有好几百年?"

虽然云霓比曲婷要大上好几岁,两人的性格却完美地契合,叽叽喳喳说个不停。阮昭正准备让她们闭嘴睡觉,突然手机一响。她拿出来看了一眼,有些惊讶,居然是傅时浔发来的。

傅时浔:还没睡?

阮昭想了下,回道:是她们说话的声音吵到你了吗?

她的房间就在傅时浔的楼上,农村民房基本没什么隔音效果,或许是云霓她们两人说话的声音传到了楼下。

那边很快回复:不是。

阮昭:所以,就是单纯想找我聊天?

她躺在床上懒洋洋地回复着这话,想象着楼下同样躺在床上的傅时浔看见这条微信时的神色。

不过在他下一条回复过来之前,阮昭又发了一条。

阮昭:今天谢谢你。

傅时浔:为什么这么说?

阮昭:华晚蕎说得没错,考古队得跟村民搞好关系,所以想谢谢你在那种时候愿意站在我这边。

这对她来说,很重要。哪怕说她冲动也好,不顾大局也好,当时的情况,阮昭是不会放任对方带走曲婷的。

这次,那边许久没回复。

阮昭按灭屏幕,将手机放在旁边的床头柜,正准备让她们睡觉,手机再次响动。她伸手去拿,重新打开,这次她盯着屏幕,安静了许久。

傅时浔:也谢谢你,在那种时候愿意站出来。

她盯着这条微信,突然笑了起来。这个男人好像总是能拿捏住她,说出来的话总能让她久久无法自拔。

第二天,傅时浔就把曲婷送回了学校,马上就要期末考试了。一切都等到期末考试结束再说,村支书那边也说过曲婷父亲暂时消停了下来。

没等他们做下一步处理,考古队的另外两位负责人找上门来。其中一位是文物局的专家,另外一位则是北安大学的资深教授。

当时阮昭并不在家,她去送云霓回去,小姑娘一听说要走,哭得有些厉害。但是闵其延要回医院上班,也不能在这里久待。阮昭花了大半个小时才把她哄上车,等她回去时,就听客厅里有人在说话。

一个陌生的中年男人说:"傅教授,你们这次的举动实在是有些冲动,特别是你组里的那位文物修复师,我听说她还动手了。

"时浔,不是我们想多管闲事,但现在这件事传得沸沸扬扬,整个考古队都快知道了。你也知道,我们考古队是有明文规定的,这样的行为,是绝对不允许的。"

两人你一言我一语。

终于等到傅时浔的声音,他说:"所以队里是准备怎么处理这件事?"

"我们觉得,还是让这位阮小姐尽快结束工作,之前也是你提出要聘请编外人员,她本来就不是我们文博系统的人,况且我听说……"这个陌生男人顿了下,似乎有些难以启齿,但还是没忍住,说道,"她还是一个商业修复师。"

阮昭禁不住冷笑,她知道这件事不会就这么算了,但她没想到,他们最有偏见的,居然是她商业修复师的身份。

"你们想让她暂停工作?"傅时浔重复了一句。

文物局专家点头:"这也是没办法的事情,毕竟我们的工作还要在这里进行很久,不能将这样不稳定的因素留在考古队里。"

傅时浔点头:"可以。"

这话让站在门外的阮昭心头一窒。一瞬间,她的呼吸好像都要停止了。

文物局专家也没想到他这么好说话,当即对旁边的另外一位教授说:"你看,我就说傅教授还是很通情达理的。"

"我目前负责的四号坑,请你们尽快另请高明吧。"傅时浔淡然开口。

屋内的另外两个人同时怔住。

瞬间,文物局专家气急道:"傅教授,你怎么能说出这么草率的话呢。"

傅时浔望着对方,态度决然:"不是草率,是深思熟虑。我并没有觉得她做错任何事情,她不该为了她做出正确的事情而付出任何代价,

215

如果你们要开除她,就一并开除我。"

就连一直没怎么说话的北安大学的另一位许教授,都不由得劝说道:"时浔,这可不是你的行事作风,以前不管什么时候,你都不会轻易放弃自己的团队,放弃自己的考古理想。之前你手臂摔断了,你都不离开考古现场。现在你居然为了这点小事,就要放弃?"

"确实,对我而言,考古是重要的事情。"

傅时浔实话实说,考古是他的理想,也是他愿意付出一生为之奋斗的事业,但现在……

他望着另外两人,声音那样坚决。

"保护她才是最重要的事情。"

第八章

就如这样的星火一样,永远长明。

果然傅时浔说出这样的话之后,这两位前辈老师都半晌说不出话。不说别的,为了一个村民,赶走考古队里最有能力的负责人之一,他们实在是做不出这样的事情。一时间,两人也是面面相觑,最后随便说了两句就离开了这里。

阮昭正要进去的时候,楼上却突然传来动静,有脚步声响起。她想了下,便猜到了是谁。

"时浔。"华晚薇的声音在客厅里响起。

傅时浔坐在椅子上正低头拿出手机,不知在看什么,神色一如既往地淡然,丝毫没有刚经历过一场剑拔弩张谈话的模样。

"嗯。"傅时浔扭头看了她一眼,平平淡淡应了声。

华晚薇不知道他的态度,盯着他看了一会儿,才低声说:"其实今天早一点的时候,考古队的两位老师也来找过我,了解昨天的情况。"

傅时浔:"嗯。"

又是这么平静地用一个字回应。他这样的态度,让华晚薇有些捉摸不透。

华晚薇想了想,还是解释说:"是两位老师提前就知道了这件事,但是我真的有替阮昭解释。虽然我昨天想让村支书调解,但我的本意也是希望对那个小女孩好。"

这次傅时浔看向华晚薇,眼神一如既往清冷,却看得华晚薇莫名有些心虚。

她有些忍不住解释道:"时浔,你是不相信我吗?难道我还会故意

· 217 ·

告阮昭的状？"

这话她确实说得不心虚。

昨天他们跟那个曲老二发生冲突，是发生在大庭广众之下的事情，根本就瞒不住，这不第二天考古队就收到了消息。华晚蘅是文保中心的，正好这次考古队的负责人之一就是文保中心主任，对方直接给华晚蘅打了电话了解情况。这件事确实不是她主动告的状，她只不过是实话实说了而已。

当时阮昭确实可以有另外一种更温和的处理方式，但她偏偏选择用暴力解决问题，华晚蘅不得不考虑考古队的声誉。

"不会。"这次傅时浔倒是多说了一个字。但华晚蘅也看出来了，他已经不愿跟自己多说什么。只是他这人骨子里就太有教养，哪怕心底再不耐烦，也不会对人甩脸色，特别是对待女生，虽然清冷却一直很绅士。

华晚蘅还是劝说道："要不你就让阮昭写个书面检讨，我也跟张主任那边沟通，这并不会给她什么处分，只是给双方个台阶下罢了。"

她最后一个字刚说完，傅时浔突然站了起来，华晚蘅被吓了一跳。

傅时浔微撇头，看向她。他这样高挑挺拔的身材，本来就容易给人带来压迫感，更别说此刻黑眸直勾勾地看过来，薄薄的眼睑跟两片刀锋似的，微掀起来，犀利地刮了过来。

"这种离谱的话，以后不要再说了。"

他转过身就往外走，谁知刚迈出去两步，突然又停下回头。

傅时浔的口吻前所未有地严肃："我再说一遍，她并没有做错任何事情，所以不需要道歉，也不用什么台阶。"

华晚蘅愣在原地，她知道傅时浔性子冷，但他们认识这么多年，他从来没用这种冷漠又陌生的口吻跟自己说过话，就为了一个刚认识不到半年的女人？

"时浔。"华晚蘅实在没忍住，喊住了他。

但傅时浔并未回头，只是留下一句话："我去看看她怎么还没回来。"

这个她，他没有明说，华晚蘅却立即明白他说的是阮昭。

阮昭是在考古队那两个人离开之前，就先出了小院。出来之后，她也不知道去哪儿，干脆四处闲逛，来到了不远处的湖边。

或许是夏天的缘故,鸣鹿山的植被早已经覆盖了整片山林,这片湖也被草木包围着,树上的蝉鸣声不断,似乎想要给这个夏日增添几分喧闹感。

阮昭伸手在地上捡了一颗石子,往湖里丢了过去,果然还是没有水漂。她记得爸爸教过她,打水漂的时候要用薄薄的石子,这样石子才能在水上不停地跳跃。

"咚!"

一声轻响,石子再次落入湖里,溅起一圈又一圈的涟漪,又失败了。

就在阮昭准备放弃时,旁边突然也有一颗石子扔了出去,小石子在半空中划过一道完美的弧度,然后落在湖面,紧接着,如蜻蜓点水般,在湖面再次跃起。

第二下、第三下、第四下……

阮昭一直数到第九次,石子这才停下,落进湖里。

她转头看着身侧的男人:"为什么你的石子可以漂这么多次?"

"想学?"傅时浔站在光里,侧着脸看向她,他的脸颊像是被镀上了一层浅金的光,有种炫目的英俊。

阮昭确实没想到他居然会打水漂,毕竟他看起来就是自小在城市里长大的,按理说,农村的孩子比较擅长这种游戏。

"想啊。"她轻笑了声,随后有些无奈道,"我从小就想学,结果一直没学会。"

傅时浔弯腰从地上捡起了一颗石子,递给阮昭:"试试这个。"

阮昭接过,傅时浔调整了下她的手腕,又示范了一遍。

阮昭确实是听懂了,但再次尝试时,还是失败了。果然是一听就会,一试就废。

她不死心地从草地上又捡了一颗石子,嘀咕道:"我就不信了。"

但这次她还没来得及出手,手腕就被傅时浔捏住:"先等一下。"

阮昭停下来,朝他看过去,以为他这次又要传授给自己什么独门诀窍,可下一秒男人已经站在她的身后,他从后面伸出手握住她的手掌。这个姿势,就像是那种最亲密的背后抱,但两人之间又还有一点距离,只是这仅存的一点距离,压根挡不住他扑面而来的气息。那种冷而清冽的苦木香,瞬间萦绕在她的鼻息间。她仅有的思绪,全部都被他占据。

"扔。"

她耳畔响起这个字,下一刻,手指松开,石子在半空中划过一道完美的曲线,落到湖面上,轻盈地跳跃,如同一挺跃出水面的银鱼。

一、二、三……十。

"比你刚才扔的还多一次。"阮昭得意地笑了起来。

傅时浔还站在她身后:"确实厉害。"

阮昭一转头,她的头发就擦着傅时浔的下巴蹭了过去,那样线条清晰的下颌线,哪怕是从这个死亡角度看过去,依旧帅得一骑绝尘。

傅时浔往后退了两步,拉开两人之间的距离,就好像刚才那个姿势,只是个再寻常不过的教学姿势。

阮昭看着他的侧影,突然说:"刚才我都听到了。"

傅时浔看着她,脸上并没有意外的神色。许久,他低声说:"我说的也都是真心话。"

不是因为她站在那里,而是从他心底发出的,最真实的声音。

"我知道。"阮昭往他这边走过来。

她微仰着头,望着他,低声说:"傅时浔,我不需要你在我和工作之间二选一。"

她不想成为他工作的绊脚石。

傅时浔皱眉,以为她要说什么她会主动离开这种话,就在他开口想要阻止她时,阮昭再次开口。

"所以我会认真工作,告诉所有人,你选我是对的。"

说实话,傅时浔这会儿是真的被她怔住。可转念又一想,觉得这才是阮昭会做的事情。她怎么可能会因为别人的阻扰就轻易退出,这样的话,才是她会说出来的。

晚上的时候,阮昭给顾筱宁打了视频电话过去。顾筱宁过了一会儿才接,阮昭先看到的是一颗顶着毛巾的脑袋。

"你洗澡呢?"

"对啊,我一听视频声响就感觉是你,洗澡都顾不上,赶紧出来看一眼,这不还真猜准了,果然是你。"顾筱宁将手机放在了洗手台上,用毛巾擦着头发。

阮昭直奔主题:"你帮我个忙。"

"什么事儿?"顾筱宁停下手里的动作,看向摄像头。

阮昭慢悠悠说:"我决定发起最后的总攻了。"

"啥?"顾筱宁明显没听懂,一脸茫然地问,"你能不能说点我听得懂的。"

"意思就是,我感觉我快要追上傅时浔了,所以想要你帮我个忙,把这把火彻底烧起来。"

顾筱宁震惊得连毛巾掉地上都没发现,她立即举起洗手台上的手机:"什么情况,快跟我说说。"

"哦,那不行。"阮昭慢条斯理道。

今天在湖边,当傅时浔从身后教她打水漂的时候,她就明白了,这个男人早已经不是当初那个让她从教室离开的人了。她不是自信过度,而是这么明显的事情,她不至于看不见。

要不是对面的是阮昭,顾筱宁觉得自己都要爆粗口了。哪有这样的,完全是在耍人吧。

不过阮昭直奔主题说:"现在这件事,只有你能帮我做了。"

等阮昭将自己想做的事情说了一遍,顾筱宁觉得自己这一晚上光震惊了,因为这件事比刚才阮昭的话还要让她震惊。

她由衷说道:"我的昭,你这是要对傅教授'赶尽杀绝'啊。"

阮昭:"……"

很快就进入了八月下旬,傅时浔的生日当天,闵其延开车从北安市过来,这次云霓也跟着来了。

自然,还有另外一队人马也悄无声息地赶了过来。但除了阮昭之外,谁也不知道。

晚上的时候,大家又去了上次的农家乐吃饭。闵其延将蛋糕拿了出来,笑着说:"这是阿姨特地让我带过来的,你看看阿姨多上心。"

阮昭知道他说的应该是傅时浔的母亲,但她转头看着傅时浔,见他脸上淡淡的。

成年人的生日,倒不像小孩子的那样热闹又尽情,就是简单地庆祝下。吃完晚饭,大家就回去了。

华晚薇前两天就来了,今天她特地穿了一身极修身的长裙,席上还给傅时浔送了礼物,傅时浔接下后,淡淡说了声谢谢。

见她送了礼物,云霓没憋住,小声问:"昭姐姐,你要给傅教授送什么啊？"

"等着。"阮昭淡然而胸有成竹道。

可是云霓一直等到他们打道回府，都没等到阮昭拿出礼物。至于其他人也一样。

这么多天下来，谁都看得出来，阮昭来考古队是冲着傅教授来的，甚至她直言不讳过，她就是在追求傅时浔。当初听到这话的时候，庄维和田希两人都愣住了。但说话的她，反而神色寻常。

这么一个完美上分的机会，他们都不信阮昭没有准备，可是整个吃饭的过程，阮昭还真的什么都没拿出来。

众人回到小院，阮昭让云霓先回房间，自己将傅时浔叫住。她微仰头说："傅教授，你现在能不能陪我去一个地方？"

傅时浔垂眸看着她，半响，他问："去哪儿？"

"就先当是一个秘密好不好。"

这次，傅时浔没再继续问，而是跟着她一起走出了小院。

就这么一路来到了湖边。原本白日里金光粼粼的湖面，在这夜晚，只有头顶的那轮狭长银月勾勒出影影绰绰的模样。寂静之中，偶尔有鱼跃出水面，发出"叮咚"声。

阮昭来之前看了一眼手机屏幕。等到了湖边之后，她什么都没说，只是望着对面。

在长久的安静下，傅时浔终于问道："你是……"

有什么话要跟我说吗？

可只来得及说出这两个字，"砰"的一声巨响，一道道烟花犹如流星般向天际纷纷涌去，然后在天空中炸开巨大而璀璨的花火。这些烟花自半空中绽放，纷纷扬扬落下，可是下一瞬，新的光华再次绽放，如同半空中倾泻而下的瀑布，背后映衬着的是天空中闪烁着的星辰。

一时，星与火在天际线处交汇，仿佛在这一刻彻底长明，安静的村庄也在这一刻被烟花点明。几乎所有人从房间里涌出来，仰望着头顶这片烟花。

云霓激动地喊道："怎么会有烟花，好漂亮，太漂亮了。"

众人站在一起，看着如此绚丽的美景。直到天际划过一个巨大而醒目的"X"，这是一个用烟花形成的字母，转瞬即逝，却又清晰无比，就这样映在了所有人的眼底。同样，也映在了傅时浔的眼中。

X，浔。这是他名字的首字母，这是一场为他而绽放的绚丽烟火。

他那双永远清冷淡漠的黑眸此时盛满了这漫天的烟火，好像彻底被星火点燃。当他回头看着面前的姑娘时，阮昭也在仰头欣赏着这璀璨的光华。

阮昭终于转头看向他，在这震耳欲聋的声音里，她喊道："生日快乐，傅时浔。"

八点二十四分。

准时绽放的璀璨光华，就是她送给他的礼物。

"我希望你的人生，永远璀璨又热烈，就如这星火一样，没有黑暗，永远长明。"

说完，阮昭踮起脚，吻上他的唇。

漫天烟火下，这样极致的浪漫，连傅时浔这种冷淡的人都被震撼到，站在原地任由阮昭吻了上来。

在她亲完之后，他还站在原地怔怔地看着她。他那双黑眸里的烟火还在继续，甚至越烧越烈，一直烧到他的心口处。

阮昭笑盈盈地望着他，但是心脏"怦怦怦"直跳，这还是她第一次亲人呢。

单身了二十六年，她第一次知道，原来男人的唇也可以这样软，一点儿都不冷，温温热热。哪怕只是一个蜻蜓点水般的吻，依旧让人面红心跳。烟火的红光映在她脸上，掩盖了她遽然升温的脸颊。

终于，在最后一枚烟花绽放后，整个天空重新回归静谧。周围重新变回一片漆黑，遥远处村庄里的人们，都还没从这场盛大的烟火中抽离。

阮昭想了下，正要开口，突然感觉自己整个人被拉了过去。傅时浔伸手将她抱在怀中。

"谢谢。"他低沉的声音在她耳畔响起。

这样的他，是阮昭从未见过的。仿佛一个原本闭得紧紧的蚌，终于在不懈努力后，轻轻地露出了心底那一丝从没给别人看过的温柔。

傅时浔松开她后，阮昭还沉浸在这个拥抱中。当然在片刻后，她还是镇定地问出口："傅时浔，你知道吗？以前我从来不敢想自己会为一个人做到这种程度，可是一旦想到那个人是你，好像怎么做都不为过。"

她直勾勾地望着他。

漆黑的夜晚，只有头顶那轮弦月散发着清冷银辉，温柔落在彼此的身上，淡淡勾勒出他们的轮廓。

主动追人，她从来没觉得有什么卑微的。反而她始终坦荡而骄傲，分明就在告诉眼前的人，我就是最好的。就像那天在餐厅里，傅时浔听她说，她之所以成为顾一顺的学生，是因为她的天赋就是最好的。

"阮昭。"傅时浔喊了声她的名字。

阮昭安静看向他。

"你有没有想过，或许我并不是你眼中那样的人。我也只是个庸人罢了，并不伟大，做着一份我喜欢却没办法给身边人带来安全感的工作。在身边的人需要我的时候，我可能正在不停地出差，没有办法长时间的陪伴，不是一天、一个月，而是一年、两年，甚至是大半辈子。"

两人看着彼此，似乎难得地敞开心扉。傅时浔很少会对人说这样的话，他拒绝别人从来都不会给出什么理由，从源头就掐断一切可能性，连一丝暧昧都生不出。

但阮昭却不一样，哪怕他再冷漠，她都可以当作无事发生。也正是因为各种原因，他对阮昭有了一次又一次的退让。这种退让，不仅阮昭看见了，他自己也是心知肚明。他的情绪开始被她所牵动，她开心时，他会浅笑，她生气难过时，他会不自觉地看向她，甚至主动安慰。他对她，早在不知何时，就已经有了感觉。现在这样的感觉在心头张牙舞爪地生长着，牢牢地占据着他的心脏，如藤蔓般，再也无法剔除。

阮昭听着这话，忍不住笑了，她望着傅时浔，反问说："你是不相信我？还是不相信你自己？我在你的身边，我知道你是什么样的人，我也知道我想要的是什么。傅时浔，如果你不清楚，那么我就正式说清楚。

"请你认真考虑考虑，我对你的追求。"

"砰！"明明四下早已经寂静，烟火也不再盛放，可是他脑海中却像在盛放着另外一场烟花，这声音在他脑海中震耳欲聋。

阮昭说完自己想说的，便利落地转身。她没打算让傅时浔现在就给自己一个回答，反正让他慢慢考虑。过犹不及，今晚她已经得到了自己想要的。

就在她转身往前走了两步，身后寂静的旷野里传来一道低沉的声音。

"嗯。"

阮昭脚步骤然停下，站在原地。等她转过头，傅时浔走了过来，走到她身边时，淡声说："回去吧。"

阮昭下意识地拉住他的手，声音里压不住笑意："你刚才说的是什么？"

"回去。"

见这男人居然玩偷龙转凤这一套，阮昭可不惯着他。她挡在他的身前，直勾勾盯着他说："你说'嗯'，是什么意思？"

——请你认真考虑考虑，我对你的追求。

——嗯。

所以，他只是对她请求考虑的回答，还是对她所说的追求的回答？

傅时浔扭头看着她，低声说："你不是让我好好考虑？"

"仅仅是考虑吗？"

突然间，阮昭不想放他离开了，她想要贪心地得到更多。

"所以你到底在担心什么？"阮昭想起他刚才说的工作问题，她突然试探性地问，"难道你是担心没我赚得多，自尊心受打击？"

高校教授的名头确实是响亮，况且还是三十岁的正教授，但再响亮都抵不上现实的"骨感"。教授一年的工资撑死也就三十来万，要是那种金融或者理工科专业的还好，有点什么科研经费，但考古系多穷啊，他们组个考古队出来都得四处"化缘"。

阮昭一想到他要为了钱跟别人低头，就觉得心疼。其实男人有自尊心，她挺能理解的。于是她诚恳道："你放心，我们真的在一起的话，我负责赚钱养家，你负责貌美如花。不要轻易低估你的美貌，它价值千金。"

傅时浔："……"

他们回到小院时，院子里的人居然还没散去，大家被这样一场烟花吸引出来，久久都无法平静。特别是天际那个用烟花打出来的巨大的"X"，别人不知道，但是这个院子里的所有人可都太明白了。

两人回来的时候，大家纷纷看向他们，反而是阮昭打了个哈欠，淡然问道："你们怎么还没睡？不困吗？"

您搞这么大阵仗，谁睡得着啊。但谁也没敢真的说出来。

阮昭见云霓也在，招招手："我们先上去休息了，大家也早点回房间吧。"

太淡定了。

等阮昭上楼，云霓再也忍不住，小嘴开始吧吧："昭姐姐，这个烟花是不是你放的？太漂亮了，而且我还看见有一个字母。"

"你洗澡了吗？"阮昭转头问她。

云霓一怔："没有。"

阮昭催促她："那你先去洗澡，要不然待会儿得排队洗澡，要等很久。"

在云霓被她打发走了之后，阮昭拿出手机给顾筱宁打了个电话。

"回去了吗？"她问道。

顾筱宁这会儿正在车上拍蚊子，"啪"地拍了一巴掌，她没顾上看拍没拍到，着急问道："怎么样，怎么样，你的傅教授有没有感动到？"

她顿了下，声音八卦兮兮地问："接吻了吗？"

阮昭完全没说话，顾筱宁鸡叫一声："难道是舌吻？"

见她越说越夸张，阮昭终于淡淡说："不至于。"

哦，不至于啊。顾筱宁刚安静一秒，下一刻又猛然喊道："你们真的接吻了？"

接吻？阮昭觉得还不至于用这个词，顶多就是亲一下吧，但她确实挺意犹未尽的。

她一直不觉得自己是个渴望亲密接触的人，要不然她也不至于单身到现在，以前从来没有一个人像傅时浔这样能给她带来如此强烈的渴望。

"你回去了吗？"阮昭问。

顾筱宁摇头："还没呢，而且师傅正在处理后续工作，虽然我们选的是一片空地，但这边还是挺多植被的。"

农村对烟花的管理不像城市里那样严苛，所以没有禁止他们放烟花。

顾筱宁叹气："我的昭，你知道刚才就那么几分钟烧了你多少钱吗？"

特别是那个定制的"X"烟花，这种烟花这不仅要专门定制，还要专门的烟花师傅来放。这么几分钟，十几万没了。

"能在傅教授心底留下一辈子的记忆，难道不值得吗？"

顾筱宁都要服了，是彻底地服了。之前她听阮昭说追人，她还在想这姑娘长这么大，恋爱都没谈过一次，追人谈何容易。结果她发现，有些人大概天生就有点恋爱技能，就看她想不想用。

阮昭轻声说："谢谢你，筱宁。"

顾筱宁："等你和傅教授结婚的时候，记得给我包最大的红包。"

不对。顾筱宁说："我要当你们小孩的干妈，你想好孩子叫什么名字了吗？"

"还没，我今晚睡觉的时候想想吧。"

这次两人同时笑了起来。

对她们彼此而言，对方都是自己最值得依靠的人，会毫不犹豫地为对方的任何决定摇旗呐喊。不管是谁都有撑不住的时候，但对方一定会在那一刻及时地给她依靠，让她撑住。

这次放烟花的主意，阮昭第一个想到的就是顾筱宁。果然，她把一切都执行得么完美。

"真不愧是我们顾策划，我相信你未来一定会成为中国最好的制片人。"

阮昭难得吹捧顾筱宁。

顾筱宁得意一笑："行了，你要再这样，我真要冲过去看看，是不是有什么人挟持你，让你说这种话。"

阮昭轻笑了下，又说了两句，这才挂了电话。

这场烟花留在每个人心底很久，但考古工作仍在继续。

随着鸣鹿山大雨不断，雨季再次降临，虽然有考古大棚，但还是给考古队的工作带来了不小的影响。

大家每天早出晚归，疲倦不堪。倒是每天结束工作回去时，总能在小院的大铁门上看见挂着些东西，有时候是黄瓜，有时候是西红柿，偶尔还会有新鲜的葡萄。所有人都猜到是谁放在这里的，所以大家每次看到都会很感动。

这天，阮昭因为有些发烧就被傅时浔强制留在家里休息。早上的时候，她站在窗边看见一个瘦小的人影在大门口出现，她手里提着一塑料袋的东西，似乎准备挂上去。阮昭看见这一幕，立即跑了下去。

等她打开铁门，就看见已经走出一段距离的小姑娘："曲婷。"

小姑娘转头，看见她抿了抿嘴，有些不好意思道："昭姐姐，你怎么在家里。"

曲婷对考古队的工作时间了解得很清楚，知道他们白天都不会在院子里，所以每次她送东西过来都是趁着白天。

阮昭走到她面前："今天我休息。你呢，要去干吗？"

"我要去挖野菜，最近农家乐的老板在收野菜，很多城里人都很喜欢吃，所以我也想多挖点。"曲婷说。

阮昭问："是钱不够吗？"

曲婷赶紧摆手："没有，没有。老师说了，我之后的学杂费还有生活费都是你赞助我。王老师说让我好好读书，以后长大一定要回报你们。"

阮昭淡淡一笑："不需要回报我，你只要努力地长大，最重要的是回报你自己。"

让所有的辛苦，都成为未来开出的花。

曲婷赶着去山上，阮昭就没有多留她。

只是中午时，原本晴空万里的天气突然就变了脸，不到半个小时，一场大雨铺天盖地落了下来。

傅时浔中午特地给她送了午餐回来，阮昭心不在焉地吃着。

"怎么了？"傅时浔也看出了她的情绪。

阮昭看了一眼窗外，大雨还在下。她低声说："早上曲婷来了，又送了一些西红柿过来，然后她就背着背篓去山上了，我看她好像没有带雨衣。"

"你担心她淋雨？"傅时浔低声说。

阮昭点了点头："而且这种下雨天，山路那么湿滑，很容易摔倒吧。"

傅时浔"嗯"了声，但很快安慰她说："我记得我们之前来这里勘察的时候，山上好像有专门供人休息的小木屋，估计就是为了应对这种情况吧，所以你也不要太担心。"

吃完饭之后，傅时浔又给阮昭拿了药，看着她吃完才让她回去休息。

阮昭睡了一觉醒来，已经是下午四点钟。

傅时浔他们还没有回来，她感觉自己吃了药闷了一身汗，似乎好了点。她望着窗外，大雨居然到现在还没有停下来，整个天空早已经乌沉，丝毫不见一丝光，说是晚上也不为过。阮昭想了下，还是起身找了一把伞，前往曲婷的家里。

曲家住在村子里最偏僻的地方，没有院子，就是三间平房，旁边加盖了两间厨房和杂物间。此时虽然下着大雨，但是曲家的小孩子还在走廊下玩。

阮昭走过去，低声问那个看上去七八岁的小孩："曲婷回来了吗？"

"三姐？没有，她上山去了。"小孩子摇摇头。

里面曲婷的妈妈似乎听到动静，也走了出来，看着伞下这个漂亮的姑娘，突然想起了之前的传闻，惊讶道："你是考古队……"

"曲婷上山是不是还没回来？"阮昭又问了一遍。

曲婷的妈妈摇头，显然也是担忧不已。她是典型的农村女人，一辈子唯唯诺诺，仰仗着丈夫的鼻息过日子，生下这么多孩子，只为能追生出一个儿子。

阮昭问完，转身就走。

曲婷妈妈喊道："婷婷应该是在东山那边挖野菜，这么大雨，她肯定会找个地方躲起来的。"

阮昭也不知道为什么，还是鬼使神差地往鸣鹿山的东边走去。

其实从曲家的方向走，离东山很近，但曲婷今天早上为了给她送西红柿，穿过了整个村庄。这样一个小女孩，从出生开始就不被自家的父母所期待。在这种境况下，阮昭好像没办法做到无动于衷。

她一路往山上走，沿着可能会长野菜的地方去找。此时不仅下着大雨，狂风也肆虐，她手里撑着的这柄长伞，成了天地间唯一为她遮风挡雨的存在。

"曲婷！"

"曲婷！"

阮昭的声音回荡在雨幕中，她不停地喊着，却得不到任何回应。直到身后传来脚步声，她下意识地回头，惊喜地喊了一声："曲婷。"但她没想到，来人居然是穿着一件黑色雨衣的曲忠——曲婷的父亲，那个被村支书蔑称为曲老二的男人，此时他一脸狞笑地望着阮昭。

"你这个臭女人，以为有钱就能想干什么就干什么，你让老子在全村人面前丢脸，让别人笑话老子连孩子都养不起。我看看你这次还怎么嚣张。"

阮昭不由得冷眼看着眼前的男人。明明她资助了曲婷，可是在这个卑微的男人眼中，自己却让他被别人看成了笑话，成了笑柄。

"所以，你是觉得我落单了，就能对我做什么？"阮昭望着他，好笑地问。

曲老二哼了声："上次要不是你们人多，老子早就想揍你一顿了。"

随后他的眼神下流而露骨地在阮昭的身上打量,那种赤裸裸的欲望隔着漫天的雨雾都清晰得让阮昭厌恶。

"你这种城里的漂亮女人……"

他的下流话正要说出来,但他没想到阮昭会在这一刻迅速收了伞,直接往他身上戳了过来。

两人隔得太近,曲老二又是个常年酗酒的人,根本就虚浮得不行,哪里还反应得过来,伞的最尖端那头直接就戳到他的胸口。疼得他"嗷"的一声大喊,退了好几步后直接摔倒在地上。

阮昭岂会还等他站起来,扭头就往山下跑,此刻哪怕山路再湿滑,也挡不住她奔跑的脚步。其实她跟云霓还有云樘生活了那么久,也学了防身的手段,但这种时候,她不想浪费时间跟对方纠缠,倒不如先跑下山,回头再找对方算账。

曲老二挣扎着站了起来,嘶吼道:"别跑。"

阮昭却不管不顾,一路狂奔,哪怕此刻动作剧烈到让她想要呕吐,她却一刻都没停歇。可她距离山脚太远,还是在一个转弯处被曲老二追上。对方直接抓住她,就掐上了她的脖子。

阮昭弓脚,毫不犹豫地往他下身踹过去,这次是真不客气。曲老二再次大吼,然后狠狠抓住阮昭的肩膀。

这条山道并不算太宽阔,两人在缠斗间已经到了山道边缘,阮昭伸手不管不顾地去抠他的眼睛。曲老二痛到瞬间闭上眼睛,发了狠劲,将她狠狠推开。

阮昭本来想扶住身侧的那棵大树,可是她没想到泥地如此湿滑,她的手臂在树上抓了空,整个人失去平衡,直接从山道滚了下去。她抱着头,一路往下滚,凸起的石子和草木混合在一起,狠狠地在她身上划出口子。直到她滚到一块大石旁,后脑勺狠狠撞过去,当即昏迷。

曲老二睁开眼睛时,发现周围没了人的踪影,只剩下一把刚才缠斗时丢下的黑伞。他扭头看着山道下面,虽然这里并不是峭壁,而是滑坡,但人要是真滚下去,不死也要摔个半残。之前村里就有人因为失足掉下山道,摔成偏瘫的。曲老二再也不敢逗留,头也不回地跑了。

漫天的大雨肆无忌惮地落下,阮昭就孤零零地躺在那里,天地寂静,她彻底没了知觉。

不知过了多久，大雨浇醒了阮昭，她恢复了些许知觉。她趴在原地，想要伸手去拿口袋里的手机，可是整个身体却仿佛动弹不得。

好痛。

最后她认命地躺在地上，任由大雨这么兜头落了下来，她甚至能感觉到身下的草地发出"沙沙"声。

"阮昭。"

在她意识再次模糊时，一个极遥远的声音传来，远到她以为是她出现的幻觉。

"阮昭……"那个声嘶力竭的呼喊再次响起，好像是从上方传来的。

阮昭闭着眼睛，脑海中仅有的念头是，如果有人发现她的尸体，她不希望这个人是傅时浔。脑海闪过这个念头后，她再次昏了过去。

当她再次醒来时，感觉周身冷极了，她努力睁开眼皮，就听到一旁的男人说："阮昭，你醒了。"

她睁开眼，看见头顶的木头，以及那张不再冷淡的清俊脸庞——傅时浔的脸就在她眼前，那样近，近到她能看到他浓密至极的长睫。

"别说话，我马上就能打通电话，让人来救我们。"

阮昭觉得自己连头都没办法动，只低声问："我们在哪里？"

"一个小木屋里，你摔在山下，我没办法带你回山道，只能找到这个地方等救援。"傅时浔低声说。

阮昭："你怎么找来了？"

"我给你发信息，你一直没回，所以我回家去找你，结果你不在，我就去了曲婷家里，她妈妈说你去过，问曲婷有没有回来，我就猜测你来山上找她了。"

傅时浔的头发和身上都湿透了，短发一直滴着水。偶尔有一滴落在阮昭的额上，他立即伸手温柔地替她擦掉。

"没事的，很快就好，我很快就能联系上他们。"傅时浔还在安慰她。

阮昭失声笑了下，可是她一扯嘴角，全身都在痛，她低声说："我好困，好想睡觉。"

"不行。"男人的声音几乎都变了调。

但他看得出，她的眼皮一直在努力睁着，每一次都那样艰难。最后他低头抵上她的额头，声音低哑："你不是最喜欢占我便宜的，现在你都在我怀里了。"

阮昭这次真笑了起来。

"我们聊聊天吧。"她也知道自己不能睡,一睡过去或许真的再也醒不过来了。

"聊什么?"

阮昭盯着他的脸,眨了下眼睛,声音极虚弱地说:"要不我们分享一个彼此最大的秘密。"

在这种生死攸关的情况下,她居然还是想要更多地了解这个人。

"好。"傅时浔斩钉截铁道。

阮昭说:"我数一二三,我们一起说出这个秘密。"

"一、二……"她数了两个数字,已是极艰难,终于她轻轻启唇说出,"三。"

"我是一个疯子。"傅时浔红着眼眶。

"我是一个弃婴。"阮昭惨白着脸颊。

两人同时说出了自己最大的秘密。

说完后,傅时浔的表情那样错愕,盯着面前这个脸颊苍白的姑娘,哪怕到了如此狼狈的境地,她依旧美得让人心疼。白到病态的脸颊,让她看上去漂亮得脆弱而易碎。这样好看又惹人疼的姑娘,谁会舍得将她丢掉。

弃婴。他几乎无法将这两个字和她联系在一起。

"你应该知道什么是弃婴吧,就是刚出生就被扔掉的小孩。"阮昭的声音那样平静。而后,她轻笑着望着傅时浔,声音有几分得意:"你的秘密没有我的厉害。"

"我赢了。"

小木屋外的大雨,下得仿佛要将这片天地淹没。

傅时浔看着他怀中抱着的人,脸色比任何时候都要苍白,没有一丝血色,薄得如同纸片。狂风打在小木屋的玻璃上,"哗哗"作响。

"你是不是在想,我明明有姑姑,有表弟的。"阮昭望着傅时浔。

傅时浔艰难地滑动了下喉结,第一次,他有种被哽住的感觉。

阮昭将头微微撇向窗外,玻璃窗外,大雨还在继续。

"据说我被捡到的那天,也是下着这样的大雨,我就躺在一个小纸箱里,一条野狗就在旁边看着我。"她想笑,可是此刻她已经没力气这么做。

傅时浔紧紧握着拳头，想要让她不要再说下去，可他却没有阻止。

"要不是我爸爸出现，可能我就会成为野狗嘴下的一顿午餐。"

阮昭眼神越来越涣散，她似乎已经彻底沉浸到了回忆之中，那些她以为已经远去的过往，其实从来都没远离。

"这些事情当然都是别人告诉我的，你知道农村里的家长里短，根本没有秘密。我很小的时候，跟我玩的小孩就对我说，她妈妈说了，我是爸爸捡回来的。"

后来那些大人常用得意且高高在上的姿态教育她——你以后要孝顺你爸爸，要不是你爸爸，你可是活不到现在的。她就是在这样的提醒中慢慢长大，但她从来不在乎，因为她觉得自己有世界上最好的爸爸、爷爷，还有姑姑，直到她再次失去爸爸和爷爷……

"你父亲他……"傅时浔虽然强烈不忍，可最终还是轻声问道。

"去世了。"阮昭终于转过头，茫然地望着头顶，明明是与傅时浔对视，可是傅时浔却感觉到她并未在看自己。

她低声说："爸爸走了，是我害了他。他走之后，爷爷很难过，很快也去世了。

"后来姑姑养大了我，可是我能感觉到，她怪我。其实我也怪自己，如果不是我，爸爸不会出事的。他会活下来，出事的那个人应该是我。"

这一刻阮昭的意识模糊起来，甚至开始说起了胡话。

"你应该奇怪为什么我会对云霓那么好，因为她是我自己选择的家人。"阮昭微垂着眼睑，声音里微染上一层她从未有过的脆弱，"不会再轻易离开我的家人。"

明明看起来那么清冷又理智的人，其实也会害怕，害怕这个世界再没有能与她彼此依靠的人。

傅时浔听着她不停责备自己的声音，轻声喊道："阮昭，阮昭。"

他试图将她从这种痛苦的回忆里拉出来，最终他成功了。阮昭黑眸定了定，安静望向他。

傅时浔问："你想知道我的秘密吗？"

"嗯。"她回应道。

傅时浔望着她，缓缓开口，他清冷的声音如同一道冷泉，灌入她的脑海，让她越发混沌的思绪有了一丝清明。

"我年少时，曾经遭遇过一次极大的事故，我记得有个小女孩救了我。但是你知道吗？等我醒来，想要见这个小女孩，然后所有的人，包括我的家人都说，根本没有这个小女孩。"

"我一直不相信，告诉他们真的有那样一个小姑娘，她救了我，我想见她。可是不管我怎么说，他们还是口吻一致说没有。后来我甚至开始看心理医生，连心理医生都告诉我，这可能是我在极端危险的情况下臆想出的一个小女孩，她代表着我内心渴望着得到拯救。"

那种亲身体会过的真实，是如何都无法伪造的。但他无法坚定，因为得到的都是否定的回答。

"一开始我不明白，为什么他们要否定我的记忆，直到后来我猜想到，或许她是因为我受到了什么伤害，或者根本就是已经……"傅时浔顿住，他整个人也陷入痛苦当中。

"她因为我死了。"最终他还是低声开口。

要不然他无法理解，为什么所有人都在否定他的记忆。为了保护他，让他不用背负一条人命的代价，要不然这根本无法解释，为什么众口一致，所有人都在否认他的记忆。越是这样遮掩，越是让他无法忘记这件事。甚至在还没确定真相之前，他就陷入无边的自责之中。

"最后我也开始告诉别人，我相信了他们的说法，那个小女孩是我臆想出来的人。但其实我从来没有放弃过自己的真实想法，我始终告诉自己，她是真实存在的。"

他的心理早已经被这件事影响，这么多年来，他不谈恋爱，不接受任何人的靠近，就是因为这件事。这就像他心底存在的一团永远无法解开的迷雾，只要一天不解开这个秘密，他好像就永远都得不到解脱。他早就站在了悬崖边，离疯狂只剩下一步。或许，他会因为解开那个秘密而发疯，或许他会因为永远找不到答案而发疯，又或许他早已经是一个疯子。

傅时浔垂眸看着她："所以那天我告诉你，我大概不是你眼中所看见的那个人。我根本就不完美，其实我连一般人都不如，我被自己的念头活生生困了十几年。这十几年来，我拒绝所有人的靠近。所以我拒绝你，不是因为你不够好，而是因为我不值得。"

阮昭这次觉得她真的又清醒了点，每次在她要昏睡过去时，她总被傅时浔的话吸引。她想要听完，再多了解他一点。

她努力抬起眼皮，那双浑圆的大眼睛没了以往的锐利和直白，变得那样柔软而迷离:"我已经这么虚弱了,你还要我再浪费力气说一遍吗?

"傅时浔,你是不相信我,还是不相信你自己?我从来没把你当成完美的人,就像你说的,我们都不是完美的人。我的出生不完美,你的心理不完美,现在我们彻底跟对方坦白了自己的不完美。每个人都有自己的心理问题,况且这也未必就是你的心理问题。"

傅时浔:"你相信我?"

从那件事之后,无论他说多少遍,哪怕是他父母在内的人,都那样斩钉截铁,以至于原本对自己深信不疑的傅时浔都开始动摇。曾经有那么一段时间,他真的以为是自己疯了,出现了幻觉,臆想出那个小女孩来解救自己。

"在这个世界上,如果连我们都无法相信自己,那么别人就更不会相信我们。我不知道这件事过去是什么样,但是傅时浔……"

阮昭突然喘了口气,待她再次平复,直勾勾地望着他,那双眼睛重新迸发出强烈的生机,坚定而认真道:"我相信你。"

在她说出这四个字的瞬间,傅时浔感觉这么多年心底最深处的空洞好像彻底被填满,这是第一次有人说相信他。过去不管他怎么说,所有人都不信他。就像走在沙漠中的人,他明明看见了绿洲,可所有人都告诉他那只是海市蜃楼。他想要靠近,却被阻止,但就在他绝望的时候,身侧终于出现一个人说,我相信你,那真的是绿洲。

"如果你想要去寻求真相,那就去找,反正再不济也不过就是失望罢了。"

失望,总比让自己疯了强吧。

但她刚说完,就疲倦不堪地闭上了眼,她太累了。

她低声说:"傅时浔,我要是死了的话,就带着你的秘密一起离开吧。"

这句话犹如一把刀,狠狠插进了傅时浔心头。

"不会。"他轻轻抱住她,额头再次轻轻抵住她的额头,低声说,"你不会死的,我不会让你有事的。"

他一边跟阮昭说话,一边用手机联络救援。但这深山中,下着这样的倾盆大雨,好像变成了与世隔绝的孤岛。

"是啊,没有人分担秘密太痛苦了。"阮昭再次挣扎着睁开眼皮,"所以我要活下来,分担你的秘密。"

一个人孤独地行走了十几年,一定很辛苦吧。这世界没有人相信他,所以她会活下来,让他从此再也不这么孤单。

"喂,喂,傅教授,你在哪儿呢?"

突然他手中握着的手机传来嘶吼的声音。庄维喊道:"我已经找了救援队,他们赶过来了。"

原来在傅时浔准备进山找阮昭之前,他已经提前给庄维打了电话,告诉他一旦跟自己失去联系,就立即联系救援队进山救援。他知道按照最优的办法,他应该在山下等着,跟救援队一起进山,可人的感性总会大于理智。

他怕她出事。

连傅时浔都不知道,原来他早就已经关心她到骨子里,哪怕不顾自己的安危,也要冒着大雨进山,只为确保她的安全。

这一刻,他庆幸自己的莽撞,庆幸自己的不理智。要不是他及时赶到,阮昭会躺在雨里一直到身体失温。

傅时浔没有浪费时间,立即告诉庄维自己就在林中的小木屋里,阮昭从山道上摔了下去,受了极重的伤,让救援队带上担架上山。

庄维着急得要命:"好,好,傅教授,你们一定要撑住,我们马上就到,马上。"

在挂断电话后,傅时浔正要惊喜地告诉阮昭有人来救他们了,可是他却看见怀中的人早已不知何时安静地闭上了双眼。傅时浔只能将她轻轻放在地上,俯身给她做人工呼吸,想要唤回她的意识。或许是他的努力有了效果,当她再次醒来时,低声说:"刚才,我好像做了个梦,梦见你吻我了。"

哪怕她此刻虚弱到几乎没力气思考,却也知道傅时浔不可能在这种时候偷吻她。

应该是人工呼吸吧。她又想笑自己,到了这个地步,都不忘撩拨一下傅时浔。只是现在,她再也没力气撑起一个笑。

"不是梦,是真的。"

傅时浔这次低头第一次主动吻上她的唇。不像那日烟花下她柔软而温热的唇,此刻她的唇瓣那样冰凉,凉到让他觉得她的体温随时都会消失。

阮昭以最快的速度被送到医院，当她被推进急救室的时候，傅时浔握着她的手掌，低声说："阮昭，我在外面等你。你一定会没事的。"

阮昭虚弱地闭着眼睛，眼睫微颤。但傅时浔知道，她一定听到了自己所说的话。

庄维陪着傅时浔一起过来的，他浑身也湿透了，在一旁低声安慰道："傅教授，你别担心，阮老师一定会逢凶化吉的。"

傅时浔站在急救室的门口，一动不动。他整个人早已经湿透了，哪怕是现在安静地站着，身上也不停滴答着水。

窗外大雨，还未停歇，如同要漫过这一整个夏季。

"家属在吗？"突然医生从里面走了出来。

傅时浔上前，医生开口说："病人出现了严重的失温症，已经引发了心肺功能的衰竭，现在需要立即抢救，家属签一下手术通知书。"

"我……"傅时浔突然卡住。

他，不仅不是她的家人，甚至连稍微亲密的关系都不算，顶多算是同事。

这一刻，"同事"两个字突然深深刺痛了他。

庄维着急道："阮老师的家人不在这里，我们可以代签吗？"

"不行，必须要家人来签字，但是我们可以先做手术，然后让家人赶到的时候再补签一下。"医生倒也不是完全不近人情，毕竟救人要紧。

医生说："麻烦你们先去把费用交一下。"

"好好好。"庄维立即答应。

等医生重新回到抢救室，庄维转头看着傅时浔，就听他说："你先去交一下费用，所有的账单保留，到时候一并交给我，我来联系她的家人。"

傅时浔此刻似乎恢复了理智，有条不紊地安排着。

庄维离开后，傅时浔拿出手机，发现他现在唯一能联系上的只有云霓。于是他拨了电话给云霓，对面一接通有些惊讶地问道："傅教授？"

云霓之前存了傅时浔的电话，因为傅时浔说过，她要是有上学方面的疑问，可以打电话给他。

"云霓。"傅时浔开口喊道，云霓嗓子一紧，就听他说，"可以帮我联系阮昭的家人吗？"

237

阮昭从来没提过母亲，父亲也去世了。身边最近的人，怕是只剩下她的姑姑一家。

云霓愣了好半天，突然声音颤抖地问："昭姐姐，昭姐姐她怎么了，我昭姐姐怎么了？"

"你先别怕，她在医院，但是需要她的家人赶来一趟。你可以把她家人的手机号给我，或是把韩星越的手机号给我也行。"

云霓手掌不停地抖，眼泪早已经掉了下来："我现在就给姑姑打电话，我现在就打。"

很快，云霓那边挂了电话。

傅时浔重新站在走廊里，他靠着墙壁，整个人如同一把被折断的弓。

不知过了多久，傅时浔的手机响起，他立即接通，对面是一个男人的声音："傅教授，你好，我是云橙。请问你现在在哪个医院，我立即过来。"

"慈县人民医院。"

这里是距离最近的医院，哪怕医疗资源不如北安，但是他不能冒着危险将阮昭带回去。

云橙说："好，我们会立刻赶过来。"

傅时浔问："你们联系阮昭的家人了吗？"

"姑姑不在北安市，姑父和星越都会赶过来，现在就请您暂时照顾她。"

听着云橙熟稔地叫着姑姑和姑父，傅时浔心头五味杂陈。明明这时候不应该计较这些，却莫名地嫉妒起云橙。云橙可以光明正大地叫着姑姑，但他却连医生问家属在哪里的时候都无法站出来回答。从未有过的嫉妒，在他心头弥漫着。

挂断电话，傅时浔微闭了闭眼睛，就又拿起手机拨了个电话。对面刚接通，他就说道："帮我联系一下医院，准备一辆备用的急救车，还有加护病房。"

"哥，你怎么了？出什么事了？"对面的人心头一紧，声音随之紧张了起来。

傅时浔低声道："不是我，是我的朋友。"

"好，我立即安排。"对方也不多问。

"谢谢你,锦衡。"

这个电话是他给自己的亲弟弟傅锦衡打的,对方身处商界,调动人脉和资源的能力比他这个大学教授都要强得多。哪怕从来不会动用家里资源的傅时浔,此时也顾不得那么多了。

傅锦衡本来也不是那种家长里短的性格,哪怕是亲兄弟,傅时浔要是不想说,他也不会打听太多,但这是他哥第一次给他打这种电话,他还是没忍住,问道:"你没事吧?"

手机里沉默了许久,就听对面沉声说:"锦衡。"

"嗯。"傅锦衡此刻也安静听着,等着他要说的话。

在又一阵的沉默后,傅时浔清冷幽深的声音响起:"我很担心她。"

"这个朋友对你很重要?"

连傅锦衡都彻底诧异,他从未见过他哥这样。

傅时浔抬头望向抢救室的方向,低声说道:"嗯,很重要。

"她是我喜欢的人。"

韩星越和他爸爸,以及云樘、云霓兄妹二人,是在三个小时之后赶到的。北安也在下着大雨,哪怕一直以来一路畅通无阻的高速,也堵起了车。他们竭尽全力赶到的时候,阮昭已经被送进病房里,谁都不能探视。

"傅教授。"韩星越一到楼上,看见坐在门口的傅时浔,直奔而来。他额头上全都是水,也不知是汗还是雨,"我姐她怎么样?"

傅时浔说:"现在已经送进病房了,医生说需要观察一个晚上。"

"怎么会这样?"韩星越性子急,一连串发问,"我姐为什么会受伤,还是在山上受伤的,她不是去考古的吗?"

"星越。"一旁的中年男人及时站了出来,低声喊住他。

韩星越抿了抿嘴,强忍着停了下来。

中年男人客气地看着傅时浔:"傅教授您好,我是韩华斌,是昭昭的姑父。她姑姑因为出差并不在北安市,请问到底发生了什么事情?"

"今天阮昭因为身体不舒服,没有前往考古现场工作。我中午回去的时候,她还在家里。下午我发现联系不上她,就立即回去找她。后来才发现她上了鸣鹿山,我找到她的时候,她正躺在山道下面的坡底。"

"我姐为什么会突然上山啊?"韩星越又没忍住问道。

· 239 ·

傅时浔黑眸微垂："因为她在三溪村认识的一个小姑娘独自上山采野菜，当时雨下得很大，她一直很担心对方。后来她去小姑娘家里找了一趟，发现对方一直没下山，所以她就上山去找了。"

一开始，傅时浔还不理解为什么阮昭会对那个叫曲婷的小女孩那么关注，但在小木屋里的对话让他彻底明白了。阮昭是被抛弃的女孩，而曲婷虽然没有被父母遗弃，但处境也没好到哪里去。阮昭对曲婷，应该是一种同病相怜吧。

"哎，昭昭这孩子打小就是这样，面冷心热。"韩华斌听完，又叹了口气。

随后他注意到傅时浔的脸色，同样极难看，不由得说道："傅教授，既然我们也来了，不如您先回去休息？这里就由我们守着好了。"

"不用，我也留在这里。"傅时浔当即说道。

"是我带她来这里的，我应该守着她。"

见他这么说，韩华斌也是没再继续说话。

到了晚上，云橙主动劝说道："姑父，不如您先带着星越和云霓回酒店休息，我守在这里。昭昭醒了，我就立即通知你们。"

这么多人，在这里干等着，也不是办法。

"我不去，我要等我姐。"韩星越想也不想地拒绝，"让我爸和云霓回去。"

云霓附和道："我也要等昭姐姐，让姑父去休息。"

韩星越说："爸，你年纪大了，熬不住，你赶紧回去休息吧。"

韩华斌看着自己的孝顺儿子，无奈道："你留在这里能干吗，是能给你姐姐交钱，还是能照顾你姐？"

"我可以照顾昭姐姐。"云霓赶紧说道。

最后韩华斌强制带走了韩星越和云霓，让云橙和傅时浔两人留在医院。留下来的两人都不是话多的，有点儿相对无言。

傅时浔微闭着眼睛，在闭目养神。云橙忍不住朝他看去，见他身上的白衬衫早已经糟蹋得不成样子，浑身泥点子不说，大概是因为淋了雨之后又重新干了，衬衫上全都是一缕一缕的水渍痕迹。

云橙见过傅时浔几次，对他的印象就是，冷淡又骄矜的大学教授，从不花里胡哨，但也清贵至极，从没见过他如此狼狈的一面。

"傅教授。"云橙开口喊道。

傅时浔微睁开眼，哪怕是此刻，那双清冷的黑眸依旧冷淡如斯。

云橙问："我可以请问您一个问题吗？"

傅时浔微微颔首，云橙却顿住了，他似乎思考了许久，才开口问道："对您而言，阮昭是什么样的存在？"

这个问题让傅时浔沉默了许久。云橙认真地看着他，似乎在等他的回答。

傅时浔同样回望着云橙，神色严肃而认真道："我想把这个答案，亲口告诉阮昭。"

顾筱宁在医院见到阮昭的时候，她瞧着穿着病号服的人，眼眶瞬间红了，惹得阮昭都不由得无奈道："你要是哭出来，我就真瞧不起你了。"

"瞧不起就瞧不起，你遭了这么大的罪，我哭两声怎么了。"

这会儿她又忍不住抱怨道："我们还是亲闺蜜吗？你住院，全世界我是最后一个知道的吧。"

"那倒不至于。"阮昭摇头。

可是她刚说完，想了下，突然又愣住，她身边实在没什么朋友。她受伤，除了顾筱宁之外，也就只剩一个梅敬之不知道。

顾筱宁却敏锐地逮到了她的表情，怒道："你看看你的表情多心虚，是我吧，全世界最后一个知道的人，就是我吧。"

阮昭低声说："还有梅敬之不知道。"

"他跟你什么关系啊，我跟你什么关系。"

不过阮昭这会儿反而好奇了，她问："你怎么知道我住院，是你去家里了吗？"

她没有特地打电话告诉顾筱宁这件事，所以此时顾筱宁过来，她就猜测顾筱宁是去了家里，估计是从董姐那边得到的消息。

"不是。"顾筱宁得意地一摇头，"你大概都猜不到我是从哪儿得到消息的。"

顾筱宁想吊起阮昭的好奇心。奈何阮昭依旧是一副清冷淡然的模样，笃定地望着她。

顾筱宁彻底被打败，说："你就拿捏我吧，你就是知道我肯定憋不住是吧。"

她确实是不太守得住秘密，特别是在阮昭面前。

"我是去考古队,怎么都没找到你,问了之后才知道原来你居然住院了。"顾筱宁忍不住在她肩膀上打了下,低声说,"你也真是的,这么大的事情,真不告诉我啊。"

阮昭:"有医生和护士每天精心照顾,告诉你也只是会打扰你工作。"

顾筱宁叹了口气。她能不知道阮昭的性格吗?从来都是清冷的模样,从不麻烦人,也拒绝被别人麻烦。

"不过你为什么会去考古队?"这次阮昭主动问道。

顾筱宁:"看来你不知道外面都变天了吧。"

阮昭:"变什么天?"

"就知道你不怎么玩社交媒体,来来来,给你看看,你的那位傅先生现在在网上有多火。"

原来,就在阮昭受伤住院的这几天,北安电视台联合社交平台,对鸣鹿山秦汉古墓发掘遗址做了一次实时报道,也就是对秦汉古墓的发掘做了现场直播。

"本来我们台里领导的意思,一是配合市里的宣传,二也是为了顺应现在保护咱们中国传统文化的潮流。但毕竟考古是冷门,大家都做好了没人看的准备,所以一开始过去做直播的就一个团队。"

"结果你猜怎么着,一天下来,一千万的直播观看,微博的话题不到两天就破亿了,他们开的官博几天就涨粉上百万,热度真的是出乎我们所有人的意料。"

阮昭确实也没想到,她才离开短短几天,就发生这样巨大的变化。

她忍不住问:"所以傅时浔怎么了?"

顾筱宁撞了下她的肩膀,欠兮兮地说:"装什么呢,他长什么样,你还不清楚?你说这种大帅哥,哪怕他躲在藏地高原上,只要有个手机,都能火遍全国。更别说他在我们全镜头的直播下面帅成那样,网友长了眼睛都能看见他好吧。"

自从进入了自媒体时代之后,多少网红凭借几十秒钟的惊为天人,迅速火遍大江南北。

"正好,我们现在就在直播呢,我给你看看吧。"顾筱宁已经彻底忘了自己今天是来干吗的了。

等她打开直播平台,果然就在首页最热门的大图推荐上找到傅时浔的直播,连标题都写得挺吸引人的。

——感受"云考古",大帅哥带大家体验千年古墓考古。

点进去,镜头正好就对准了四号坑,此时坑底的傅时浔正在移动的平台架上,他匍匐在上面,一点点挖掘着埋在深土里的文物碎片。

——傅教授的脸,我可以再看一万年。

——这什么身材啊,傅教授的肩宽离谱,快把外面的白大褂脱了,我要看倒三角。

——世界上有什么是完美的吗?有,那就是傅教授。

——我之前以为傅教授的脸已经够好看的了,直到我看到了傅教授的手指。

视频底下直播弹幕刷得飞起,根本来不及看清楚,评论区更是各种对傅时浔的"彩虹屁"。

"所以,现在他是红了?"阮昭问。

顾筱宁点头:"对啊,我们电视台好多制片最近都在打听他,各种想要邀请他上节目的。毕竟大学教授上节目的挺多,况且他还长得这么帅。"

阮昭:"他肯定不喜欢。"

顾筱宁:"你确实是了解他,他一口就拒绝了。"

"听说一开始我们直播采访他,他也不愿意,还是后来考古队领导找他谈话,他才勉强接受。"顾筱宁解释,"但直播采访嘛,肯定得找形象好的吧,有他这种大帅哥在都不好好利用的话,真的是要遭天打雷劈的。"

"对了,你住院他怎么都不来看你?"顾筱宁有些不满。

这几天她也在考古现场,可是亲眼看见傅时浔每天都忙进忙出的,根本没时间来看阮昭。

顾筱宁说:"本来你就是为了他才进的考古队,结果受了伤,他最起码应该照顾你吧。"

"谁说他没照顾了?"阮昭答道。

话音刚落,病房的门被敲响,一个外卖小哥模样的人拎着一个盒子,怀里抱着一束淡雅的百合花。

"阮小姐,您的午餐和花。"

对方很熟稔地走了进来,直接将手里的袋子放在了桌子上,又把原本摆在对面桌子上花瓶里的花换了下来,将自己带过来的那束百合花放进去。

阮昭的病房位于医院的高层,独立病房。阳光密密实实地压进来,将原本雪白一片的病房染成了金色。

"阮小姐,我先走了。"外卖小哥熟练地弄好东西,拿上换下的那束花,走了出去。

顾筱宁看着花瓶里的花,又看着桌子上的食盒。她指了指,忍不住说:"这该不是……"

顾筱宁满脸疑惑:"你们不会已经在一起了吧?"

阮昭说:"还没有。"

"那还等什么?"

阮昭陷入沉默,那天她从病房里醒来后,所有人冲进来,听着姑父、韩星越、云霓和云橙他们焦急又关切的问候,她的目光落在了最后面的傅时浔身上。他就站在门口,安静地看着自己。

阮昭又想起他在小木屋对自己说的话,他说自己之所以这么多年从未忘记那个小女孩,就是因为他害怕所有人否定他的说法,是因为那个小女孩为了救他已经死掉了。光是这样的猜测,就让他如同背负着枷锁般,从未走出来。

"你刚才是不是说,我是为了他进考古队,他应该来照顾我?"

顾筱宁愣了下,她确实是这么说的。

阮昭说:"但我最怕的就是他这么想,道德感强的人总会将一切都背负在身上。筱宁,傅时浔就是这样的人,他已经背负了太多,所以我不希望我也成为他的枷锁之一。我不希望他认为我是因为他去了考古队,才会受这么严重的伤。"

此刻阮昭缓缓抬起自己的手掌,顾筱宁"啊"一声尖叫出来。阮昭的手掌布满了密密麻麻的细小伤口,最严重的是她手背上的一条伤疤。长长的一道伤疤,黑色的针线缝在伤口上,显得格外狰狞。

"怎么会这样。"顾筱宁的眼泪瞬间落了下来。

她比谁都知道阮昭有多爱惜这双手,反而是阮昭本人神色淡然而冷静,她说:"医生说了,应该不会影响手指的功能。"

"可你是修复师啊。"顾筱宁太知道她的工作有多精细,要不然她也不会那样保护自己的双手。

"你知道我为什么最近不跟傅时浔联系了吗?不是我怪他,而是我希望他真正地想清楚,阮昭这个人对他而言,究竟是什么样的存在。"

无独有偶,她居然说出了类似云橙那天晚上问傅时浔的话。

"我已经向他走去了九十九步。"

阮昭抬眸望向花瓶里的那束百合花,纯洁无瑕的花朵盛开在阳光下,她勾起一丝笑意,有种淡然的笃定。

"现在,这最后也是最重要的一步,我要他向我走来。"

第九章 /
现在我落在你手里了。

顾筱宁在病房里陪着阮昭,一直到下午才离开。

在她走后,阮昭一个人躺在病床上,不由得想起那天早上她醒来的场景。

医生检查过她的身体之后,便通知家属可以进来。大家蜂拥而入,她还是一眼就看见了站在门口的傅时浔。那样的傅时浔,狼狈不堪,一夜熬下来,下巴有些明显的胡楂,跟她在扎寺初见的那个骄矜清冷又俊美的男人判若两人。

"都别担心了,医生肯定跟你们说过吧,我已经没事了,估计在医院里休息几天就能出院了。"

阮昭一脸是伤地躺在床上,反而比其他人神色都淡然。

云霓到底是个小女孩,最是憋不住气,看着她的脸,一下就要哭了:"昭姐姐,你怎么会伤得这么重。"

阮昭见她盯着自己的脸颊,不由得一笑:"医生说了,这些都是小伤,真没事。"

她因为是从山道上滚下去的,所以脸颊被碎石擦伤了,此刻看起来格外凄惨,小半张脸都被擦破了皮。要是之前她或许会找借口把傅时浔支开,毕竟她那么在乎自己在他眼中美不美,可是想到小木屋里只有他们两个人时,他早就将她最狼狈不堪的模样都看在眼底。甚至连她埋在心底,对顾筱宁都不曾吐露过的秘密,都告诉了他。

见云霓还在哭,阮昭试着抬手,但是她发现自己的手臂太沉了。等她的手好不容易举起来,旁边的人几乎同时喊了起来。

韩星越："姐，你的手怎么了？"

云霓："昭姐姐，你的手。"

这会儿阮昭才低头看着自己的手掌，原本那双保养到极致的手此刻遍布细细小小的伤口，最重要的是右手手背上被缠着厚厚的纱布。

这次一直表现得很淡然的阮昭也失了神色，呆滞地望着她的手掌。

她知道自己当时跟那个曲老二缠斗的时候手套被扯丢了，但是她没想到手掌会受这么重的伤。或许是在小木屋里时她浑身剧痛，以至于她对手掌的疼痛没了那么敏锐的感觉。

此刻，傅时浔的表情同样很震惊。

昨天他找到阮昭的时候，她躺在大雨里，浑身冰凉，他只能先将她带到小木屋里。后来他抱着她，她的双手一直垂在地上，傅时浔也没有注意到她的手掌。

云橙转身去找医生，没一会儿医生赶了过来。

韩星越问："医生，你快看看我姐的手，她的手没事吧？"

医生说道："病人现在主要的问题还是之前失温症引起的后遗症，手上的伤倒只是小伤，这个手背昨天我们就做了处理，缝了十针。"

"医生，我是一个文物修复师，我的手对我很重要，所以我的手掌会变得不灵活吗？"

医生一愣，这倒是没想到，但也挺能理解她的担忧，毕竟医生这个职业也对手指精细度要求高。作为专门修复文物的人，手掌若是有损伤，确实是无法接受。

医生赶紧安慰道："放心吧，昨天我们已经检查过了，你的手掌伤势主要就是各种细碎的小伤，估计是从山上滑下来的时候被石子割的。最大的这个伤口虽然缝了十针，但也并没有伤及筋骨，所以我相信手掌的功能应该不会受到什么影响。"

虽然医生确实在安慰阮昭，但做医生的，也不敢把话说得太满。

众人的心也是依旧吊着，倒是阮昭低头看了眼自己的手掌，轻笑道："我相信自己不至于这么倒霉。"

连医生都说应该不会受到什么影响，那她就当肯定不会受影响。

"好了，家属看完就先回去休息吧，病人也还是需要静养的。"医生见病房里挤满了人，忍不住叮嘱了两句。

于是最后云霓留下来，让其他人先回去休息。

云橙和傅时浔都守了一整夜，两人虽然在外面也闭了闭眼睛，但是在医院这种地方，等待的家属永远都是睡不好的。

就在病房空了之后，云霓问阮昭想要吃什么，她去买点，突然房门再次被打开。傅时浔手里拎着袋子，上面写着"养生粥铺"。

"我给你和云霓都买了点东西，刚才我问了医生，他说你可以吃流食。"傅时浔走进来，将袋子放在桌子上。

阮昭冲云霓看了眼，小姑娘十分自觉且懂眼色地说："我先去个洗手间。"

她走后，病房里只剩下阮昭和傅时浔。

阮昭笑盈盈地看向傅时浔，弯了弯嘴角，故意说道："傅教授，你好狼狈啊。"

她的故作轻松，似乎是想打破彼此间沉默的气氛。

"对不起。"

傅时浔微抿着唇，最终还是说了这句话。

阮昭微叹了下，果然，他还是将自家受伤的事情揽在了身上。

她说："我之前在木屋的时候，都还没来得及跟你说，我去山上找曲婷，结果那个曲老二尾随着我一起上了山。我是因为跟他发生争执，才会失足掉下山。所以要说起来，我应该算账的是他，你不需要跟我说什么对不起。"

她此刻说的话确实让傅时浔为之一惊，本来他以为阮昭是因为雨天山道太过湿滑才会失足掉下山道，没想到居然是因为曲婷的父亲。

"傅教授，你不是说过你也是普通人，所以你没办法避免所有的意外，也不要把所有的错都揽在你自己身上。"阮昭轻声说道。

她从来不希望自己也成为傅时浔的道德枷锁，这件事本来就是她自己的选择。如果再让她选一次，她应该还是会选择在那个时间去找曲婷，还是会碰上曲老二，还是会因为跟对方缠斗失控摔下山。

阮昭微仰头："快回去休息吧，你都有胡子了，傅教授。"

她伸手点了点他下巴的方向。

傅时浔将袋子打开，拿出里面的餐盒，递了过来："我先看你吃东西，吃完了我再走。"

之后的两天，傅时浔每天都会坚持过来，而且晚上就住在医院里，陪着阮昭，哪怕她提醒他也没有回去。

还是庄维和田希过来看她，阮昭问考古队那边怎么样时，田希不小心说漏嘴，讲今天傅时浔刚被考古队的总负责人训斥了一顿。

"我们当时也惊讶不已，傅教授是从来不会犯这种低级错误的人，结果他就是犯了。赵老师批评傅教授的时候，好多人都撞见了。"

阮昭想了下，问道："傅教授怎么了？"

"我感觉他好像是精力不太够。"田希小声说道。

庄维立即制止她："田希，算了，阮老师都病了，我们别拿这件小事打扰她。"

阮昭也是这时候才知道，自己生病住院，他每天都开车从三溪村赶到医院，然后又一直在医院陪伴自己，早已经严重影响了他的工作状态。就像她说的那样，傅时浔这样的男人，外表太冷，心底却柔软得不得了。明明不是他的过错，他也要将所有责任都揽在身上。

原本阮昭以为，小木屋里的那个吻改变了他们彼此的关系，但当她重新醒来时，不管是她还是傅时浔，都没再提起那个吻。

第二天晚上，傅时浔一下班就立即赶到医院。他看到空空如也的病房，立即抓着路过的护士问道："请问这个病房里的人呢？"

"转院了，说是转到北安市的医院去了。"护士对他可太有印象了，谁都知道63号病床那个漂亮到不像话的女病人有个痴情又帅的男朋友，每天都会过来陪夜，赶都赶不走。

傅时浔转过身，望着这间空空的病房，有种说不出的滋味。

或许是猜到他又会赶来，又或许是莫名的心理感应，他的手机响了起来。是一条微信，阮昭发来的。

阮昭：傅教授，我想你现在应该到了医院吧。很抱歉没能提前跟你说，我已经转到北安的医院，这几天我知道你也很辛苦，而我最不想看到的就是耽误你的工作。小木屋里发生的一切，其实我都记得一清二楚，我想你也是，不要再将所有的错揽在自己的身上。就如同我对你的生日祝福那样，我希望你的世界永远璀璨而热烈，如星火一样，永远长明。所以现在我好好养病，你努力工作。不用回北安市找我，我会好好养伤，毕竟不会有哪个女人希望自己结痂时的丑模样被喜欢的人看见。

本来以为就这一条，可在傅时浔读完这条时，又进来一条。

阮昭：我们也给彼此一段冷静的时间，真正认清楚心底的想法。

他望着这句话，再次陷入沉默。

果然，这天之后，阮昭再也没联系过傅时浔。她不再像之前那样，只要有时间，哪怕无法见面，也要在微信上撩拨他一下，以至于傅时浔在休息时也会不自觉地伸手拿手机，检查微信新信息。

可这一次，他没再收到阮昭的信息。

阮昭在医院里待了十天，经过专家医生的再三检查，确定她的手掌不会有任何功能影响，她姑姑阮瑜这才允许她出院。

阮昭长这么大，人生中唯一怵的，大概就是这位姑姑。

好在阮瑜也知道，阮昭在小院里有董姐照顾，而自己要上班，丈夫韩华斌也要上班，更不可能指望韩星越照顾阮昭，阮瑜这才同意阮昭回自己的小院休息。

当天，阮昭回到家里，躺在床上，有种恍如隔世的感觉。

只是韩星越当晚就搬了过来，用他的话说：“姐，我跟我妈报备过了。我说我来小院陪你，你现在在家里，又不能工作，肯定很无聊。而且你要是有个什么事儿，需要个跑腿的，正好我也可以。"

阮昭看了一旁虎视眈眈的云霓，还有正在擦桌子的董姐，淡然道："我这里最不缺的就是跑腿的。"

不过就算这样，韩星越还是住了下来。

原本一切平安无事，阮昭脸上的擦伤也养得差不多了。

这天，阮昭从楼上刚下来，她这几天没工作，一直在看爷爷留下来的修复手册。她爷爷虽然不如她的师父顾一顺名气这般盛，却一直有个心愿，那就是有朝一日也能将自己的修复心得出版成册。只可惜，他只是个因为要照顾儿子而被耽误了修复生涯的普通文物修复师。她时常会翻阅爷爷亲笔写下的这些修复手册。

她下楼后，就听到客厅里的韩星越在骂脏话："谁说我姐是在倒追，傅教授也对我姐有意思好吧。这些脑残，什么都不懂。要是傅教授不喜欢我姐，他能在医院陪我姐那么多晚，赶都赶不走。"

"要是让我知道这些键盘侠是谁，我一定拧掉他们脑袋。"

他骂得正起劲，阮昭正好从身后直接将他手里的手机拿了起来。原来他在看一个帖子，应该是北安大学校园论坛上的帖子，有个清晰而血红的"hot"字样。

阮昭认真看起帖子，帖子的名字简单又粗暴：放烟花倒追傅教授的女主角，就是篮球场上的那个大美女吧。

啊？

她往下看，就看到楼主说：

这几天在某音上被点赞了上百万的那条烟花短视频，就是有人为了追求本校考古系知名大帅哥傅时浔教授而放的。而这个放烟花的女主角，很可能就是之前在篮球场上与傅教授亲密互动的大美女。

这个楼主不仅放了那条烟花视频的链接，还在下面放了篮球场的照片。

那场篮球比赛是官方主办的，学校为了跟踪报道，当时确实拍了不少照片，也不知是不是摄影师偏心，居然有不少阮昭的照片。

阮昭倒是对那条烟花视频挺感兴趣，于是她直接点开链接，就看到赤橙色的烟花将大半边漆黑夜幕彻底点亮，然后一个大大的"X"在空中打了出来。

"这个视频怎么会出现在网上？"阮昭嘀咕了下。

但她略一想，当天看到烟花的，不仅有她和傅时浔，还有那么多考古队的人和村民，或许还有去鸣鹿山游玩的人。

韩星越见她看见了，干脆也不瞒着，直接说："姐，你都不知道最近傅教授在社交媒体上有多红，但凡跟他有关的事情，都特别容易引起讨论。

"这个烟花视频也是，是被人放在网上的，说是有人为了追求傅教授特地放烟花哄他。"

阮昭点头："那倒也没说错。"

韩星越："……"

半晌，他小声问："姐，这不会真是你放的吧？"

"嗯。"阮昭漫不经心地应了声，已经点开帖子底下的评论。

——这撩男人的手段真的厉害了。

——但凡我有人家一半会，我也不至于到现在还单身。

——等等，不是说傅教授不近女色，一心出家的？怎么现在又有绯闻女友了。

——什么绯闻女友，我问我朋友了，她就在这个考古队，她说根本就是那个女的倒贴，仗着自己长得漂亮，就各种倒追，结果傅教授根本不搭理她。

——哇，是谁爽了，是我。果然傅教授压根儿不看脸，只要是女人就休想靠近他。

韩星越看着帖子里的这些回复，不由得无语，忍不住瞥了一眼阮昭的脸色，低声说道："算了，姐，还是别看了，都不是什么好话。"

傅时浔虽然不是明星，但是作为刚爆红的新晋热点人物，一出现就笼络了不少女粉丝。粉丝的心思本来就是这样，她得不到无所谓，反正大家都没机会，那就一起远远欣赏对方好了。但要是有个人能靠近傅时浔，那种嫉妒的心理瞬间就起来了。

阮昭确实觉得没什么可看的。至于烟花视频，她也无意追究是谁放在网上的。不管是有意的也好，无意的也罢，她根本就不怕别人看。毕竟那么大的动静，她根本就没有想要隐瞒的意思。她要真怕丢人，也不会选择用这么轰轰烈烈的方式。于是这件事就被她迅速抛在脑后。

而梅敬之也终于得知她受伤的事情。他到家里的时候，总会嬉皮笑脸的人，头一次神色冷漠而严肃。

"你究竟打算什么时候告诉我这件事？"梅敬之盯着她问道。

阮昭："你放心，医生说过了，我的手哪怕变成现在这么丑，手指的灵活度根本不会受到影响。"

梅敬之差点暴走，他说："我是在担心你的手吗？"

"你担心我的话，那就没必要了，我已经好了。你今天来是有什么事吗？"

大概不面对傅时浔的时候，阮昭永远清冷而理智。已经过去的事情，她压根儿就不会再去在意，多想无益，自添烦恼罢了。

"阮昭，你以为我们只是单纯的合作关系吗？我对你只有利用和利益吗？还是说你对我只有这些？"梅敬之丝毫没被她转移话题的态度所影响，直接问道。

阮昭淡淡望向他，半响，低声道："朋友，我一直觉得我们是朋友。"

"那麻烦你下次再遇到事情的时候通知一下你的朋友。"梅敬之没好气地说道。

阮昭自知理亏，也没再说什么。

谁知对方转头就说："正好有个慈善拍卖会，你陪我一起去吧。"

阮昭嗤笑了声，双手缓缓环抱在胸口，微微颔首："梅总，下次你还是直接谈利益吧，我觉得这样我们的相处更容易点。"

不过最后阮昭还是答应了梅敬之。

这个慈善拍卖晚会确实是嘉实帮忙举办的，不过是为了给白血病儿童捐款，所筹得的善款会定点资助这些患有白血病的儿童。阮昭也是听到这个才会同意前往。

晚会是在周六晚上举行，梅敬之亲自过来接阮昭。

阮昭并没有穿礼服，依旧是一身精致的国风打扮，她穿了一条改良款的马面裙。梅敬之早就习惯了她这样的打扮，从来不会指望她跟晚会上的其他女人一样，穿那种性感的礼服。

两人到了晚会场地，哪怕梅敬之带着她低调地坐下，依旧还是吸引了不少关注。

等拍卖到一个紫檀木摆件的时候，阮昭就发现对面有个中年男人频频举牌，而坐在他身侧的是许久没见的秦雅芊。

"看来这件紫檀木，海川的秦总志在必得啊。"

梅敬之不怀好意地一笑，望向对面的秦雅芊父女两人。他懒洋洋地举起手里的牌子，给了个比秦伟更高的价格。

秦伟一看是梅敬之在跟自己争，先是冲着这边客气一笑，然后就毫不客气地再次举牌，原本一个价值两百多万的摆件，在两人相持不下的竞争中，居然直接飙升到了四百万。

最后秦伟在所有人的注视下，咬咬牙，没再举牌。

主持人拍下槌子，说了声"恭喜梅总"。

阮昭淡然道："当狗大户，果然就是痛快。"

梅敬之："……"

中场休息的时候，阮昭去了趟洗手间，因为这层楼有不少女宾，也都在这时候前往洗手间，于是她就干脆去了楼上。

没想到就是这么冤家路窄。她正要推门进去的时候，就听到里面传来的女声："雅芊，你说那个阮昭是不是故意让自己的男朋友跟你爸爸抢的，可真够不要脸的。"

这声音听起来居然不陌生。

大学的时候，秦雅芊身边就聚集了一堆捧秦大小姐臭脚的人。没想到这都毕业这么多年，她居然还能再次见到这些人。

里面的秦雅芊正在补粉，粉饼在脸上扑了扑，忍不住"砰"地盖上

253

盒子，冷笑说："那哪是她的男朋友，不过就是梅敬之带来装点门面的，她现在正在追傅时浔呢。"

"傅时浔？是不是你一直提到的那个人？"不愧是小跟班，对秦雅芊的历史都一清二楚。

秦雅芊得意道："对啊，不过她阮昭这次也算是踢到铁板了，还真以为自己什么都能做到啊。就该让傅时浔这样的男人治治她，也好让她知道不是有脸就能为所欲为。"

阮昭真不是故意想要偷听的，她就是觉得好笑。她甚至在想，是不是还得跟秦雅芊道谢，最起码在背后看她笑话的时候，秦雅芊居然还承认了她有颜值。

不过阮昭确实懒得跟秦雅芊计较，现在进去跟秦雅芊扯头花也是没什么意思，于是她又重新下楼。

等她从楼下洗手间出来，就看见秦雅芊带着小跟班正好也往宴会厅走，两人走在前面，丝毫没注意到身后的阮昭。

小跟班这会儿捂着嘴，笑得格外开心："你这个办法好哎，我感觉你再努力努力，那个傅教授真逃不了你。"

秦雅芊轻推了她一下："我哪会这么有心机，我又不是那个阮……"

"不是我吗？"突然，身后传来一道冷冷的声音。

两人俱是吓了一跳，转过头。看清楚来人时，两张化着精致妆容的脸更是面无人色，不住喘着气看着阮昭。

秦雅芊醒过神，这才薄怒道："阮昭，你过分了吧，居然干偷听这种事情，你不是一向自诩光明正大。"

"我可从来没说过自己光明正大，你也不用着急给我扣帽子。"

阮昭压根儿不搭理她这套，直接上前，直勾勾地望着她："你是不是以为上次交流会的事情我什么都不知道。"

秦雅芊脸色又是一白。她嘴硬道："无聊，我根本不懂你在说什么。"

"那好，刚才你在厕所提到我了吧。"阮昭根本没打算给秦雅芊脸，她那双锐利而直白的黑眸紧紧地盯着秦雅芊，冷漠道，"你跟我的事儿，你不管耍多少阴招我都无所谓，因为我也不是什么良善的人，我会让你还回来的。"

她微顿了下，这才语气更加凶狠地说："但是，如果让我知道你利用你们秦家什么所谓的金钱和权势，对傅时浔做出点什么的话，我一定会让你身败名裂。"

可是她说完这句话，秦雅芊不仅没生气，居然还神色古怪。

秦雅芊盯着阮昭，确定她是认真的，冷不丁笑了起来："阮昭啊阮昭，亏得你还这么死皮赖脸地追了人家这么久，你居然连他的身份都不知道？"

阮昭愣住。

秦雅芊继续刺激她："你居然以为我会拿权势打压傅时浔？你该不会真的以为傅时浔他只是个普通的大学教授吧？"

这次，阮昭彻底沉默。她越是沉默，秦雅芊越是得意，要不是顾忌着所在场所，她恨不得大笑起来。

此刻哪怕周围越来越多的人在围观她们，秦雅芊不仅没觉得丢脸，反而越发得意，她得意扬扬地说："你的担心可真的太多余了，我怎么可能对付得了他呢。既然你真的不知道，那我也不妨告诉你。毕竟像你这种人，确实是不太了解我们这个圈子里的事情。"

头一次，秦雅芊在阮昭身上得到了一种酣畅淋漓的痛快。

"傅时浔，他可是盛亚集团的大少爷。"

盛亚集团？

阮昭彻底怔住，秦雅芊还在单方面地输出，说："你应该知道盛亚集团吧，北安市的龙头企业，价值几千亿的上市集团公司。虽然傅时浔没有参与公司的事情，但是不代表谁都能欺负他，所以也轮不得你替他出头。"

"她替不替我出头，这事儿也轮不到你来说吧。"

就在秦雅芊准备致命一击，彻底击垮阮昭时，旁边传来一道清冷至极的声音。所有人扭头看过去，就见一个穿着最普通白衬衫和黑色长裤的男人缓缓地走了过来。在所有的注视下，他走到了阮昭的身侧。

阮昭抬眸，望着近在咫尺的男人，依旧是那张骄矜又英气至极的脸。微冷的表情，仿佛没将全世界放在眼底。

现在，阮昭也彻底明白他所有的底气来自何处。阮昭觉得自己需要冷静，要不然她也不知道自己会对傅时浔说出什么话。说来也好笑，他一次都没对自己说过他是普通家境出身，是她自以为是罢了，居然还心疼他要为考古队找投资。

"时浔哥。"秦雅芊失声喊了一句。

可是傅时浔的眼神连一丝余光都没有留给她，他专注地看着眼前的姑娘。阮昭转身要离去，却被他抢先一步拦住，他直接问道："你在佛祖面前说的话还算数吗？"

这一句话不仅问蒙了在场所有人，同样也问蒙了阮昭。阮昭不明所以地看着他。

傅时浔耐着性子地提醒她："你说，若我日后落在你手里，你必好好待我。"

阮昭："？"

"伸手。"傅时浔语气淡然。

阮昭下意识地伸出手，接着，男人将自己的手掌搭在她掌心，双眸凝着她，一字一顿道："现在我落到你手里了。"

傅时浔轻轻握住阮昭的手掌，哪怕隔着手套，依旧能感受到她的手指纤细而柔软。哪怕心底再喜欢，他也不敢过分用力，他见过阮昭手上的伤有多重。

"秦小姐，我想跟你纠正一点，我不是什么盛亚集团的大少爷，我跟盛亚集团最大的联系，就是我爷爷是这家公司的创始人，但我本人没有一点盛亚的股份，更不存在对盛亚有过任何贡献。无论盛亚有什么样的成就，都跟我无关。我的职业是大学考古系教授，阮昭对这一点一清二楚。"

此时周围早已有不少人围观，站在或近或远的地方，哪怕眼睛没看向这边，耳朵也正竖起来听呢。

秦雅芊也不算什么无名之辈，她回国之后跟着秦伟出入各大场合，一副海川拍卖接班人的姿态。这样高调，让不少人都认识她，所以这会儿丢起人来，也引起了更多的关注。

秦雅芊这会儿已经完全惨白着一张脸，根本是傻了眼，压根儿不知道该说什么了。她身侧的那个女生更是缩在一旁，恨不得自己完全不存在。

"我，我……"饶是秦雅芊平时极善言辞，此刻也彻底说不出话。

原本因为秦雅芊一番话而彻底沉默的阮昭，这会儿脸色已没了沉重。对于秦雅芊此刻身处的窘境，阮昭可一点儿都不同情。

这是个回合制游戏，阮昭在第一回合输在不知道傅时浔的真实家境，但在此时，傅时浔亲自为她找回了场子。

她目光微转,看向身侧的男人。其实他一直是那种外表高冷,骨子里极有教养的人,他对追求自己的女生拒绝得十分干脆,也并不会让对方觉得难堪,这是阮昭第一次见他毫不客气地对待一个人。

"秦小姐,下次这样的话,还是请你不要随便说出口。"傅时浔微微颔首,语气极客气。

他一说完,便转头看向阮昭,低声问道:"你还要进去吗?"

阮昭看了眼周围的人,都是一脸看好戏的表情,她自然不想再留在这里任别人看笑话,所以她说道:"不用,我们回去吧。"

她本来想松开他的手,刚才连她自己都没想到会鬼使神差地把手递过去。可她的手掌松开,身侧的男人却不愿松,他依旧轻轻地握着阮昭的手掌,力度拿捏得正好。

阮昭跟着傅时浔走到酒店外面,这一幕,让阮昭不禁想起上次交流会的场景——他们也是这样手牵着手走出了酒店。

她哂笑出了声。果然,历史总是惊人的相似。

"怎么了?"傅时浔转头看着她,淡声问道。

阮昭倒也没玩"我生气我就不想说话"的小女人姿态,同样淡然表示:"就是想起了交流会,跟今天这一幕还真的像。"

同样的是,上次也有秦雅芊。

"下次遇到这种人,不需要忍耐。"傅时浔低头看着她。

阮昭呵笑了下,反问说:"你觉得我是会忍耐的人?"

其实阮昭从来不是那种等着别人来救自己的性格,结果这两次她都还没来得及怼回去,傅时浔就已经替她先挡了回去。

"抱歉,因为我的问题……"傅时浔想了想,还是开口说道。

阮昭淡然看着他,有些无奈道:"傅教授,你最近跟我道歉的次数是不是太多了?"

傅时浔一手牵着她,另一手插在兜里,夜里乍起的晚风张牙舞爪地将他的黑发吹得微微凌乱,露出额头,整个人站在黑夜中显得更加冷白。这样的他仿佛又像雪山顶上的白雪,清冷又骄矜。

只是下一秒,他目光流连在阮昭脸上,淡声说:"需要道歉的时候,难道不该道歉吗?"

阮昭被他逗笑了,他道歉得还挺拽的。

但很快,她立即想起另外一件事,她仰头看着傅时浔,问道:"你怎么会知道那句话?"

她在扎寺的佛殿里对佛像所说的话,她以为是只有她和那尊佛像才知道的秘密,可是她没想到傅时浔却早已经知晓。

"我并不是故意要偷听的,但是那天我就站在佛殿后面,那里有一道暗门。"傅时浔如实说道。

阮昭睨了他一眼:"所以,其实你早就知道我想追你?"

难怪在她出现在他的课堂上时,他不仅没有惊讶,甚至在第一时间将她赶了出去。还真是符合他拒绝到底,不留一丝余地的作风。

傅时浔直白地望着她,低声问道:"阮昭,刚才我说的话算数,你呢?"

你还要我吗?

他安静盯着她,并不着急催促,安心等待着她的回答。

阮昭为了参加今天的慈善晚宴,特地挽了长发,耳畔留了一缕鬓发,就连口红的颜色都是跟平常不太一样的漂亮正红,衬得皮肤越发冷白。特别是今天穿的上衣,微露肩膀,清楚勾出修长的脖颈和漂亮的锁骨。哪怕傅时浔一向清冷,此时也被她的模样撩拨得心神摇曳。

阮昭此刻朝他睨了一眼,声音冷淡道:"我考虑考虑。"

对于阮昭的故意拿捏,傅时浔一点脾气都没有,十分坦然地接受了这个结果。

大概也是因为秦雅芊说的那件事,毕竟因为他的隐瞒让阮昭在秦雅芊面前丢了脸。本来阮昭是出于担心他,毕竟秦雅芊这种人总爱拿着金钱和权势压人,打着给考古队赞助的名头,借机接近傅时浔,这事儿阮昭不是没干过。但人就是这么"双标",她能干的事情,秦雅芊真要去做,她就会不爽。况且阮昭是分寸拿捏得极好的人,她绝对不会强迫傅时浔去接受。那天在文物局,律师已经带上了合同,阮昭最后还是放弃了,不就是出于尊重他的目的。

之后,傅时浔送阮昭回家。到了家门口,阮昭冷静瞥了一眼身侧驾驶座上的人,心想他这是要追人的态度吗?他是没见过追人还是怎么着,这么冷淡能追着谁啊。不过随后阮昭突然意识到,人家也没说要追她,毕竟刚才她说完考虑考虑,他就不吱声了。

呵呵。

哪怕阮昭对他耐心再好,这会儿也禁不住有些生气了,她解开身上的安全带,伸手就要去推门,谁知靠近他的那只手臂就被对方拉住了。

阮昭回头看他:"怎么了?"声音特别冷静。

傅时浔:"明天我来接你。"

"什么?"阮昭没太听懂他的意思。

傅时浔这会儿比任何时候都耐着性子,他低声解释说:"你刚才不是说要考虑考虑我说的话,那不如这样,这次轮到你给我个机会,让我追你。"

阮昭当即脑子一蒙。这话他说得太自然了,还依旧是那种清清冷冷的调子,一开始阮昭就对他这样冷淡至极的语调上瘾得不得了。

"那行吧,我先回家了。"匆匆扔下一句话,阮昭推门下车。

她打开小院的门,在踏进去之后回头看了一眼,车窗玻璃上贴着防窥膜,但阮昭总感觉有道目光正直勾勾地盯着自己。

回到房间里,阮昭忍不住拿起手机,没想到刷着刷着居然刷到一条关于男女约会争议的帖子。男方因为第一次带女生去肯德基约会,被挂出来吐槽了一遍,底下的评论也争论不休。

——肯德基约会,大学生都没这么抠了。换一个吧,下一个更好。

——就是,我十六岁的外甥约女朋友都不会去肯德基。

——其实肯德基还好吧,最可怕的是有些男的,第一次约会就带女生回家,想要拐上床的心思不要太明显。我愿称这种男人为纯正海王,实锤渣男。

没想到第三条评论底下的回复居然是最多的,好多同病相怜的女生吐槽自己第一次约会被男生带回家,对方半推半就地想要更进一步。阮昭看了看就关掉帖子。反正就傅时浔那个冷淡劲儿,他怎么都不可能是这种人。

第二天早上,阮昭刚醒来就看了一眼手机。昨天傅时浔也没说什么时候来接自己,只是说明天来接。她慢悠悠地吃完早餐,就收到了傅时浔主动发来的信息。

傅时浔:现在过来接你,可以吗?

阮昭:嗯。

半个小时后。阮昭在门口看着站在车子旁边的男人，他今天穿着白衬衫和黑色长裤，跟昨晚的那套很像，但是仔细一看，细节处又很不一样。比如这件白衬衫的扣子，是黑色扣子，袖口处有三排纽扣。黑色长裤的裤脚要稍微窄点，显得他的腿又长又细。

阮昭慢慢走过去，傅时浔拉开车门，她弯腰坐了上去。

等傅时浔也上了车，阮昭突然问道："你好像有很多白衬衫。"

"之前没有多少。"傅时浔一边启动车子一边回答她的问题。

阮昭一怔。她下意识地问："这些都是你最近刚买的？"

"嗯。"傅时浔低声应了下。

就在阮昭脑子里刚生出疑惑时，就听到旁边的男人继续说："你不是就喜欢我这样穿？"

阮昭："……"

她什么时候说过她喜欢他这样穿。阮昭转头，一脸疑惑地望着傅时浔，傅时浔已经将车子开出了巷口。

"我们在扎寺第一次见面时，我不就是差不多的穿着。"

阮昭彻底服气了。因为她在扎寺对他一见钟情，她喜欢那时候的他，于是这男人就推断出她喜欢他这么穿？

这么一想，好像也没什么错，只不过阮昭故意说道："你就没想过其实我就是单纯喜欢你的脸。"

这话刚说完，她就看见傅时浔极淡地笑了下，挺理所当然地说："那你就趁现在有空多看一会儿。"

阮昭发现，她好像有点儿玩不过这男人。他想要"解风情"的时候，实在是太会了。

于是她笔直地望向副驾驶的正前方，忍不住问道："我们现在这是要去哪儿？"

"我家。"

瞬间，阮昭扭头看向他，一脸震惊。不是，这会不会太迅速了点。这就要见家长了？

正好赶上路口的红灯，车子停了下来，傅时浔转头深情地看着她，轻笑了下，挺懒散地说："你想到哪儿了，我是说去我现在住的地方。"

她微眯了眯眼，第一次约会就带女生去家里？哦吼，渣男实锤了。

临近北安大学的时候,傅时浔先将车开到了附近一家超市。这家超市就是那种城市里最普通的商超,不是时下年轻人喜欢的会员超市。

阮昭依旧一头雾水,还是傅时浔主动解释说:"我平时买东西都是在这个超市,这里离学校近,离我家也很近。"

阮昭这才好奇道:"你住的地方离这里很近?"

"嗯,就在学校旁边的那个小区,那个小区算是我们学校的福利房,我刚进大学的时候正好赶上,就买了。"

阮昭:"……"

他这话说得太平静,弄得阮昭都不知道该怎么回答。昨晚她回去之后,上网搜了一下盛亚集团,最新的一条新闻是关于盛亚科技总裁傅锦衡先生出席在北安举办的AI科技成果展览大会,并在大会上发表演讲。

至于盛亚集团,随便在网上翻一翻都知道这个公司有多厉害。傅时浔居然有这样的身份背景,却从未表现出一丝丝倨傲。其实阮昭现在对这件事真没那么生气,她知道秦雅芊当时说的话就是为了打击她罢了,秦雅芊的话也压根儿代表不了傅时浔的态度。她如果因为秦雅芊的话就迁怒傅时浔,反而显得太过斤斤计较。

阮昭的性子既清冷又大气,她不在意的事情太多,外界对她的非议她都不放在心上。但她虽然不会迁怒,可心里到底还是不舒服,总觉得傅时浔对她始终有所保留。这种被排斥在外的感觉,才是她最介意的。

两人一起上了楼,进了超市。

超市里的人不算少,大概是快要开学的原因,北安大学的学生正在陆续回校,估计正好过来补充日用品。他们两人本来走哪儿都是焦点,这会儿也时不时有人将视线落在他们身上。

"你喜欢什么零食?"各种超市的布局大致都一样,门口最前面的地方是家居日用品,他们直接略过没逛,到了卖零食的地方。

阮昭看了一眼琳琅满目的货架,各种五颜六色的包装,看起来很是吸引人。但她一向不怎么吃零食,对这些没什么兴趣。

"这个呢?"傅时浔想着大概女生需要保持身材,没问巧克力、薯片那些,而是拿起了一盒桃干。

阮昭随意点了下头:"可以啊。"

"傅教授。"阮昭朝一旁看了眼,轻声喊道。

傅时浔正在仔细挑选货架上的各种干果，随口应道："嗯？"

"对面有两个女生一直在盯着你。"

听到这话，傅时浔丝毫没有转头的迹象，反而认真盯着面前的干果，又问道："这个芒果干可以吗？"

"你就不好奇看看你的人，万一是美女呢。"

这次，傅时浔将几盒干果放在推车里，慢悠悠转头看着她，淡然说："能漂亮过我身边站着的这个吗？"

阮昭："……"

她彻底不知道该说什么，就连心底原本的不痛快好像也被这句话轻轻松松化解，嘴角不自觉轻轻勾起。

之后再逛别的地方她也没说什么，直到两人来到卖水的地方，还挺巧，又遇到刚才一直盯着傅时浔的两个女生。

这会儿傅时浔正好也看见她们了，两人明显一紧张，其中一个人主动喊道："傅教授，您好。"

傅时浔点头："你们好。"

原来是他的学生，难怪之前一直盯着他们看呢。阮昭安静站在他身边，就见对面有个女生莫名大胆地问："教授，您是跟女朋友一起来逛超市吗？"

她会这么问，只怕连身边的朋友都没想到，那个朋友很明显地抵了抵她的肩膀，大概也是觉得这么正大光明地刺探人家的隐私，实在是不太好。

傅时浔的个性在整个北安大学也算是众所周知，都知道这位教授性格冷淡，对谁都淡淡的，而且不近女色，在北安大学教书这么多年，就从没见过他跟哪个女生关系亲近。

那两个女生其实刚才在零食架那边就认出了阮昭，毕竟学校论坛上的那个 hot 帖子，至今还挂在第一页呢，里面不少人都对阮昭的行为嗤之以鼻。在现代社会里，女追男的事情其实并不少，可是每一次女生主动追求时，都会承受着更大的压力。很多人看不见其中的勇气，只会刻板地认为这样的行为很卑微，同时也很廉价，更是丢了女生的脸。更何况是阮昭这样的大美人，所有人都觉得她应该矜持地等待男人匍匐在她的脚下，而不是这样倒贴。

这个帖子不仅在北安大学火了，后来更是被营销号转载到了公共平台。本来傅时浔这阵子的热度就极高，关于他的一切都会引发讨论，连带着阮昭的名字也逐渐被人知晓。不少人觉得她确实挺勇敢的，能放下女生的矜持主动追人，但也有人像前面所说的那样，不停地诋毁她。

"不是。"傅时浔淡然回答，两个女生都没想到他会回答自己。

那个问话的女生明显地抿了抿嘴，显然她挺开心得到这个回答的。

可下一秒，傅时浔说："我是说暂时还不是，至于什么时候是，也需要问我身边的这位。"

对面两个女生彻底傻眼。这是什么意思？

傅时浔微撇头，认真看向身侧的阮昭："我正在追她，所以什么时候成为我的女朋友，得她点头。"

两个女生离开的时候，都是一脸蒙的模样。

这……这还是北安大学那个以高冷出名的傅教授吗？刚才他是当着两个单身女大学生的面秀恩爱吗？

哪怕这两个女生原本都对傅时浔很有好感，带着那种小女生的崇拜，但是现在心底莫名有种被秀到的感觉。还有，不是说是那个大美女在追傅教授吗？

最开始提问的那个女生掏出手机，旁边的朋友问："你还要干吗啊？"

"去论坛回复啊，他们那些人可都是凭空猜测，咱们是拿到了一手爆料，这可是正主本人亲口承认的。说真的，这个大美女真的好漂亮，论坛上那些人骂她的话真的太难听了。"

她朋友点头："也是，我刚才盯着她看了好久，她皮肤真的白得夸张。"

至于阮昭，眼看着傅时浔淡然地转身，继续推着推车往前走，她愣了几秒，追了上去，转头看着他问道："你刚才干吗在她们面前那么说？"

"实话实说也不行吗？"傅时浔语气平静，嘴角微微勾起，"我现在确实在追你。"

阮昭："……"

倒也不是不行。本来阮昭也不是那种羞涩的小女孩，只是傅时浔这突如其来的表白，让她刚才连话都说不出来。

之后到了生肉区，傅时浔精挑细选了一块排骨，低声说："我记得你挺喜欢糖醋排骨的？"

阮昭眨了眨眼："这你也知道。"

"认真观察的话,不难发现。"

阮昭顺嘴问道:"所以你在认真观察我?"

"嗯。"

本来她也就是习惯性地问了句,实在没想到傅时浔会回答,她扭头看着他,微眯着眼,忍不住问道:"那你是从什么时候开始观察的?"

愿意认真观察一个人,是在乎的开始。因为在乎,才会想要去观察她的一切。

他从什么时候开始习惯性地将目光落在她的身上,傅时浔认真想了下,居然也找不到一个准确的答案。

一开始是习惯了她出现在自己的生活里,好像突然有这么一个人不顾一切地强势出现,哪怕他冷漠以对,她也淡然一笑,接着再做她想做的事情。

从她替自己修画开始,傅时浔在一旁看着她认真工作。她工作起来的模样,跟平时张扬又理所当然的样子截然不同,专注、认真,仿佛眼前只有那幅古画。这种模样,让傅时浔忍不住想起自己初学考古的时候,那种专注的热爱,外人无法感受。

后来,她一点点侵入他的世界。最初的时候,他尚且还能抵挡一二,可是渐渐,他所谓的底线在她面前好像不堪一击。从同意她跟着自己一起去考古队,傅时浔就发觉了自己的不对劲,明明拒绝别人时他格外得心应手,可这次,他好像束手就擒了,甚至到最后,有种心甘情愿的感觉。

傅时浔垂眸看着阮昭,阮昭不甘示弱地回视,问道:"要多给你点时间想想?"

"嗯,确实需要。"傅时浔看着她,低声说,"我得想想,什么时候沦陷的。"

"啊?"阮昭一怔。

两人站在原地,阮昭直勾勾看着他,像突然被他这个用词电了下似的,有种酥酥麻麻的感觉,从心脏处蔓延,一点点遍布全身。

"那你想好了再告诉我。"阮昭嘀咕一声,慢慢往前走。

可身后的男人却在下一秒就回复了她:"恐怕没那么容易想清楚。"

"为什么?"

此时傅时浔赶了上来,走到她身侧,微侧头看着她,声音低沉而带着些许笑意:"喜欢是说不清楚的。"

阮昭被这句话弄得有点迷糊,如同一口干了一壶陈年老酒,连神经都被这句话麻痹了。直到车子开到小区门口,她才稍微回过神。

这个小区算是个半旧不新的小区,不像现在很多新小区,人车分流,这个小区里的车子可以来回穿梭,每栋单元楼门口都画了停车位。傅时浔一进小区,车速就开得极慢,果然没一会儿就看见不少小孩或骑着自行车,或踩着踏板车,疯狂来回,看得人心惊胆战。

阮昭不由得想起姑姑家,姑姑跟姑父算是这个城市里典型的中高收入者,前两年买了一套大户型的房子,整个小区是全智能控制,人车分流是最基本的,不知道比这个小区高档多少倍。

如果说刚才他带自己逛普通商超,阮昭只是有点儿惊讶而已,毕竟很多人对有钱人的刻板印象就是他们只逛贵到离谱的进口超市。那种开在高档商场下面的超市,一颗水蜜桃要卖上百块。那么现在,傅时浔住的地方就更让阮昭震惊。如果在不知道他的身份背景之前,她来这个小区一定会认为傅时浔出身普通家庭。

车子开到后面一栋单元楼前停下。下了车之后,傅时浔将后备箱里买的东西拿了出来。两人一起上楼,他住在十七楼。

"我家是1701室。"傅时浔顺手打开了指纹密码锁。

门打开后,不同于她以为的,这个男人家里从玄关到客厅,家具都是温暖的原木色。玄关干干净净的,门口没摆一双鞋子。

他伸手打开柜子后,从里面拿出一双拖鞋,是干净的白色。

"昨晚临时给你买的。"傅时浔将拖鞋摆在她面前,是可爱的小兔子拖鞋,鞋面上两只兔耳朵支棱着。

阮昭听到"昨晚"两字,原来他昨晚就想好今天要带她回家。

傅时浔将东西拎到厨房里,从冰箱里给她拿了一瓶水,回到客厅拿给她的时候问道:"要我带你参观一下房间吗?"

阮昭点了点头。

其实傅时浔的房子也不大,一百二十多平方米,三室一厅的户型。他独自一人住,所以保留了一个客房,另外一个房间被做成了书房。书房里打了那种顶天立地的书架,上面摆满了各种书籍,一眼看过去就能看到很多跟考古相关的书籍。

走到最后一个房间,傅时浔握着门把,低声说:"这个也要参观吗?"

阮昭已经看过了客卧和书房,剩下的这个自然就是主卧。

"不是说带我参观的?"她微抬了抬下巴。

傅时浔低声一笑,推开房门。

主卧也是温暖的原木风,床上铺着深色的床单被套,对面是一扇巨大的窗户,窗帘早被拉开,阳光争先恐后地洒落在他的床上。哪怕没坐上去试试,阮昭就莫名觉得他的床应该很舒服。

这一瞬,阮昭有种异样的感觉在心头涌现。原本她一直在他的世界边缘徘徊着,现在她站在他的家里,就如同站在他的世界中心一样,她有种真正进来的感觉。

阮昭的家也是她心底最温暖的所在,不管在外面如何漂泊,只要回到那个小院,她就觉得什么都不怕了。

"我先去做饭,已经快十一点了。"傅时浔说道。

阮昭跟着他一块到了厨房,见厨房里干干净净的模样,问道:"你平时会在家里做饭?"

"极少,大部分都是吃食堂。"傅时浔如实道。

这也没什么好遮掩的,阮昭都跟他在食堂吃了两顿呢。

阮昭见他熟练地拿出刚才买的食材,走到水池旁:"要我帮忙吗?"

傅时浔:"不用,你在旁边监督我就好了。"

"你什么时候学的做菜?"阮昭看他的模样,应该不是第一次做饭。

傅时浔想了下:"一开始是上大学的时候,后来我被公派出国交流了一年,不习惯国外的饮食,也是在那年厨艺有了点进步。"

阮昭发现他现在好像话都多了点,不像之前那样冷漠寡言。这种一点点解释清楚的耐心,让阮昭清楚感受到他在努力向她敞开他的世界,容纳她的进入。

不过阮昭敏锐地察觉到一件事,她问道:"你大学就搬出来住了吗?"

傅时浔也没想到她能听得这么仔细,他轻笑了声:"嗯,一开始住在学校里,后来有点儿不习惯就搬了出来,正好当锻炼自己。"

阮昭轻声"哦"了下,但心底特别不是滋味。因为百度百科关于他弟弟傅锦衡的信息还挺全面的,她记得上面说过,傅锦衡是从美国哈佛大学毕业,后来成功进入盛亚集团。一个是在哈佛这样的名校毕业,另外一个出国却是靠着学校的公派机会。阮昭不知道为什么会造成这样的状况，他这样的家庭，不管送几个孩子出国都轻而易举吧，哪怕就算学习不好，想要读这种顶级名校也不过是捐个钱的事情。明明都是儿子，为什么待遇会差别这么大呢。只是阮昭不了解实际情况，也没办法贸然问出口。

傅时浔确实是会做菜，经典的三菜一汤，特别是那个糖醋排骨，糖色炒得堪比董姐那样的做饭行家里手。上面撒了一点芝麻后，那种色香味俱全的卖相登时让不太饿的阮昭也忍不住饥肠辘辘起来。

阮昭这次确实是很给面子，第一碗饭吃完还有点意犹未尽。傅时浔似乎看出了她眼底的留念，直接拿起她的碗又给盛了点。

他顺便又给她盛了一碗汤，"这个汤应该挺鲜的。"

"我怀疑你是故意的。"突然，阮昭直勾勾地望向他。

傅时浔顺势问："故意什么？"

"故意做这么好吃，让我变胖变丑。"阮昭眼神耐人寻味地盯着他，这男人追人的手段实在是有些不走寻常路。

他确实是带自己回家了，可是什么也没做，光给她做饭了。难不成是指望把她喂胖了，降低追求难度？

傅时浔又给她夹了一块排骨，低声哄道："不会，你现在太瘦了，就算长胖点也不会变丑。"

阮昭嗤笑了声，望着他说："来，跟我学。"

她直勾勾地望着他，语气又淡又傲娇道："这时候你应该说，不管你吃多少都不会变胖，这才是女人最想听到的话。"

如果给她一千万和永远不发胖，阮昭觉得她大概会毫不犹豫地选择一千万。偏偏傅时浔只是笑着又给她夹了一块排骨。

两人吃完之后，傅时浔将碗碟收拾到厨房。等彻底收拾好，他走了出来，阮昭正在客厅里看一本他之前放在茶几上的书，是一本考古学者出的书。她微垂着头，神色又是那样专注而认真。

"阮昭。"他靠在柜子旁，突然情不自禁地喊了一声。

阮昭抬起头，如瀑般的长发微微落在耳畔与肩膀上，那张偏冷白调的脸柔美得恰到好处，只是那双黑眸似乎永远带着锐利和直白，直勾勾的，仿佛能看进人的心底。

傅时浔缓缓走过来，走到她坐着的沙发旁。他垂着头，低声说："你是不是想知道我今天为什么非要带你来我家？"

阮昭确实是好奇，但她没说话，只仰头看着他，安静等着。

傅时浔似乎也料到她的反应，阮昭总是跟别人不一样，她有种天生的处变不惊，偶尔会羞涩，偶尔也会恼火，但在最关键的时候，她总是清冷得可怕。

她也在等待着他的解释。

傅时浔在她身边坐下，声音有点儿低："其实也没什么大不了，我就是想告诉你，我不是秦雅芊所说的什么盛亚集团的大少爷。我平常的生活就是像今天你看见的一样，逛最普通的超市，住着自己赚钱买回来的学校福利房，这房子还有二十年的贷款。平常大部分时间都在吃食堂，要出差的时候，可能一两个月都不回家。

"其实昨天下午我到家的时候，这房子脏得不成样子。我打扫完卫生之后，给云霓发了个信息，本来只是想问问你在干吗。结果她跟我说你跟梅敬之出门了，所以我当时一时冲动就找了过去。"

阮昭一怔，这才明白为什么昨天他会恰到好处地出现在那里。

"还记得我跟你说过的那个小女孩吧。"他看着阮昭。

阮昭当然记得。

傅时浔自嘲地笑了下："我一直想要找到她，我曾经以为好像真的没这个人，但是后来才发现，是我的父母刻意抹掉了跟她相关的一切。我跟你说过，我怀疑她是为了救我出了什么意外，我父母的行为越发证实了我的猜测。于是当年为了对抗他们的这种行为，我自动切断了与家里的联系。

"你看，傅时浔也不是从一开始就成熟稳重，他也有幼稚、叛逆、不懂事的一面。"

阮昭突然发现，她越了解这个男人，就越喜欢他，哪怕他曾经也这么幼稚、叛逆。

傅时浔："后来我也习惯了这样的生活，其实从我选择考古开始，我的人生就跟盛亚集团没什么关系了。"

他不是那种物欲很强的人，但也并不是刻意选择贫穷，他就是想要过属于自己的生活，不受约束，做着自己喜欢的一切。他父亲曾经说过，他不能享受傅家的一切，又抛下傅家的责任，所以当初他选择考古的时候就说过，他不会再回头。这么多年过去，他也说到做到了。

傅时浔望着她说："我并不是在刻意隐瞒你什么，因为你早已经看见了最真实的我。"

阮昭此时才明白他做这一切的目的,她眼眶禁不住热了起来,他走的这条路一直都太难了。

或许很多人会不理解,为什么他要放弃那样辉煌璀璨的人生,甘愿走上这条注定不那么耀眼的路。这一刻,他就是要将自己的过去一一摊开给她看,让她了解他那些不为人知的过去,以及曾经遭遇过的选择和挣扎。

傅时浔的话让阮昭心底极不是滋味,心疼、难受,最后化成了一句话:"傅时浔,我好想抱抱你。"

她直勾勾地望着他,大胆而果断地说道。

傅时浔有点儿被她的话逗笑,这理所当然是阮昭会做的事情。但这次他主动伸手,将她揽在怀里。

阮昭双手环过他的腰身,他虽然看起来极瘦,其实是那种又瘦又有点儿肌肉的。

"傅时浔,你应该知道,我当年刚出来修画的时候,一群人看我不痛快,觉得我这样的商业修复师败坏了文物修复师的名声。雷老头有一点没骂错我,我就是挺看重钱的。"

阮昭从不避讳这一点,哪怕师父顾一顺偶尔提点她一番,让她稍作收敛,少跟梅敬之走那么近,但她依旧我行我素。她不是不知道很多文物修复师修的是匠心。修复文物不比别的职业,要沉得住气,守得住本心。

"但是这么爱钱的我却佩服你这样的人,明明拥有一切,却可以为了自己的理想而甘愿放弃。所有人都愿意对自己的理想夸夸其谈,但没人真的愿意为它放弃一切。"

阮昭下巴抵在他的肩上,声音清冷而坚定。正因为如此,阮昭才明白这个男人有多可贵。

"喜欢钱从来不是错,也不是应该被贬低的事情。"傅时浔伸手抚了抚她的长发,"阮昭,你值得更好的生活,璀璨又辉煌的未来。"

突然,她低声问:"傅时浔,我能问你一个问题吗?"

傅时浔手掌依旧搭在她如缎子般柔顺丝滑的长发上,低低应了声:"嗯。"

"你到底用的是什么香水？"阮昭还极其夸张地又嗅了下，"好好闻。"

傅时浔："……"

阮昭靠在他的肩窝处，闻到那股熟悉而清洌的冷木香，极清淡的味道，却又格外好闻。她一直觉得这个味道太适合傅时浔清冷骄矜的气质，仿佛是专门为他打造的。

明明是温馨的相处时刻，这样大煞风景的话让傅时浔不由得失声一笑。

他说："真想知道？"

阮昭也应了声，小声嘀咕："真的是很干净的味道。"

"要不你现在去我洗手间看看？"傅时浔提议。

阮昭一怔，刚才去他的房间已经让她有种闯入他的世界的奇妙感觉，这会儿还要去他的洗手间，光是想想都觉得这实在也太私密了。

她淡然道："下次吧。"

一拽到底的模样，让傅时浔又是轻笑了声。

阮昭轻轻松开他，低声问："你现在呢，跟你家里……"

"现在还好，或许是我父母见我选择考古不是一时兴起，是真的喜欢和享受，早已经不再试图说服我了。有空的时候，我也会回家陪他们。他们现在更担心的是——"

傅时浔故意顿了下，朝她看了一眼，这眼神格外意味深长。

阮昭明知道他的眼神有问题，却还是自愿上钩地问："担心什么？"

傅时浔低低一笑，淡然道："女朋友。"

啊？阮昭愣了下，再次被他拉入怀中，就听他贴着她的耳朵似笑非笑道："担心我什么时候才能找个女朋友。"

下午，两人先是一人挑了一本书看，后来傅时浔询问她要不要看电影。说实话，她还没跟傅时浔一起看过电影。好在傅时浔家里有个投影仪，画质极其清楚，客厅窗帘一拉，两人安静坐在沙发上，看了一部国外极其催人泪下的电影，但阮昭天生没有那根敏感神经，安静地看完，并没有什么太大的感触。

只是旁边的男人半晌也没动静，阮昭不由得好奇地转头，此刻电影已经到了最后报幕阶段，昏暗的光线幽幽地笼在他脸上，勾勒出他脸颊的轮廓。明明一直看起来冷淡而又骄矜的轮廓,在这一刻有种莫名的脆弱。特别是他的眼睛,看起来好像比平时要更加亮,是那种染着水雾的亮。

她见状,想了又想,最后低声来了一句:"真感人。"

"不用强行安慰我。"傅时浔低声来了句。

阮昭有些尴尬,强行道:"我确实觉得很感人。"

其实这个故事阮昭确实应该挺有共鸣,讲的是一个男人发现自己得了癌症,将不久于人世,但是他还有一个年幼的儿子,儿子的母亲早已经跟他离婚,并且失去了联系。无奈之下,他只能趁着自己还在世,亲自给儿子寻找能够领养他的家庭。这个父亲带着儿子跟一个又一个领养家庭见面,可是每个家庭都存在着或多或少的问题,让这位父亲无奈又不放心。最后,他决定将自己的儿子交给一位单身的女士,因为只有她会在跟自己的儿子说话时蹲下身来。这确实是一个催人泪下的故事,哪怕连傅时浔都被感动到,眼睛里明显带了水光,偏偏阮昭毫无感觉。

她靠在沙发上,低声笑了下:"好吧,我不装了,确实很感人,但是我好像天生缺少共情的能力。"

她这话说得很坦然,却又坦然到让傅时浔心头一紧。

阮昭盯着对面的投影幕布,低声说:"我上大学的时候,选修课选过心理课,那时候老师在课上说过,反社会人格最大的一个特征就是,没有共情能力。说真的,我一度怀疑过自己是反社会人格。"

她真的太不像一般的女生,高中的时候,谁都有个矫情叛逆的时候。开家长会的时候,老师最常强调的一件事就是,一定要做好孩子的心理辅导,毕竟这个年纪的孩子是最脆弱敏感的时候。一场考试失利比天大,喜欢的人没看到自己都能哭上一场。阮昭却冷淡得不像一个高中女生,那时候她已经在姑姑家里生活,从来没让阮瑜操心过一次。就连后来韩星越上高中,阮瑜最常说的一句话就是——"你姐当年上高中的时候没让我操心过一次。"一开始她以为自己是因为寄居在姑姑家,没有安全感。毕竟那时候爸爸和爷爷都去世了,这世界上她只有姑姑可以依靠。而且这个姑姑还是没有任何血缘关系的姑姑,要是阮瑜不养她,阮昭也丝毫怨恨不了,毕竟阮瑜对她没有抚养的义务。她以为自己是生怕给姑姑添麻烦才会这样,后来她发现,她这个人好像就是天生道德感不高,共情能力差,哪怕她也会路见不平,但共情能力差这一点也没改变多少。

"我还记得我爷爷去世的时候，在老家做丧事，你知道农村的丧礼有很多规矩，吹拉弹唱样样都需要，还要扎轿子、点灯。但是我姑姑哭得几近昏厥，我姑父又是在城市里长大的，对这些压根儿不懂，所以爷爷的丧礼是我一手操办的。"

她请教村里的老人，请了当地最好的丧葬队，热热闹闹给爷爷吹了三天。她置办丧事上要用的东西，给每一个来吊唁的亲戚回礼，就连过来看热闹的人都说她不简单，这么小的年纪就这么能干，办妥了一切。

她以为只要自己做得够好，就能让姑姑看见自己的乖巧和努力。可谁知，爷爷下葬的那天，所有的亲戚离开，家里只剩下她和姑姑一家时，她照顾着韩星越吃完饭，就想去叫屋里的姑父和姑姑吃饭。

她走到门口，就见房门半掩着，爷爷的遗像被安静地放在桌子上。姑姑背对着房门口，安静坐在爷爷遗像的对面。

"她一点都没哭。"她轻声说道。

姑父韩华斌拍了拍她的后背，低声劝道："别多想了，大家都在夸昭昭能干，你哭成这样，我又要照顾你，岳父的丧事都让昭昭一个小孩跑前跑后。"

原来是在说她啊。阮昭往后退了一步，本想要离开，可是阮瑜再次开口时，让她的脚步顿住。

"我爸对她那么好，可是你看她，一滴眼泪都没为我爸掉过，你说她是不是天生就心硬。"阮瑜声音里带着哭腔，似乎痛苦不已，"都说基因是可以遗传的，我虽然不知道她父母是谁，但是她父母把那么小的一个婴儿扔掉，可见那就是一对冷血的畜生。"

言下之意，就是阮昭继承了这对畜生的血，同样也是冷血的。

"阿瑜，"韩华斌低声说，"你说得过分了。"

阮瑜不再说话，只低声痛哭。

阮昭在那一刻却没有怪姑姑，她觉得姑姑是有资格这么说的。爸爸去世之后，爷爷的身体一下就垮掉了，所有人都说爷爷是因为没了精神支撑，原本因为要照顾一个智力有问题的儿子而强撑着不敢倒下，如今那个需要他照顾的儿子没了，他就一下倒了。或许在姑姑的心里，她是引发这一切的源头。

…………

幽暗的房间里，阮昭说起这一切的时候，语气冷淡得仿佛是在说别人的事情。自从她在小木屋里跟傅时浔袒露了自己最大的秘密之后,她心底的那把锁好像再也不坚硬了,再也不像以前那样,牢牢锁着一切。她甚至愿意跟他说出她本以为会藏在心底一辈子,准备带进棺材里的话。

"昭昭。"傅时浔忍不住喊她的名字。

这是他第一次这样叫她,亲昵的、宠爱的,仿佛她还是那个站在门口的小女孩。那时候她一定会希望有个人能安慰她吧,明明只是想要做好一切,成为那个家里有用的人,而不是别人的拖累,却反而被认为是心硬的表现。

阮昭扭头看着他,此时投影屏幕上的画面已经彻底暂停。光线不再变化,浅浅的光晕落在他们的脸上,彼此都能看清楚对方。

阮昭依旧是冷淡的模样,她反而勾唇笑了下:"我刚跟顾筱宁认识的时候,她说我的姓氏很好听,听起来就软软的。有阵子她一直叫我阮阮,还说我肯定是面冷心软的那种人。"

软软,确实是适合女孩子的亲昵叫法。

后来顾筱宁发现阮昭这人不仅不软,反而心冷如铁,她都忍不住吐槽,你干脆别叫阮阮,改叫铁铁吧。铁石心肠的那个铁。

"傅时浔,其实你才是面冷心软的人,你永远都会为别人考虑。"

傅时浔再也忍不住,伸手将她拉在怀中,低声说:"我认识的阮昭不是没有共情能力,她只是有点儿慢热而已,她会帮助别人,会为别人的遭遇感到愤懑,也会同情别人。"

"傅时浔,其实你都不知道你对我有多重要。"阮昭压在他的肩窝里,低声说,"傅时浔,因为你的出现,我才知道原来我也有喜欢一个人的能力。"

她并不是真的无法共情,无法爱一个人,只是她喜欢的这个人,才出现啊。

第十章 /

现在你该吻我了,男朋友。

傅时浔送阮昭到家的时候已经是晚上九点多,两人又出去吃了一顿夜宵,是傅时浔之前常去的一家店。

车子停在小院门口,阮昭正要下车。傅时浔突然伸手抓住她的手腕,低声说:"有个事情我想跟你说。"

"嗯。"听着他有些严肃的声音,阮昭不由得轻声回应。

傅时浔看着她,认真说:"曲婷的父亲曲忠已经被抓了,开始他不承认,但警察调查后找到了证据。目前,这个案子正在办理。"

自从回来后,阮昭就没再管这个事情,她没想到傅时浔一直在跟后续。

"而且这个人前科累累,短时间内不可能出来了。"傅时浔轻握着她的手腕,声音不自觉放缓,"我不会再让他伤害你的,所以你不用再担心这个人。"

阮昭乖巧地点头。其实她从来就不怕曲忠,要不是在三溪村的时候云霓不在她身边,十个曲忠都伤害不了她。

阮昭见傅时浔并没有立即松开,便问:"你是还有什么事吗?"

"还有就是关于曲婷的事情。"

阮昭奇怪地问道:"曲婷怎么了?"

傅时浔说:"如果你对曲忠的事情有所介怀,不如就把资助曲婷的这件事交给我来做。我会像你一样,同等地对待她。"

"我还不至于因为她那个畜生爹迁怒这么一个小孩子。原生家庭从来不是我们能够选择的,我唯一能做的,就是让她摆脱这种家庭的负面影响，让她安心读书。"

就像阮昭那天跟曲婷说的那样，她会看见未来无限的风光，所以她不应该就此被停留在这里。

"没事，反正我只要拿钱就好，我想我跟她见面的机会也不多了，我资助她也不是为了想要她的回报，不过就是一种同病相怜罢了。"

傅时浔忍不住伸手揉了下她的长发，自从两人习惯了彼此的亲昵动作，阮昭就发现他很喜欢抚摸她的长发。

他垂眸望着她，清冷一笑："现在还有谁会说你是铁铁呢。"

阮昭："……"

她不该把这件事透露给傅时浔，她现在可以消除这个男人的记忆吗？

阮昭回去的时候，云霓他们都在自己房间，她悄悄上了楼。她本来想先去洗手间洗漱，可是这会儿怎么都觉得安静不下来，干脆给顾筱宁打了个视频电话。

"我的昭，干吗呢。"顾筱宁几乎是秒接的。她头上戴着发箍，脸上还贴着面膜，显然也是刚洗完澡，正在捯饬自己的脸。

阮昭："刚回家。"

"去干吗了？"顾筱宁将手机放在支架上，伸手将脸上的面膜拍了拍。只是她刚拍第一下，猛地停住，看向镜头问道："你该不会是去跟傅教授约会，这么晚才回家吧？"

"真聪明。"

这一句看似赞叹的话让顾筱宁彻底尖叫起来。

"不是，不是，你们现在是什么情况？在一起了吗？我必须要得到第一手消息，你都不知道你们现在在网上有多红，特别是你的照片也被网友翻出来之后，你们这种神仙颜值CP简直就是CP粉的天堂。"

本来现在就极其流行"嗑CP"，更别说是这种俊男美女组合。就两个字，绝配。

"先别激动。"阮昭见她声音尖锐到险些要刺破自己的耳膜，忍不住提醒。

顾筱宁顺了顺胸口，很认真地说："行行，我不激动，我不激动，您尽情地说，我今晚有一整夜的时间听您说。"

阮昭淡然道:"其实也没什么,就是他说现在要追求我。"

顾筱宁:"啊?"

阮昭:"我追他那么久,现在他倒追回来,很奇怪?"

"不奇怪,不奇怪,到底是怎么回事啊?"顾筱宁完全没注意到自己堂堂一个节目策划,居然成了复读机。

阮昭不紧不慢地将昨天晚上发生的事情说了一遍。

特别是说到秦雅芊故意打压她,在她面前说关于傅时浔身份的事情,顾筱宁气恼地打断道:"秦雅芊这女的真的是奇了怪了,怎么哪儿哪儿都有她啊。从高中开始就跟你斗,你懒得搭理她吧,她还跟个斗鸡似的。"

连顾筱宁都觉得奇怪,对方怎么就对阮昭这么不依不饶呢。不过想想也是,秦雅芊说起来也是不大不小的天之娇女,但她就从来没在阮昭手里讨到好。特别是高中那会儿,秦雅芊指使人在阮昭的水杯里放了粉笔灰,阮昭当着全班的面逼着她把杯子里的水喝下去。秦雅芊不喝,当时阮昭真的是捏着她的嘴巴直接灌了进去。

那是阮昭高中唯一一次被请家长,秦家要求开除阮昭,但阮昭这人真横,她看着咄咄逼人的秦家人,低声一笑:"退学?可以啊,先说说看,我触犯了哪条校规?"

"逼同学喝水吗?如果真像秦雅芊说的那样,她没让人放粉笔灰,那么她喝的就是干净的水,我就是让她喝了两口水,不至于就退学吧。不过要这水里真有粉笔灰,那么秦雅芊说的话就是在撒谎。"

她不紧不慢地拿出水杯,淡然说:"那天的水我到现在都还没倒呢,要不咱们先找个化验室验验,这水里有什么一验就清楚。"

后来这事儿不了了之,秦雅芊那阵子是真的躲着她走。

这会儿顾筱宁想到更重要的事情,她突然抬起手:"你先等一下,我捋一下这个事情,也就是说你以为秦雅芊要搞傅教授,就警告她。但是秦雅芊跟你说,你压根儿就不懂傅教授真正的身份,说你不是他们圈子里的人。"

说到这里,顾筱宁诚恳地问:"所以,我们傅教授到底是个什么身份?"

"盛亚集团你应该知道吧。"阮昭问。

顾筱宁:"当然知道,我们台里的金主,他们最近那个盛亚科技特别牛,我们台里最红的访谈节目一直想约他们总裁呢。据说那个总裁特别帅,号称是国内最帅的总裁。我上次在台里见过一次,人家那个出场真的自带光环,确实是帅,而且是那种高贵到不敢接近的。"

"盛亚集团是傅时浔爷爷创办的。"

"砰!"

对面传来一声巨响,几秒后,她听到顾筱宁痛苦又慌张的声音:"我刚才来洗手间,想把面膜洗掉,这一激动,不仅摔了一跤,连手机都掉在地上,差点摔碎了。"

阮昭担忧道:"你没事吧,小心点。"

"我没事,你先说你刚才说的,你说什么。"顾筱宁一边倒吸气一边龇牙咧嘴地出现在镜头里,显然这一下确实摔得不轻,可她这会儿丝毫不关心自己,只想接着问,"盛亚集团居然是傅教授爷爷创办的,那不就是说……

"你先等等,我先搜索一下。"顾筱宁手指飞快地在屏幕上打字。

阮昭说:"不用搜了,他……"

又一声尖叫从对面传来,这一晚上,顾筱宁是彻底化身"尖叫鸡"了。

她声音颤抖道:"对,盛亚科技的总裁叫傅锦衡。乖乖,傅时浔,傅锦衡,这不就是兄弟两人?"

"嗯。"阮昭应了声。

顾筱宁声音极小,却带着明显颤抖,问道:"我的昭,你这是要嫁入豪门了吗?"

"那倒没有。傅教授说了,他跟盛亚集团完全没关系,他就是北安大学考古系的一个教授。"阮昭声音淡然道。

顾筱宁不在意道:"那说明人家傅教授看得开,愿意当个富贵闲人。有钱自然选择的职业范围就广了,在别人还在为了温饱努力的时候,傅教授可以选择他想做的事情,多好。"

她的话不由得让阮昭心头一震,突然,阮昭明白为什么傅时浔绝口不提自己身份背景的事情。或者这就是绝大多数人在得知他的身份后会下意识想到的吧——

因为有钱,才会有选择自己职业的自由。这些人却全然不知道,傅时浔是在选择考古之后自动放弃了他本该享受的一切,他选择成为普通人,放弃名车豪宅,只是因为他热爱着考古,而不是因为他闲来无事,将考古当成一种消遣。

"他不是你想的那样,他为了考古自动放弃了属于自己的一切,所以以后不要说这种话。"阮昭淡然说道。

哪怕知道顾筱宁并非有意,她却还是忍不住替他辩解。

好在顾筱宁一直知道她的脾气,见她这么严肃,立即道歉:"昭昭,我真不知道,对不起,我不该胡言乱语。"

"也不关你的事情,只是突然明白了一些事情。"

原本傅时浔今天的解释就已经让阮昭彻底原谅了他,如今顾筱宁的这番话又让她彻底理解了傅时浔。

进入九月,大学正式开学。

阮昭身上的伤势也都好得差不多了,她又修了几本古籍,确定自己的手确实没什么问题,于是之前梅敬之那幅古画的修复也被提上了日程。这幅画价值太高,若是拿到拍卖会上,必然是压箱底的拍品。

梅敬之此次也没办法直接决定将这幅画交给阮昭来修复,据说嘉实公司内部也是争论不定。毕竟市面上的商务修复师也不止阮昭一个人,想要修复这种画,肯定不可能只让一个修复师出面。但是真要合作修复,以谁为主,以谁为次,又是一个争论点。

这天早上,阮昭正在准备修复一幅刚送过来的清朝书画,谁知韩星越发了一条微信过来,是一段视频,紧跟着一条语音:"姐,你快看,傅教授这是在当众跟你表白吧。"

阮昭听完这条语音,这才伸手去点那条视频。就见拍摄地点应该是在课堂上,只见傅时浔正扭头看着身后的投影仪屏幕,神色冷淡,看不出喜怒,但周围明显太过嘈杂。

原来这是今天早上发生在傅时浔课堂上的事情。他进入教室,打开投影仪,准备打开自己上课要用的PPT,也不知道是哪个学生误连了教室里的电脑,大概是上个学期连过一次吧,这次居然又再次自动连上。本来也不是什么大事,尴尬就尴尬在,这个学生还把自己的手机投屏到了投影仪上,整个教室都清楚地看见她正在看的网页——是目前校内网上最热的那条关于傅时浔与阮昭关系的讨论帖。这帖子也被称作北安大学校内论坛上的神帖之一,帖子从最初傅时浔和那个大美女到底是什么关系开始讨论,后来也不知道是谁上来爆料,说是在超市遇到傅教授,得到傅教授的亲口承认,是他在追求人家女生。大部分人肯定不信,毕竟那场烟花带来的震撼太大,那个烟火组成的"X"怎么看都是别人为了追求傅教授放的。

于是两方又把这帖子"吵"到了首页,随着开学,加入帖子争斗的人越来越多。这不,上着傅时浔的课也有好事者不忘跟帖。

傅时浔转头看到这个帖子,神色淡然,缓缓转头看向教室里众多的学生。他微低头,整理面前的教案。

那个犯事儿的学生赶紧关掉自己的投屏,整个人趴在桌上,恨不得钻进地缝里。

就在所有学生以为傅教授不会搭理这件事时,整理好教案的傅时浔再次抬起头,他环顾着教室,声音极冷淡道:"谢谢大家对我私人感情生活的关注。"

"……"

整个教室鸦雀无声。

"看来大家好像对这件事很在意的样子,不如就由我亲自在这里做一次澄清。"

阮昭隔着屏幕看着讲台上站着的男人,镜头再次拉近,他的脸仿佛被放大,他望向这边,如同直勾勾地望着镜头般,此刻阮昭有种他在看着自己的错觉。这一刻,傅时浔的声音隔着屏幕落在了她的耳畔。

"是我在追求她,所以麻烦大家不要误会。"

北安大学的"高岭之花"教授亲口在课堂上承认他正在追求别人。

于是北安大学论坛的那个帖子瞬间就炸了,本来不太关心这件事的同学都忍不住上来关注一下。只能说八卦是人类的天性,哪怕是这种顶级名校,学术氛围如此浓厚,但也有关心八卦的人。

但论坛讨论热火朝天的时候,突然接到校方通知,因为本人投诉,涉及个人隐私,因此帖子会即刻删除,于是这个帖子在众人的关注下彻底消失。

为了这事儿,韩星越还特地打电话来告诉阮昭:"姐,我觉得傅教授其实还挺那啥的……"

"什么?"阮昭跟他实在没有心灵感应,理解不了他想要说什么。

韩星越说:"就是特别腹黑。"

阮昭:"嗯?"

韩星越："这个帖子其实他早就能删除，毕竟他是教授，而且这个帖子讨论的都是关于他的私事，只要他提出来，学校肯定会帮忙删帖。"

阮昭想了下，好像确实是这个道理。

"但是他偏偏要等到自己亲口说出这话之后才向学校申请删帖，他这不就是为了你。"韩星越突然觉得，他越看这个未来姐夫，越觉得满意。

阮昭明白韩星越的意思，傅时浔有很多机会去删掉这个帖子，但是单单删帖并不会阻止流言。况且阮昭在帖子里被塑造成了一个只会追着男人跑的花痴女，韩星越气不过上去骂了一通，结果嘲讽的声音反而越大，说她居然请了亲友团，敢做不敢当。

阮昭从来没觉得自己追傅时浔是件丢人的事情，可女追男在很多人眼里就是女生倒贴。

傅时浔不说并不代表他没有看见，那个帖子里对阮昭的贬低和看轻其实他都看在了眼里，所以那天他在超市里才会主动跟那两个女生说那样的话。不过那个女生到帖子爆料后也被嘲笑是亲友团再次上场，既然别人说的都不可信，那不如他亲自澄清。

傅时浔一向坦然，不喜欢的时候果断拒绝，绝不给对方一丝错觉。他本来也不是在乎别人目光的人，之前学校论坛上有很多关于他的帖子，学生上课时候把他的照片拍下来乱传，他都从来没管过，也压根儿不在意别人的看法。可是关于谁追谁这件事上，他却接二连三地亲自证实，无非就是为了保护她，让她免受流言蜚语。

阮昭靠在椅子上，低声说："嗯，他这么做是为了我。"

韩星越问道："姐，你跟傅教授现在到底什么情况？"

明明是他姐一开始主动追的傅教授，怎么现在又变成傅教授追他姐了。

"就像傅教授说的那样，他在追我，我在考虑。"阮昭得意一笑，既然傅教授亲自说明，她岂不是要给他面子，统一口风。

韩星越："……"

还是你们会玩。

阮昭虽然知道了这件事，但也没第一时间去找傅时浔，还是中午的时候傅时浔发微信过来。自从两人身份互换之后，天天主动发微信的那个人变成了傅时浔。

不过傅教授的微信风格一如既往地简约：午饭吃了吗？

阮昭：还没，在等妮妮回来。

傅时浔：我下午有课，晚上能见面吗？

这阵子，傅时浔总是来接她，两人见面的次数很频繁，大部分时候都是傅时浔带她出去吃东西。阮昭都不知道，原来北安有这么多好吃的餐厅，最重要的是，这些地方傅时浔居然都知道。

阮昭：不要再去吃饭了，我都长胖了。

她其实是那种不怎么发胖的体质，超过一米七的高个子长年保持在一百斤左右，有时候修画修得狠，甚至连一百斤都不到。谁知昨天她心血来潮去称体重，发现自己居然破天荒长了五斤。

傅时浔：不吃东西。

傅时浔：你有运动服吧？

阮昭正要回一句当然有的时候，对面又发来了一条。

傅时浔：不是上次那种的，正常点的。

阮昭呵呵一笑，上次那种？上次哪种？怎么就不正常了。很快她想到了那次她去北安大学看他篮球比赛穿的那条类似运动短裙的裙子，不过那裙子虽然短，但有安全内衬，丝毫不会走光。

阮昭：那怎么不正常了？傅教授，你可是二十一世纪的教授了。

这次对面回复得很慢，阮昭看看屏幕上面那排小字，"对方正在输入"。等了很久，那条编辑了不知多久的微信终于姗姗迟来。

傅时浔：太漂亮了。

阮昭盯着这条微信看了半天，最后忍不住笑了起来，她好像能想象某位教授一本正经打出这几个字的模样。

晚上七点左右，傅时浔开车过来，他到了门口才给阮昭发信息。

这个时间段天色刚好黑了下来，小院的这条巷口没什么路灯，全靠阮昭家门口这盏门灯照亮。据说原本没有门灯，后来有个老大爷在巷子口摔了一跤，阮昭就让人在门口装了一盏灯，彻夜亮着。这件事是云霓告诉傅时浔的，那时候阮昭还在给傅时浔修画，云霓知道阮昭在追傅时浔，为了突显阮昭在傅时浔心目中的形象，增加他对阮昭的好感，她特地把阮昭做的各种事儿都说出来。

不得不说，傅时浔当时对这件事确实感触挺深的。她其实从来不像她表面表现地那样冷淡,对这个世界,她始终温柔以待。

正当他出神地看着那盏门灯,小院的院门打开了。一道雪白修长的身影从门里走出来,傅时浔的视线顺势偏移了过去,便再也挪不开了。

阮昭一身连衣短裙,领口是立领,裙摆是皱褶裙的样式,这么看好像还不算太过暴露,但是她转身关门露出后背时,傅时浔才发现她后背居然镂空了一块,雪白的肌肤在夜幕中白得发亮。

她上车时,傅时浔偏头看向她,阮昭微抬下巴:"我们要去哪儿?"傅时浔没说话,直接开车往前,车里的气氛一下沉默了下来。

等车子到路口停下等红灯时,阮昭才慢悠悠开口:"傅教授,你生气了?"

她确实就是故意选了这么一套,虽然跟上次那套不一样,但风格类似,都是露胳膊露背露腿,怎么清凉性感怎么来。傅时浔要是生气的话她也能理解,毕竟人家不让做什么她非要做。

傅时浔倒是有些惊讶,淡然瞥了她一眼:"没有。"车子重新启动他才微摇头:"在你眼里,我就是这么一个小肚鸡肠的形象?"

傅时浔解释说:"穿衣服是你的自由,如果这是你喜欢的,我会尊重。"

阮昭听着他冠冕堂皇的话,不由得笑了起来。她手肘搭着玻璃窗,撑着自己的太阳穴,目视着前方:"其实,我就是穿给你看的。"

哪怕此刻开着车,傅时浔还是没忍住,偏头看了过来。

阮昭抿唇轻笑:"开车看前方,傅教授。"

到了地方,阮昭看着面前的羽毛球馆,这才知道傅时浔今晚特地包了一块场地,带她来打球。他球拍就放在后备箱里。

两人边往里面走,傅时浔边说道:"我知道你的工作需要长年伏案,肯定没什么运动时间。所以以后你要是有时间,我们一星期最少运动三次好不好。要是你不喜欢羽毛球,我也可以陪你做别的。"

"别的什么?"阮昭故意问道。

傅时浔眼神清淡地看着她:"网球、登山、攀岩、壁球,或者其他别的,你都可以选。"

阮昭:"……"

这会儿,阮昭终于感觉到他身上有那么些富家子的特质,运动十项全能的样子,而且打个球居然还包场。

阮昭看了一眼周围,当真一个人都没有,她小声问道:"傅教授,包场贵吗?"

"这是一个朋友开的运动中心,我本来只是想让他留一块场地,他弄错意思了。"傅时浔解释道。

等分别站在运动场馆的两端,傅时浔一颗球拍了过来,阮昭上前接球,两人你来我往。傅时浔并没有大力扣球的动作,反而是利用正反手来回调动阮昭的跑动路线。他站在球场的一端,轻松淡然,却弄得阮昭来回跑动。

等一场球打下来,他依旧是那个清心寡欲的劲儿,阮昭却浑身大汗淋漓。最后一球落地,她干脆往地上一躺,不起来了。

"打不动了?"傅时浔从那边走过来,弯腰蹲在她面前,他的脸出现在阮昭的正上方。

这会儿运动过后,他的刘海被汗水沾湿,乖顺地搭在额头上,英挺的眉眼没了往日的冷淡,眼尾带着运动后的微红。阮昭安静看着他的眉宇,突然有种恍惚。谁能想到从扎寺的那次偶遇,隔着门窗的惊鸿一瞥,他们会走到现在。

傅时浔见她不说话,温声问:"怎么了?"

"好累。"阮昭懒洋洋赖在地上说道。

他轻笑了下,伸出手掌,想要将她拉起来,谁知阮昭握住他的手,不仅没坐起来,反而将他顺势拽了下来。她本意只是想让他躺下来,可用力过猛,直接把人拽得趴下来压在她身上。

两人刚剧烈运动,心跳都还在"怦怦"直跳,胸口猛地上下起伏。撞在一处后,他们谁都没说话,还是傅时浔先缓过神,立即用手臂撑着身体。他拉开身体的距离,微垂着眼眸,看向身下的姑娘。

"阮昭。"突然傅时浔开口喊她的名字。

阮昭心脏再次"怦怦"乱跳,仿佛有心电感应般,猜测到他想要说的话。她安心等待着,可是谁知下一刻,场馆里猛地一片漆黑。阮昭下意识伸手,将人重新拉进自己怀里。

"别怕。"她低声哄道。

傅时浔微眨了眨眼,那种每次面对突如其来的黑暗而陷入的恐慌,居然没像往常一样到来。怀里姑娘温热的体温,好像替他驱散了一切恐惧。但几乎不到一分钟,场馆里的灯光再次亮起。

283

有匆忙的脚步声赶过来，来人不住地道歉："不好意思，刚才是工作人员的失误，不小心关掉了灯。抱歉，抱歉。"

阮昭和傅时浔这会儿都已经坐了起来，两人看着对方，没什么表情。

负责人神色为难又不好意思，半晌，小声提议道："要不，我再给两位送一次这块场地的包场。"

又要运动？

阮昭正要婉言拒绝，但身边的男人比她更快一步说："好，谢谢你。"

阮昭："……"

"你再给我几天时间，我肯定能说服那帮老古董。"梅敬之坐在沙发上，一脸无奈。

明明他说的是安慰的话，但被安慰的阮昭反而一脸不在意。

徐渭何等人物，他的画横空出世，到时候会有多少人想要一睹这幅画的真容，只可惜这幅《墨竹图》如今已经布满灰尘，伤痕累累。在阮昭去考古队之前，梅敬之就说过要让她修这幅画，谁知她回来后这事儿反而拖了下来，无非是嘉实公司的其他股东得知这幅画的存在，觉得这次无论如何都不应该让梅敬之一言堂了。

嘉实拍卖财大气粗，跟他们合作的商业修复师绝非阮昭一人，光是书画修复师，只怕就有好几个人，更别提其他玉器、瓷器、木器等古董的修复师，只怕中国一半的商业修复师都跟嘉实拍卖有些关系。

不过梅敬之这会儿倒是想起一件事，他说："上次宴会你中途离开，我后来问你，你怎么不告诉我，是不是秦雅芹又刁难你了。"

阮昭嗤笑："就凭她？"

那次慈善拍卖会是梅敬之带阮昭去的，后来她跟着傅时浔离开，梅敬之自然会追查当时究竟发生了什么事情。秦雅芹当众刁难她，不少人目睹，他想要问很容易就能问出来。不过，他这会儿更好奇的是："你怎么会跟傅家那个深居简出的大公子认识？"

听到梅敬之这个形容词，阮昭笑了，她忍不住问："在你们这个圈子里，都是怎么看他的？"

"怎么看他？"梅敬之一皱眉，想了下，还是说，"傅家那个二少爷是个厉害的，关于大公子最多的传闻就是，深居简出、不问世事，据说他还极喜欢礼佛，一度有传言他会出家，不过后来我才知道他去考古了。"

梅敬之手指抵了抵下巴，嗤笑道："不过考古这一行枯燥得跟出家没区别吧。"

阮昭无语，睨了他一眼："人家的工作比你的有意义多了。"

"所以你之前让我投资的考古队也是跟他有关？"梅敬之呵笑一声，这才全然醒悟过来。

包括后来阮昭去考古队，只怕也是因为他了。

阮昭微抬下巴："对，之前我是在追他。"

"之前？"梅敬之挺敏锐的，反问，"那现在呢？"

"现在是他在追我。"阮昭得意地躺在沙发里。

梅敬之皱了皱眉头，低声说："阮昭，那你可要考虑清楚了。"

"考虑清楚什么？"

他提醒说："因为是你，所以我才会好心提醒，傅时浔在继承权的竞争中早已经不是他弟弟的对手。不管他是暂时蛰伏也好，还是真的无心继承家业，对你而言，这都是你需要慎重考虑的。"

听到这里，阮昭才明白他的意思。

"你是觉得我是因为钱才会想要追求他？"阮昭冷笑。

梅敬之无奈："我倒宁愿你现实点，而不是在明知道他已经没了胜算还一头扑上去。"

"或许在你看来，不去继承家业而选择考古是很不理智的一件事，但是对我而言，这样的傅时浔才是我真正喜欢的人。不为世俗所累，自由的选择自己喜欢的，这已经胜过无数人。"

这句话犹如戳到了梅敬之的痛点，让他哑口无言。

那天两人算是不欢而散，阮昭不喜欢梅敬之对傅时浔的评价，而梅敬之也有些气恼阮昭一味地维护傅时浔，以至于两人许久都没联系。

直到一个星期后，有一张邀请函寄到了阮昭家中，居然是嘉实秋季拍卖会揭幕仪式的邀请函。在每一季的秋拍会开始之前，拍卖公司都会在全国一线城市举行精品展，展出当季要拍卖的精品。这也是一次提前预热和宣传，引起各路藏家的关注，而这个开幕仪式就是揭示着这一季的拍卖会即将开始了。所以这种揭幕仪式邀请的人不是顶级藏家就是各路财力雄厚人士，而且看邀请函上写着的是酒会，估计来宾还不少。

这种开幕仪式阮昭本来是不想去的，但是鉴于之前她和梅敬之的不欢而散，这次梅敬之主动低头，她没道理不给面子，所以当天她还是换了一身极隆重的礼服前往开幕仪式。但她到了的时候并没有第一时间看见梅敬之，门口是嘉实的工作人员。这次举办的地点是在嘉实艺术中心，这是一家由嘉实全权投资的艺术展览中心。

这次有不少精品在开幕仪式当天展出，所以来宾进入艺术中心后，便先行观赏外围展厅里陈列着的精品。

嘉实拍卖的中国古画专场一向是他们最为优质的专场，经过多年的耕耘，更是收获了无数好评，虽然徐渭的《墨竹图》注定赶不上今年的古画专场，但也有其他顶级书画。

阮昭正在欣赏古画时，出来接人的小段瞧见了她的身影，大吃一惊。他赶紧转身，见到梅敬之，低声说："梅总，昭小姐来了。"

梅敬之原本正在跟人聊天，这才神色怔住，低声问道："她怎么来了？"

虽然往年他都会给阮昭发邀请函，但今年乃是多事之秋，况且她也一直不太喜欢这种场合，他就没让小段给阮昭送邀请函。

小段想了下，小声说："或许是来支持您的？"

怎么可能。梅敬之失笑，别人不知道他还能不知道，阮昭这人冷面冷心，跟她讲人情可不是一件容易的事情。

"梅总，出事了。"就在他跟别人寒暄结束，准备去找阮昭，一个工作人员急匆匆出现。

此刻在展厅里，阮昭正被一个男人缠着，对方扯着她的手臂就狂怒道："你们都是一伙的，弄假画出来骗人，我被你们这些无良商人骗得倾家荡产了。你为什么要害我。"

"松开。"阮昭挣脱他的手臂。

对方怒吼道："你还敢说，这幅画不是你修的吗？"

阮昭看着他手里的画盒，根本不知道他说的是哪幅画。

她冷漠道："我不知道你说的是什么，但我只是一个修复师，我负责修画，不负责卖画。你要是上当受骗，就该去找卖画给你的人，而不是我。"

"那个卖画的人说了，这幅画是业内顶级修复师阮昭修的，画是你修的，当然也是你鉴定过的，就你这样的人也配当顾大师的关门弟子，你一天到晚顶着顾一顺大师的名头，干的却都是坑蒙拐骗的勾当。"

此时整个展览中心的人都被这场纠纷吸引。特别是在这种地方,"赝品"两个字尤其刺耳。

当梅敬之赶到的时候,看见那个人从身侧的人手里夺过一杯红酒,冲着阮昭就泼了过去,阮昭兜头被泼了一脸,红酒顺着她的发丝慢慢流淌下来。当红色酒液流淌到她的眼角时,阮昭淡然抬起手,将头发撩到一旁,顺便擦掉红酒。她手掌上戴着的白色手套瞬间被染红,如同染上了鲜血般。保安也在这时赶到,将对方制止住。

梅敬之看着这乱成一团的场面,登时恼火道:"还不快把人带出去。"

好端端的一个开幕仪式,居然被这种人搅乱。男人在挣扎中扯掉了手里的那个长条画盒,里面的画也应声掉了下来。阮昭垂眸望过去,眼睛微眯。

"慢着。"她开口阻止道,紧接着弯腰去看地上的那幅画。

那男人见她这样的举动,瞬间气势再次上来:"你敢说你没见过这幅画吗?这可是我从刘森那里买的,他亲口跟我说这画就是你修的。现在姓刘的跑了,我不找你找谁。"

刘森就是刘老板,跟阮昭之前有过合作。而地上的这幅画,阮昭确实见过,这就是那幅她在西藏时刘老板就一直上门找她,想要请她修的宋朝古画。

"我是见过这幅画。"阮昭淡然道。

男人大喜,可是下一秒阮昭说:"但我见的画是真品,而不是这幅赝品。"

男人睁大眼睛,凶狠地盯着她:"你胡说八道,我这幅画就是你修的,你们这群骗子,你快告诉我刘森去哪儿了。"

阮昭缓缓站直身体,冷漠地望着对方:"我不知道你究竟是上当受骗,还是出于什么目的想要诬陷我,不过既然你执意说这幅画是我修的,那我就让你明明白白地知道自己究竟有多蠢。"

不远处,一个身材挺拔修长的男人拿出手机,拨了一个电话。电话刚一接通,对方就冷淡道:"我正在实验室,不方便接电话,有什么事情你长话短说。"

"我未来的大嫂好像陷入了一点麻烦。"

对面一秒也不停顿地问:"你现在在哪儿?"

287

等电话结束，男人旁边跟着的助理低声说道："傅总，现在怎么办？"

这实在是太乱了，况且助理也知道刚才那通电话是打给谁的。作为傅锦衡的贴身助理，他当然也清楚这位阮小姐的身份，毕竟前阵子网上那些关于她和大公子的不实言论还都是他去处理的呢。

傅锦衡轻笑："先看着，我看她挺胸有成竹的。"

阮昭这会儿确实不慌，她不仅不慌，还直接拿出自己的手机，问旁边的工作人员："我可以借用你们这边的大屏幕吗？"

"当然。"工作人员得到梅敬之的眼神示意后，赶紧点头同意。

阮昭将手机上的一个文件夹传到了电脑上，再投屏到面前的大屏幕上，所有人齐刷刷地看着屏幕。

她抬头望着所有人，声音清冷而坚定："我这人修画一向都有个好习惯，那就是我会保留每一幅修过的画的资料，包括这幅画的照片和各种鉴定。

"首先我来说说这位先生拿着的这幅赝品画为什么跟我修的那幅不是一幅画。

"大家都知道古画分为绢本和纸本，宋画多为绢本，包括我们最为熟悉的《清明上河图》《千里江山图》这样的传世名作，都是绢本画。这也就让大部分人都下意识以为，宋画皆为绢本，不过我修的这幅韩贤所作的《赏秋图》是当时罕见的纸本设色画。"

阮昭指了指地上的那幅赝品，很快就有人捡起来。她直接让人把这幅画全部打开，展现在所有人面前。

阮昭指着画，淡然道："大家请仔细看，这幅画是绢本画，并非我照片中所拍摄的纸本。而之所以造假者会以绢本作假，是因为纸本画的做旧成本太高，而绢本相对较为容易，这也是绢本画频繁被伪造的原因之一。"

说到这里，哪怕是再不懂画的人都明白了这个人的可笑之作。这就好比一张油画，一张炭笔画，虽然画的都是一个场景，但是画的原材料从一开始就弄错了，直接断绝了他诬陷阮昭的可能性。

"至于这幅赝品画笔势虚浮，毫无大家风范，只要是明眼人都能看得出来，这幅画是一眼假的伪作。"

在她的几句话之后，那个叫嚣着阮昭修假画害人的男人面色煞白，再不敢狂妄叫嚣。

其实听到这里,很多人已经相信阮昭确实是被陷害的。可阮昭心底也知道,这些还不至于完全打消别人的偏见。

她直接用鼠标点开文件夹里的照片,她说:"这张照片是当时做的碳14鉴定的证书,所有送到我这里来修复的古画,第一件事就是送去做碳14检测。"

所谓碳14测年法,就是利用检测推算出样品大概的年代,这也是当今考古界测定古物年份最科学的一种手段。

阮昭一开始就直接拿出了碳14的检测报告,从科学的角度告诉众人,这幅画就是出自宋朝,至于是不是韩贤的真本,就要靠她接下来的鉴定了。

她继续说道:"一般古画鉴定的方法有很多,所以我就说一下目前最权威的。一看画法,古人作画讲究气韵贯通,酣畅淋漓,就是说作画要一气呵成,这幅画就最能体现这一点。不论是笔画的流动还是整体的气韵,都绝非作假者能轻易模仿的。"

此时台下已经有不少人在点头,确实是这个道理。

最后阮昭举出最重要的一个观点,她说:"请大家看这幅画上的题字,特别是'姮娥'二字,其实这指代的便是月中仙子嫦娥。宋真宗名为赵恒,古代素有避讳帝王名讳的习惯,因此在宋真宗之后,'姮娥'的写法逐渐减少。此处依旧唤为姮娥,可见此画绘制的时间应该是早于宋真宗年间。"

这题字内容有些模糊,只能勉强才能辨别出"姮娥"二字,一般人还真不可能注意到这种细节。

"所以集全种种,我判定此画确实是真画。"

不过她刚说完,颇为苦恼地说道:"哦,对了,忘记说一件事,那就是这幅画乃是竹纸所作,宋朝朝廷在产竹的南方,所以他们惯用竹纸。"

这下,再没人发出疑问。梅敬之带头鼓掌,登时周围一片掌声,在声音渐停后,他淡然开口说:"诸位,这人不知受什么人指使,如此诬陷阮修复师。所以在刚才我已经让人报了警,这件事我们会交给警方处理。

"我相信刚才阮昭修复师的一番话一定让大家大为震撼,我也可以跟大家保证,只要是在我们嘉实拍卖拍下的珍品,一定是货真价实的文

物。要不然真的会像这位先生一样,因为贪图小便宜而吃了大亏。"

本来一次闹剧,在梅敬之的三言两句间,居然成了他给嘉实打广告的一次机会。

就在保安要将那人押出去的时候,阮昭却喊住了他。对方回头的瞬间,阮昭也从身侧人手里拿过一杯红酒,实实在在地冲着对方的那张脸泼了过去。

阮昭泼完酒,冷冷地看着对方:"还给你。"

红酒从对方头上流下来的时候却跟她被泼时完全不一样,狼狈又不堪,惹人发笑。

此刻手机另一端的男人看着这一幕,低声笑了起来。他的小姑娘,果然不会被随便欺负。

闹剧结束之后,梅敬之低声说:"昭昭,我让人带你去换身衣服吧。"

"管好你公司里的人,别让那些破事再牵扯到我。"阮昭冷冷看着他,再次伸手撩了下依旧沾着红酒的长发。

说完这句话,她没再搭理梅敬之,转身离开。她昂首挺胸走出艺术中心,犹如一个胜利的女王。

阮昭出去之后,往前走了一段,只觉得有些厌烦。对,她是喜欢钱,可是她在修每一幅画的时候都竭尽全力。为了修画,她日复一日戴着手套保护自己的手掌,为了修画,这么多年她滴酒不沾,甚至连咖啡这种东西都不敢喝。可是这些人却一次又一次地当面羞辱她,就因为她是个商业修复师?

一时间,她也不知道去哪儿,只是任由自己往前走,任由冷风吹在她的身上,刮在她的脸颊上,直到一辆黑色车子靠在路边停下。

车门打开,一个男人直奔她而来。阮昭被抱住的时候都还没意识到来的是傅时浔。

"你怎么来了?"阮昭是真的没想到会在这里看到他。

傅时浔垂眸,目光幽深地盯着她,就那么一眨不眨地看着她。当他接到傅锦衡的视频电话,看着她从容淡定地反击对方,毫不犹豫地泼酒,心底有种说不出的感觉。

傅时浔低声说:"你很棒,你真的很棒。"

不管是修画还是保护自己,她都是最棒的。

阮昭原本沉重的心情瞬间轻松了许多，她看着他，突然问："你是从实验室赶过来的吗？"

　　傅时浔身上还穿着白大褂，可见他赶过来的时候有多急匆匆。

　　一想到有这样一个人，生怕她受了委屈，不顾一切地赶过来，这一瞬间，她相信哪怕她与全世界为敌，他也会毫不犹豫地站在她这一边。

　　阮昭轻声说："傅教授，你知道吗？刚才我就在想，这个世界这么大，蠢货这么多，为什么我们也要学那些蠢货，兜兜转转地浪费时间呢。"

　　傅时浔微微挑眉。

　　阮昭直勾勾地望着他，一字一句道："现在你该吻我了，男朋友。"

　　这次，傅时浔彻底愣住。

　　或许是因为他没有立即行动，阮昭再也不想等待下去，她已经等得够久了。

　　阮昭伸出手，一把抓住他衬衫的衣襟，将他整个人拉向自己，同时也踮起脚尖准备吻上去。

　　可是这一次，比她动作更快的是傅时浔。他抬手轻轻握住她的后脑勺，低头吻了上来。

　　当这个悠长而炙热的吻中途停下时，男人偏头贴着她的额头，声音低沉而略带一丝难以抑制的喑哑。

　　"怎么能每次都让你主动呢，女朋友。"

　　这并不是傅时浔第一次主动吻阮昭。可上次是在林中小木屋里，那时候的阮昭刚从山坡上摔下去，浑身剧痛，意识模糊，当时几乎接近昏迷的状态。这次却不一样，她清楚地感受到傅时浔的唇很软，带着点温热。

　　最初他只是压住她的唇瓣，轻轻贴着。阮昭的呼吸屏住，整个人绷直得犹如一把琴弦，僵立在原地，一动不动。不管如何大胆追逐，当这个吻降临，她依旧羞涩得犹同个小女孩。

　　傅时浔似乎也察觉到她的反应，从喉间溢出一丝轻笑，这笑意清楚地传到她的耳畔，耳垂和脸颊都开始不住地升温。

　　身侧就是车水马龙的马路，不时有汽车飞速开过的声音。

　　"闭眼。"傅时浔提醒，声音压着笑意。

　　这一下阮昭才下意识地闭上眼睛，但下一秒男人的唇再次贴了上来。这次他不再是在唇上浅浅地试探，刚开始阮昭还能感觉到他跟自己一样，对于这种深吻并不擅长，还带着一丝能被她察觉的生涩。可很快，他的手掌轻轻扣住阮昭的下颌骨，不轻不重。

原来，光是接吻都会让人有种站不稳的感觉，她如同一个小舢板无助地漂浮在大海上，任由他带着自己一点点地往前靠近，周遭全都是他清冽又微冷的气息。

男人微微紊乱的呼吸声一点点传进她耳畔，耳朵根跟着烧起来，哪怕她没去摸都觉得热得发烫。

突然，旁边传来一串脚步声，阮昭仿佛被人从梦境中拉回了现实。可是傅时浔单手掐着她的腰，直接将她带到了旁边的小巷子里。巷口黑暗，两人站在巷道里，彼此的呼吸声依旧紊乱地交缠着。

阮昭抬头，看见黑暗中他的眼睛亮堂得发光。那双总是冷淡又沉静的黑眸，此刻为了她而变得格外灼热。

傅时浔也微低头，目光落在她脸上，直到他俯身在她嘴角温柔而耐心地亲了亲，这才低声说："所以，我现在是追到了你？"

一到晚上，哪怕是依旧还有些闷热的九月，空气里都会掀起凉气，冷风拂过，却吹不散她心头积攒着的燥热，心脏在胸口"怦怦"乱跳，一刻没停下来过。

阮昭眼睫微颤，仰头看着他："你刚才叫我什么？"

突然巷子的另一头传来轻脆的声音，傅时浔扭头看过去，"喵"的一声响动，确定不是别人过来，他这才伸手搭在她的脸颊，指腹有一下没一下地轻轻摩挲着，用微哑而低沉的声音说："女朋友。"

他说得很慢，几乎是一个字一个字咬着说出来，每个字说出来时都砸在她的心头，让她全无招架之力。

她背靠着身后的墙壁，勉强撑着自己的身体，傅时浔伸手捏了下她的鼻尖，低声问道："现在可以告诉我刚才发生了什么事情吧。"

他来得匆忙，刚才视频通话只来得及看阮昭在台上讲解的过程。

阮昭恍然大悟，问道："你是怕我吃亏才匆匆赶过来的？"

虽然她像一个女战士一样，打败了凭空出现的闹事者，但是有个人像这样"从天而降"，让她觉得好窝心，之前心底的郁闷一扫而空，只剩下轻松。

傅时浔："你没事吧？"

他伸手撩了下她的长发，这才发现她的头发微湿。

其实刚才他抱着她，离她很近的时候，就闻到她身上一股浓浓的红酒味，本来他还以为是阮昭在酒会上喝了酒，而且刚才阮昭突然拉住他的衣襟，他压根儿没来得及细想。如今再一细想，阮昭为了修复从来都是滴酒不沾，她怎么可能喝酒喝到整个人身上都是酒味，除非是被人泼了酒。

阮昭微抬起下巴，嗤笑道："能让我吃亏的到现在还没出现呢，傅教授，你就这么小看我？"

她从来都不是逆来顺受的人，谁给她亏吃，她一定会奉还。

"傅教授不是小看你，他只是太担心了。这不一接到电话，听别人说你遇到了麻烦，就马不停蹄地从实验室赶了过来，连衣服都没来得及换上。他也不知道，原来喜欢一个人的时候会这么担惊受怕。"

怕她受了委屈，宁愿自己里子面子都不要，当着全班学生的面就承认是他追的她。怕她在外被人欺负，什么都顾不上问，拔腿都赶了过来。

阮昭没想到他会这么说，当即有些哭笑不得。她伸手拉了拉他的衣襟，小声说："我不是在嘲笑你，我只是觉得一直那么高冷的傅教授不至于这样胆小。"

"那是因为之前的傅时浔没有什么可担心的。"

他的生活平静无波，一成不变，如今却有了牵挂，有了会令他担心的人。曾经的傅时浔对什么都淡淡的，却从未想过，有朝一日他会抛却所有的骄矜自持，主动走下神坛。

阮昭心口融得一塌糊涂，低声说："我以后不会再让你担心了。"

傅时浔看着她难得乖巧的模样，忍不住上前将她抱在怀中，手臂收紧，仿佛要将她揉进自己怀里。

"我说过，你不用为我改变什么。如果有人要欺负你，也要像现在这样，勇敢地反击回去。"

说到这里，他顿了下，微微偏过头，嘴唇贴着她的耳朵："当然，我也会帮你。"

两人重新回到车子边上，这才发现傅时浔的车子被贴了一张违停的罚单。

阮昭走过去，伸手将罚单撕了下来，扬了扬，笑问道："傅教授，你这也算是为爱罚款吧？"

傅时浔被她逗得轻笑了声，伸手替她把副驾驶的门拉开。

他们刚上车，傅时浔的手机响了，他先是"嗯"了声，随后转头看向身侧的阮昭："你不用担心，我已经接到她了。"

对面似乎笑了声，这一笑，阮昭听出来是个男人的声音。

"今晚谢谢了。"傅时浔说。

很快，他把电话挂了，阮昭问："谁啊？"

"我弟弟。"傅时浔微侧着脸。

从阮昭这个角度看过去，他的侧脸算是绝品了，额头饱满，鼻梁高挺，嘴唇线条虽薄却又不会显得过薄，最好看的还是下颌线的轮廓，深邃又利落。

阮昭一边沉迷于他的美色，一边惊讶道："你弟弟？傅锦衡？"

傅时浔笑了下："看来你已经了解他了。"

"随便百度一下，都可以查得到。"

傅时浔解释说："今晚他大概也跟你参加同一个活动，所以你一遇到麻烦他就给我打了电话。本来他也想出手帮忙，不过他说你自己处理了一切，而且完美到让他都佩服。"

阮昭刚才的处理确实让傅锦衡那种身经百战的都不得不佩服。一般人遇到闹事的人，不是慌了就是气急败坏跟对方吵起来，这种事情，吵架是解决不了问题的。反而是阮昭这种，一上来就摆证据、讲事实，让对方的一切撒泼行为都彻底无功而返。至于她最后亲自泼回去的那杯红酒，则成为这场闹剧最后的高潮。她亲自写下的结尾，酣畅淋漓又大快人心。

阮昭有些惋惜："原来他也在展会上，真可惜刚才没看见。"

傅时浔挑眉："在男朋友面前，对没看见另外一个男人感到惋惜，胆子可以啊。"

阮昭瞬间笑得不行，歪倒在副驾驶上："那可是你的亲弟弟。"

"嗯，他也是个男人。"

这回阮昭是真发现了，哪怕再高冷骄矜的男人，一旦谈恋爱，就会自动化身人形醋精，连女朋友嘴里稍微提了一下别人，都要表达不满。别说，虽然高冷不再，但是阮昭心底还挺受用的，谁会喜欢自己的男朋友在对待自己的时候还那么高冷呢。相反，对外人高冷，对自己吃醋，这种极致的反差才会越发把她撩得难以自持。

因为阮昭身上有些狼狈，傅时浔便将她送回家。下车的时候，阮昭叮嘱道："到家给我发信息。"

傅时浔点点头，在她要离开的时候，站在原地的男人突然动了。他伸手拉住她的手腕，将原本已经往前的阮昭直接拉回到怀里，才低声问："你是不是忘了一件事。"

阮昭疑惑地抬头，什么事儿？

傅时浔低头在她唇上重重地吻了下，这才松开说："晚安。"

阮昭被他撩拨得几乎要"溃不成军"，这男人怕不是点了个什么恋爱天赋技能，没打开的时候还是个新手，等真正打开了，直接升级成满级高手。

回了家里，一楼云霓的房间还亮着灯，里面传来声音，等她打开门，就看见云霓正躺在床上，嘻嘻哈哈地追着剧，无比快乐。阮昭直接扑过去，将她的脸捧起来，问道："妮妮看我，有没有什么不一样的？"

云霓眨巴眨巴眼睛，盯着阮昭，不解道："什么不一样？"

"姐姐从此跟你就再也不是一种人了。"阮昭认真说道。

云霓一下就从床上坐了起来，有些害怕地问："昭姐姐，你怎么了？我们怎么不是一种人了，那以后你是什么人，我又是什么人？"

阮昭拍拍她的发顶，笑道："从此，我，就是有男朋友的人。"

"而你——"阮昭有些同情地看着云霓，而后她微笑道，"依旧还是个单身狗。"

云霓："……"

她抬头看着阮昭，正好手上的平板电脑响起一段温柔的BGM。阮昭低头一看，屏幕上正播放着时下最热的一部偶像剧，也是云霓最近最喜欢的一部剧。此刻正好放到男女主彼此表露心意，正式在一起的画面，两人深情拥吻在一起。

一直是"嗑药鸡"的云霓终于等到这久违的一幕，得来的却不是开心，而是伤害。全世界都在秀恩爱，而受伤的只有她！

晚上十点。

闵其延从医院里出来的时候，眨了眨干涩又疲倦的双眼，他忍不住抬头看了一眼头顶的明月，今晚月色朦胧而柔美，散发着清冷的银辉，周围星辰辉映，是城市里难得一见的月色美景。

今晚有个出了车祸的病人，他被紧急叫回来上了一台手术。刚从手术台下来，整个人有种被掏空的疲倦感。可当他启动车子，离开早已经安静下来的医院，沿途的霓虹灯依旧，但一向车水马龙的马路上却没了白日里那么多的车辆。

闵其延形单影只地坐在车里，看着窗外依旧明亮却不再喧闹的繁华城市，一种从加班中刚解脱出来的虚脱和疲倦向他袭来，直到他将车子开回小区。谁知在小区门口的时候，却怎么都不想进去了。他一向不是敏感的人，只是今晚身为"社畜"的心酸蓦然涌上心头，忍不住想要找人诉述一番。于是他低头拿出手机，准备给同样"社畜"的傅时浔打电话。

这种夜晚，正适合出来喝一杯。

闵其延知道，傅时浔这会儿不是在学校就是在家里，他这人的生活比自己的还要无趣，也更加一成不变。

手机刚拿出来后，他还没拨出电话，反而自己的手机先响了，低头一瞧，傅时浔三个字赫然出现在屏幕上。

乖乖，不愧是兄弟，这心灵感应绝了。

闵其延接通电话，抢先开口道："我正要给你打电话呢，结果你电话就来了。不愧是兄弟，是不是觉得这种时候特别孤独和惆怅，正好适合出来喝一杯。"

"说吧，去哪儿喝？"

对面的人顿了下，淡声道："谁说我是来找你喝酒的？"

闵其延："那你大晚上的给我打电话干吗？"

依旧是那样清冷的声音，但这次语气里有种说不出的味道，"我就是想问问你，第一次给女朋友送礼物，应该送什么比较合适？"

闵其延下意识问道："什么女朋友？"

"我、女、朋、友。"

闵其延："老畜生！！！"

清晨，阮昭从睡梦中醒来，睁开眼睛的一瞬间还带着点迷迷糊糊，旁边床头柜传来手机振动的声音，她伸手去摸手机。打开后点开微信，看见置顶的那个头像发来消息。

傅时浔：现在要去上课，今天是早上第一和第二节课，上课的时候没办法及时回复你的信息。

阮昭看着这条信息，有些念头才后知后觉地袭上心头。她，现在是傅时浔的女朋友了。他们昨晚正式确定了关系。所以，他这是在给自己汇报行程？

阮昭握着手机，突然在床上滚了一圈，这么少女心的动作，她从来没做过，此刻她光看着屏幕上的信息都止不住地开心。

阮昭：知道啦，好好上课，傅教授。

傅时浔：嗯，好的。

阮昭见他回复得还挺冷淡的，忍不住撩拨他：就这个？没有别的要跟我说吗？

那边过了一会儿，终于回复：想你。

阮昭得意一笑：我也是。

阮昭看了一眼手机上的时间，已经快八点了，估计他这会儿都到教室了，所以她回完了这条就没继续打扰他。

阮昭进了衣帽间，给自己选了一套深绿色的连衣裙。她皮肤白，穿这种浓郁的绿色反而会显得更白。

云霓正在楼下看书，这个学期她还是去上学了，只不过课程并不算密集，今天早上没课，她就留在家里看书。阮昭下来的时候，她抬起头，眼中露出光彩："昭姐姐，你怎么每天都这么漂亮。"

虽说云霓他们天天都跟阮昭在一起，按理说早已经看惯了她的容颜，可时不时还是会被阮昭惊艳到。

阮昭："今天没有课？"

"早上没有，下午有。"云霓说，"我昨天中午在学校吃饭了，食堂真不好吃，我好想念董阿姨做的饭。"

"这才第一天而已。"阮昭见她撒娇，忍不住揉了揉她的长发。

董姐从客厅里出来："昭小姐醒了，我去给你端早餐哦。"

正好门口的门铃声响了起来，云霓放下书，直接跑过去开门。

阮昭进了客厅，没一会儿，董姐端着早餐过来，她问道："中午想吃什么？我待会儿要去买菜。"

"买点傅教授喜欢吃的吧。"阮昭笑着说道。

董姐用身上的围裙擦了擦手，开心道："傅教授中午要过来吃饭吗？"

虽然傅时浔不是自己的女婿，但是董姐还真有那么点丈母娘看女婿的味道,就是怎么看怎么顺眼,长得这么帅不说,年纪轻轻就是大学里的教授,这种青年才俊最是能讨董姐这样的中年妇女喜欢。

阮昭:"不一定,看情况。"

就在她们聊天的时候,云霓一溜烟地跑了进来,大喊一声:"昭姐姐。"

"哎哟,吓死我了。"董姐被她这么一喊,真吓得一哆嗦。

云霓却不在意,反而直接从背后拿出一束桔梗花:"刚才一个外卖小哥送过来的,昭姐姐,你的。"

董姐一瞧,立即说:"哟,好漂亮的花啊,这是谁送的?"

"还能有谁啊。"云霓故意拖长调子,意味深长地说。

只是董姐并没有迅速领会到她的意思,反而想了下,问道:"难道是那位梅先生?"

梅敬之经常来小院,而且他这人也挺会做人的,时常会给她和云霓带些礼物。董姐对他的印象也挺好的,不过当然是比不上傅时浔。

"你怎么不猜傅教授啊?"云霓有些无奈地问。

董姐一怔,下意识说:"我看傅教授平时冷冷淡淡的,不像是会搞浪漫的人。"

云霓摇头晃脑道:"那你可是小看人家咯。"

"还真是傅教授送的,这花真够水灵好看的,我先去找个花瓶,这样昭小姐你可以插起来。"董姐一听居然是傅时浔送来的,嘴立马咧起来,笑得别提多开心了。

阮昭低头看着面前的花,不由得轻笑了起来。直到她看见花束中间放着的一张卡片,她拿出来打开一看,入目的是一行力透纸背的字迹,苍劲又有风骨。

见花如见我,愿你一天都有美好的心情。

时浔

阮昭看着这句话,忍不住又笑了起来。说他冷淡吧,可有时候他又自信得过头,见花如见他,还有一天的好心情。不过阮昭承认,这一天她确实是以好心情开始的,从早上收到他那条信息开始,一直到现在,她的心情持续上涨。

董姐找了花瓶过来，阮昭亲自将花插上，笑着说道："待会儿我要拿到我的工作室。"

虽然她的工作室里从来不允许放别的杂物，可是今天的这束花不同。

中途的时候，阮昭接到梅敬之的电话。

自从那天在开幕式上发生那件事情，两人都还没联系过。阮昭耐得住性子，她在等梅敬之给自己一个交代。

"昭昭，对不起。"电话被接通的一瞬间，他就主动开口说道。

阮昭："你查清楚了吗？"

"嗯，我们公司的那个老古董一直看不惯我上位，这次又因为《墨竹图》的事情，知道我想把它交给你修复，便想出这么个损人不利己的恶心招式。"

梅敬之也是被恶心得透顶，这些人以老功臣自居，结果他们这些所谓的功臣反而损害起公司利益来，丝毫不手软，敢在公司一年一度最为重要的秋拍会开幕仪式上搞事情。梅敬之这次再也不顾忌自家长辈的意思，说什么也要把这些尸位素餐的老东西都踢出公司，再也不能让他们祸害自己。

阮昭道："口口声声不让我修复《墨竹图》是为了你们公司好，结果他们自己反而干着损害你们公司利益的事情，真让人恶心。梅敬之，如果你没办法掌握你公司里的一切，那么我有必要重新审视我们之间的合作。"

这是阮昭第一次对梅敬之说出这样的重话，她虽然对外界的非议一向无动于衷，但是这件事要不是她自己处理得当，她的名声会彻底跟赝品联系在一起。

"还有刘森是怎么回事？他怎么又跟赝品扯上了关系？"阮昭问道。

这人当时是因为跟梅敬之有点儿关系，阮昭才会答应给他修复书画。几次下来，他确实是给钱大方，双方合作还算愉快。后来虽然阮昭也知道这位刘老板在业界的名声不算太好，但是她自己不也一直受非议，所以也没太在意。她在意的从来都是跟赝品有关的事情，只要对方没有触及她的底线就都好说。

梅敬之："刘森前阵子据说高价拿了一幅宋画，原本他是想卖给一个香港收藏家，但是后来不知道对方怎么跳单了。据说他资金链又出了问题，倒卖了不少东西，据说这批东西里不少都是假的，现在很多人都在找他。"

"他倒是好，出了事还要把我拉下水。"阮昭神色冷漠，"有办法能找到他吗？"

梅敬之反问："你找他想干吗？"

"我和我师父都挺好用的吧。"阮昭冷笑，她声音微冷，"利用完我们的名声，想拍拍屁股跑路，这可不行。"

阮昭从来不是那种吃了亏还要忍下来的。那天捣乱的人不是说这个刘森才是真正的始作俑者，她是绝对不会放过对方的。

"我会尽快把他找出来，不过……"梅敬之低声叹了口气，"别弄死他。"

阮昭莞尔一笑："我不是那种人。"

梅敬之："……"

这通电话结束，阮昭在工作室里工作，她现在手头上只有一幅清代的画在修复，这个工作还是云橙给她揽下来的。云橙在铺子里打理生意，也认识了不少藏家。有特别靠谱的那种人，他才会把对方介绍过来。

阮昭刚把马蹄刀磨好，就听到摆在台子上的手机响了起来。她走过去，发现是傅时浔打来的，立即擦干净手接通电话："下课了吗？"

刚问完，她就听到对面背景音里的一片嘈杂，还伴随着下楼梯的那种声音，听起来他应该是刚出教室就给自己打了电话。

傅时浔："刚下完课，你在干什么？"

"正在磨我的马蹄刀，刚磨好，你就打电话来了。"

"……"

阮昭也察觉出这话有点儿歧义，认真解释说："我是准备磨刀修画，云橙刚给我接了一幅清代画家邵松年的画，藏家自己保存得有点儿不当，所以送过来给我修复。"

"你上完课干什么？"阮昭将外放打开，拿起台子上干净的布擦了擦刀。

傅时浔说："要去实验室，鸣鹿山考古现场挖掘出来的文物有一部分保存在我们的实验室，所以我们需要做进一步的实验室考古。"

他们都有自己的工作，倒也没办法真的天天腻歪在一起。

于是阮昭问:"中午呢,你怎么吃饭?"

"一般都是学校食堂。"

阮昭挺好奇地问:"吃不腻吗?"

傅时浔低垂着眉眼,淡然开口说:"以前都是一个人,随便应付着就好。其实现在也还好,我没关系的。"

乖乖,这话说得阮昭都不知道怎么接下去了,明明语气听着挺淡然,但又让她听出莫名的委屈。是吧?不是她听错了吧。

阮昭试探着问:"要不我中午去学校给你送午饭?"

"你方便吗?"傅时浔停住,声音里已经染了笑意。

阮昭故意说道:"我说不可以的话,某个人是不是应该失望了?"

这下傅时浔停下脚步,声音幽幽道:"失望倒不至于,但今天中午应该会食不下咽。"

这下,阮昭真被这话逗得不行。

难得见傅教授这样主动示弱,阮昭笑了下:"等着我中午的爱心午餐。"

电话挂断,阮昭就下楼跟董姐说了句她中午不在家吃饭。

董姐一脸惊讶:"可是之前不是说让我做菜的。"

"打包。"阮昭随意地拨弄了下长发,她清冷的眉眼染上得意的笑容,"我给傅教授去送爱心午餐。"

阮昭知道傅时浔上完课都在实验室,所以过去的时候也没提前给他打电话,直接开车过去。好在这会儿是白天,校外车辆开进去只需要登记就好。

她一路开到考古系的实验楼下,白天时候才发现这栋实验楼建造得有点儿古色古香,外观看上去很有那种质朴又中式的建筑风格。

这会儿正是吃午饭的时候,不断有学生进出,也有人拎着吃的东西进实验室,所以阮昭也没等多久就跟着两个男生一块进了大楼里。

之前来过一次,她熟门熟路地找到了实验室门口。里面人影幢幢,看起来今天有不少人在,连交流的声音都挺多的。

直到实验室的门被推开,从里面走出来一个人,看见门口站着的阮昭,那一身墨绿色的长裙,再配上那张精致唯美到近乎画中人的小脸,当即让对方看得一愣。

阮昭本来已经把手机拿了出来,想给傅时浔打电话。就听对方问:"请问,你找谁?"

"傅教授在吗?"阮昭笑着回答。

对方点头:"在,在。"

但很快他又有些为难,似乎拿不定该不该为阮昭叫人。这不禁让阮昭想起她第一次来找傅时浔的场景,当时也是这样,学生们一见是个女生来找傅时浔,都拿不定主意该不该帮忙。大概是见多了傅时浔拒绝别人,生怕自己多管闲事。直到里面又走出来一个人,阮昭和对方都一惊。

"田希。"

"阮老师,你怎么来了。"田希推了推眼镜,一直挺文静的姑娘伸手将她拉了进去,"站在外面干吗呀,进来,进来。"

"各位,各位。"田希一把将阮昭拉进去,"这就是我之前跟你们说的那位阮老师,修复特别厉害。"

田希转头对阮昭说:"阮老师,我刚才还跟我这些研究生学弟学妹说起你呢,他们都对你特别感兴趣。"

阮昭看着对面一双双充满好奇的眼睛,忍不住怀疑,他们究竟是对自己的修复水平好奇,还是对自己和傅时浔的关系好奇。她知道田希是那种一心只做学问,两耳绝对不闻窗外事的人,大概也是她这个性格太深入人心,所以也不会有人跟她八卦,以至于她都不知道阮昭和傅时浔的事情其实在学校早已传开。几乎谁都知道,这位是傅教授正在追求的大美人。

"阮老师,你是来找傅教授的吧,我这就帮你喊。"田希正说话,谁知从里面走出来一个人。

阮昭扭头看见傅时浔走了出来,先是一怔,因为傅时浔今天居然穿的是一件复古的孔雀绿衬衫,衣料是绸缎,带着独特的光泽,下面是一条简单的黑色西装裤,跟他平常简单干净的穿着确实有点儿不太一样。就他这一身装扮,帅得挺新颖别致,这会儿阮昭一出现,他们两个人的衣服有种浑然天成的搭,特别是当傅时浔走到阮昭身侧,两人站在一块。

"哇!"也不知是谁低呼了一声。

"怎么来了也不提前给我打电话?"傅时浔口气虽亲昵,但在阮昭看来挺正常,他就不是那种特别腻歪的人。但在别人听来,可就亲密得有些过分,就连自觉比较了解内情的田希都朝他们两人打量过去。

"傅教授,你是要带阮老师去吃饭吗?"她忍不住问。

阮昭无奈道:"田希,我不是早就跟你说过,不用叫我阮老师。"

她确实不是什么老师。

田希朝傅时浔看了一眼,有些为难,也有点儿拿不定主意的样子。

倒是傅时浔垂眸,朝阮昭睨了一眼,不紧不慢地开口,说道:"不叫阮老师也行。"

田希点了点头,阮昭见他给自己说话,也不由得松了一口气。她确实不是那种好为人师的性格,这句老师叫得她都别扭。

"以后叫师母就好了。"傅时浔声音沉而淡然道。

第十一章 /

在我心底，昭昭就是完美的。

师母？

大学生确实会叫老师的妻子师母，特别是有些教授对学生很好，经常会带着学生回家吃饭什么的，所以学生对师母的感情也很深。只是阮昭没想到，自己年纪轻轻，居然也能有这样的称呼，这不禁让阮昭想起自己的师母。

"师母好。"

"师母，以后常来我们实验室玩啊。"

傅时浔起了个头，实验室里的其他人还真叫上了。年轻人胆大爱热闹，压根儿就不怕事，最后连阮昭都忍不住开头笑了起来。

好在傅时浔见时间不早了，开口说："你们都早点去吃饭吧。"

众人齐声应道。

傅时浔伸手将她的手握到自己的手心里，手指穿插到她的手指缝里，十指交缠，两人一起离开了实验室。结果他们刚一走，实验室彻底炸开锅。

"不会吧，不会吧，连我们傅教授都脱单了。我之前还在寝室里吹牛，说我一定可以在教授之前找到女朋友，我完了。"

"人家教授是眼光高，你是纯粹没人要。"

"看看我们傅教授的效率，前脚刚在课堂上宣布追人，这会儿就美人在怀，比不过。"

"我之前只在帖子里看过我们这位师母，妈呀，真人也太漂亮了吧。"

"对吧，刚才她在这里的时候，我都不敢说话。"

"这颜值不当明星可惜了。"

"这你就不懂了吧,人家压根儿不在乎功名利禄,一心要拯救我们的国宝。"

"还顺手拯救了下我们大学的'镇校之宝'。"

"什么呀?"

"傅教授啊,要不是大美女出现,这么一个大帅哥,得什么时候才能脱单哦。"

至于当事人双方,根本不知道这边正讨论得热火朝天。

阮昭把带来的饭盒直接打开,傅时浔低头看了一眼,低笑:"都是我喜欢吃的。"

"我细心吧。"阮昭笑眯眯看着他。

他清淡一笑:"应该是董姐比较细心吧。"

阮昭无言以对了,因为这些菜确实全都是董姐做的。

傅时浔伸手将袖口解开,往小臂上卷了两卷,这动作做得行云流水。阮昭忍不住盯着看了好一会儿,直到傅时浔将筷子摆在她面前:"看什么呢,怎么还不吃?"

总不能说看你卷袖子都卷得这么帅吧。

阮昭拿起筷子,目光依旧落在他劲瘦冷白的手臂上:"等你一起啊。"

两人吃饭都挺安静的,偶尔说上一句。

傅时浔确实是有点儿饿了,阮昭特地带了两份饭,他的很快吃完了,阮昭的只吃了边边上的几口,她忍不住问:"你还够吗?要不我的给你?"

哪怕知道她饭量确实不大,傅时浔看了一眼,还是忍不住皱眉:"吃不掉了?"

阮昭点头。最后傅时浔帮忙吃了一半,阮昭就把剩下的带了回去。

吃完饭,傅时浔将东西收拾好,弯腰拉开抽屉,直接从里面掏出一盒薄荷糖。没等他开口问,对面的阮昭已经伸手:"我也要。"

傅时浔给了她一颗,她放在嘴里,面不改色地"嘎嘣"一声咬碎了,顷刻间,薄荷味在她口腔里铺天盖地弥漫开,那种清凉感直冲天灵盖,这可真是太爽了。

傅时浔靠在办公室旁边,望着她面无表情嚼着薄荷糖的模样,突然忍不住想,是不是对自己的女朋友了解得太少了。

反而是阮昭边嚼着糖边问道:"你抽烟吗?"

一般都是抽烟又比较想要戒烟的人才会在身边备这种薄荷糖。

傅时浔如实说:"偶尔会抽,但很少。"

"我抽不了。"阮昭有些可惜地说道。她拒绝一切能让自己上瘾的东西,烟、酒、咖啡,她是一点都不沾。

傅时浔也听出她口吻里的惋惜,正色道:"抽烟不是好事儿,以后我不抽,你也不许想。"

阮昭吐槽:"你自己都尝过滋味了,就只规定我了,真够霸道的。"

说真的,傅时浔这性子一开始就是冷淡,对谁都淡淡的,只专注自己的事情,但要说霸道,还真没有,毕竟他的分寸感拿捏得比谁都要好。可是就是遇到这么一个人之后,什么都想管。怕她长时间伏案工作身体不好,带着她去打羽毛球锻炼。怕她不吃饭,总是忍不住叮嘱。这不,现在为了让她断了想要抽烟这事儿,干脆先断了自己的念头。

"你现在真不想抽了?"阮昭追问。

傅时浔:"真不想。"

这话刚说完,对面站着的人已经直接到了自己的跟前,伸手拽住他胸口的衣襟,熟练地把人拽到自己的跟前,随后带着清清凉凉气息的吻如约而至。

办公室里安静至极,只有细细密密的轻噏声越发激烈,钻进彼此的耳膜。而身侧窗户外,时不时传来自行车的铃声、嬉笑声,以及门口走廊外突然的脚步声,这些背景音交织在一起,却丝毫没有打断两人的纠缠。

傅时浔将人抱坐在办公桌边缘,他手掌缓缓按在两侧的书桌上,仿佛将她圈在了这个小小又密不透风的空间里。他们沉浸在这如同点燃了热油的气氛里,她双手环抱着他的脖颈,微仰着头。

傅时浔伸手在她发顶揉了下,最后低声警告说:"以后不许这么突然袭击。"

"所以,我以后想要亲你的时候都要提前打报告吗?"阮昭十分诚心且好奇地问道。

傅时浔:"……"

阮昭从学校回家后本来是想安静修画,顺便等傅时浔下班,他们约好了,晚上一起去他家里做饭。虽然她也想带傅时浔回家,但是她家里人多,没有办法享受两个人的世界。

谁知快要到傍晚的时候,阮昭接到一通电话,很快她就离开家出了门。

这次她依旧是自己开车,车子一路行驶,直到来到老城区。当车子从桥下行驶过去的时候,阮昭下意识朝旁边看了一眼。很快,她将车子停在了一个小院子前面。

这个院子跟阮昭家那种民国时期的小院不一样,这就是普通的民居,但是装修得很雅致罢了。一进门,这个院子也跟阮昭家里一样,摆着两个大水缸,里面养着荷花,这会儿九月,正好是开花的时候。走近一看,水缸里的睡莲安静躺在水面上,温柔而漂亮,底下两尾锦鲤,相互嬉戏追逐。

"昭昭。"一道有些苍老的声音极开心地喊道。

阮昭抬头看过去,见一个略有些白发的老太太走过来。

她乖巧喊道:"师母。"

其实按照年纪,阮昭应该喊奶奶才对,但她是顾一顺的徒弟,这位乃是顾一顺的妻子,所以论辈分来说,她确实该这么喊。

"又来看那个糟老头子啊。"王桂芬轻笑。

阮昭将带来的水果和其他东西都放下:"我本来就想来看你们的,只是前阵子有点儿忙。"

王桂芬笑道:"你忙就不用总过来,而且每次都带东西,又不听话是吧。"

她们正说得热络,楼上的人似乎早就等得不耐烦了,打开窗子直接喊道:"阮昭,既然来了就赶紧上来。"

"你这个死老头子,就不会对昭昭小声点,成天在家人嫌狗烦的还不够。"王桂芬毫不客气地回怼过去。

阮昭小声说:"我先上去看看师父,待会儿再下来陪您说话。"

"你先去,我准备点菜,今晚说什么也要在家里吃饭。"

很快,阮昭顺着楼梯来到了二楼。

顾一顺家里也是中式装修,只不过跟阮昭家略带新潮的新中式不同,顾一顺家里的装修显得更质朴。

"师父。"阮昭一上楼就看见顾一顺正戴着老花镜坐在椅子上看书。

顾一顺将手里的书放下之后，仔细打量了她许久，突然问："昭昭，你当初为什么学修复？"

阮昭立在原地，没有立即回答。

"你爷爷走了，你是不是觉得他的手艺没人继承了，所以想要继承他的衣钵？"顾一顺苍老的声音里包含着说不出的情绪。

他跟阮昭的爷爷阮昌其实说起来应该是师兄弟，按照道理，阮昭得要叫他师公，可是他当初不顾别人的眼光，执意要收她当徒弟，不就是希望她出师之后有自己的名头撑着，在外面不受欺负。

"在我这几个徒弟里，哪怕就是算上如今已经不干修复的，你的天赋也是头一份的好，我当初收你不仅是看在你爷爷的份上，也是因为我惜才。"

或许是年纪真的大了，顾一顺以前总嫌弃自己的师父爱唠叨，可是这轮到他了，也还是一样逮着自己的徒弟念念叨叨。

阮昭站在原地，安静地听着。直到顾一顺问道："可是昭昭，你不觉得你的路已经越走越偏了吗？"

"师父，您是不是听到了什么？"阮昭此刻已经多少猜测出师父叫自己过来或许是因为之前那幅赝品画的事情。

她低声说："我跟您保证过，绝不会碰赝品，更不会用这个赚钱。"

顾一顺那双略有些浑浊的眼睛朝她看过来，轻声说："师父相信你，只是师父觉得，你若是想要赚钱，当初就不该选修复。"

阮昭心口猛地一窒，一直以来，她以为不管外面怎么说，师父总是站在她这一头的。这次她知道那个人的事情多少还是连累了师父的名声，她虽然处理得好，但难免也会有人发出疑问，怎么别人就是非要攀扯你阮昭一个人呢，还不是你平时名声就不好。

"正好梅家那个小子如今正上位，你与他一向要好，倒不如彻底放弃修复，跟着他一心赚钱。"

顾一顺这次也是有些气急，之前雷大炮的事情也不是没有人到他跟前说三道四，但他还是压了下来。可这一次，他不单单是生气阮昭败坏自己的名声，而是觉得她跟梅敬之牵扯太深，只怕早已经忘记了当初学习修复的初心。

阮昭站在原地，突然脑海中闪过傅时浔当初问她的声音，他问她，为什么要学修复。阮昭当时的回答是，她家学渊源，因为爷爷是修复师才会想要学的。

可是当她问起傅时浔为什么要学考古时,他却给了自己一个从未想到过的回答——那是他的信念和热爱。她呢?她做修复真的是一心奔着钱去的吗?

这一刻,阮昭忽地握紧手掌,傅时浔那一刻的声音和眼神浮现在她脑海里,不停地冲击着她的心脏。直到她看着师父说:"我想成为中国最好的修复师。"

"我也会成为最好的修复师。"

"昭昭,不留在家里吃饭了吗?"王桂芬见阮昭下楼直接往外走,追了出来。

阮昭停下脚步,勉强扯出一个笑容:"不用了,师母,我今天还约了别人。"

王桂芬朝楼上看了一眼,柔声问:"怎么了,师父说了让你不开心的话?"

"不是。"阮昭摇头,声音极小,"是我让师父不开心了。"

"这死老头子,一天到晚就知道发火发脾气,咱们不跟他计较。今晚留在家里吃饭,师母给你做几样你喜欢吃的。"

阮昭有些为难道:"师母,我今天真的跟人约好了。"

"谁啊?"王桂芬忍不住打听,"男朋友?"

她知道阮昭一直没谈恋爱,之前阮昭来的时候,王桂芬还会提点两句,就是希望阮昭能早点找个男朋友。

本来她也就是顺嘴一问,谁知阮昭轻轻点头:"嗯,男朋友。"

"真有男朋友了?"王桂芬开心得险些叫出来,"什么时候带过来给我瞧瞧?"

阮昭小声说:"我们也是刚在一起,等过一阵子一定带他过来。"

这会儿王桂芬更舍不得放她走了,一个劲地问:"他是哪里人?做什么的,家里父母呢,又是干什么的?"

"他就是北安人,他本人在大学里当老师,是考古系的教授,至于父母嘛,我们暂时也还没聊那么深入。"阮昭挑了重点回答,至于傅时浔的背景,她暂且没说,只是不想在这个时候再给自己添上一条爱钱的罪名。

阮昭忍不住朝楼上看了一眼，心底说不出的感觉。她以为她的老师不会像其他人一样看她，可终究，她都不过是世人眼底只会利用自己所做所学不择手段谋取利益的人。

阮昭知道很多修复师傅都不会让自己的弟子涉及古玩，生怕会扰了心境，坏了心思，毕竟修文物的人不比其他人，他们太懂文物，若真有这手艺做赝品蒙人，不知道会害了多少人。

顾一顺就是传统守规矩的老匠人，一辈子秉持着工匠之心，要不然他也不会在文物圈子里有着这样崇高的地位。

王桂芬听完，简直是满意到不得了："教授好呀，还是个考古教授，正好跟你有话说呢，你都不知道你师父一天到晚叨叨他那些画啊，书啊，怎么修怎么弄，我是一窍不通，他还经常埋怨，说跟我说不到一块。"

王桂芬拉着阮昭的手，一副不愿意放手的模样："他今年多大了？"

阮昭："三十岁，比我大四岁。"

"年纪也合适。"王桂芬这嘴越咧越开，笑得不知怎么是好。

就在她还准备再问问的时候，楼上一道急躁的声音突然喊道："不是说了跟男朋友约好了，还拉着问来问去。"

这会儿阮昭、王桂芬她们两人同时抬头往楼上看去。

王桂芬低声说："这老头子就是嘴硬心软，他要是说了什么不好听的话，你也别往心里去，你师父……"

她伸手摸了摸阮昭的长发，叹了口气："总归是疼你的。"

当年阮昌去世之前，她和丈夫曾经去看望过，一辈子要强的人躺在病床上，干瘦得不成样子，谁瞧着都心疼得不行。结果他跟她们聊起来的，还是阮昭。

自从儿子去世之后，孙女就成了阮昌心底的牵挂。他说女儿有了丈夫和外孙陪着，家庭美满，事业有成，实在是没什么需要他担心的，可是阮昭不一样，十几岁的小姑娘就已经经历了别人一辈子也没遭受过的事情。

或许就是因为这份牵挂，让顾一顺和王桂芬都格外偏爱阮昭。当年阮昭说要学修复，顾一顺不顾别人的眼光，非要收她当关门弟子。

"师母，那我就先走了。"阮昭听到这话，眼神微黯。

王桂芬也没法再留她，将她送到门口，叮嘱了两句。

等王桂芬上楼，见顾一顺站在二楼窗户边往外面看，从这里正好能瞧见巷子外面那条街，阮昭每次过来，车子都是停在那边。

阮昭这会儿正好上车，她拉开车门，坐了进去。

"你说说你，每次都不会好好说话，那些个徒弟，哪怕三四十岁的人了，见着你还不是也跟老鼠见了猫一样。只有这个小的，你倒还好，平时瞧着挺疼爱的，一到关键时候，你就不能忍忍你的狗脾气呢。"王桂芬一边叹气一边数落他。

顾一顺气急败坏道："你知道什么？我这是恨铁不成钢，我之前就说过让阮昭去故宫，因为只有那样的地方才能完全发挥她的才华。你都不知道她多有天分，就她那双手，才二十来岁的年纪，就稳得跟故宫做了三十年书画修复的老师傅一样。

"你知道我们做书画修复最重要的就是揭画心吧，从我教阮昭开始，她就一次，一次都没有失败过，哪怕连我都不敢保证自己每一次揭画心百分之百成功。"

大概越是期待高，才越是会失望。

他的大徒弟韩照进了文物局，如今是个领导，早已经不做书画修复工作，可是顾一顺对韩照也没什么指责，他知道韩照的天分就在那儿，再修下去也不会成为下一个自己。但阮昭不一样，她那样有天赋，顾一顺怎么能看着她在一条错误的路上越走越远。

"好了，你好好说。"王桂芬生怕把他气出个好歹，也不敢说得太过分。

阮昭离开后，车子在路上漫无目的地开着，直到不知不觉开到了北安大学附近。

此时华灯初上，整个学校都被点亮，教学楼的窗户一个个被照亮，像是个漂亮的玻璃盒子。

等她拿出手机，才发现手机不知何时关了机。幸亏车上还有数据线，于是她将手机充上电后慢慢朝傅时浔住的小区开过去。

老小区的门口挺热闹的，一排琳琅满目的商店，这会儿正好门口的霓虹灯全亮了，水果店里喇叭声尤其热闹，新上市的甘蔗一根根竖在店门口。

旁边一家小卖部门口放着的摇摇车生意好到得排队，刚到家长膝盖的小宝贝站在旁边，眼巴巴地看着比她大不了几个月的小哥哥在玩。

· 311 ·

她坐在驾驶座，手掌搭在方向盘上，安静看着这一幕。耳边却总是响起顾一顺对自己的质问，你学修复到底是为了什么。为了继承爷爷的衣钵，为了更好的生活。

她整个人陷入无尽的疲倦之中，就像奔波了多年，却发现自己正在朝着一个错误的方向前进。哪怕她此刻没照镜子，都能感觉到自己那双锐利直白的眼睛里光彩正在渐渐消失，干涩得连眨眼都成了一个极困难的动作。

阮昭有时候觉得自己是真的共情能力低，这时候别人尚且还能哭一嗓子，她就那么直勾勾地望着外面，心底无悲无喜，就好像她对这个世界是漠然的。

过了会儿，阮昭终于看够了，启动车子开了进去。

这会儿手机也充好电，自动开机了。她伸手去拿，发现傅时浔半个小时前给自己打了个电话，但是她关机没接到。他又发来一条微信：我下班了，待会儿去超市买菜，你几点过来？

见她许久没回，他在十分钟前又发了一条。

傅时浔：是今晚不想过来了？

不知为什么，最后一条让阮昭觉得他话里透着一股小心翼翼。

阮昭盯着这两条微信，正准备回复他，谁知一抬头就看见旁边一辆车子开了过来。因为这边没车位，对方直接往前面开了开，在另一端的空车位停了下来。

阮昭看着傅时浔下车之后从后备箱拿了东西下来。他正拎着东西往单元门口走时，正好遇到一个邻居抱着孩子从楼上下来。对方大概也是北安大学的教职工，傅时浔停下来和她打了声招呼，女人怀里的小婴儿看起来正是会笑会闹的年纪。傅时浔弯腰看了一眼，那张冷淡清俊的脸总算露出一丝笑意，手指头在小婴儿脸上轻刮了下。

"傅教授，一个人还买菜回家做饭啊。"对方羡慕地说道。看看人家多会生活，哪怕是一个人也丝毫不耽误对自己好。

傅时浔声音挺淡："不是一个人，还约了我女朋友。"

对方似乎也听说过什么流言，当即呵呵笑道："哎哟，你可算有女朋友了，要不然不知道多少人还拐着弯跟我打听你呢。"

傅时浔不愿多说这个话题，依旧那副淡然的模样，又打了声招呼，准备上楼。

阮昭适时地下车，刚推开车门就开口喊道："时浔。"

正准备进单元门的傅时浔停住脚步，回头看过来。在看见阮昭的那一瞬，那张一直冷淡沉静的脸如同冰雪消融，连眼底都迸发出不一样的光彩。

阮昭跑过去伸手抱住他，低声说："对不起，我手机没电了，没接到你电话。"

傅时浔搂住她的腰，脸颊蹭了下她的长发："不用说对不起。"

这一刻抱着他，阮昭才感觉到她的心跳还在继续，她对这个世界并非全然漠然。

"怎么了？"他似乎察觉到她的不对劲，低声问道。

阮昭想了想，小声说："太累了。"

然后，男人淡淡开口说："要我背你？"

她下意识说："我又不是小孩子。"

况且她还感觉到刚才那个抱着孩子的人好像一直没走远，说不定人家还在看着他们呢。

"要吗？"他的声音依旧那样清冷，却不容置喙地问道。

阮昭正犹豫，就听他淡淡说："还是你更想我抱你？"

阮昭忍不住伸手去探他的额头："你还是傅时浔吗？"

那个一开始对她冷漠地说"我不加任何陌生人"的冷淡男人，仿佛早已经成了上辈子的记忆，如今眼前的这个人，一眼就能看出她的心情，愿意低声哄她。

似乎见她犹豫不决，傅时浔伸出双手，阮昭立即说："不用抱我。"

傅时浔点头，转身背对着她，缓缓蹲了下去。

那样高挑的一个人半蹲下去，原本有些宽松的衬衫被腰背上隐隐的轮廓撑起。阮昭像是被蛊惑住一样，沉默片刻，安静靠了上去。她伸手搭在他的肩膀，整个人趴在他后背。

确定她爬了上来，傅时浔轻松站了起来。阮昭低头看见他手上还拎着超市的购物袋，虽然东西不多，还是忍不住说："要不我帮你拿袋子吧？"

"不用。"傅时浔淡然回绝，"反正都一样。"

阮昭轻笑了下，确实都一样。反正她现在整个人都趴在他背上，不管是她拿还是他自己拿，都是他承受的重量。

到了电梯口,傅时浔伸手按了按钮。两部电梯都不在一楼,所以他们只能站在电梯口先等着。

"我重吗?"阮昭忍不住问道。她趴在他的后背,才发现男人比她想象的要有力,却还是忍不住担心自己的体重。

傅时浔语调平静:"你确定有一米七吗?"

"当然。"

"太轻了。"他微仰头,看了一眼电梯门正上方正在跳跃的楼层数。直到"叮"的一声,电梯门打开,从里面走出来一个男人,他手里牵着一个三四岁的小女孩。小女孩梳着乖巧的苹果头,穿着粉嫩的小裙子,眨巴着大眼睛看向他们。

在两人即将走出电梯的时候,突然小女孩开口说:"爸爸,我也要抱抱。"

"不可以。"小女孩爸爸断然拒绝,"你已经是大孩子了,可以自己走路。"

小女孩赖皮地站在原地,不愿意走了,一脸委屈地看着旁边,奶声奶气说:"那为什么叔叔可以抱着阿姨?我也要抱,爸爸抱抱。"

陡然间,整个电梯口,除了尚在稚龄的孩子外,其他三人皆沉默了下来,空气似乎在这一刻凝滞。

只是阮昭这人从来都不按常理出牌,她从来不会在社死中沉默到底。只见她抬手习惯性地撩了下长发,低头看着刚到傅时浔膝盖高的小孩,淡然道:"小朋友,叔叔这是在背阿姨,不是抱。"

孩子爸爸有种彻底被震住的感觉,一脸震惊后,连忙说道:"不好意思,孩子不懂事。"

而傅时浔刚好按了电梯按钮,电梯门再次缓缓打开。他转头,也是微微歉意道:"这话应该是我说,我家这个也不太懂事。"说完,他背着阮昭淡然进了电梯。

直到电梯门缓缓闭合,电梯里传来慢慢往上运行的机械音,随着这声音,阮昭的脸慢慢伏下,然后一点点埋进傅时浔的肩窝里。肩膀一塌,整个人再没了刚才那种冷静凛然的模样。想死,她究竟当着小孩子的面儿在胡说八道什么。

"怎么了?"傅时浔慢条斯理地问道。

阮昭声音极闷:"有些人还活着,但她已经死了。"

"社死"的那个"死"。

"别胡说八道，"傅时浔轻笑着说，"你刚才说得不是挺坦荡的。"

有时候连傅时浔都觉得阮昭行事确实是不按常理出牌，她不管什么时候都能摆出一副坦荡淡然的模样，哪怕心底再慌，自己也要先拽起来。

阮昭深吸了一口气，再次靠在他的脖颈处，微歪着，鼻息就那么轻轻浅浅地落在他的皮肤上。傅时浔背着她，站得很稳，顶上的电梯光落在他侧脸，泛着微黄的光线，晕染着他的轮廓，硬朗又深邃的线条都柔软了几分。他脖颈线条很长，显得头脸比极好。阮昭是学美术的，因此对人的头身比一向很敏感，从她见到傅时浔就知道，这男人也是被老天爷亲吻过的那种人，他的身材线条没一处不好，头小肩宽，而且还腿长。

这会儿她似乎从社死中稍微缓和了点，慢悠悠盯着他的侧脸，两人离得近，他身上清冽的冷松味似乎在耳后边稍微浓烈些。她鼻尖凑近，仔细闻了下。

谁知男人却突然道："别乱动。"

"嗯？"阮昭有些诧异，她一直安静趴着，没乱动啊，顶多就是刚才脸往他脖颈处微微凑近了点，然后她的目光就落在了傅时浔的耳朵，此刻他的耳朵泛红得有些明显。

"傅时浔。"阮昭轻声喊了一句，正好电梯门打开，十七楼到了。

傅时浔一边背着她出了电梯，一边回应她："嗯？"

在他打开门锁的同时，一只手悄然摸到他的耳垂，她不仅摸还伸手在耳垂上轻揉了两下，故作疑惑地问："奇怪，今天天气也不是很热，怎么你的耳朵这么红？"

她语调轻快，透着几分揶揄，分明什么都知道，却偏偏要故作疑问。

傅时浔一言不发地将人背进房间里，他手里拎着的袋子"砰"的一声掉在了地上，这声音就像是猛然发出的信号，让背上的阮昭心头一跳。直到他伸手将她从背上轻拉了下来，在她的脚刚落下的瞬间，他抱住她，两人顺势倒向了沙发。阮昭躺在沙发里，之前她也坐在上面看过电影，却不知道他家里的沙发居然可以这么柔软。她整个人如同陷进沙发里，傅时浔单膝跪在沙发上，双手撑在她的两侧，一句话都没有，低头就吻了上来。

他密密实实地吻着，渐渐地，她浑身发烫，脸颊、耳朵根都热得不像话。终于，当傅时浔轻轻松开她，他的手指在她耳垂上轻轻刮了下，黑眸微垂着，似笑非笑地望着她，问道："现在是谁的耳朵更红？"

哪怕一向又拽又坦荡，什么都不怕，能坦然面对社死的阮昭，在这一刻都有种败下阵来的臣服。偏偏有些人，收放自如的程度让阮昭都叹为观止。

但一说完，他就站了起来，垂眸看着她说："你饿了吧，我先去做饭。"

"……"

不是，现在是说吃饭的时候吗？一场如疾风骤雨般的亲吻刚结束，转眼间所有的情愫在他身上烟消云散，他拍拍手，不带一丝旖念，转身进了厨房。

阮昭这会儿才发现自己的鞋子还没换，她踢掉鞋子，放回玄关，直接穿上拖鞋走到沙发边。

厨房里已经传来了"哗啦啦"的水声，是在洗菜，没一会儿就是切菜的声音，菜刀压在砧板上发出匀称而有规律的声响。

阮昭侧耳听了一阵子，很快，连水开的声音都有了。她心乱如麻，他却做饭做得一丝不苟？

正好顾筱宁给她发信息：姐妹，晚上要不要出来喝一杯，我真他妈快要干不下去了。这狗电视台，真不是人待的地方。

又一个即将被工作逼疯的"社畜"。

阮昭：我在傅时浔家里。

顾筱宁：啊啊啊啊，你们该不会这么快就……

但是很快，她继续说：不是，这才几点，现在应该还是我能打听的时间段吧。

阮昭一眼就看出来她要说什么。

阮昭：我只是过来吃晚饭。

顾筱宁：吃完饭过后呢，嘿嘿嘿。

隔着屏幕都能看见她脑子里正不断冒出来的黄色废料。

阮昭想了下，打字回复：他会送我回家。

顾筱宁：这么纯洁的吗？

这不禁让阮昭想起自己之前在网上百度搜索的信息，上面提醒女生，要小心第一次约会就带你回家的男人，因为这男人多半是居心不良，第一次就想拐你上床。

但是上次从傅时浔家里回去后，阮昭重新翻了那条帖子，觉得帖子

· 316 ·

上说得也不尽然，大概她们都没认识一个叫傅时浔的男人。可他们如今已经是正常的男女朋友，成年男女的步调应该不至于那么缓慢。但除了亲吻之外，傅时浔还真没对她做过分的事情。

阮昭：你说什么情况下，一个男人会在激吻之后立即就去做饭吗？

顾筱宁：一般来说呢，不会。要真有的话，要么这男人不太行，要么这女生不太行。

阮昭看着她后面的这句话，反问：什么叫女生不太行？

顾筱宁：就是没有吸引力。

阮昭低头看了一眼自己，她依旧穿着今天的那条墨绿色长裙。她的穿着一向不算性感，甚至还因为裹得严实而显得有些保守。倒也不是她故意保守，而是国风服装本来就偏典雅唯美。这样的她，应该不至于没有吸引力吧。难道顾筱宁说的吸引力是那种吸引力？

这会儿对面的顾筱宁突然反应了过来，阮昭问的这话，只怕就是她遇见的问题吧。

顾筱宁：一般男人肯定亲着亲着就想上床，但如果他是成熟又理智的傅教授，那可能不同寻常。

顾筱宁：所以傅教授真的在亲完你后立马跑去做饭了？

阮昭：哦，不是。

这会儿顾筱宁也不戏谑了，安慰道：我的昭，你着急什么呀，傅教授越是沉得住气，就说明他越在意你啊。认真又负责的男人，哪有随随便便就把人往床上带的，他这种人肯定是那种睡完就是一辈子的人。

阮昭点了点头，她回复：所以你的意思是，傅时浔现在还没考虑跟我一辈子？

顾筱宁看到这条信息的时候，暗叹了一声。她算是明白为什么网上能有那么多杠精了，这女人钻起牛角尖来，完全不输给那些纯种杠精。

顾筱宁生怕无形中害了人家傅教授，赶紧否认三连：我没说，我不是这个意思，你误会了。

大概是顾筱宁这个单身狗也扯不出什么道理，阮昭干脆将手机扔到旁边，自己起身去了厨房。她站在厨房推拉门的边缘，靠着门框朝里面看，问道："要不要我帮忙？"

"拿一下碗和筷子。"傅时浔没有拒绝她，反而指派了点小任务给她。

阮昭欣然接受，从他旁边过去，弯腰去拉抽屉，她在这里吃过饭，

· 317 ·

知道他家里放碗的地方。谁知她碗还没拿突然站直了身体,原本正拉上层柜子的傅时浔伸手挡在她头顶,将人往自己怀里拉。

"小心。"傅时浔低声道。

阮昭抬头,望着她头顶的人,他漆黑的眼眸里带着着急。

旁边的锅里正滋滋作响,巨大的声音掩盖了彼此的心跳,直到阮昭说:"你应该叫我一声,提醒我。"

傅时浔嗯了下,应道:"嗯,下次一定叫你。"

阮昭反问:"我叫什么?"

傅时浔怔愣了下,明显是知道她又要玩什么花样,淡然一笑,试探地问道:"阮昭?"

他怀里的人果然摇了摇头,否决道:"不是。"

"那要叫什么?"这会儿锅里的东西正煮着,但傅时浔耐着性子陪她玩。

直到阮昭眼睛直勾勾盯着他,柔软得如水蜜桃般晶莹剔透的唇瓣微微启合,吐出两个字:"宝贝。"

叫我,宝贝。

傅时浔眼睫微垂,一动不动,连眨眼的频率都极缓极缓。

当这两个字出现在他耳畔时,他脑海里绷着的某根弦像被轻轻扯了下,并没有立即绷断,而是反弹出"嗡嗡"的声音,脑海里全是她柔软的声调。

傅时浔含住她的唇时,阮昭被迫仰着脖颈。他开口的动作几乎通过嘴唇清晰而明确地传递给了她,她耳畔听着他的声音,嘴唇感受到他吐字的动作,都在清楚地跟她说着两个字——

"宝贝。"

过了十一月,整个北安就如同被拉进了初冬,清晨树梢上挂着一层银霜似的,浅浅的一片水光,伴随着微风,凉得入心。

城市边缘的郊区,一片待改造拆迁的老民区,从几年前开始,家家户户门口都画上了一个大大的"拆"字。只可惜岁月流逝,墙壁上那个鲜艳如血的"拆"字也早已经脱落了原本的生机,变得黯淡而又死气沉沉。郊区的老住户里面,有条件的人早已经买了新房搬离这里。时间长了,这里居住着的要么是后搬过来的,要么就是外地来的打工者,说一句鱼龙混杂并不为过。

清早,在上班族和上学的孩子一通杂而乱的吵嚷过后,巷子里显得格外安静,直到一处民房的门被悄无声息地打开。中年男人头上戴着顶帽子,垂眉耷眼地从门里走了出来,习惯性地往巷子外走,身上染了一夜的酒气和烟味,混杂成一种令人作呕的味道。中年男人也不在意,只管往巷口走去。

在巷子口那里,有家早点铺子,肉包子一块钱一个,馅儿大皮薄。男人已经连续吃了好些天,虽然有些腻歪,却还是每天都光顾。昨个他喝了大半宿的酒,这会儿算是起晚了,也不知道还有没有在卖了。

等他快走到巷口,也不知是心里有感应还是下意识的动作,抬头朝巷口看去。不知何时,那里站着一个穿着黑色薄呢外套的女人,有一头蓬松又柔软的黑色长发,不远不近站着,在这个刚下完雨的清晨,犹如自带一圈雾蒙蒙的烟气。

昨夜突如其来的一场雨将巷子里的路都打湿了,经年积攒的泥土这会儿全成了湿乎乎的泥水。

巷口那个过分漂亮的年轻姑娘,跟这样芜杂糟糕的环境,显然是格格不入的。

中年男人瞪大眼睛望着,就听对方淡然一笑,冷冷清清道:"刘老板,你真是会躲,让我好一顿找。"

"昭小姐。"这个称呼,还是刘森跟阮昭家里那个保姆学的。这样的称呼,既显亲近,又体现恭敬。他对阮昭一向是上杆子求的态度,毕竟是顾一顺顾大师的关门弟子,圈里不知道多少人捧着画想要找她修复呢。

刘森这会儿是丧家之犬,见着熟人不仅没有一丁点欣喜,反而惊恐无比道:"你找我干什么?我们往日无怨近日无仇,哪次找你修画我可都是出了比别人更多的钱。"

其实刘森也知道,自己在阮昭那儿就是半个冤大头。可一来他确实名声不算太好,二来他也确实需要阮昭的背景加持,所以两人也算是一个愿打一个愿挨。这会儿刘森犯事儿,他想过许多会找到自己的人,独独没想过阮昭。

此刻,阮昭抬手勾了下耳畔的长发,有些无奈道:"刘老板你在这里躲清静,大概是不知道这段时间发生的事情。之前有个人在嘉实秋拍会的开幕会上公然闹事,指责我跟你合伙制假贩假。"

她眼皮轻轻一掀,原本还带着几分笑意的脸说冷就冷了下来,眸光更是锐利冷漠,直勾勾地望着刘森,"你也知道,我虽然是做商业修复的,但从来不跟赝品扯上关系。结果你倒好,不仅扯上,居然还敢拉着我师父的名头扯大旗。

"谁给你的胆子。"

当阮昭略显森冷的声音传来的时候,刘森心中有种不好的感觉,也不废话,掉头就往外跑。谁知他刚一转头,就看见巷子的另一端,一头短发的少女慢悠悠地走了出来,冲着他招招手:"刘老板,好久不见呀。"

"阮昭,你真的要对我赶尽杀绝吗?"刘森一回头就看见一个男人站在阮昭身后,他一眼就认出了,那是云樘。

对于阮昭身边这两人,刘森可太清楚他们底细了。一个年轻小姑娘要想在古玩街那种龙蛇混杂的地方站稳脚跟,身边怎么可能没有厉害的打手。

之前阮昭的明堂斋在古玩街开张,刚开始没什么,后来连续弄了几个大单子,一下招来了同行的嫉妒。就有小混混受了指使,闹上门去。谁知这对兄妹也不是吃素的,来一个打一个。哪怕进了警察局也不怕,他们有最好的律师保驾护航,最后反而是那些闹事的小混混求和,保证再也不会来,这才算了事。所以谁都知道,姓阮的身边有两个厉害的打手。特别是那个小丫头,别看个子娇娇小小,下手又狠又黑,谁都不敢小瞧她。

阮昭抬起手,她手上依旧戴着手套,这次是跟大衣配套的黑色蕾丝手套。她垂眸,慢条斯理地扯了扯手套,轻笑道:"你也说了,我跟你往日无怨近日无仇,谈不上赶尽杀绝,顶多就是想请你回去说说清楚。"

"说什么清楚?"刘森警惕地看着两头,生怕对方冲过来,整个人死死地贴着墙壁。

阮昭微歪了下头,表情淡然且无辜:"当然是去跟警察说清楚了。现在市面上出现了一批假画,都说是跟你有关,别人难免会怀疑到我身上,所以为了我的清白,就麻烦你配合一下警察的调查。"她这话说得轻描淡写,却险些让刘森跳起来。

他吼道:"你说得倒是好听,让我配合警察调查,你这不就是想让我去坐牢。"

"早知今日,何必当初呢?"阮昭淡然一笑,漫不经心道,"再说了,警察叔叔要是找你,只是想让你接受法律的制裁,顶多就是去坐几年牢。"

坐几年牢?你说得倒是轻巧,你自己怎么不去。

刘森在肚子里将这句话狠狠地转了一圈,却没敢真的骂出口。他跟阮昭也打交道有一阵子了,知道这位也是个面冷心冷的,而且还喜怒无常。这会儿要真是翻了脸,只怕这局面对他来说真的要成死局。

倒是阮昭见他不说话,居然声音放软,好声好气地劝说道:"这要是让别人找到你,你说你是胳膊保不住,还是腿保不住,或者是身上的零件都保不住。"

她那双漂亮又锐利的眼睛在刘森身上上下打量了个来回,仿佛刘森的胳膊和腿真的随时会离他而去。可偏偏刘森却知道,她并不全是在吓唬自己。

他这次确实犯事不小,特别是现在的收藏家,什么人都有,有些捞偏门的也喜欢跟着附庸风雅一番,好似弄点收藏之后,他们就会从暴发户进入什么上流社会。殊不知,越是这样的人反而越容易上当受骗。刘森之前的不少东西都是卖给这些人的,他也确实不老实,很多时候都是真真假假掺着卖的,以至于现在连他都不知道有多少人等着要敲断他的腿。

见他一双眼睛滴溜溜地转,还是不说话,阮昭很是无所谓地笑笑:"既然你自己想不清楚,不如就让我帮你想,给你拿个主意。"

刘森终于抬起头,看着她问道:"你给我拿什么主意。"

这还不简单。阮昭嫣然一笑,淡淡抬起手,手指勾起鬓发的发尾,随意打了个卷,声音极清冷道:"我呢,给你选了两条路。"

刘森专心盯着她,等着这两条。

"这一条嘛,你自己安静地跟我走,省得大家动起来手来,也不好看。"她微眯了眯眼睛,声音微顿了后,再次冷冷道,"第二呢,就是你拼命反抗,我们把你捆上,让你受点皮肉之苦后再跟我们走。"

所以两条路最后殊途同归,成了一条路。就是不管怎么样,都得跟她走。

刘森气得当场大骂道:"你少跟老子拽,别人怕你,我可不怕。我现在就是光脚的不怕穿鞋的。"

他转向阮昭的方向，云樘当即挡在了阮昭面前。可是下一秒，刘森却转了个方向，直冲向自己住的那个地方，原来刚才走的时候门是虚掩着，并未关严。云樘和云霓两人当即追了上去，阮昭跟在后面。

等他们追上去，云樘去踢那个民房的门，被抵上了，于是他也不客气，抬起脚，两脚就踹开了门。

刘森住的是一家民居里的其中一间房，这会儿这么大的动静，连房东都惊醒了。

站在二楼的房东看见三人闯进自家院子里，就听云樘仰头问道："这里有后门吗？"

"没，没有啊。"房东大姐吓得哆嗦了下。

阮昭笑着安慰道："阿姨，我们不是坏人，你那个租客，他可是个通缉犯。所以麻烦你告诉我们，他往哪儿跑了？"

"后面有个门，临河的。"房东一听，腿都险些软了。

云樘穿过厨房来到后面，这才发现房子是临河而建的，后面正好有个门，靠着河。此刻他们看见刘森从河对面爬了上去，他们本以为挡住了巷子的两端，刘森怎么都插翅难逃，但没想到他居然还真能"飞"了。只怕当初他选这里就是因为这后面有条河，能让他逃出去。

云樘见状，跟着也要跳，被阮昭拦住，她气不打一处来道："这么冷的天，他是逃命，你跟着冲什么。"

"难不成就让他这么跑了？"云樘皱着眉。

阮昭："怕什么，我能找到他一次，就能找到他第二次。"

云霓啧啧了两下："这个刘老板没看出来，还挺敢的。"

很快，刘森消失在他们的视线里。

因为踹坏了人家的门，云樘还赔了一扇门的钱，房东倒是没敢要，还问道："你们是警察吗？"

云樘没有否认，他身材高大，五官又端正帅气，看起来确实是个好人的模样。最后，他还是将钱给了人家。

他们正要返回，谁知刚出巷子，阮昭就接到了梅敬之的电话。

"喂。"阮昭刚接通，眼睛就瞥见不远处一辆跟这个拆迁区格格不入的豪车，亮堂得生怕别人不知道它的昂贵，平日里哪怕再横冲直撞的电瓶车都安静地绕着它开了过去。

阮昭握着手机，一边走过去一边听着梅敬之说："人没抓到？"

"明知故问。"阮昭声音冷漠。

直到她走到车旁,伸手敲了敲后车窗,就见车玻璃慢慢往下降,梅敬之那张风流倜傥的脸映入她眼帘,轻笑道:"我就说,这个老刘是个老狐狸,你轻易抓不到的。"

"再狡猾的狐狸,早晚会落到猎手手里。"

梅敬之一撇头:"上车吧。"

阮昭却没应这句话,而是弯腰看着他,微微一笑:"下次再让我知道你跟踪我,我就敲断你的腿。"

"小姑娘成天要打断别人的腿,像话吗?"梅敬之一笑。

阮昭的手机响了起来。突然,她冰冷如霜的脸顷刻间染上淡笑,当她接通电话时,连声音都带着说不出的娇软:"我在外面呢。"

对面不知说了什么,阮昭轻笑了下:"我在外面运动一会儿,马上回家。"

运动?梅敬之险些笑出声,只是他刚溢出一点声音,就被阮昭一记眼风,狠狠地瞪了回来。直到阮昭挂断电话,他才开口问:"谁啊?"

"男朋友。"阮昭淡然道。

梅敬之倒是没什么意外的表情,许久,他才问:"傅时浔吗?"

这话好像哪里逗笑了阮昭,她单手搭在车玻璃上,眼睛直勾勾望过去,淡然说:"除了他,还能有谁呢。"

云橙把车子开过来的时候,阮昭的电话还没有挂断,她随口问道:"你今天在学校干吗呢?"

"我不在学校,待会儿要去文物保护中心开个会。"傅时浔解释。

这会儿阮昭确实听到对面开车门的声音,看起来他也正在上车。

阮昭问:"去开什么会?"

傅时浔随口说道:"关于鸣鹿山秦汉墓葬遗址出土的文物,文物局和文保中心会定期召开会议,谈谈目前出土修复和保护的进程,以及我们这边考古工作情况。"

因为这个考古项目跟阮昭也有关系,傅时浔说得还是比较详细。

阮昭想了下问道:"中午开完会要不你到我家来吃饭?"

"说不定赶不上,要不晚上?"傅时浔想了下,开会的时间可长可短,要是赶上喜欢多说两句的领导,估计连午饭都要推迟。

挂了电话之后,阮昭转头看向车里的梅敬之,淡然道:"说吧,为什么要跟踪我？"

"上车。"梅敬之微歪了下头。

阮昭冷眼看着他，扔下一句："坐我的车。"

说完，她走向停在对面的车，拉开车门上了车。本来云樘以为她跟梅敬之说完了话，正要发动车子，就听阮昭说："再等等。"

坐在副驾驶的云霓正在吃棒棒糖，问道："等谁啊？"

她话音刚落，就见后排车门又被打开，梅敬之弯腰坐了进来，见云霓正在吃棒棒糖，"咦"的一声轻笑："霓霓，牙齿又不疼了。"

云霓："……"

云樘朝这边看了一眼，冷眼道："别吃了。"

云霓不敢违背她哥，只能狠狠地回头看梅敬之。可她就是个纸老虎，梅敬之不仅不害怕，还伸手在她脑袋上揉了一把。气得云霓大喊："我不是小孩子了，不许这么弄我。"

"行了，先说说今天的事情吧。"阮昭转头看向梅敬之，她眼神有些冷，"我说你怎么这么轻易查到刘森的事情，只怕从他一出事开始就没逃过你的眼线吧。"

梅敬之立即说："那你可是冤枉我了。"

"刘森的消息，我确实是这两天才找到的，毕竟北安这么大，捞一个人如同大海捞针，你好歹也要给我捞的时间。"

阮昭嗤笑："所以，你这是拿我钓鱼呢。"

"你呢，如果你真的想要送他去警察局证明你的清白，你为什么要亲自上门，直接把他的位置给警方不就好了。"梅敬之淡然反问道。

阮昭脸上的笑意渐渐退了下来，冷冷看着他，许久才说道："因为我要从他口中得到这条赝品线上人的消息。"

她要从中找到那个人。

"你想找谁？"梅敬之第一次看到阮昭这种眸底带刺的模样。很多时候，她也冷，但都是淡淡的，对谁都不在意，这种眼底带着寒芒和冷刺的模样，连梅敬之都未曾见过。

阮昭："哪怕追到天涯海角，我都要找到的人。"

只是阮昭似乎并不打算跟他说清楚，说完这句话就对这件事闭口不谈。

这边傅时浔开车前往文物保护中心，关于鸣鹿山遗址的发掘，因为之前电视台弄的现场直播一下在网上炒热，连带着整个鸣鹿山的知名度都提升不少。鸣鹿山一带本来就有农家乐，现在整个旅游业做得更是红红火火。

考古原本只是个冷门的行业，可谁都没想到考古还能带来这么大的热度。这不，这次会议除了讨论目前的考古进度，还有一个讨论主题就是，如何正确而又积极的利用现在的考古热。

"说起来，这还要多谢我们的傅教授，要不是他，鸣鹿山考古遗址这个直播可不会带来这么大的反响，这不电视台又找了我们好几次，说想对傅教授做一次深度专访。"

这话是文物局的韩照说的，他在局里主要负责各种外联商务。之前举办交流会，还有帮傅时浔他们的考古项目拉投资，都是他经手的，包括电视台的那个直播，也是由他牵线搭桥。正是因为这个直播节目的爆火，原本在局里只算半个工具人的韩照很是扬眉吐气了一番。

傅时浔微微一笑："论起对考古的研究，我不过还处于皮毛阶段，要真想做深度采访，我觉得我们北安大学考古系里的其他几位教授更为合适。"

韩照是阮昭的师兄，傅时浔话也说得客气，只是委婉谢绝。倒是对面一并来开会的华晚蕖此刻朝他看了一眼，两人自从在三溪村分别后，华晚蕖就再也没见过他了，虽然之前偶尔在微信上联系过一两次，可也都是她打着工作的旗号主动联系的傅时浔。

文保中心的主任说道："目前其他的文物都已经交给各个实验室做保护性修复，就只剩傅时浔教授负责的四号坑整取出来的竹简，经过我们用仪器初步检测，这批竹简在地底下埋了千年之久，饱水率达到500%。

"目前我们面临两个选择，一呢，就是立即将竹简取出，进行修复。第二嘛，就是先保护起来，等以后技术成熟了，我们再进行修复。"

这批竹简只怕是从秦朝开始就埋在了地底下，地下潮湿，历经千年，竹简内部吸收了大量水分，因此在修复过程中极可能会造成损害。这些竹简上记载着大量文字，是所有人能跨越时空了解千年之前所发生事情的重要途径。一旦这批竹简修复不当，他们在座的每个人可都是千古罪人。

对面有个专家说道:"幸亏当时傅教授采取的是整取方式,我觉得倒也不着急,要不我们集中精力,先修复其他文物。"

"傅教授,这批竹简当时是在你负责的四号坑发掘出来的,要不你也来说说。"文保中心主任认真询问道。

傅时浔沉思了会儿,神色有些严肃:"我觉得还是应该尽快修复这批竹简,毕竟这批竹简已经出土,竹简上的文字或许能够帮助我们进一步研究秦汉历史。"

他声音清冷而悦耳,哪怕只是在说着关于工作的事情,也足以引人注目。华晚薇安静地听着,竟不由得想起了曾经的高中岁月。那时候傅时浔不仅是班长,也是英语科代表,大概是因为他从小就全世界地跑,相较于普通高中生的应试英语水平,他的英语流利到能跟学校里的外教轻松对话,因此那时候英语老师在课上最喜欢的就是让他起来朗诵英文段落。他的语调也是这样,透着不紧不慢的清冷,足以成为所有少女青春期最美好的回忆。

会议结束,众人往外走,傅时浔被一个专家拉着走在了最后面。华晚薇故意落下脚步,等着那位专家离开,这才走到傅时浔身边,她故作淡然地笑了下说道:"跟你说个事儿。"

"嗯。"傅时浔依旧是那副冷淡的模样。

华晚薇以为她已经习惯了,可是一想到在三溪村曾经看过他对阮昭的温柔,她心底的无限委屈突然涌出,可她还是强压着说道:"就是,我们高中那个学习委员你还记得吧,他从国外回来,说是之前没赶上我们的十周年班级聚会,就想重新聚一次,大家一听都挺赞同的,所以就都让我来问问你,你要不要也参加。"

傅时浔转头看着她,眼神依旧冷淡得要命。

说真的,华晚薇真是怕了他这种眼神,明明那么冷淡,却又犹如藏着漩涡般,拼命将她往里勾。她咽了咽,才低声说:"我之前是班级里的文娱委员,所以现在关于什么聚会的事情他们也都催促我来弄。"

"抱歉,我最近实在没什么时间。"傅时浔淡然拒绝。

华晚薇微咬着唇,还是说:"就一个晚上,况且学习委员自从大学出国之后就一直没回来。这次聚会,班里大多数人都会去的。"但她说着说着,声音越来越小。

最后傅时浔冷淡说道:"确实没空。"

说完，他就说了声先走了，转身便离开。

"你是在躲我吗？"突然，站在身后的华晚蘅开口喊道。

傅时浔脚步一顿，转过头往后看了她一眼，显然也是没想到她会这么说。他有些不太理解地反问："我为什么要躲你？"

华晚蘅往前几步："我知道之前在三溪村的事情我确实做得让你不高兴，可是最后的结果也证明我当时说的话并没有错。如果阮昭不去管那件事的话，她也不会在山上遇到那个人，差点出了大事。"

一直以来，华晚蘅都觉得自己很委屈。

而在听到她这么激动地说完后，傅时浔半晌才用一种淡而微妙的口吻说道："原来你还是这么想的。"

这样轻而冷淡的语气让华晚蘅瞬间觉得自己好像在他心底已经被彻底判了死刑。傅时浔瞥了她最后一眼，什么也没说，转身离开。

阮昭没想到这个时间傅时浔会过来，她见到他，第一句问的就是："你吃过了吗？"

可傅时浔什么都没说，伸手抱住她，在她脖子上蹭了下，声音微懒："开了一早上的会，还没吃。"

"这都一点钟了。"阮昭有些气恼，"什么会啊，连饭都不让人吃。"

不巧的是，董姐下午不在家，她出门去了。

傅时浔："我叫个外卖就好了。"

"看不起人是吧。"阮昭哼笑了声，"来我家还让你吃外卖，你也太小看你女朋友了吧。你先去客厅坐着，我马上就来。"

阮昭从冰箱里找出小馄饨。因为她特别喜欢吃，家里冰箱里一直冷冻着包好的小馄饨。她一边往锅里放水，一边把小馄饨从冰箱里拿出来。傅时浔站在厨房门口，就看见她跟个小陀螺似的，忙来忙去。

直到水开了之后，她用筷子将馄饨一个个拨弄下去。谁知手劲儿没把握好，馄饨溅起锅里的滚水，直接滴在她的手背，哪怕她戴着手套，还是被烫到"嘶"了一声。

傅时浔一个箭步冲了进来，直接接过她手里的东西，将她手套摘下来，查看她手背的伤势。

阮昭连连说道："我没事，真的没那么严重。"

可他看到她手背上那条极显眼的疤痕，眉头还是蹙了起来。

"真没事。"阮昭似乎也发现他一直盯着自己手上那道疤,连忙想抽回自己的手,将手藏在后背。傅时浔微微一捏紧,她的手愣是没抽动。

他低声问:"躲什么。"

"太丑了。"阮昭微微撇嘴,以前她觉得自己有一双全世界最漂亮的手,因为习惯常年戴手套,她的手白到发光,而且皮肤细腻柔嫩,手指纤细,连指骨的线条都流畅而漂亮。只可惜这样一双手偏偏手背上添了一条犹如蜈蚣般丑陋又显眼的疤痕,就像一块最上等的羊脂白玉上面有一道裂缝,任谁看了都只会觉得可惜。

哪怕请了最好的医生,保住她手指的正常机能,没有影响到她修画,可是到底还是无法将她手上的这道伤疤彻底去掉。她那样保护自己的手,最后落得这样,心底也一定很难受吧。

"谁说丑了。"傅时浔握着她的手掌。

阮昭故作不在意,说道:"也是,世界上哪有什么人是完美的,就当是我的一个小小纪念。毕竟要不是这道疤,我们傅教授这会儿说不定还死鸭子嘴硬呢。"

那次阮昭在鸣鹿山遇险,让傅时浔彻底看清楚了自己的心。两人确实是因为这件事后,关系才有了大跃进,甚至发生了彻底的调转,从阮昭主动变成了傅时浔主动。

傅时浔微微低头,这一次,他的唇轻轻贴上她的手背,那样温柔而又缱绻地在那道疤痕上落下一吻。

待他俯身过来,唇擦着她的脸颊到了耳边,轻声说:"在我心底,昭昭就是完美的。"

如今,他不再是冰冷的傅教授,是时时刻刻陪伴在她身边的傅时浔,是她的爱人。

很久之后阮昭都在想,如果时间可以停留在这一刻,那该有多好。

破晓曦光,风是浪漫,你是无边渴望。

星火长明